Sofie Sarenbrant

DIE TOTE UND DER POLIZIST

rütten & loening

H/z?

Sofie Sarenbrant

DIE TOTE UND DER POLIZIST

Thriller

Aus dem Schwedischen
von Hanna Granz

rütten & loening

Die Originalausgabe unter dem Titel
Tiggaren
erschien 2016 bei Bookmark Förlag, Stockholm.

ISBN 978-3-352-00916-7

Rütten & Loening ist eine Marke der Aufbau Verlag GmbH & Co. KG

1. Auflage 2018
© Aufbau Verlag GmbH & Co. KG, Berlin 2018
Copyright © 2016 by Sofie Sarenbrant
Published by Arrangement with LENNART SANE AGENCY AB
and Thomas Schlück GmbH.
Gesetzt aus der Whitman durch Greiner & Reichel, Köln
Druck und Binden CPI books GmbH, Leck, Germany
Printed in Germany

www.aufbau-verlag.de

Für Tommy

Ein Knacken weckt Soraya mitten in der Nacht. Es klang, als wäre ein trockener Zweig abgebrochen. Sie schaudert in dem feuchten Gras und zieht den roten Schal enger um sich, den die Großmutter ihr geschenkt hat. Dafür, dass es Juni ist, ist es sehr kalt, sie hat Gänsehaut. Außerdem fährt ein stechender Schmerz durch ihren entzündeten Zahn, sobald sie sich bewegt. Sie versucht, den Kopf stillzuhalten.

Als sie gerade wieder einschlafen will, hört sie fremde Stimmen auf Schwedisch flüstern, einer Sprache, die sie nicht versteht.

Razvans Schnarchen ist nicht mehr zu hören, nur noch die leisen Stimmen.

Ist er aufgestanden, um zu pinkeln?

Ein dumpfer Schlag lässt sie zusammenzucken. Was ist passiert, wo ist Razvan?

Sie steht auf und schleicht durch den dichtbelaubten Park mitten im Zentrum Stockholms.

An seinem gewohnten Schlafplatz ist niemand. Das Gras ist heruntergetrampelt, sie erkennt die Spuren grober Stiefel. Razvans Tasche liegt umgekippt auf dem Boden. Das Gefühl, dass hier etwas nicht stimmt, wächst. Jemand ist auf den Pappbecher getreten, den Razvan tagsüber zum Betteln benutzt, um Geld für seine kranke Tochter in Rumänien zu sammeln.

Soraya blickt sich vorsichtig um. Zwischen zwei großen Eichen stehen zwei Männer, die ihr den Rücken zukehren. Der eine hält Razvan fest, dessen Kopf in einem eigenartigen Winkel herabhängt.

Der Boden unter ihren Füßen beginnt zu wanken. Panik ergreift sie, als sie Razvans schlaffen Körper sieht und begreift, was es bedeutet: Sie müssen ihn getötet haben. Razvan, der ihr immer beigestanden hat. Für ihn kommt jede Rettung zu spät, sie aber muss schleunigst weg hier, sonst ist sie als Nächste dran. Verzweifelt sucht sie nach einem Fluchtweg, da steht plötzlich ein dritter Mann vor ihr.

Erschrocken starrt er sie an.

»Verdammt«, ruft er dann und geht langsam auf sie zu. »He, hallo!«

Es besteht kein Zweifel, dass er zu den beiden anderen gehört. Jetzt geht es um ihr Leben. Das rote Tuch flattert im Wind, sie rennt so schnell sie kann. Ihre Füße wirbeln den Kies auf, und sie hält verzweifelt Ausschau nach jemandem, der ihr helfen könnte. Doch um diese Uhrzeit ist niemand mehr unterwegs. Sie erreicht den Spielplatz des Humlegården-Parks und nimmt Anlauf, um über den grünen Zaun zu springen. Ihr Schal bleibt hängen, und sie muss sich losreißen, um weiterlaufen zu können, mitten durch einen Sandkasten. Sie hat immer noch Vorsprung. Da der Mann jedoch sehr groß war, wird es nicht lange dauern, bis er sie eingeholt hat. Sie muss noch schneller sein, wenn sie überleben will. Auf keinen Fall darf sie sich umdrehen und dadurch wertvolle Sekunden verlieren.

»Stehenbleiben!«, ruft der Mann hinter ihr.

Die Stimme ist näher, als sie gehofft hat.

Sie überquert den Spielplatz und springt auf der anderen Seite über den Zaun. Diesmal bleibt sie nicht hängen, doch sie ist in einem dichten Wäldchen mit viel Gestrüpp gelandet und muss sich durchkämpfen, bis ein niedriger Metallzaun auftaucht. Sie klettert darüber hinweg und fliegt geradezu über den Asphalt. Hinter sich hört sie ein lautes Brüllen und hofft inständig, dass der Mann hängengeblieben oder gestolpert ist. Vielleicht hat er den letzten Zaun zu spät bemerkt.

Ohne sich umzusehen, rennt sie über eine große Straße mit einem Grünstreifen in der Mitte. Ein Taxifahrer muss heftig bremsen und hupt anhaltend.

Das Keuchen des Mannes hinter ihr ist nicht mehr zu hören. Dennoch rennt sie weiter, ohne anzuhalten. Nachdem sie lange ziellos durch die Straßen gelaufen ist, landet sie endlich in einem weiteren Park und sucht Schutz zwischen den Bäumen. Mit klopfendem Herzen dreht sie sich um.

Niemand da.

Sie lässt sich zu Boden sinken und weint. Razvan ist tot.

Und sie ist die Einzige, die weiß, was geschehen ist.

FREITAG

5. Juni

KAPITEL
1

Sein Blick wandert langsam von den sorgfältig dekorierten Blumenkränzen zu dem gerahmten Porträtfoto. Die Flammen der Kerzen in den hohen, gusseisernen Ständern auf dem Boden flackern, und er begegnet dem intensiven Blick seiner Tochter. Obwohl es ihm schwerfällt, schaut er ihr direkt in die grünbraunen, mandelförmigen Augen.

So schön wirkt sie, so lebendig.

Eine Hand auf seiner Schulter reißt ihn aus seinen Gedanken. »Evert, wir müssen jetzt anfangen. Ist das okay?«

Marianne sieht ihn bittend an, und er nickt kurz, findet jedoch keine passenden Worte, denn es ist überhaupt nichts okay. Wie könnte etwas auch nur annähernd in Ordnung sein, wenn sie hier in der über hundert Jahre alten Backsteinkirche stehen, um von ihrer jüngsten Tochter Emma Abschied zu nehmen? Am liebsten würde er die geschnitzten Kirchentüren weit öffnen und alle Freunde und Bekannten nach Hause schicken und ihnen mitteilen, dass alles nur ein Missverständnis ist. Stattdessen werden im nächsten Augenblick die Türen aufgestoßen und Menschen mit starren, bleichen Gesichtern strömen herein. Die meisten nicken ihm mitfühlend zu, manche geben ihm die Hand und sprechen ihm ihr Beileid aus, andere grüßen flüsternd und wenden sich dann ab.

So viele Menschen. Evert Sköld kennt knapp die Hälfte von ihnen.

Provinzpolizeichef Gunnar Olausson tritt vor und schüttelt ihm die Hand, seine Frau Agneta grüßt verhalten. Dann gehen sie zum Glück weiter und setzen sich, bevor Evert etwas sagen muss. Er entdeckt Josefin, die mit Ines auf dem Arm hereinkommt. Im Schlepptau hat sie Sofia, Anton und Julia, sie sind viel zu klein für so eine Gedenkstunde.

»Opa«, sagt Julia und umarmt ihn.

Josefin schüttelt den Kopf. »Wir sind beinahe zu spät gekommen. Es ist furchtbar. Heute klappt einfach gar nichts, wie es soll.«

Andreas taucht hinter ihnen auf, wie ein Hirte, der seine Herde bewacht, und zeigt der Familie, wo sie in der ersten Reihe Platz nehmen soll. Zwei Polizisten in Zivil setzen sich neben sie, Evert nickt ihnen kurz zu. Ines will nicht von Josefins Arm herunter und hält sich krampfhaft an ihr fest, sie scheint sich vor all den Blicken zu fürchten. Oder sie begreift mehr als man denkt, obwohl sie noch so klein ist. Everts Herz zieht sich zusammen. Ines war erst vier Wochen alt, als ihre Mutter nach einem Reitunfall im Judar-Wald ins Koma fiel. Am Morgen noch hatte Emma ihn angerufen und ihm erzählt, dass sie zum ersten Mal nach der Geburt reiten wolle. Sie klang so froh. Wenn er damals geahnt hätte, dass er fünf Monate lang nicht mehr mit ihr sprechen würde. Das Pferd war gestürzt, der Reitausflug endete mit einer Krankenwagenfahrt in die Notaufnahme. Die Monate vergingen, und die Ärzte wagten nicht, irgendeine Prognose zu stellen. Marianne, Evert, Josefin und Emmas Lebensgefährte Kristoffer wechselten sich auf der Intensivstation ab und gewöhnten sich mit der Zeit an den Gedanken, dass sie nie wieder aufwachen würde. Früher oder später würden sie sich dazu durchringen müssen, die lebenserhaltenden Maßnahmen abbrechen zu lassen.

Doch dann geschah, wovon sie nicht zu träumen gewagt hatten.

Emma kam wieder zu Bewusstsein.

Die Freude währte allerdings nur kurz.

Eine Woche später wurde Kristoffer in ihrer gemeinsamen Wohnung mit einer Bierflasche erschlagen und Ines verschwand. Zum Glück tauchte das kleine Mädchen schnell wieder auf. Evert schaudert, wenn er daran denkt. Kristoffer hatte seine ehemalige Lebensgefährtin Hillevi Nilsson als Kindermädchen engagiert, und diese ging in ihrer wahnhaften Zuneigung so weit, dass sie Ines entführte. Kurz darauf überfiel sie Emma im Krankenhaus, wurde jedoch auf frischer Tat ertappt und ins Gefängnis gesperrt, bis sie auf dem Weg in eine andere Haftanstalt spurlos verschwand. Jetzt sind sowohl Emma als auch Kristoffer fort, und Ines lebt bei Josefin.

Der einzige Trost für Evert ist, dass Ines nichts anderes kennt. Sie hat wahrscheinlich gar keine Erinnerungen an Emma, höchstens bruchstückhafte Bilder von einem Menschen im Krankenhausbett.

Als Letzter von allen setzt Evert sich in die Kirchenbank. Seine schmerzende Hüfte protestiert, als er schwerfällig neben seiner Frau Platz nimmt. Er ist viel zu warm angezogen, aber er wollte einfach ordentlich aussehen an diesem besonderen Frühsommertag.

Die Sonne scheint durch die Fensterscheiben und beleuchtet Emmas Porträt.

Seine hübsche Tochter mit dem dichten blonden Haar.

Die Kirchenglocken läuten, und als ihr Klang verhallt, setzt die Orgel ein.

KAPITEL
2

Es kribbelt unter seiner Haut. Der neue marineblaue Anzug, für den er beinahe einen halben Monatslohn ausgegeben hat, kratzt, es juckt ihn überall wie verrückt. Zudem ist das Hemd anscheinend eine Nummer zu klein. Der Kragen schnürt ihm beinahe die Luft ab. Thomas Nyhlén fällt es schwer, mit der nötigen Ruhe an der Trauerfeier für Emma Sköld teilzunehmen, während ihre Mörderin noch auf freiem Fuß ist.

Fünfunddreißig Tage sind vergangen, ohne das geringste Lebenszeichen.

Hillevi Nilsson ist wie vom Erdboden verschluckt.

Die Zeit läuft ihnen davon, denn je länger sie es schafft, sich verborgen zu halten, desto größer ist das Risiko, dass sie sie niemals finden. Für Ines ist sie eine so große Bedrohung, dass das Mädchen sicherheitshalber unter Polizeischutz gestellt worden ist – Hillevi könnte jederzeit auf die Idee kommen, sie noch einmal zu entführen. Nyhlén begreift immer noch nicht, wie es der zarten Frau gelingen konnte, auf dem Weg in die Haftanstalt Kronoberg zwei bewaffneten Polizisten zu entwischen. Es irritiert ihn wahnsinnig, dass sie sich überhaupt außerhalb der Sicherheitsvorkehrungen einer Haftanstalt befunden hat, doch er kennt den Grund und weiß genau, wer die Entscheidung getroffen hat. Er war sich mit seinem Chef Lars Lindberg einig gewesen, dass es das Beste wäre, Hillevi vom Gefängnis in Sollentuna nach Kronoberg zu verlegen, wo man sie besser verhören konnte.

Deshalb schmerzt es ihn besonders, dass bei dem Transport etwas schiefgegangen ist.

Indirekt ist es seine Schuld, dass sie verschwunden ist.

Doch warum haben die Kollegen sie nicht gleich wieder gefasst, nachdem sie ihnen weggelaufen war? Ein Schuss ins Bein – wie schwierig konnte das sein? Natürlich sind nicht alle Polizisten besonders schnell. Oder schlau, denkt Nyhlén säuerlich und merkt, dass seine Gedanken schon wieder abschweifen. Er sollte sich lieber auf die Feierstunde konzentrieren.

Emmas wahrscheinliche Mörderin ist verschwunden, und er kann an nichts anderes denken, seit er am 1. Mai davon erfahren hat. Damals, als endlich das erste Verhör durchgeführt werden sollte. Jetzt in der Kirche jedoch, als er das Foto von Emma sieht, holt der Kummer ihn ein. Sie ist nur achtunddreißig Jahre alt geworden. Er schlägt die Augen nieder. Es tut zu weh, sie zu sehen, die Frau, mit der er so eng zusammengearbeitet hat und die er so gut kannte. Doch es war nicht ihre Schönheit, die ihm jedes Mal, wenn er sie ansah, den Atem verschlug. Nicht deshalb hatte er sie im Krankenhaus besucht und getan, worum auch immer sie ihn bat. Nein, er hatte es getan, weil sie eben Emma war.

Doch er war nicht der Einzige, der sich in sie verliebte.

Tief in seinem Innern wusste er immer, dass aus ihnen beiden nichts werden würde.

Emma hatte ja gerade erst eine Familie gegründet.

An seinen eigenen Autounfall, nachdem sie gerade ermordet worden war, hat er keinen weiteren Gedanken verschwendet, weil er wie durch ein Wunder ohne einen Kratzer davongekommen ist. Da habe er wohl einen Schutzengel gehabt, meinte der Arzt in der Notaufnahme. Seltsamerweise ergab eine technische Untersuchung des Wagens, dass die Bremsen einwandfrei funktionierten, und er wusste selbst nicht mehr, was er glauben sollte. Er hätte schwören können, dass sie nicht funktioniert hatten, als er die Tranebergsbrücke hinuntergefahren war, nachdem ihm klargeworden war, dass Hillevi hinter allem steckte.

Die Front des Autos war komplett eingedrückt gewesen, und der Wagen wurde verschrottet, bevor er weitere Untersuchungen in die Wege leiten konnte.

Nyhlén fährt sich mit den Fingern durch das kurze Haar, weiß nicht, wohin mit seinen Händen. Er fühlt sich wie in einer Doppelstunde in der Schule, wenn man vergeblich auf die Pause wartet. Er will einfach nur, dass diese Qual schnell vorbei ist, damit er sich endlich wieder in die Ermittlungen stürzen kann. Es fühlt sich falsch an, hier zu sitzen, zugleich will er natürlich Abschied von ihr nehmen. Für die Jahre danken, die sie gemeinsam hatten. Es sind viele Polizisten gekommen, um Emma die letzte Ehre zu erweisen, nicht zuletzt sein Chef, der in seinem braunen Cordjackett neben ihm sitzt und sich diskret die Nase schnäuzt. Noch nie hat Nyhlén Lindberg weinen sehen.

Sogar der Provinzpolizeichef ist anwesend, was an sich nicht weiter merkwürdig ist, denn er ist ein Freund der Familie. Er setzt alle verfügbaren Kräfte ein, um Emmas Mörderin zu schnappen.

Dennoch ist es ihnen bisher nicht gelungen, sie ausfindig zu machen.

KAPITEL
3

Die Sandwichtorte mit Krabben und Lachs quillt in seinem Mund, und er kann nicht schlucken, sosehr er es auch versucht. Gunnar Olausson hat Mayonnaise noch nie gemocht. Als wäre es nicht genug, in der Kirche zu sitzen, muss es nun auch noch ein feierliches Beisammensein geben. Diesen Teil an Beerdigungen hat er noch nie verstanden. Es kommt ihm merkwürdig vor, mit trauernden Menschen zu essen und zu trinken, die sich versammelt haben, um von einer lieben Freundin, Schwester, Tochter, Arbeitskollegin und Mutter Abschied zu nehmen. Er erträgt es nicht, Emmas pausbäckige kleine Tochter zu sehen, die zur Feier des Tages ein weißes Kleid mit Spitzen trägt, eine weiße Strumpfhose und kleine Sandalen mit blauen Blumen.

Mit nicht einmal einem Jahr hat sie ihre Mutter verloren.

Gunnar schenkt sich Mineralwasser ein und tut so, als würde er sich für das Gespräch zwischen seiner Frau Agneta und dem Mann ihnen gegenüber interessieren, einem Nachbarn von Emma, wenn er es richtig verstanden hat. Sie reden über Thuja, und es dauert einen Moment, bis er darauf kommt, was das überhaupt ist. Gartenarbeit und Pflanzen sind so ungefähr das Langweiligste, was er sich vorstellen kann. Er betrachtet das Etikett der Wasserflasche, während er diskret ein Gähnen unterdrückt.

Seine Gedanken kehren zur Walpurgisnacht zurück.

Emma sah zerbrechlich aus, wie sie in ihrem Krankenhausbett lag, nachdem Hillevi versucht hatte, sie mit einem Kissen zu ersticken. Da sie als Putzfrau in der Klinik arbeitete, war es ihr gelungen, sich Zutritt zu Station 73 zu verschaffen, wo sie Emma töten wollte.

Gunnar schenkt sich noch einmal nach, trinkt einen Schluck und beißt dann in die Zitronenscheibe in seinem Glas. Schade, dass es so ausgehen musste.

Er seufzt und erkennt an Agnetas missbilligendem Blick, dass er es unnötig laut getan hat. Der Sauerstoff im Gemeindehaus hat deutlich abgenommen. Es ist offensichtlich, dass Emmas Mutter Marianne ihm ausweicht. Sie nimmt lieber einen Umweg, um ihre Kaffeetasse nachzufüllen, statt direkt hinter ihm vorbeizugehen. Obwohl sie während der Gedenkfeier keinen Blickkontakt hatten, konnte er ihre Trauer beinahe körperlich spüren. Nun, sie hat gerade von ihrer Tochter Abschied genommen, da ist es wahrscheinlich kein Wunder, dass sie nicht sie selber ist. Es muss das Schlimmste sein, was einem als Eltern passieren kann. Eine Mutter darf ihr Kind nicht überleben, das ist verkehrt. Er kann sich den Schmerz vorstellen, den sie empfindet. Wobei, im Grunde kann er das nicht, überhaupt nicht, denn er hat selbst keine Kinder. Es kam einfach nie dazu, und darüber ist er sehr froh. Kinder scheinen meist doch nur Probleme zu bereiten, siehe Emma. Er betrachtet Agneta aus dem Augenwinkel, die ebenfalls lustlos in ihrer Sandwichtorte herumstochert. Es sieht aus, als hätten sie auch nach zwanzig Jahren Ehe immer noch etwas gemeinsam.

Eine Diskussion über wintergrünen Liguster contra großblättrigen Efeu lässt Gunnar erneut in seine eigene Gedankenwelt abtauchen. Er hofft, dass Torbjörn und Karim Hillevi rasch finden. Sie müssen sie erwischen, bevor jemand anderes es tut, damit sie nicht ausplaudern kann, was eigentlich an diesem Abend im Krankenhaus geschah. Zwar ist eine ehemalige Psychiatriepatientin keine glaubhafte Zeugin, doch sein Name darf unter keinen Umständen mit dem Ganzen in Zusammenhang gebracht werden.

Er ist immer noch verärgert darüber, dass Emma so aufmüpfig war, als er ihr ruhig und vernünftig erklärte, dass es nicht Hillevis Schuld war, dass sie nach dem Reitausflug im Krankenhaus landete. Sein eigener Ruf hätte auf dem Spiel gestanden, wenn Emma weiter herumgeschnüffelt und herausgefunden hätte, dass Karim, Torbjörn und er hinter dem Mord an ihrem gemeinsamen Polizeikollegen Henrik »Henke« Dahl standen. Wenn Henke sie nicht dabei ertappt hätte, wie sie im Industriegebiet in Ulvsunda einen Bettler zusammenschlugen, würde im Übrigen auch er heute noch leben.

Der Bettler allerdings nicht.

Es ist ihr Verdienst, dass es auf den Straßen Stockholms inzwischen drei Bettler weniger gibt.

Gunnar weiß noch, dass er sehr deutlich gewesen ist, dennoch hatte Emma die Stirn, eine Erklärung von ihm zu verlangen, als ob sie die Statistik der Gewalttaten in Stockholm nicht kennen würde. Jeder bei der Polizei weiß, dass es nicht Johansson oder Svensson sind, die die schlimmsten Verbrechen begehen, das kann doch ausgerechnet ihr als Kriminalkommissarin nicht entgangen sein! Es hat seinen Grund, dass die Polizei Code 291 eingeführt hat, um all diejenigen Ermittlungen zusammenzufassen, bei denen es um Gewalt, Morddrohungen und andere Verbrechen geht, die ausschließlich Migranten betreffen. Beim Großeinsatz mit dem Namen Alma, der von der Nationalen Operativen Abteilung geführt wird, gehen die Beteiligten weiß Gott schon auf dem Zahnfleisch. Wie sollen sie das alles schaffen, von Grenzkontrollen bis Verbrechensbekämpfung, wenn jedes zweite Asylbewerberheim abgefackelt wird? Er hat Klartext mit Emma geredet und ihr gesagt, dass er nur seiner Verantwortung für die Rettung dieses Landes nachkommt, damit es nicht vollkommen vor die Hunde geht. Doch er stieß bei ihr auf kein Verständnis oder gar Dankbarkeit. Die Gewaltverbrechen nehmen lawinenartig zu, während gleichzeitig Flüchtlinge und Bettler ungehindert ins Land strömen. Wie schwer kann es denn sein, eins und eins zusammenzuzählen? Bald sind es die Schweden, die ihr Land verlassen müssen. Auch das hat er Emma erklärt, doch sie starrte ihn nur verächtlich an. Als wäre die Migrationsproblematik ihr völlig unbekannt. Es ist ihm bis heute nicht gelungen, ihre letzten Worte aus seinem Gedächtnis zu löschen, *Verpiss dich, Gunnar!*, ehe er Karim die Order gab, sie mit dem Kissen zu ersticken. Damals erschien es ihm unumgänglich, wenn er jetzt allerdings sieht, wie Evert leidet, tut es ihm doch ein wenig leid. Wobei Evert sich um seine Polizistin-Tochter immer besonders viele Sorgen gemacht hat, das wenigstens bleibt ihm jetzt erspart, und er kann seine kostbare Zeit als Pensionär weniger komplizierten Dingen widmen, zum Beispiel Thuja-Bäumen.

Eben das, worum es an seinem Tisch gerade geht.

Alles, was Emmas Tod betraf, war klar und eindeutig, sie hatten sogar eine Mordverdächtige in Handschellen abgeführt.

Doch das hielt nur einen einzigen Tag.

Dann verschwand sie spurlos, und ihr wasserdichter Plan begann zu bröckeln.

Kein Wunder, dass er sich jetzt wegen zu hohen Blutdrucks und Herzrasens für eine Woche krankschreiben lassen musste. Es hat ihn einfach alles zu sehr gestresst.

Gunnar kann nicht länger darüber nachdenken, denn jetzt klopft Evert an sein Glas. Der Thuja-Fan hält endlich die Klappe, und das Murmeln im Lokal verebbt.

Evert, der Bruder und Freund, der sich von ihm abgewendet hat. An den er seit dem Tod seiner Tochter nicht mehr herankommt.

Die arme Marianne hat sich um alles, was die Trauerfeier angeht, selber kümmern müssen, sie hat alles organisiert, während Evert in seinen Kummer abgetaucht ist. Laut Marianne war ihm alles egal, weder die Auswahl der Psalmen, die Todesanzeige noch der Sologesang in der Kirche haben ihn interessiert. Das Einzige, worauf er bestand, war, Emmas letztem Wunsch nachzukommen und sie einäschern und in alle vier Winde verstreuen zu lassen. Marianne musste also alle Entscheidungen selber treffen, während er ständig in ihr Sommerhaus fuhr und für sich trauerte. Jetzt ist Evert kaum noch wiederzuerkennen, er hat extrem abgenommen, und seine einst so stolze Haltung ist in sich zusammengebrochen, er wirkt mehrere Zentimeter kleiner als früher. Gunnar empfindet ihn als Verräter erster Güte. Jetzt, wo seine Frau ihn am dringendsten braucht, steckt er den Kopf in den Sand.

Das hat nichts mit Liebe in guten wie in schlechten Zeiten zu tun.

KAPITEL
4

Allmählich fällt mir das Warten schwer, doch ich kann nicht gehen, bevor ich sie nicht wenigstens kurz gesehen habe. Ich muss wissen, wie es ihr geht. Endlich öffnet sich die Tür des Gemeindehauses und zwei Männer in Anzügen treten heraus. Zu meiner Enttäuschung wollen sie nur rauchen.

Ich kenne sie beide nicht. Sie unterhalten sich, während ihre Zigaretten kürzer werden, aber ich bin zu weit entfernt, um hören zu können, was sie sagen. Einer von ihnen lacht, und ich frage mich, was angesichts der gegebenen Umstände so lustig sein kann. Dann drücken sie die Zigarettenstummel aus und gehen wieder hinein. Vielleicht waren es Polizisten? Es dauert eine halbe Stunde, bis endlich wieder etwas passiert. Diesmal kommt eine ganze Gruppe heraus, alle in Jacken oder Mänteln, obwohl es achtzehn Grad sind und die Sonne scheint. Der Kies knirscht unter ihren Füßen, als sie vom Gemeindehaus zum Parkplatz gehen.

Einige sehen erleichtert aus, andere sind vom Ernst der Stunde gezeichnet.

Und dann entdecke ich sie endlich. Mein Herz schlägt schneller, und es flimmert vor meinen Augen.

So weit weg und doch so nah.

Ich möchte ihre weiche Wange an meiner spüren, doch das ist unmöglich, ich kann nicht hingehen und sie hochheben, ihr sagen, dass ich sie über alles auf der Welt liebe und ihr versprechen, dass alles gut wird. Nichts von dem, was passiert ist, ist ihre Schuld, und ich möchte nicht, dass sie unter den Konsequenzen leidet. Zum Glück sehe ich von hier aus, dass sie trotz allem fröhlich ist und es ihr gutgeht, ich brauche mir also keine Sorgen zu machen. Ein Stein fällt mir vom Herzen, wird jedoch sogleich von einem anderen ersetzt. Es tut weh, zu sehen, dass ich austauschbar bin, dass sie ohne mich zurechtkommt. Als sie die Arme ausstreckt, um hochgehoben zu werden, ist das für mich zu viel. Ich kann es nicht mit ansehen. Ich bin es, die bei ihr sein sollte, statt mich hier hinter einem Baum zu verstecken wie eine Verbrecherin. Es ist alles so ungerecht, und es ist nur eine Frage der Zeit, bis sie mich vollkommen vergessen hat. Der Gedanke, dass sie aufwachsen könnte, ohne sich im Geringsten an mich zu erinnern, macht mir am meisten zu schaffen. Das darf einfach nicht sein. Ich würde alles für sie tun und möchte sie um jeden Preis vor diesem Schicksal bewahren.

Ich muss die Wahrheit ans Licht bringen.

Ach Ines, bald haben wir uns wieder.

Je weiter sie sich entfernt, desto schwerer fällt es mir, stillzustehen. Ich sehe nur noch einen Zipfel ihres geblümten Mäntelchens, und es tut so weh, ruhig bleiben zu müssen. Es fühlt sich an, als würde ich akzeptieren, sie zu verlieren. Und das tue ich weiß Gott nicht, ich kann ihr nur leider nicht hinterher. Nicht jetzt. Ich muss mich zusammenreißen.

Alles fühlt sich jetzt noch tausendmal schlimmer an.

Als der wahre Täter vor das Gemeindehaus tritt, klopft mir das Herz, und mein Atem wird flacher. Er sieht ruhig und besonnen aus, äußerlich ist ihm keine Spur von Reue oder Doppelspiel anzusehen. Es ist abscheulich, er lügt, bis er sich selber glaubt, und nutzt seine Umgebung zu seinem eigenen Vorteil aus. Steht dort herum wie ein Trauernder unter vielen.

Wenn die anderen wüssten, dass in Wahrheit er hinter allem steckt!

KAPITEL
5

Die Zivilbeamten geben Andreas ein Zeichen, dass sie nach Hause fahren können. Seltsamerweise hat Josefin sich an die Polizeiüberwachung gewöhnt. Ihre Sorge, dass Ines nach so langer Zeit noch etwas passieren könnte, hat sich ein wenig gelegt. Hillevi hat nichts zu gewinnen, wenn sie plötzlich auftaucht, dennoch ist es genau das, was die Polizei insgeheim hofft. An dem Tag, an dem Hillevi sich nicht länger von Ines fernhalten kann, werden sie sie endlich schnappen.

Josefin umarmt ihre Eltern, und Evert und Marianne verabschieden sich von ihren vier Enkelkindern, bevor auch sie zum Parkplatz gehen.

Ihr armer Vater, er sah so verwirrt aus, als er ein paar Worte über Emma sagen sollte. Doch nachdem er sich gefangen hatte, war seine Rede sehr ergreifend. Er vermisste Emma spürbar, und es wurde deutlich, dass er sich darüber grämte, ihr seine Zuneigung zu Lebzeiten nicht öfter gezeigt zu haben. Dennoch schmerzt es Josefin zu hören, wie viel Respekt er vor ihrem Eigensinn und ihrem Mut gehabt hat. Nicht weil es bedeutete, dass er nicht auch stolz auf sie wäre. Es bestätigt ihr nur einmal mehr, dass ihr Vater Emma besonders gerne mochte. Und da spielt es überhaupt keine Rolle, dass Josefin inzwischen dreiundvierzig ist, sie fühlt sich immer noch zurückgesetzt. Gleichzeitig schämt sie sich, dass sie sich mit ihrer toten Schwester vergleicht.

Josefin überlegt, ob sie sich Sorgen um ihren Vater machen muss. Er ist noch viel verschlossener als sonst. Seit Emma gestorben ist, sagt er am Telefon noch weniger, und manchmal ist er völlig abwesend. Er sollte mit jemandem reden, denkt sie. Trauer kann verschiedene Formen annehmen, und es ist schwer einzuschätzen, wann etwas zu weit geht und man eingreifen muss. Sie wird sich mit ihrer Therapeutin beraten, wenn sie sich das nächste Mal sehen. Der Unterschied zwischen ihrem Vater und ihrer Mutter ist, dass ihre Mutter sich die ganze Zeit mit irgendetwas beschäftigt. Um sie macht Josefin sich deshalb viel weniger Sorgen. Allerdings überlegt sie, wie Emma es wohl gefunden hätte, dass sie bei der Feier keine Rede gehalten hat. Josefin weiß, dass ihre Mutter ungern im Rampenlicht steht. Sie fühlt sich wohler, wenn sie sich in Everts Schatten halten kann, oder sie hat sich einfach an diesen Platz gewöhnt. Aber dennoch ...

Josefin dreht sich um, um noch einmal zu kontrollieren, ob die Kinder auf den beiden Rückbänken richtig angeschnallt sind. Dann lehnt sie sich zurück und sieht sofort wieder das Foto von Emma vor sich. Kein Wunder, dass es ihr so vorgekommen ist, als wäre ihre Schwester in der Kirche anwesend, es war ein so lebendiges Bild. Keiner konnte in die Kamera lächeln wie Emma. Als sie Teenager waren, war ihr in Mailand sogar einmal ein Model-Vertrag angeboten worden. Josefin schaudert, wenn sie daran denkt, wie sehr sie Emmas Anwesenheit heute gespürt hat, zugleich ist es aber auch schön. Vielleicht hat Emmas Tod bei ihr selbst ja die Fähigkeit geweckt, mit der anderen Seite zu kommunizieren? Doch dann hätte sie richtig Kontakt mit Emma bekommen müssen, was ihr bisher nicht gelungen ist, obwohl sie bereits zwei Sitzungen bei einem bekannten Medium gehabt hat.

Sie wird in ihren Gedanken unterbrochen, Andreas legt seine große Hand auf ihre.

Er weiß nichts über ihre Besuche bei dem Medium. Josefin ist sich sicher, dass er nur den Kopf schütteln und sie auslachen würde. Gewisse Dinge behält sie lieber für sich. Sie spürt das Gewicht und die Wärme seiner Hand und atmet tief durch, zum ersten Mal seit langer Zeit. Es ist traurig, aber auch gut, dass alles vorbei ist.

Eine Woche vor den Sommerferien hat sie Abschied von ihrer einzigen Schwester genommen. Josefin schluckt, versucht jedoch nicht länger, die Tränen zurückzuhalten, jetzt, da sie im Schutze des Autos sitzt, weit weg von den Blicken der anderen Gäste, also Emmas Kollegen, Freunden, Verwandten und weiß Gott wem noch.

Die Kinder sitzen ganz still. Andreas parkt rückwärts aus, und Josefin dreht sich noch einmal um, um sich zu vergewissern, dass es allen gut geht. Ines hat sich eine Sandale ausgezogen und ist anschließend sofort eingeschlafen. Die anderen scheinen ganz in ihren eigenen Gedanken versunken, sie streiten sich nicht, obwohl keines von ihnen sein Handy oder iPad dabei hat, um damit zu spielen. Die Feier in der Kirche scheint alle sehr mitgenommen zu haben.

Leere breitet sich in Josefin aus. Es ist so endgültig.

Das Leben ohne Emma wird ein ganz anderes, und sie weiß noch nicht recht, was das für sie bedeutet.

Sie schaut zu Andreas hinüber.

Emmas Tod hat trotz allem auch etwas Gutes mit sich gebracht, denkt sie und lässt den Blick ein letztes Mal über den Friedhof wandern. Ganz hinten entdeckt sie eine einsame, zierliche Frau mit dunklen Haaren. Sie steht mit dem Rücken zu ihnen etwa auf der Höhe von Kristoffers Grab. Hillevi? Die Angst schießt wie eine Kugel durch ihren Körper. Kann das wirklich Emmas Mörderin sein? Die Frau ist ungefähr so groß und hat eine ähnliche Haarfarbe. Was, wenn sie die ganze Zeit während der Trauerfeier hier herumgeschlichen ist, ganz in Ines' Nähe, bereit, jederzeit zuzuschlagen und sie aus dem Kinderwagen zu entführen?

»Andreas, halt an!«, sagt sie und zeigt mit zitterndem Finger Richtung Friedhof. »Sie ist da.«

KAPITEL

6

Ich stehe an Kristoffers Grab und versuche ihm zu sagen, wie leid es mir tut, dass ich nicht zu seiner Beerdigung kommen konnte. Auf dem Boden liegt ein verwelkter Tulpenstrauß. Einige der braunen Blütenblätter haben sich gelöst und verstärken den Eindruck von Tod und Verfall. Kristoffer fehlt mir, obwohl er mich hintergangen hat. Darüber werde ich niemals hinwegkommen. Dennoch hatten wir auch viele schöne Stunden. Ich sehe seine kastanienbraunen Augen vor mir und die kräftigen Augenbrauen, sein dunkles, widerspenstiges Haar und sein ansteckendes Lächeln. Er war einen Kopf größer als alle anderen, trug als Makler immer gut sitzende Anzüge und war stets bereit, einen Besichtigungstermin zu übernehmen. Auch wirkte er immer vergnügt. Doch hinter der hellen Fassade verbarg sich ein dunkles Geheimnis.

Am Ende war er nicht mehr er selbst, nein, das war er wirklich nicht.

Etwas bringt mich dazu, mich umzudrehen, ich weiß nicht, was, vielleicht eine Spannung in der Luft oder eine rasche Bewegung im Augenwinkel. Eine Krähe fliegt von einem Baum auf, ebenso fluchtbereit wie ich. Vielleicht habe ich deshalb reagiert. In der Nähe der Gräber, wo ich stehe, entdecke ich niemanden, aber hinten am Parkplatz steigen zwei Personen aus einem Auto, den Blick auf mich gerichtet wie brennende Laserstrahlen. Sie kommen in meine Richtung, erst langsam, dann werden sie wie auf ein Signal hin schneller.

Noch sind sie hundert Meter entfernt, doch der Abstand wird mit jeder Sekunde kürzer.

Polizei.

Und zwar nicht irgendwer.

Das letzte Mal, dass ich sie gesehen habe, war im Krankenhaus von Danderyd.

Sie haben mich entdeckt, und als sie merken, dass ich das begriffen habe, fangen sie an zu laufen.

Wenn sie mich jetzt schnappen, ist es vorbei. Panik ergreift mich, und ich wage nicht, nachzuschauen, wie weit sie noch von mir entfernt sind, ich laufe einfach los.

Rasch geht es an einem Wäldchen vorbei. Das Einzige, was mich retten kann, ist der Sichtschutz der Bäume, dass sie nicht sehen, in welche Richtung ich laufe.

Ein paar wenige Sekunden werde ich außerhalb ihres Blickfeldes sein, dann ist die Chance vorbei. Noch fünfzig Meter bis zum Versteck. Ich muss weiter, so schnell ich kann. Darf mich nicht umdrehen, nicht an Tempo verlieren, nicht anfangen zu denken. Es ist wie ein Mantra in meinem Kopf. Der Schweiß rinnt mir herab, und mein Herz klopft so laut, dass alle anderen Geräusche verstummen. Jedoch nicht ganz. Ich höre, wie sie mir drohend etwas hinterherbrüllen:

»Hillevi, bleiben Sie stehen!«

Ich beschleunige noch mehr, erreiche die versteckte Öffnung zu der Höhle hinter dem Wäldchen und krieche hinein.

»Es bringt nichts, wenn Sie sich verstecken«, ruft einer von ihnen noch lauter.

Doch, das tut es.

Denn hier werden sie mich niemals finden.

KAPITEL
1

Ihr Zahnfleisch ist so geschwollen, dass es beinahe platzt. Soraya ist schwindlig, sie hat Fieber und fühlt sich matt und elend. Zum Glück wird es langsam wärmer draußen, auch wenn es zwischen zwei und vier Uhr nachts immer noch sehr kalt ist. Dann liegt sie da und zittert ohne Decke, mitten zwischen den Abfällen auf dem Boden.

Doch vielleicht muss sie bald nicht mehr frieren.

Innerhalb der nächsten Tage muss sie eine Lösung finden, wie sie nach Hause zu ihrer Familie kommen kann, denn sie hat versprochen, nach drei Monaten zurückzukommen. Irgendwie muss ihr das gelingen. Ihre Sehnsucht nach den Großeltern ist so groß. Ihre Eltern sind gestorben, als sie noch ganz klein war, und sie hat keine Erinnerungen mehr an sie. Soraya denkt an ihren Sohn und hofft, dass ihn nicht dasselbe Schicksal ereilt. Seinen Vater hat er nie gekannt, deshalb hängt seine Zukunft ganz allein von ihr ab.

Aurel ist es wert, für ihn zu kämpfen.

Jetzt muss sie nur noch die Tage zählen.

Doch sie hat keine Ahnung, wovon sie das Ticket bezahlen und noch weniger, wie sie ihren Pass zurückbekommen soll. Letzteres kann sie wahrscheinlich vergessen, sie muss eine andere Möglichkeit finden, über die Grenze nach Rumänien zu gelangen. Das Problem ist, dass es ihr mit jedem Tag schlechter geht. Sie kann kaum noch kauen, die Zahnschmerzen sind so heftig, dass sie nur noch flüssige Nahrung zu sich nehmen kann.

Soraya steht vom Boden auf, wo sie den Vormittag über gelegen hat. Sie befindet sich in einem großen Park mit Spielplatz, umgeben von stattlichen Bäumen. Ein kleiner Junge kämpft sich auf eine Rutsche hinauf, von weitem sieht er beinahe aus wie Aurel.

Nur dass Aurel noch nie von einer Rutsche gerutscht ist.

Sie sieht ihren Sohn vor sich, wie er morgens neben ihren Großeltern aufwacht. Noch ist er klein und unbekümmert, doch es ist nur eine Frage der Zeit, bis er begreift, in welche Armut er hineingeboren worden ist. Alles Geld, das sie zusammenbekommen hat, hat sie in einen Umschlag gesteckt. Doch ihre Großeltern erwarten wahrscheinlich, dass sie mit einem wohlgefüllten Rucksack heimkehrt, so wie die Männer es versprochen haben, die ihr die Reise nach Schweden verkauft haben. Sonst hätte ihr Großvater sie niemals ins Ausland reisen lassen, eine alleinstehende neunzehnjährige Frau. Wenn sie nur einen Bruchteil der Wahrheit wüssten! Doch Soraya hat sich selbst geschworen, ihnen niemals etwas davon zu erzählen.

Sie sind zu alt und zu krank dafür. Ihrer Großmutter würde es vor Kummer das Herz brechen.

Soraya schluckt ihre Tränen hinunter und sieht sich um.

Ihre Tasche hat sie zum Glück mitgenommen, obwohl sie in der Nacht so panisch davongelaufen ist. Als sie an den schrecklichen Anblick von Razvan denkt und wie sein Kopf herabgegangen hat, kann sie die Tränen nicht länger zurückhalten. Warum haben sie ihn umgebracht? Er war der freundlichste Mensch der Welt. Nie hat sie einen harmloseren Mann getroffen, er kann nichts getan haben, womit er den Tod verdient hätte. Vielleicht sind sie aber auch gerade deshalb auf ihn losgegangen, weil er ein so leichtes Opfer war. Sie wussten, wo er sich für gewöhnlich aufhielt, und konnten ihn umbringen, ohne dabei erwischt zu werden. Doch sie haben anscheinend nicht gewusst, dass er nicht immer alleine war. Razvan war ihr Schutzengel, der einzige Mensch, den sie in diesem Land kannte. Er war der erste Rumäne, mit dem sie gesprochen hatte, nachdem es ihr gelungen war, ihren Landsleuten zu entkommen. Er hatte ihr helfen wollen, nach Hause zu gelangen. Razvan war so etwas wie eine Vaterfigur für sie gewesen, und jetzt war er fort.

Der Park füllt sich allmählich mit Menschen, alle sind auf dem Weg irgendwohin. Soraya begreift selbst nicht, wie sie überhaupt

schlafen konnte, nach dem Schrecklichen, was sie mit angesehen hat. So viel Angst, wie sie vor der Dunkelheit hat und davor, geschlagen oder vergewaltigt zu werden. Dennoch muss sie in den frühen Morgenstunden vor Erschöpfung eingeschlafen sein. Beschämt sieht sie sich um. Was wohl die Leute von ihr denken?
Als würde es auch nur irgendeine Rolle spielen.
Die meisten schauen weg, und ihren Gesichtern nach zu urteilen, fühlen sie sich belästigt oder peinlich berührt. Soraya fragt sich, wieso sie überhaupt aufgestanden ist. Sie könnte genauso gut liegenbleiben und auf den Tod warten. Es würde ohnehin niemand etwas tun, um ihr zu helfen, sie könnte hier liegen, bis sie für immer einschläft, und das, obwohl die Leute nur einen Meter entfernt an ihr vorübergehen. Vielleicht sorgt auch irgendjemand dafür, dass sie ihren letzten Atemzug tut. Die Härchen an ihren Unterarmen stellen sich auf, wenn sie an den Blick denkt, den der große, glatzköpfige Mann ihr zugeworfen hat, der sie verfolgt hat. Er wirkte ebenso überrascht wie sie selbst, bis sich sein Gesicht verzerrte und sein Blick schwarz wurde. In dem Augenblick rannte sie los.
Soraya verlässt den Park und gelangt auf eine Straße, die sie noch nie gegangen ist. Irgendwie muss sie einen neuen Schlafplatz finden, irgendwo, wo sie sich so sicher fühlen kann wie möglich. Zugleich weiß sie nicht mehr, wofür sie eigentlich kämpfen soll, vor allem, da der Schmerz in ihrem Mund immer unerträglicher wird.
Ihr Schicksal ist doch längst besiegelt.
Plötzlich schämt sie sich, dass sie sich in Gedanken so gehenlässt.
Sie darf Aurel nicht im Stich lassen.
Ihr Heimweh wird übermächtig, genau wie der Schmerz in ihrem Mund. Es pocht so stark in ihrem Kopf, dass sie sich kaum aufrecht halten kann. Als sie jedoch wieder an ihren Sohn und ihre kranken Großeltern denkt, sieht sie nur einen Ausweg: die Zähne zusammenzubeißen. Sie wird versuchen, noch ein paar Kronen zusammenzubekommen und dann den langen Weg nach Hause antreten. Irgendwie wird es ihr gelingen, auch wenn sie im Moment noch keine Ahnung hat, wie. Sie erreicht einen weiteren Park. In dieser Stadt scheint es von Grünflächen nur so zu wimmeln. Die schwe-

dische Fahne flattert im Wind, und sie erkennt den Schriftzug »Polizeistationspark« auf einem Schild, begreift jedoch nicht, was er bedeutet. Genauso wenig wie sie weiß, wie sie das Unmögliche schaffen soll: nach Hause und zu ihrem Sohn zu kommen.

KAPITEL
8

Auf dem Weg durch den blühenden Polizeistationspark begegnet Nyhlén einer jungen Frau mit einem roten Schal. Sie sieht so hilflos und einsam aus, dass es ihm die Kehle zuschnürt. Dennoch geht er weiter, statt stehenzubleiben und zu fragen, wie es ihr geht. Er biegt nach links ab und kommt zu der Tür, durch die er zur Regionalen Einsatz- und Ermittlungseinheit gelangt, und versucht, sich dabei einzureden, dass er ohnehin nichts für sie tun könnte. Er freut sich schon darauf, das enge Hemd gegen das weitere Poloshirt einzutauschen, das ihm nicht wie eine Henkersschlinge um den Hals sitzt. Dafür spannt es etwas mehr am Bauch als früher. Er ist froh, die Trauerfeier für Emma überstanden zu haben. Jetzt kann er sich wieder ganz dem Material über Hillevi widmen. Sie hat bestimmt irgendetwas gesagt, das ihnen einen Hinweis auf ihr mögliches Versteck gibt. Menschen auf der Flucht begeben sich am Ende doch an einen von ihnen in irgendeiner Form als sicher empfundenen Ort.

Er muss nur noch herausfinden, wo das ist.

Auf dem Weg durchs Präsidium wird Nyhlén jäh aus seinen Gedanken gerissen. Bisher ist die Tür zu Emmas Büro verschlossen gewesen, jetzt steht sie weit offen. Ein Funke Hoffnung lodert in ihm auf, bevor er schnell den Gedanken verdrängt, sie könnte da drinnen sein, quicklebendig mit ihrem strahlenden Lächeln und dem blonden Haar, obwohl sie gerade offiziell von ihr Abschied genommen haben.

Nein, sie ist eingeäschert und in alle Winde verstreut worden. Die Neugier lässt ihn dennoch innehalten und hineinsehen. Zu seinem Erstaunen erblickt er eine fremde Frau mit dunklem, beinahe rabenschwarzem, kurzgeschnittenem Haar. Sie ist schlank und bestimmt nicht größer als eins sechzig. Noch ist sie sich seiner Anwesenheit nicht bewusst, sie hat ihm den Rücken zugekehrt und stellt einen Karton auf den Boden. Emmas Karton.

Er räuspert sich, um ihre Aufmerksamkeit zu erlangen.

Die Frau fährt herum, eine Spur von Angst im Blick, ihre Augen sind erstaunlicherweise blau und nicht braun, wie er erwartet hat.

»Huch, haben Sie mich erschreckt!«

»Wer sind Sie?«, fragt er so neutral wie möglich.

»Madeleine Widstrand«, sagt sie in einem Dialekt, der ihm sofort unsympathisch ist. Vielleicht kommt sie aus Västergötland oder Norrland? Dialekte und Geografie sind noch nie seine Stärke gewesen. »Ich habe heute bei der Ermittlungseinheit acht angefangen und bereits einen Fall auf dem Tisch.«

»Aha?«

»Sie wissen gar nichts davon? Ein weiterer Bettler wurde mit gebrochenem Genick aufgefunden, diesmal direkt vor der Rumänischen Botschaft. Es ist bereits das vierte Opfer, wenn man den ermordeten Bettler in Ulvsunda im vergangenen Jahr mitzählt.«

Lars Lindberg hat nebenbei etwas von einem Neuzugang in der Mordkommission gesagt, wie ihre Abteilung früher hieß. Emmas Nachfolgerin also. Nyhléns erste Reaktion auf die neue Kollegin ist ein saures Aufstoßen, das er schnell unterdrückt. Ihr Gesicht drückt Verunsicherung aus, und sie fährt sich so verlegen durch das gesprayte Haar, dass es ihm den Magen umdreht. So jemand soll jetzt also dem Irren das Handwerk legen, der sich darauf eingeschossen hat, Bettler zu töten? Nyhlén ist sich bewusst, dass man nie jemanden vorverurteilen sollte, bezweifelt jedoch, dass sie dem Job gewachsen ist. Er hat auf einen Kollegen mit mehr Erfahrung gehofft, nicht auf eine junge Frau, die aussieht, als hätte sie gerade die Schule beendet.

»Ich bin übrigens Nyhlén«, sagt er, als ihm einfällt, dass er seinen Namen noch nicht genannt hat. »Thomas Nyhlén.«

»Sie sind dieser Nyhlén, von dem immer alle reden?«, fragt sie und lächelt, so dass eine Zahnlücke zwischen den vorderen Schneidezähnen sichtbar wird.

»Herr Nyhlén, bitte«, sagt er kurz und lässt sie ohne ein weiteres Wort stehen. Am selben Tag, an dem die Trauerfeier für Emma stattgefunden hat, übernimmt also jemand ihren Schreibtisch. Es brennt in ihm, und es fällt ihm schwer, sich vorzustellen, dass da drinnen jetzt jemand anderes sitzt und Emmas Tastatur benutzt. Madeleine. Er seufzt.
Ein unsicherer Mensch, das genaue Gegenteil von Emma.
Er schließt sich in seinem Büro ein, und sobald er sein Hemd aufgeknöpft hat, beruhigt er sich ein wenig.
Es klopft zaghaft an seiner Tür.
»Moment«, knurrt er wie ein Wachhund.
Es dauert ein wenig, bis er sich umgezogen hat, und als er die Tür öffnet, steht Madeleine mit einer Kaffeetasse davor. »Er muss vielleicht noch ein bisschen abkühlen«, sagt sie schüchtern.
»Danke«, sagt er kurz, obwohl er sie am liebsten anbrüllen würde, ihn einfach in Ruhe zu lassen. Schleim dich nicht so ein!, hätte er ihr gerne gesagt.
»Und dann wollte ich Ihnen noch mein Beileid aussprechen.«
Bevor er etwas erwidern kann, ist sie verschwunden. Glück für sie. Er will nicht über Emma reden, schon gar nicht mit Leuten, die er nicht kennt und die sie nicht gekannt haben. Hoffentlich lässt sie ihn jetzt endlich in Ruhe, immerhin hat sie ja bereits einen dringenden Fall auf dem Tisch. Er selbst will keine Zeit mehr verschwenden und sich so rasch wie möglich wieder auf die Suche nach Emmas Mörderin begeben.
Er wird Hillevi finden.
Mit Emmas Tod ist all seine Lebensfreude verschwunden, und er hat keine Ahnung, ob er je wieder zu einem sinnvollen Leben zurückkehren wird. Doch darüber muss er sich später Gedanken machen, zunächst wird er sich ganz darauf konzentrieren, Hillevi zu finden. Es muss schrecklich für Emmas Familie sein, dass ihre Mörderin immer noch frei herumläuft, dass sie jederzeit auftauchen und erneut versuchen kann, ihnen Emmas Tochter zu rauben. Wie schon einmal.
Ein Telefonklingeln unterbricht ihn in seinen Gedanken, und er nimmt ab.

»Ich bin noch auf dem Friedhof in Saltjöbaden«, sagt Lindberg gestresst. »Karim und Torbjörn hätten Hillevi um ein Haar geschnappt, dann ist sie ihnen doch wieder entwischt. Die Hundestaffeln sind auf dem Weg, aber die Aussichten sind eher düster. Ich wollte es dir nur sagen.«

»Scheiße«, sagt Nyhlén laut, obwohl er sich mit seinem Chef unterhält, und wirft den Hörer auf die Gabel. Hätte er selbst es vorhin nicht so eilig gehabt, hätten sie Hillevi vielleicht endlich gefasst. Er schlägt mir der Faust auf den Tisch, so dass die Kaffeetasse herunterfällt.

Es wimmelte heute dort von Polizisten, das muss sie gewusst haben.

Dennoch ist sie da gewesen.

Anscheinend ist sie nicht nur verrückt, sondern auch bereit, wahnsinnige Risiken einzugehen. Das muss er ausnutzen, sobald er herausgefunden hat, wie sie denkt. Er hat nicht vor, aufzugeben. Wenn er selbst schon so verzweifelt ist, kann er sich gut vorstellen, wie Emmas engste Verwandte sich fühlen.

KAPITEL
9

Die Leere ihres exklusiven Hauses hallt ihnen förmlich entgegen, als Evert hineingeht und die Alarmanlage ausschaltet. Er hält Marianne die Tür auf, durch und durch Gentleman, der er immer gewesen ist. Dann hilft er ihr aus dem dünnen Sommermantel mit dem asymmetrischen Muster, das ihm in den Augen wehtut.

»Wie gut es wäre, keine Angst mehr vor dieser schrecklichen Frau haben zu müssen«, sagt Marianne, und Evert nickt, statt sie darauf hinzuweisen, dass sie das auf der kurzen Autofahrt vom Friedhof hierher bereits zweimal gesagt hat.

»Da sie anscheinend anfängt, Fehler zu machen, kann es nur noch eine Frage der Zeit sein, bis sie gefasst wird«, tröstet er seine Frau.

Marianne schlägt die Augen nieder und scheint endlich an etwas anderes zu denken. »Gut, dass die Trauerfeierlichkeiten vorbei sind.«

Evert ist sich nicht sicher, ob es für ihn einen so großen Unterschied macht, stimmt seiner Frau aber um des Hausfriedens willen zu.

»Jetzt muss nur noch die Wohnung verkauft werden«, sagt sie im nächsten Atemzug. Seit Emmas Tod hat Marianne dafür gesorgt, jede einzelne Sekunde ihrer wachen Zeit mit irgendetwas beschäftigt zu sein.

»Ich koche uns einen Kaffee«, sagt er ausweichend, obwohl sie gerade vom Kaffeetrinken kommen.

Marianne folgt ihm in die Küche. »Ich dachte, wir könnten gleich morgen anfangen, die Sachen auszusortieren und die Wohnung auszuräumen. Sie steht ja leer und kostet nur unnötig Geld. Außerdem herrscht Wohnungsmangel in Stockholm.«

Als wäre Letzteres ein echter Grund. Dann müssten sie eher überlegen, ob sie nicht ihr Sommerhaus in Roslagen verkaufen sollten.

»Bist du sicher, dass du gleich das nächste Projekt in Angriff nehmen willst, nachdem die Vorbereitungen für heute dich so viel Kraft gekostet haben?«, fragt Evert und schließt den Deckel der Kaffeemaschine.

Marianne blickt ihn verständnislos an. »Ich möchte es so schnell wie möglich hinter mich bringen, um weitergehen zu können. Was ist denn mit dir, hast du etwas dagegen?«

»Ich bin nur müde«, antwortet er, statt zu sagen, wie es wirklich ist: dass es ihn stresst. Er hat keine Kraft mehr, sich mit ihr wegen der Wohnung zu streiten, obwohl er nicht ihrer Meinung ist. Am liebsten würde er sofort nach Roslagen hinausfahren, doch das geht nicht.

Marianne würde misstrauisch werden.

»Wer ist das nicht?«, murmelt sie, zieht das Silbertablett aus der Schublade und stellt das Kaffeeservice von Gustavsberg darauf, das so gut zu ihrer Wohnzimmereinrichtung passt. Evert schenkt ein und stellt das Tablett dann auf dem Kaffeetisch ab. Sie setzen sich ein Stück voneinander entfernt.

Fünfundvierzig Jahre sind eine lange gemeinsame Zeit. Er weiß nicht, was gerade mit ihrer Ehe geschieht. Der Abstand zwischen ihnen auf dem Sofa ist jedenfalls mit den Jahren immer größer geworden. Wenn Marianne sich eines Tages auf den Sessel setzt statt zu ihm aufs Sofa, weiß er, dass es vorbei ist. Wenn alles auf den Kopf gestellt wird, landet man anscheinend an einem Scheideweg, und entweder geht die Beziehung gestärkt daraus hervor, oder sie zerbricht. Im Moment, das spürt er, balancieren sie auf dem dünnen Grat zwischen den Alternativen. Die Sicherheit, die es bedeutet, gemeinsam alt zu werden, überwiegt vielleicht schon nicht mehr die Neugierde, wie das Leben ohne den anderen wäre. Evert hat kein besonderes Interesse daran, andere Möglichkeiten zu erforschen, doch er ahnt, dass Marianne sich dazu verlockt fühlt. In den letzten Wochen ist sie noch abweisender gewesen als sonst, was aber vielleicht auch mit ihrer Trauer um Emma zusammenhängt. Bei genauerem Nachdenken ist es wohl auch eher er selbst, der sich zurückgezogen hat. Der ins Sommerhaus gefahren ist, statt zu Hause zu bleiben und ihr mit allem zu helfen. Er ist es, der flieht, nicht sie, gibt er vor sich selber zu. Doch wenn sich daran nichts ändert, wird vermutlich sie es sein, die ihn verlässt.

»Danke, dass du für heute alles so perfekt organisiert hast«, sagt er und greift nach seiner blau geblümten Tasse, die etwas wacklig auf dem Unterteller steht.

»Was für schöne Blumen alle mitgebracht haben«, sagt Marianne abwesend. »Und so rührende letzte Worte an Emma. Ich wünschte, sie hätte all die Liebeserklärungen sehen können.«

Evert denkt an das farbenprächtige Blütenmeer in der Kirche.

»Hast du den Kranz von Gunnar und Agneta gesehen?«, fragt Marianne.

Er verschluckt sich am Kaffee und hustet. »Darüber habe ich gar nicht nachgedacht.«

Marianne beginnt, ihn ausführlich zu beschreiben: die Größe, die Farbe und aus welcher Sorte Blumen er bestand. Ziemlich kostspielig, hört er sie sagen.

Das Klingeln eines Handys unterbricht sie, und Marianne entschuldigt sich. Evert atmet erleichtert auf, erhebt sich schwerfällig und geht in sein Arbeitszimmer, um mit dem weiterzumachen, was er eigentlich tun muss, was wichtiger ist als die Trauerfeier für seine Tochter.

Sorgfältig schließt er die Tür hinter sich.

KAPITEL
10

Sie klingt näselnder als sonst und flüstert geradezu, als wäre sie in einer öffentlichen Bibliothek. So abweisend, dass er es beinahe bereut, sich die Mühe gemacht zu haben, anzurufen.

»Ich bin nicht allein, wie du dir vielleicht denken kannst«, erklärt sie flüsternd und dann in normaler Lautstärke: »Danke, dass ihr heute gekommen seid.«

»Das ist doch selbstverständlich«, sagt Gunnar. Er sieht ihr bekümmertes Gesicht vor sich und die sorgfältig geordnete Silvia-Frisur, die ihr hübsches Gesicht umrahmt. Sie hat deutlich graueres Haar als die Königin, aber dennoch. »Ich verstehe, dass es heute sehr schwer für dich war und dass mein Anruf ungelegen kommt.«

»Es ist nur gerade nicht so einfach, frei zu sprechen«, sagt sie, wieder so leise, dass er kaum ein Wort versteht. Dann redet sie normal weiter. »Sag mir, dass du anrufst, um uns mitzuteilen, dass ihr die Täterin gefasst habt.«

»Nein, leider ist es auch den Hundestaffeln nicht gelungen, sie aufzuspüren«, sagt er. »Ich wollte nur hören, wie es dir geht, und fragen, warum du mir vorhin ausgewichen bist.«

Ein kurzes Schweigen entsteht. Er ist sich unsicher, ob es die Enttäuschung darüber ist, dass sie Hillevi noch nicht gefasst haben, oder ob sie nicht weiß, wie sie ihr Verhalten im Gemeindehaus erklären soll.

»Es ist einfach gerade alles sehr viel«, sagt sie schließlich.

»Heißt das, du hast keine Lust auf ein baldiges Wiedersehen?«

Es gefällt ihm nicht, dass sie zögert. So viel, wie sie sich gesehen haben, seit er vor ein paar Wochen die Initiative zu einem Treffen mit ihr ergriffen hat, müsste sie sich seiner Absichten eigentlich bewusst sein, zumindest so, wie er sie dargestellt hat. Dass das eigentliche Ziel ihres engen Umgangs der ist, ihm Einblick in Everts Leben zu verschaffen, obwohl dieser kaum noch mit ihm spricht, kann sie nicht von einem Tag auf den anderen herausgefunden haben. Es beunruhigt ihn, dass Evert sich vor ihm zurückgezogen hat, beinahe, als wüsste er etwas. Doch durch Marianne hat Gunnar die Lage einigermaßen unter Kontrolle.

»Nein, das heißt es nicht.«

Dennoch klingt sie nur mäßig begeistert, als wäre es ihr im Grunde egal. Als ob sein Anruf sie eher stören würde.

»Was hältst du von morgen? Bist du allein zu Hause?«, fragt er. Ihm würde es gut passen, denn Agneta ist verreist.

Wieder bleibt es eine Weile still. Langsam verliert er die Geduld mit ihr.

»Ich weiß es noch nicht, es ist schwer vorherzusagen«, erklärt sie. »Aber tagsüber bin ich auf jeden Fall beschäftigt.«

Beschäftigt? Gunnar gefällt die Wendung nicht, die ihr Gespräch genommen hat. Er ist es nicht gewohnt, sich als Bittsteller zu fühlen.

»Was tut denn die Polizei jetzt, um Hillevi zu finden?«, fragt sie ablenkend.

»Alles«, antwortet er. »Wir tun alles, um sie aufzuspüren.«

Ausnahmsweise einmal sagt er die Wahrheit. Dass Hillevi noch immer auf freiem Fuß ist, ist ein Desaster, und es stresst ihn ungemein, nicht zu wissen, wer sie als Erster finden wird. Ist es der falsche Beamte, gelingt es ihr möglicherweise, anzudeuten, dass sie Opfer einer Konspiration geworden ist. Er kann seine Wut darüber, dass Karim und Torbjörn sie heute an der Kirche aus den Augen verloren haben, kaum beherrschen. Dennoch weiß er inzwischen gar nicht mehr, was schlimmer ist: dass Hillevi immer noch frei herumläuft oder dass sie es letzte Nacht im Humlegården so grandios verbockt haben. Es ist ihm unbegreiflich, wo die junge Frau mit dem roten Schal plötzlich herkam. Und natürlich hat sie alles mit angesehen, das war an ihren entsetzten Augen deutlich abzulesen. Sie haben vergeblich nach ihr sowie nach Hillevi gesucht, beide sind wie vom Erdboden verschluckt. Torbjörn und Karim werden sie weiterhin Tag und Nacht suchen, schlafen können sie in einem anderen Leben.

»Marianne?«, hört er eine Stimme im Hintergrund. Eine wohlbekannte Stimme. »Hast du zufällig das Ladegerät von meinem Laptop?«

»Ich muss Schluss machen«, sagt sie schnell und beendet das Gespräch, ehe er protestieren kann.

Verwirrt starrt Gunnar das Handy an. Was glaubt sie eigentlich, wer sie ist? Bloß weil sie die gleiche Frisur hat wie die Königin, heißt das noch lange nicht, dass sie sich wie eine benehmen kann! Allerdings muss der heutige Tag einer der schlimmsten ihres Lebens gewesen sein, was ihr Verhalten vielleicht erklärt. Auch ihm geht es nicht so gut, es ist eine anstrengende Nacht mit sehr wenig Schlaf gewesen. Es hat einfach eine Weile gedauert, den toten Bettler vor der Rumänischen Botschaft in der Östermalmsgatan abzulegen. Doch es war die Mühe wert, die Botschaft scheint angekommen zu sein: So sieht es aus, wenn ihr euch nicht zu Hause um eure Leute kümmert. Was haben sie hier zu suchen? Gunnar kann es einfach nicht verstehen. Die Bettler strömen nach Schweden, können sich aber nicht ordentlich benehmen. Es ist ihm unbegreiflich, wie es sein kann, dass in seinem Land jeder kommen und gehen darf, wie er möchte. Wenn die Katastrophe erst da ist und die Grenzen geschlossen werden, ja, dann ist es bereits zu spät.

Gott sei Dank hat er eine Lösung.

Gunnar weiß, dass er sich nicht um alles kümmern kann, was seiner Meinung nach schlecht läuft in diesem Land. Er kann allerdings auch nicht einfach die Hände in den Schoß legen. Zwar will er seinen Posten nicht riskieren, doch er muss auch an die Gesellschaft als Ganzes denken, und er ist sich sicher, dass alles, was er tut, nur zum Besten des schwedischen Volkes geschieht. Wenn dieses Land nicht völlig vor die Hunde gehen soll, muss jemand mit harter Hand durchgreifen und verhindern, dass die Randale in den Straßen überhandnimmt. Die dabei draufgegangen sind, waren bestimmt nicht gerade Waisenkinder, im Gegenteil, deshalb ist Gunnar stolz darauf, dass er es wagt, unbequeme Entscheidungen zu treffen und entsprechend zu handeln. Er weiß, dass viele ihm Beifall zollen würden, auch wenn sich nicht alle trauen, es öffentlich zu tun. Zwar gibt es auch andere im Land, die die Sache in die Hand nehmen, indem sie Asylbewerberheime abbrennen, aber was hat das bisher gebracht? Nichts. Irgendwo muss auch mal Schluss sein mit der schwedischen Nachgiebigkeit. Mit ihren Bettler-Morden werden sie weltweit Schlagzeilen machen und dadurch dafür sorgen, dass weniger hierherkommen, die hier nichts zu suchen haben.

Noch haben die Zeitungen nicht so viel über den Leichenfund vor der Rumänischen Botschaft geschrieben. Um sich ein wenig abzulenken, überfliegt er die Nachrichten im Netz. Mit steigendem Puls liest er über einen Angriff auf einen Bettler im Berzelii-Park um die Mittagszeit, ein Unbekannter hat anscheinend Säure über einen Mann gegossen und ist dann geflohen. Der Bettler wurde mit Blasen und Schwellungen im Gesicht in ein Krankenhaus eingeliefert.

Das war keiner von uns, denkt Gunnar.

Und es ist erst der Anfang.

KAPITEL
11

Er schielt fast schon vor Müdigkeit, da hilft auch die fünfte Tasse Kaffee nicht. Oder ist es bereits die sechste? Nyhlén hat aufgehört zu zählen. Die Buchstaben tanzen auf dem Papier, und er beschließt, sich erst einmal die Beine zu vertreten, bevor er weiterliest. Bisher hat er keine Namen möglicher Freunde oder Verwandten Hillevis herausgefunden. Sie scheint ein sehr einsamer Mensch zu sein, der als Kind von einer Pflegefamilie in die nächste weitergereicht wurde. Es gibt daher keinen Ort, an dem sie sich mit einigermaßen hoher Wahrscheinlichkeit verstecken könnte. Die größte Hoffnung setzt er derzeit darauf, dass jemand sie auf dem Foto erkennt, mit dem sie an die Presse gegangen sind. Eine dunkelhaarige Frau mit blassem Gesicht und leerem Blick ist darauf zu sehen. Das Telefon für etwaige Hinweise läuft schon warm, doch bisher hat kein Anruf sie weitergeführt. Ein Anrufer glaubte, sie an einem Badestrand am Yxningen-See in Östergötland gesehen zu haben, ein anderer auf einer Gotland-Fähre und ein dritter in einem Flugzeug nach Mallorca.

Dabei ist Hillevi in Saltsjöbaden gewesen, auf der Trauerfeier ihres Opfers.

Der wertvollste Tipp kam von einer Frau, die meinte, Hillevi am Abend am Stockholmer Hauptbahnhof gesehen zu haben. Doch als die Kollegen vor Ort waren, war keine Spur mehr von ihr zu sehen. Niemand, dem sie das Foto zeigten, erkannte sie wieder, außer aus der Zeitung, und es war auch kein Zugticket auf ihren Namen gebucht worden. Sie ist nicht ganz dumm, denkt Nyhlén. Er selbst ist die ganze Zeit fest davon ausgegangen, dass sie sich irgendwo in Stockholm versteckt, was anscheinend ja auch der Fall ist. Sie wird wahrscheinlich niemals die Stadt verlassen, in der Ines lebt, das Kind, um das sie sich gekümmert hat, als wäre es ihr eigenes.

Nyhlén liest noch einmal den dünnen Bericht seiner Kollegen Karim und Torbjörn, die Hillevi an dem schicksalhaften Tag nach dem Mord an Emma vom Gefängnis in Sollentuna zur Haftanstalt in Kronoberg begleitet haben. An der Tankstelle am Rondell des Lindhagenplan ist sie aus dem Auto verschwunden. Keiner von ihnen konnte sie einholen. Es stellte sich aber auch heraus, dass sie sie nicht die ganze Zeit im Auge gehabt hatten. In dem Bericht geben sie zu, dass sie angehalten haben, um zu tanken, und als Karim zur Toilette musste, stand Torbjörn zwar neben dem Auto, kehrte ihm jedoch kurz den Rücken zu, um per Kreditkarte zu bezahlen. Er behauptet, es habe höchstens eine Minute gedauert. Als er sich umgedreht habe, sei Hillevi nicht mehr im Auto gewesen. Was für Blödmänner! Nyhlén spürt, wie erneut Wut in ihm aufsteigt.

Es klopft an der Tür.

»Ja?«, ruft er unwirsch und erwartet eine verschreckte, schwarzhaarige Frau.

»Komme ich ungelegen?«, fragt stattdessen eine Männerstimme. Nyhlén seufzt. Sein Chef. »Entschuldige, ich habe heute einen schlechten Tag.«

»Verständlicherweise«, erwidert Lars Lindberg. »Es ist schon bald neun. Meinst du nicht, es ist besser, wenn du erst mal nach Hause gehst und schläfst?«

In einem anderen Leben, will er sagen. In einem Leben, in dem es wieder einen Sinn hat, morgens aufzustehen.

»Du hast recht.«

Nyhlén schiebt seine Unterlagen zusammen und klemmt sie sich unter den Arm. Den Anzug lässt er hängen, er hat einfach keine Lust, ihn jetzt mit nach Hause zu nehmen. Schweigend gehen sie nebeneinander über den Flur, die Deckenbeleuchtung ist bereits ausgeschaltet, und die Etage macht einen verlassenen Eindruck. Alle anderen sind bereits im Wochenende.

»Ich habe gehört, du hast dich unserem Neuzugang schon vorgestellt«, sagt Lindberg, als sie an Emmas Büro vorbeikommen.

»Madeleine wird in dem Bettler-Fall gute Arbeit leisten, sie hat nur gute Referenzen.«

»Kann sein.« Nyhlén hat jetzt keine Lust auf ein Gespräch, er will nur noch nach Hause und sich die Decke über den Kopf ziehen.

»Auch wenn sie nicht wie Emma ist.« Lindberg bleibt stehen, und Nyhlén erkennt Besorgnis in seinem Blick.

»Wir werden sehen« ist alles, was Nyhlén sich abringen kann.

»Bist du sicher, dass du dir nicht ein paar Tage freinehmen willst?« Lindberg scheint sein Angebot ernst zu meinen, obwohl nach wie vor eine Polizisten-Mörderin frei herumläuft und über den Bettlern Stockholms eine permanente Bedrohung hängt. »Komm zurück, wenn wir sie gefangen haben. Wir sind jetzt ganz nah dran.«

Nyhlén schüttelt den Kopf. »Auf gar keinen Fall. Nicht bevor Hillevi hinter Schloss und Riegel ist. Und zwar lebenslänglich.«

KAPITEL
12

»Bettler« und »tot« sind die beiden einzigen schwedischen Wörter in den Schlagzeilen, die Soraya versteht. Doch mehr ist gar nicht nötig, um ihre Angst wieder auflodern zu lassen. Haben sie Razvan gefunden? Es fällt ihr schwer, zu akzeptieren, dass es nicht nur ein Albtraum war, dass er wirklich tot ist. Und beim nächsten Mal ist sie vielleicht selber dran. Doch sie darf sich nicht von der Angst beherrschen lassen, egal, wie sehr sie von seinem Tod betroffen ist. Hier ist es genauso unsicher und gefährlich wie zu Hause in Rumänien. Niemals wird sie ihren Großeltern in die Augen schauen und ihnen die Wahrheit über Schweden erzählen können. Es würde sie umbringen. Besser, sie glauben, sie hätte einen normalen Job.

Aurel ist noch so klein, dass er es ohnehin nicht versteht.

Aber wie soll sie ohne Razvans Hilfe hier wegkommen? Noch dazu ohne Pass und ohne Geld für ein Busticket.

Soraya hat keine Ahnung, wo sie sich gerade befindet und wohin sie als Nächstes gehen soll. Sie muss einen neuen Schlafplatz finden, bevor es dunkel wird. Der große Park, in dem Razvan ermordet worden ist, kommt nicht mehr in Frage. Stockholm ist riesig, es gibt Wasser, Parks und Brücken überall, und es ist schwierig, sich zurechtzufinden, weil manche Stadtteile sich zum Verwechseln ähnlich sehen.

Sie geht in ein Geschäft an der Straßenecke, um zu schauen, ob sie genügend Geld für etwas zu trinken hat. Sie hat schrecklichen Durst, aber noch schlimmer ist der Schmerz von dem entzündeten Zahn in ihrem Oberkiefer. Sie versucht ihn wegzudenken, positiv auf das Leben zu blicken, obwohl es nahezu unmöglich ist. Sie spürt ein Ziehen in ihrem Unterleib und warme Flüssigkeit, die ihr zwischen den Beinen herabrinnt. Auch das noch! Sie verlässt die Getränkeregale und geht widerwillig zu den Hygieneartikeln hinüber, sucht verzweifelt nach Binden oder Tampons, die nicht ein halbes Vermögen kosten.

Sie will nicht stehlen müssen.

Die Frau, die in dem Laden arbeitet, scheint sie bemerkt zu haben. Es ist schwierig, nicht aufzufallen, wenn man wochenlang dieselben Kleider trägt. Niemandem kann der muffige Geruch entgehen, den sie verströmt. Soraya bereitet sich darauf vor, beschimpft und hinausgeworfen zu werden. Doch zu ihrer Verwunderung bietet die Frau ihr stattdessen Kaffee und ein Sandwich an, als sie zur Kasse geht, um die Binden zu bezahlen. Sie hat nicht jeden Tag das Glück, einer freundlichen Seele zu begegnen, die sich zu einem Lächeln durchringen kann und darüber hinaus so großzügig ist, ihr etwas zu essen zu schenken.

Sie bedankt sich mit einem demütigen Nicken und kann die Tränen nicht länger zurückhalten. Die Schweden können sehr kühl sein, doch zum Glück begegnet ihr auch hin und wieder das Gegenteil. Sie hat Angst, nicht mehr mit Weinen aufhören zu können, wenn sie erst einmal damit begonnen hat. Razvan geht ihr einfach nicht aus dem Kopf, und der Schock über das, was sie mitangesehen hat, sitzt immer noch tief.

Soraya steckt das Brot in ihre verschlissene Umhängetasche, in der sich all ihre Besitztümer befinden. Mit ihrem entzündeten Zahn wird sie es ja doch erst einmal nicht essen können. Sie kann den Mund kaum einen Zentimeter weit öffnen. Soraya bedankt sich noch ein weiteres Mal, und die Frau scheint berührt von ihren Tränen. Als sie den Laden verlässt, denkt sie, dass dieser Tag vielleicht doch noch etwas Gutes mit sich gebracht hat, trotz des Schrecklichen, was geschehen ist. Dieser Gedanke erlischt im selben Moment, in dem sie mit einem großgewachsenen Mann zusammenstößt. Er sieht sie ungnädig an und entschuldigt sich nicht, obwohl er es war, der in sie hineingelaufen ist, weil er gerade auf sein Handy stierte. Verärgert klopft er sich nicht vorhandenen Dreck von seinem Jackenärmel. Dann wirft er ihr noch einen wütenden Blick zu.

Diesem Blick ist sie schon einmal begegnet.
Vergangene Nacht.
Das Blut gefriert ihr in den Adern.
Stolpernd verlässt sie den Laden, ihr Herz rast. Das Einzige, was sie tun kann, ist das, was sie schon so oft getan hat: um ihr Leben zu laufen.

KAPITEL
13

Das war ja schon von weitem zu sehen, dass die junge Frau mit dem schwarzen, im Nacken zu einem Knoten gebundenen Haar zu dem Abschaum gehörte, der das Land überschwemmt, um das hoch besteuerte Geld der arbeitenden Bevölkerung an sich zu raffen. Eine, die vom schlechten Gewissen anderer Leute profitiert, ohne selbst deswegen Gewissensbisse zu haben. Sie haben keine Ambitionen, keinen Kampfgeist, sie sind einfach nur faul. Sonst würden sie doch nicht immerzu nur dasitzen und hoffen, dass jemand mit der Lösung für ihre Probleme zu ihnen kommt. Genickschuss für alle! Dieses Lumpenpack! In diesem Land wird viel zu selten geschossen, das hat Gunnar schon immer gefunden. Erneut wischt er sich über den Jackenärmel, wo er sie berührt hat, und überprüft, ob das dicke Portemonnaie noch in seiner Hosentasche steckt. Das tut es zwar, dennoch ist er überzeugt, dass sie sich auch als Taschendiebin etwas hinzuverdient. Sein Zorn legt sich ein wenig, als er die identischen Schlagzeilen der Klatschzeitungen über den Bettler-Mord sieht.
Die Extraausgaben stoßen kräftig ins Horn.
»Kann ich Ihnen helfen?«, fragt die Verkäuferin und tritt auf ihn zu, statt zu wissen, wo ihr Platz ist: hinter der Theke. Immerhin bleibt sie in gebührendem Abstand stehen.
»Nein, danke«, antwortet er kurz, ohne den Blick von den Zeitungen zu wenden.
»Sonst sagen Sie einfach Bescheid«, beharrt sie, wendet sich jedoch um, als er sie weiterhin ignoriert.
Gunnar weiß, dass er sich zusammenreißen muss. Es kann sein,

dass die Leute ihn wiedererkennen, und er möchte seinen Ruf nicht unnötig gefährden. Ein Provinzpolizeichef braucht bei den Leuten zwar nicht beliebt zu sein, doch er darf auch nicht als Menschenfeind dastehen. Diese Frau ist ihm nur im falschen Moment zu nahe getreten. Er ist es so leid, dass andere ihn immer wieder in Situationen bringen, die ihn zum Handeln zwingen. Wie die rumänische Staatsführung. Wenn dieses Land selbst auch nur ein bisschen Verantwortung übernehmen würde, könnte er nachts wieder ruhig schlafen.

Die Medien machen wirklich eine große Sache aus dem toten Bettler, genau wie er gehofft hat. Da wird den Migranten, die noch überlegen, hierherzukommen, der Arsch auf Grundeis gehen. Auch der Fundort der Leiche hat unmittelbare Wirkung gezeigt: Auf der gesamten mittleren Doppelseite geht es nur um den grausigen Fund vor der Rumänischen Botschaft. Im Grunde vermisst wahrscheinlich niemand ein paar tote Bettler, dennoch widmen die Zeitungen dem letzten Todesfall gleich mehrere Spaltenmeter, da es jetzt als politische Tat betrachtet werden muss. Gunnar kann seine Zufriedenheit darüber nicht verbergen, dass es selbst auf der Titelseite der Tageszeitung *Expressen* um die Bedrohung der Migranten in Stockholm geht. Genau so wollte er es haben.

Er rafft ein paar Zeitungen und Schokoladentafeln zusammen und geht damit zur Kasse, um zu bezahlen. Das hier muss gefeiert werden.

»Schlechter Tag heute?« So eine Unverschämtheit! Die Verkäuferin mustert seinen Pullover, den er anscheinend verkehrt herum angezogen hat. Hier wird er nie wieder etwas kaufen.

»Nur schlecht geschlafen«, sagt er, und sie nickt verständnisvoll.

»Kenne ich«, sagt sie. »Nehmen Sie doch einen Kaffee, Sie sehen aus, als könnten Sie ihn gebrauchen, genau wie die junge Frau eben, mit dem roten Schal.«

Er weiß nicht, ob er sich bedanken oder sie zum Teufel schicken soll, doch ehe er sich entscheiden kann, reicht die Verkäuferin ihm einen Pappbecher mit heißem Kaffee. Genau so einen Becher, wie die Bettler ihn benutzen.

»Bitte sehr.«

»Danke«, erwidert er und widersteht nur knapp dem Impuls, ihr den Kaffee ins Gesicht zu schütten.

Dann stutzt er. »Was haben Sie gerade noch mal gesagt?«
»Dass ich Sie zu einem Kaffee einlade. Bitte sehr!«
»Nein, davor. Etwas über eine Frau.«
»Ich habe gesagt, dass Sie aussehen, als könnten sie einen Kaffee gebrauchen, genau wie die Frau mit dem roten Schal.«

Der rote Schal.

»Verdammt!«, ruft er aus und stürzt aus dem Laden.

Von der Frau ist nichts mehr zu sehen.

So ein verfluchter Mist aber auch!

KAPITEL
14

Soraya weiß nicht, wie lange sie gerannt ist, als endlich das blauweiße U-Bahn-Schild auftaucht. Sie entscheidet sich, dort hinzulaufen, und rennt weiter, obwohl ihr Kopf dröhnt. Wenn dieser Mann sie einholt und bedroht, kann sie von den Umstehenden keine Hilfe erwarten. Niemand wird eingreifen, da ist sie sich sicher. Einen gab es, der es getan hätte, aber der ist jetzt tot. Und dass er tot ist, ist der Grund dafür, weshalb sie verfolgt wird. Sie versucht, ihre Gedanken an Razvan zu verdrängen, doch das ist leichter gesagt als getan. Wenn sie nur nicht gesehen hätte, was sie mit ihm gemacht haben! Er muss wahnsinnige Angst gehabt haben. Soraya schluckt die Tränen hinunter. Ihr wird eiskalt, wenn sie daran denkt, was der Mann tun wird, wenn er sie erwischt.

Sie wagt nicht, sich umzublicken, ob er immer noch hinter ihr her ist.

Ohne nachzudenken, geht sie durch die U-Bahn-Sperre. Rasch taucht sie in die Menschenmenge ein und geht die Treppe zu den Gleisen hinunter. Erst jetzt dreht sie sich um. Er ist nirgends zu sehen. Es fühlt sich an, als wäre die ganze Welt hinter ihr her. Ein Zug hält, und sie steigt ein, ohne zu wissen, wo er hinfährt. Solange es nicht die Grüne Linie hinaus nach Hagsätra ist, ist alles in Ordnung.

Die U-Bahnfahrt ohne Ziel erinnert sie nur allzu sehr an ihr Leben; sie hat keine Ahnung, wozu der heutige Tag führen wird, nur dass er mit Weglaufen begonnen hat und mit Weglaufen endet.

Das Wichtigste ist, dass sie nicht in Högdalen landet.

Die Innenstadt ist sicherer.

Größer.

Es gibt mehr Verstecke.

In Högdalen sind die Männer, die sie überhaupt erst nach Schweden gelockt haben. Die ihr einen Job versprochen haben. Doch sobald sie die Grenze dieses langgestreckten Landes im Norden überquert hatten, änderte sich ihr Tonfall, und sie stellten sie vor die Wahl, entweder betteln zu gehen oder sich zu prostituieren. Wie auch immer sie sich entschied, würde der Großteil ihrer Einkünfte an die Männer gehen und nicht an ihre Familie, wie es ihr ursprünglich versprochen worden war.

Soraya entschied sich für einen dritten Weg.

Statt sich in ein Sklavendasein zu fügen, riss sie noch am Busbahnhof aus. Das wütende Gebrüll, als die Männer ihre Flucht entdeckten, hat sie immer noch im Ohr. Je lauter sie brüllten, desto schneller rannte sie. Auch da ging es um ihr Leben. Als sie weit genug fort war und stehenzubleiben wagte, hämmerte ihr Herz so sehr, dass sie dachte, es müsse zerspringen. Sie will lieber gar nicht daran denken, wie wütend sie wahrscheinlich immer noch auf sie sind. Das Problem ist, dass sie im Bus alle Pässe eingesammelt haben und dass sie ihnen fünfzehnhundert Kronen für die Busfahrt schuldet. Hinzu kommen in der Denkweise der Männer aber auch noch die entgangenen Einkünfte, immerhin hat sie einen Platz im Bus besetzt, den sonst jemand anderes hätte einnehmen können. Soraya ist sich bewusst, dass sie ein großes Verlustgeschäft für die Männer bedeutet. Wenn man sie findet, wird man keine Gnade kennen. Was dann mit ihr geschieht, kann sie höchstens ahnen, die Gerüchte unter ihren Landsleuten, die sie an beinahe jeder Straßenecke trifft, verheißen nichts Gutes. Soraya weiß nie, wem sie vertrauen kann oder wer möglicherweise in Verbindung mit den Männern steht, die sie hereingelegt haben. Sie hofft einfach, dass die Männer sie nicht ohne weiteres wiedererkennen, da sie sich von ihrem auffälligen Rock getrennt hat. Soraya greift fester um die Haltestange in der U-Bahn und betrachtet ihre schmutzige Hose. Sie wird sich noch eine ganze Weile wie ein Mann kleiden müssen.

Und jetzt ist sie vollkommen allein, auch nachts.

Doch es nützt nichts, sich den eigenen Ängsten zu ergeben, sie muss sich auch um ihren Lebensunterhalt kümmern.

Mit ausgestreckter Hand geht sie durch den Mittelgang und versucht, nicht an den Schmerz in ihrem Mund und in ihrem Kopf zu denken, der von einem einzigen, lächerlichen Zahn herrührt. Hoffentlich kann der eine oder andere ein wenig Kleingeld entbehren, erkennen, dass sie wirklich leidet, und sich aufgerufen fühlen, ihr zu helfen. Doch die meisten schauen weg oder starren auf ihre Handys, obwohl es Freitagabend ist und sie eigentlich gut gelaunt sein müssten. Es klirrt in schmalen Plastiktüten, und sie sieht vier Mädchen in ihrem eigenen Alter, die stark geschminkt sind und hohe Absätze tragen. Als sie an ihnen vorbeigeht und zu grüßen versucht, unterhalten sie sich einfach weiter. Vermutlich ist es besser für ihr Gewissen, wenn sie tun, als wäre sie gar nicht da. Soraya bekommt keine Krone von ihnen. Unterdessen nimmt der Zahnschmerz immer mehr zu. Sie kann sich aber nicht einfach auf einen freien Platz setzen, um sich auszuruhen. Zu groß ist das Risiko, dass sie dann vor Erschöpfung einschläft und gegen ihren Sitznachbarn fällt. Niemand will ihre Nähe, schon gar nicht will man sie auf seinem Schoß liegen haben. Sie ist nirgendwo willkommen. Wieder steigen ihr Tränen in die Augen. Es ist so erniedrigend. Zugleich macht es sie unglaublich wütend, so schwach zu sein. Sie ist eine Kämpferin, sie muss sich nur zusammenreißen.

Eines Tages wird sich das Blatt vielleicht wenden.

Eines Tages wird sie Aurel wieder in den Arm nehmen, das redet sie sich zumindest ein. Obwohl es ihr widerstrebt, zieht sie das Foto ihres Sohnes heraus und hält es dem nächsten Fahrgast hin. Sie zeigt auf sich selbst und sagt »Mama«. Es hilft, sie bekommt eine goldene Münze. Am Ende des Waggons angelangt, hat sie mehrere Kronen beisammen und steigt glücklich an der nächsten Station aus. Sie hat doch gewusst, dass Aurel die Lösung all ihrer Probleme ist, dass er der Einzige ist, der ihr helfen kann.

»Du und ich«, flüstert sie ihm in Gedanken zu.

SAMSTAG
6. Juni

KAPITEL
15

Als Nyhlén in seiner Wohnung in Söder auf dem Ledersofa erwacht, liegen die Blätter mit alten Verhören und Protokollen über das Sofa, den Teppich und den Wohnzimmertisch verstreut. Er sammelt alles ein und versucht es zu sortieren. Obendrein ist ihm im Schlaf Speichel aus dem Mund gelaufen, und er dreht das Sofakissen um, um den Fleck nicht sehen zu müssen. Doch die andere Seite ist ebenfalls schmutzig. Da kann er es gleich wegwerfen, er hat es ohnehin nie gemocht. Trotz des Durcheinanders blickt er dem Tag erwartungsvoll entgegen. Es ist Wochenende, und vielleicht kommt Hillevi ja auf die Idee, dass dann weniger Polizisten im Dienst sind, und geht größere Risiken ein. Nicht unwahrscheinlich, dass sie zum Beispiel zu ihrer Wohnung fährt, um die notwendigsten Dinge abzuholen. Zwar ist sie eigentlich zu berechnend, um in diese Falle zu tappen, aber einen Versuch ist es wert. Sobald er gefrühstückt hat, wird er nach Mariehäll hinausfahren und die Lage checken.

Zehn Minuten später ist er abfahrbereit. Er steigt in seinen neuen Volvo, der größer und sicherer ist als sein vorheriges Auto, und fährt Richtung Väster-Brücke. Samstags vormittags ist hier nicht viel los, so dass er weniger als eine Viertelstunde bis nach Mariehäll braucht. Diesmal parkt er ein Stück von Hillevis Wohnung entfernt. Beim Aussteigen hat er das intensive Gefühl, dass er sie bald finden wird. Sein Plan ist, eine Runde spazieren zu gehen, um herauszufinden, wer sich in der Umgebung herumtreibt. Doch zuvor muss er natürlich zu ihrer Wohnung und dort nach einem Lebenszeichen schauen.

Schon von weitem sieht er, dass alles genauso ist wie vor vierundzwanzig Stunden, als er vor der Trauerfeier kurz hier vorbeigefahren ist. Er geht eine kleine Runde, ist aber viel zu nervös, um länger auf gut Glück herumzulaufen. Sie wird wohl auch diesmal nicht kommen, vielleicht geht sie davon aus, dass die Wohnung rund um die Uhr überwacht wird.

Auf dem Rückweg in die Stadt fährt er am Flughafen Bromma vorbei und muss an Josefin und Ines denken, die in der Nähe wohnen. Weil er weiß, wie besessen Hillevi von Emmas Tochter ist, hat er diese Gegend schon so oft durchkämmt, dass er mit Zählen gar nicht mehr nachkommt. Dennoch scheint es ihm keine Zeitverschwendung, es noch einmal zu versuchen, obwohl die Familie ohnehin unter Polizeischutz steht, damit die Beamten sofort zuschlagen können, wenn Hillevi sich in ihre Nähe wagt. Er ruft Josefin an, um sich zu vergewissern, dass alles in Ordnung ist.

»Josefin Sköld«, meldet sie sich bereits nach dem zweiten Klingeln.

»Hallo, Thomas Nyhlén hier.«

»Ach, hallo, wie geht es Ihnen?«, fragt sie.

Nyhlén fällt nichts Passendes ein. »Ach, geht so, und Ihnen?«

»Ich fühle mich leer, aber irgendwie auch befreit, jetzt, nachdem die Trauerfeier vorbei ist. Danke, dass Sie gekommen sind.«

»Selbstverständlich«, sagt er. »Wie geht es Ines?«

»Sie wirkt munter und vergnügt.«

»Ist sie gerade bei Ihnen?«, fragt er. »Ich fahre nämlich gerade durch Bromma und wollte fragen, ob ich kurz vorbeikommen darf.«

»Gerne, aber lieber ein andermal«, antwortet sie. »Ich bin gerade in Vasastan und helfe meinen Eltern, Emmas Wohnung auszuräumen.«

Ihn schaudert, als er daran denkt, wie er vor gerade einmal fünf Wochen in die Wohnung gekommen ist. Schnell versucht er, das Bild von Kristoffer loszuwerden, wie er tot im Wohnzimmer lag.

»Dann ist Andreas mit Ines zu Hause?«, fragt er. Vor ihm taucht die Abfahrt nach Stora Mossen auf. Nyhlén beschließt, auf alle Fälle abzubiegen und eine Runde durch das Bromma-Idyll zu drehen.

»Ja«, sagt sie zögernd. »Ich könnte ihn natürlich fragen, ob Sie vorbeikommen können, aber ich glaube, sie wollten in den Park am Solviksängen. Die Polizisten wollten mal schaukeln.«

Nyhlén lacht auf, zugleich sehnt er sich unbeschreiblich nach Emma. Ihre Stimmen klingen so ähnlich.

»Alles gut, wir machen das ein andermal.«

»Sicher? Sonst kann ich Andreas gerne anrufen.«

»Nein, nein«, versichert er. »Grüßen Sie Ihre Eltern.«

»Das mache ich.«

Zum Solviksängen also.

KAPITEL
16

Josefin legt ihr Handy weg und betrachtet ihren Vater. Er sieht so verloren aus, wie er da im Flur steht, ein paar Kleiderbügel in der Hand. Emmas und Kristoffers Kleiderbügel. Sein dünnes Brillengestell ist verrutscht, und durch seine resignierte Körperhaltung wirkt er älter, als er ist. Vielleicht sind auch das kurzgeschnittene Haar und der Bart nach der Trauerfeier gestern eine Nuance weißer geworden. Er tut Josefin so leid. Sie sieht, wie er unter der Situation leidet, und dadurch, dass ihre Mutter solchen Druck macht, wird die Sache auch nicht besser. Marianne bringt kaum einen Satz zu Ende, so sehr ist sie darauf bedacht, niemals innezuhalten oder nachzudenken. So hat wohl jeder seine eigene Strategie, mit Krisen umzugehen. Sichtbar wird das erst, wenn man mit ihnen konfrontiert wird. Nyhlén klang am Telefon ebenfalls niedergeschlagen, er muss sich sehr einsam fühlen ohne seine engste Kollegin. Es war so rührend von ihm, dass er Ines besuchen wollte, und Josefin gelobt sich, ihn einzuladen, sobald sie Zeit dazu hat.

»Verschenken, aufheben, verkaufen, wegwerfen«, ruft ihre Mutter aus der Küche und bricht damit das Schweigen. »Ich habe die Kartons im Wohnzimmer beschriftet.«

Hoffentlich arbeitet sie sich nicht tot, als Frührentnerin ist sie solche Anstrengungen doch gar nicht mehr gewöhnt!

Josefin sammelt ihre Kräfte, um sich der Herausforderung zu stellen, die das Aufräumen in der Wohnung ihrer verstorbenen Schwester in der Hälsingegatan für sie bedeutet. Sie will nichts mitnehmen, denn es kommt ihr geschmacklos vor, Sachen herauszusuchen, die sie für sich haben will. Als hätte sie nur auf den Moment gewartet, alles an sich raffen zu können. Als würde sie damit akzeptieren, dass Emma tot ist und nie mehr wiederkehrt. Die Dinge haben für sie keinerlei Bedeutung. Vor der Todesnachricht hatten sie es vielleicht, aber jetzt nicht mehr. Das Einzige, was sie haben will, ist ihre Schwester, nicht der Kronleuchter ihrer Großmutter oder die antiken Stühle, so schön sie auch sein mögen. Ihr Blick fällt auf den weißen Teppich am Sofa, von dem ein Stück fehlt, wahrscheinlich hat es die Spurensicherung zur technischen Untersuchung mitgenommen. Es kommt ihr so absurd vor, dass Kristoffers Leiche genau hier gelegen hat, wo sie gerade steht, dass dies ein Tatort ist. Instinktiv will Josefin sich umdrehen und wieder gehen, doch sie muss eine Weile aushalten und mithelfen.

Das hat sie versprochen.

Am schlimmsten ist der Geruch nach Tod.

Sie öffnet ein Fenster.

In ihr sträubt sich alles so sehr, dass sie gar nicht weiß, wo sie mit dem Aufräumen beginnen soll, doch schließlich fängt sie sich und geht zum Bücherregal. Jetzt, wo es ernst wird, stellt sie fest, dass es doch einiges gibt, das sie aufbewahren möchte. Ihr Blick fällt auf den kleinen weißen Porzellanhund mit silbernen Details, und sie muss lächeln. So ein Nippes mag völlig unbedeutend erscheinen, dennoch hat er in der Beziehung zwischen ihr und ihrer Schwester eine große Rolle gespielt. Josefin wird nie vergessen, wie ungerecht sie es empfand, als sie und Emma sich darum stritten, wer von ihnen das Hündchen auf dem Flohmarkt kaufen durfte. Ihre Mutter mischte sich ein, und Josefin als die Ältere musste zurückstecken. Es endete also damit, dass Emma den Hund kaufen durfte, obwohl Josefin ihn zuerst entdeckt hatte. Ihre Mutter fand, Josefin sei alt genug, um zu begreifen, dass man sich um solche Kleinigkeiten nicht streiten muss. Auf dem Tisch nebenan gab es schließlich noch viele andere Hunde, sie konnte sich doch davon einen aussuchen. Wie immer ergriff ihre Mutter die Partei der Jüngeren, und Emma lächelte Josefin triumphierend an, sobald ihre Mutter wegschaute. Wut und Scham brannten lange in ihr, und seitdem hat dieser verdammte Hund im Bücherregal gestanden und sie jedes Mal, wenn sie Emma besucht hat, blöd angegrinst.

Drei Kronen waren der Preis für diesen Knacks in ihrer Beziehung.

Jetzt kann sie den Hund einfach einstecken, ohne dass sie deshalb jemand verpetzt.

Dreißig Jahre später hat Josefin also gewonnen, doch sie weiß, dass sie im Grunde die Verliererin ist. Sie kann nicht mehr nachvollziehen, warum sie sich mit Emma um ein so kleines, wertloses Ding streiten musste. Wie es dazu kam, dass es solche Ausmaße annahm und dass ein gebrauchter kleiner Porzellanhund das Symbol für die Ungerechtigkeit werden konnte, mit der sie sich behandelt fühlte.

»Wie geht es dir?«, fragt ihr Vater, und Josefin kehrt in die Wirklichkeit zurück.

»Ich bin müde und ziemlich durcheinander«, sagt sie und fühlt sich wie ein Dieb, als sie an den Hund in ihrer Handtasche denkt, in dem kleinen Innenfach mit dem Reißverschluss. »Und dir?«

»Ganz ähnlich.« Ihr Vater sieht sie besorgt an. »Bist du sicher, dass du das hier schaffst?«

»Wenn du es aushältst, schaffe ich es auch.«

Sie nicken einander zu und machen sich wieder an die Arbeit.

Josefin fällt ein, dass sie auch für Ines ein paar Sachen beiseitelegen muss. Etwas, das sie ihr geben kann, wenn sie größer wird und nach ihrer richtigen Mutter fragt. Die Fotoalben und noch ein paar andere Erinnerungsstücke. Plötzlich hat sie Angst, etwas Wichtiges zu vergessen, es ist eine bedeutsame Aufgabe. Ines darf nicht enttäuscht werden, indem sie die Wohnung zu schnell ausräumen, ohne an sie zu denken.

KAPITEL
17

Die Fußleisten im Flur sind immer noch schwarz vom Kohlepulver, das die Spurensicherung bei der Suche nach Fingerabdrücken am Tatort verwendet hat. Niemand hat sich die Mühe gemacht, es anschließend zu beseitigen. Evert stellt einen leeren Karton auf den Boden und betrachtet mutlos die Jacken und Mäntel, die noch auf den Bügeln hängen. Schuhe liegen kreuz und quer herum, als wäre jemand hier gewesen, hätte aber sofort wieder kehrtgemacht. Es sieht aus, als würde in dieser Wohnung ganz normal weitergelebt, dabei ist seit mehreren Wochen niemand hier gewesen.

Evert fühlt sich wie ein Eindringling, es widerstrebt ihm, in den privaten Sachen seiner Tochter und ihres Lebensgefährten herumzuwühlen. Es kommt ihm unwürdig vor. Außerdem versteht er nicht, warum es solche Eile hat. Sie haben alle noch gar keine Zeit gehabt, den gestrigen Tag auch nur ansatzweise zu verarbeiten, und doch müssen sie heute schon wieder aufräumen, sortieren und einen Makler kontaktieren. Als müsste unbedingt alles gleichzeitig geschehen. Vielleicht ist es Mariannes Art, mit ihrer Trauer umzugehen. Ihre Nerven liegen anscheinend vollkommen blank, und der Stress, den sie sich selber macht, überträgt sich auf ihre Umgebung. Aus Angst, dass sie dann endgültig zusammenbrechen würde, wagt er jedoch nicht mehr, etwas dagegen zu sagen. Gott weiß, wie oft er versucht hat, sie zu bremsen, sie will einfach nicht auf ihn hören.

Nach stundenlangem Aufräumen wird Evert irgendwann schwindlig, er muss dringend etwas essen. Doch Marianne räumt noch immer die Küche aus, sie gönnt sich keine Pause, und Josefin kümmert sich um das Wohnzimmer. Alle arbeiten in angespanntem Schweigen, nicht einmal das Radio läuft, um die Stimmung ein wenig zu lockern. Evert ist gerade dabei, Kristoffers reich bestückten Schlafzimmerschrank zu leeren. Es fällt ihm leichter, sich um seine Sachen zu kümmern als um Emmas. Unzählige chemisch gereinigte Anzüge bedecken das Bett in seiner vollen Länge und Breite, es hat beinahe etwas Makaberes. Was für ein Überfluss!, denkt Evert, wird sich dann aber bewusst, dass es wahrscheinlich nicht anders aussehen würde, wenn er anfinge, seinen eigenen Schrank auszuräumen.

Da das Bett belegt ist, kann Evert sich nirgendwo setzen, um seine Hüfte kurz auszuruhen. Kristoffers Schrank ist jetzt beinahe leer. Er beschließt, noch eine Weile durchzuhalten, und füllt eine Tüte mit Socken und Unterhosen. Als er die leere Schublade wieder schließen will, klemmt irgendetwas dahinter. Es sieht aus wie eine blaue Mappe. Evert zieht sie heraus und blättert in den Dokumenten. Sein Blick fällt auf einen Zeitungsausschnitt über einen Unfall auf einer Baustelle, bei dem ein Kleinkind ums Leben gekommen ist. Ganz hinten findet er die Kopie eines Widerspruchs gegen den Abriss eines Hauses. Ansonsten ist die Mappe leer. Evert wirft sie auf das Bett und beginnt, den Kleiderberg zu sortieren, allerdings nicht mehr mit ganz so viel Elan. Seine Neugierde ist erwacht. Warum hat Kristoffer die Mappe hinter einer Schublade versteckt, oder ist sie versehentlich dorthin gerutscht? Vielleicht bedeuteten die Dokumente ihm etwas Wichtiges, von dem Emma nichts wissen sollte, von dem er sich aber auch nicht endgültig trennen konnte. Evert überlegt, ob er die Mappe aufbewahren soll oder ob es nur sein Polizistengehirn ist, das zu viel in diesen Fund hineinliest, um sich mit etwas Neuem zu beschäftigen. Als hätte er die Zeit, sich auch noch damit auseinanderzusetzen.

Schließlich steckt er die Mappe in seine Tasche. Wenn es sich ergibt, kann er sich den Inhalt ja mal genauer ansehen.

»Oh, mein Gott«, ruft Josefin aus, als sie all die Anzüge auf dem Bett sieht. »Wie viele Personen haben hier eigentlich gelebt?«

»Das fragt man sich wirklich.« Evert schüttelt den Kopf.

»Ich kann dir mit Emmas Schrank helfen, wenn du möchtest.«

»Wollen wir nicht erst etwas essen?«, fragt Evert.

»In einer Viertelstunde, hat Mama vorgeschlagen.« Sie macht eine abwehrende Geste, es lohnt sich also nicht zu protestieren.

»In einer Viertelstunde«, wiederholt er mechanisch und kehrt zu seiner Arbeit zurück.

Er sieht, wie Josefin zögernd Emmas Schrank öffnet und verschiedene Kleidungsstücke herauszieht. Sie hält sich ein gemustertes Sommerkleid an und schaut kurz in den Spiegel, dann legt sie es auf das Bett.

»Es steht dir«, sagt er.

»Ich weiß nicht«, antwortet sie. »Es käme mir komisch vor, in Emmas Kleid herumzulaufen.«

»Sie hätte bestimmt nichts dagegen.«

»Wir haben gar nicht dieselbe Größe.«

»Es sah aber aus, als könnte es dir passen«, beharrt Evert, denn er sieht ihr an, wie gerne sie es nehmen würde. Oder ist es die Sehnsucht nach Emma, die sich in ihrem Blick spiegelt? Schwer zu sagen. Er möchte nur, dass Josefin weiß, dass er nichts dagegen hat, wenn sie das Kleid nimmt. Natürlich kann sie Emmas Kleider tragen, ohne deshalb ein schlechtes Gewissen haben zu müssen.

»Vielleicht probiere ich es nachher mal an«, sagt Josefin.

Evert legt etwas in den Verschenken-Karton im Flur. Durch den Türspalt zum Treppenhaus hört er Mariannes Stimme. Sie spricht leise, beinahe flüsternd. Als sie wieder hereinkommt, tut er so, als wäre er mit den Schuhen beschäftigt, in Wahrheit kann er aber nichts anderes denken, als mit wem sie gerade telefoniert hat. Sie weicht seinem Blick aus.

»Das war Gitta vom Buchclub«, sagt sie. »Ich habe die Zeit völlig vergessen, sie sitzen schon zusammen und warten auf mich. Lass uns ein andermal weitermachen.«

»Okay«, sagt er nur, denn ihm passt es ausgezeichnet, er möchte ebenfalls nicht länger hier bleiben als nötig. Nach ihrem plötzlichen Meinungsumschwung zu fragen, ist ihm zu kompliziert. Natürlich war es nicht Gitta am Telefon, dann hätte sie doch keinen Grund gehabt zu flüstern. Doch er lässt es auf sich beruhen.

Er hat zu viel anderes, worüber er nachdenken muss.

KAPITEL
18

Es kommt ihm nun doch absurd vor, Andreas und Ines in Bromma nachzuspionieren. Nyhlén weiß selbst nicht, warum er nicht einfach hinübergeht und sie begrüßt. Er könnte ja sagen, dass Josefin ihm gesagt hat, dass sie im Park sind.
Aber dann fährt er doch lieber weiter. Er hat schon viel zu viel Zeit vergeudet.
Hillevi ist ja doch nicht hier.
Der nächste Punkt auf seiner Wochenendliste ist ein Abstecher zum St. Göran-Krankenhaus. Er will schauen, ob er nicht dort jemanden antrifft, der auf der Station gearbeitet hat, wo Hillevi bis Ende vergangenen Jahres Patientin gewesen ist. Am Wochenende ist die Chance zwar nicht groß, doch er will es zumindest versuchen. Wer wagt, gewinnt, redet er sich selbst ein und fährt in die Innenstadt, statt nach Hause aufs Sofa, um sich eine Netflix-Serie reinzuziehen. Wie jedes Mal, wenn er an der Unfallstelle am Fuße der Tranebergsbrücke vorbeikommt, muss er die Bremsen überprüfen. Sie funktionieren, Gott sei Dank.
Am St. Görans gibt es viele freie Parkplätze. Nyhlén betritt das Gebäude mit steigender Hoffnung, nicht vergeblich gekommen zu sein.
Und ausnahmsweise einmal ist das Glück auf seiner Seite.
Die Leiterin der Erwachsenenpsychiatrie ist im Büro, weil sie ihren Laptop dort vergessen hat. Er zeigt ihr seinen Dienstausweis, und sie bittet ihn, ihr in ein separates Zimmer zu folgen.
»Traurige Geschichte«, sagt sie, nachdem er ihr erklärt hat, dass er gern mehr über Hillevi Nilsson erfahren möchte.

»Sie meinen, weil sie eine Polizistin ermordet hat?«, fragt er.

»Das auch, aber auch wegen ihrer kleinen Tochter, die damals verunglückt ist.«

Nyhlén wundert sich, dass sie sich noch so genau an ihre ehemalige Patientin erinnern kann. »Was wissen Sie noch über ihren Hintergrund?«

»Eigentlich fast alles, ich hatte die Hauptverantwortung für sie. Aber natürlich ist auch eine Menge dadurch wieder hochgekommen, dass ihr Name gerade in jeder Zeitung steht. Es wird wieder viel über sie geredet.«

»Und was sagt man da so?«

»Ich kann keine Details nennen, aber viele hier wundern sich über die Anschuldigungen. Hillevi hat nie irgendwelche Anzeichen gezeigt, dass sie jemand anderem gegenüber gewalttätig werden könnte. Sie war hier, weil sie eine Gefahr für sich selbst darstellte.«

»Und trotzdem wurde sie am Ende entlassen?«

Die Ärztin weicht seinem Blick aus. »Entlassen ist das falsche Wort. Wir waren im November letzten Jahres gezwungen, einige Kürzungen vorzunehmen, und ausgerechnet ihre Abteilung wurde vollständig aufgelöst, so dass sie in eine eigene Wohnung ziehen musste.«

Nyhlén schüttelt den Kopf. Es muss endlich genug sein mit dem Mangel an Betreuungsplätzen für psychisch Kranke, die sich nicht selbst um sich kümmern können!

»Eine ruhigere Patientin als sie kann man sich kaum vorstellen«, berichtet die Ärztin weiter. »Sie hat nie ihr Zimmer verlassen, wenn es nicht absolut notwendig war. Meistens saß sie nur da und schaute aus dem Fenster.«

»Bekam sie Besuch?«

»Es gab nur einen, der sie nie aufgab.«

Nyhlén ahnt, wen sie meint. »Kristoffer?«

»Ja, ihr Exfreund«, bestätigt die Ärztin. »Gegen Ende wurden allerdings auch seine Besuche seltener.«

»Hat sie jemals andere Personen erwähnt?«, fragt er. »Freunde? Verwandte?«

»Nein, leider nicht. Sie war ungewöhnlich einsam.«

»Hat sie irgendwelche Orte genannt, die ihr etwas bedeuteten?«
Die Frau überlegt. »Sie redete ziemlich viel von ihrem alten Haus, das abgerissen wurde.«
Da wird sie sich kaum verstecken, denkt er enttäuscht.
»Sonst nichts?«
»Ihr Haus ist das Einzige, was mir einfällt. Und dass sie sich nach einem neuen Zuhause sehnte.«
Dort ist er heute bereits gewesen.
Nyhlén reicht ihr seine Visitenkarte. »Melden Sie sich bitte, wenn Ihnen noch irgendetwas einfällt, das uns bei den Ermittlungen helfen könnte. Oder falls Hillevi wider Erwarten bei Ihnen auftauchen sollte.«
»Das mache ich«, sagt sie und begleitet ihn hinaus.
Hillevi befindet sich nicht in Mariehäll, doch sie sehnte sich nach einem neuen Zuhause.
Und nach einem Kind.
Beides gab es in der Hälsingegatan.

KAPITEL
19

Wenn es außer der Kirche einen Ort gibt, von dem ich mich unbedingt fernhalten sollte, so ist es diese verdammte Adresse. Aber ich muss dringend etwas aus der Wohnung holen. Ich wage mich nah, viel zu nah heran, wenn auch auf der gegenüberliegenden Straßenseite. Die Haustür ist geschlossen. Im dritten Stock befindet sich die Tür zu meinem alten Leben. Schreckliche Vorstellung, dass Kristoffer dort tot auf dem Teppich gelegen hat. Ich mag gar nicht daran denken.

Was, wenn Ines sich genau in diesem Augenblick in der Wohnung befindet?

Ich könnte mich hineinschleichen, ohne dass mich jemand sieht, und sie mitnehmen, bevor jemand reagieren kann. Ich kann einfach nicht akzeptieren, dass sie Waise sein soll, wenn es mich doch gibt. Oh, es macht mich wahnsinnig, wie ein Schatten hier herumzustreichen, wenn das Einzige, was ich will, ist, mit dem süßesten Mädchen der Welt zusammen zu sein. Doch wahrscheinlich ist sie ohnehin nicht hier, sondern irgendwo auf einem Spielplatz. Vielleicht mit ihrem Cousin und ihren Cousinen. Oder sie schläft in ihrem Kinderwagen, warm eingewickelt in ihre weiche Decke mit den Teddybären darauf. Ich sehe mir das unscharfe Bild an, das ich gestern auf dem Friedhof mit dem Handy von ihr gemacht habe. Leider ist ihr Gesicht nicht zu erkennen, doch das spielt keine Rolle.

Es ist Ines, mein ein und alles.

Ich versuche, mich zusammenzureißen, und überlege, ob ich wirklich jetzt in die Wohnung gehen kann. Erst muss ich mir sicher sein, dass niemand anderes dort ist. Es brennt Licht, ich sollte also lieber gehen, bevor ich etwas tue, das ich hinterher bereue. Dennoch kann ich mich von der Hälsingegatan nicht losreißen. Hier ist der Ort, an dem ich sein will, hier will ich leben. Ich bleibe noch einen Moment stehen, nachdem ich mir schon die Mühe gemacht habe, den weiten Weg hierherzukommen, und erlaube mir, von dem Leben zu träumen, das ich einmal hatte. Natürlich lasse ich nur die schönen Erinnerungen zu. Ich bemühe mich, positiv zu denken, was mir allerdings nur mäßig gelingt. Ich sehe Ines vor mir, ihre großen braunen Augen mit den langen, dichten Wimpern. Ihr zögerndes Lächeln, das dann in einem Lachen explodiert. Kristoffers intensiver Blick, seine große warme Hand in meiner.

Dieses Gefühl, zusammenzugehören, eine Familie zu sein. Vielleicht ist es ein romantisiertes Bild der Wirklichkeit, aber was soll's.

Noch immer ist hinter dem Fenster im dritten Stock keine Bewegung zu erkennen.

Ich werde es darauf ankommen lassen.

Doch als ich mich gerade dazu entschlossen habe, sehe ich jemand anderen auf die Haustür zugehen. Jemanden, den ich sehr gut kenne.

KAPITEL
20

Nyhlén klingelt an der Wohnungstür. Niemand öffnet. Das Namensschild Andersson/Sköld hängt noch da, als wäre nichts passiert, als würden sie noch immer hier wohnen. Es ist nicht das erste Mal, dass er vor dieser Tür steht, und es fällt ihm schwer, nicht an jenen Tag Ende April zu denken, als Emma im Krankenhaus lag und wollte, dass er hierherfuhr und mit Kristoffer redete, der nicht an sein Handy ging. Dass er tot sein könnte, wäre Nyhlén niemals in den Sinn gekommen. Emma dagegen war beunruhigt und sehr aufgewühlt, sie ahnte, dass irgendetwas nicht stimmte. Damals war die Tür unverschlossen, und Nyhlén war einfach hineingegangen und hatte Kristoffer leblos neben Ines' Spielzeug auf dem Wohnzimmerboden liegen sehen. Er weiß nicht mehr, was er damals gedacht hat, alles war wie in einem Nebel, bis sein Blick auf die leere Babywippe fiel.

Nicht genug damit, dass Emma ihren Lebensgefährten verloren hatte, obendrein war auch noch ihre Tochter verschwunden.

Nyhlén schüttelt sein Unbehagen ab und klingelt noch ein letztes Mal. Evert, Marianne und Josefin müssen schon gegangen sein. Sicherheitshalber drückt er die Klinke herunter, doch die Tür ist abgeschlossen. Schließlich guckt er noch durch den Briefschlitz. Drinnen ist es dunkel und still, keine Reklameblätter liegen auf dem Boden im Flur. Also sind sie tatsächlich hier gewesen und haben aufgeräumt, genau wie Josefin gesagt hat.

Nyhlén hat nicht vor, jetzt schon aufzugeben. Er beschließt, sich ins Auto zu setzen und zu warten. Noch ist erst Samstagabend. Notfalls kann er weitere vierundzwanzig Stunden hier sitzen. Früher oder später wird sie vielleicht auftauchen.

Hillevi ist die Letzte gewesen, die Kristoffer lebend gesehen hat. Und sie hat Ines entführt, sie aber am darauffolgenden Tag unter falschem Namen am Tatort wieder abgegeben, nachdem sie wieder zur Vernunft gekommen war und eingesehen hatte, dass sie damit nicht davonkommen würde. Die Ermittlungen zum Mord an Kristoffer sind ins Stocken geraten, doch Nyhlén hat einen Verdacht, wer es gewesen sein könnte. Auch in diesem Punkt sieht es für Hillevi nicht gut aus.

Dazu und zu vielem anderen möchte er sie befragen.

Erst wenn sie wieder in ihrer Gefängniszelle sitzt, wird er loslassen können. Doch die Zeit vergeht so langsam, wenn nichts passiert. Bereits nach einer halben Stunde wird es ihm unbequem, und er bekommt Hunger und Durst. Rasch geht er zum nächsten Laden an der Ecke, kauft Obst, Cola, ein Baguette mit Krabbensalat und zwei Tüten Süßigkeiten. Das wird reichen, um ihn ein paar Stunden wachzuhalten. Er überlegt, ob Hillevi sich wirklich hierherbegeben würde. Der Gedanke ist nicht unwahrscheinlich, denn die Wohnung steht leer. Sie wird kaum damit rechnen, dass Emmas Familie schon so kurz nach den Trauerfeierlichkeiten hierherkommt, um aufzuräumen. Vielleicht hat sie sogar einen eigenen Schlüssel und kann kommen und gehen, wie es ihr beliebt. Wobei es ihm doch fraglich erscheint, ob sie tatsächlich ein so großes Risiko eingehen würde.

Eine weitere Stunde vergeht, ohne dass etwas passiert. Ein paar Leute sind auf der Straße, aber keiner von ihnen sieht aus wie Hillevi.

Doch dann...

Nyhlén legt die Süßigkeiten beiseite und konzentriert sich auf eine große schlanke Frau in einem grauen Kapuzenpullover. Ihr Gesicht kann er nicht erkennen. Beinahe verschluckt er sich an einem Weingummi. Er ist sich immer noch nicht hundertprozentig sicher. Sein Wunsch ist vielleicht so stark, dass er Gespenster sieht. Als sie näher kommt, weht eine dunkelbraune Haarsträhne unter ihrer Kapuze hervor, und er beschließt, dass es niemand anderes sein kann. Als sie dann auch noch vor Kristoffer und Emmas Haustür stehenbleibt, ist er absolut überzeugt.

»Jetzt ist Schluss mit lustig«, sagt er leise zu sich selbst und öffnet vorsichtig die Fahrertür, um nicht ihre Aufmerksamkeit zu erregen.

Versehentlich schließt er sie jedoch so laut, dass Hillevi darauf reagiert. Sie ist anscheinend auf der Hut und dreht sich sofort nach ihm um. Dann läuft sie Richtung Vasapark davon. Nyhléns Beine fühlen sich vom langen Sitzen steif und schwach an, doch nach ein paar taumelnden Schritten beschleunigt er rasch. Meter für Meter holt er auf, ein kleiner Zweifel bleibt hingegen. Vielleicht hat er eine Unschuldige zu Tode erschreckt. Gleichzeitig kommt er ihr immer näher. Jetzt trennen sie nur noch wenige Meter. Warum gibt sie nicht auf?

»Hillevi, bleiben Sie stehen!«, ruft er, mit dem Ergebnis, dass sie nur noch schneller rennt.

Nyhlén ist ihr jetzt so nahe, dass er sie beinahe anfassen kann, er muss nur den Arm ausstrecken. Aus dem Augenwinkel sieht er einen Lastwagen auf der Odengatan heranfahren, viel schneller als erlaubt, Hillevi hat gar keine andere Wahl als stehenzubleiben, wenn sie nicht überfahren werden will. Doch sie rennt direkt auf die Fahrbahn, und Nyhlén muss mit einem Ruck anhalten. Instinktiv schließt er die Augen, um den Zusammenstoß nicht mitansehen zu müssen, das Quietschen der Lkw-Bremsen zerreißt ihm fast das Trommelfell, ein schreckliches Geräusch, das ihn zudem an seinen eigenen Unfall erinnert. Es gelingt dem Fahrer erst mehrere Meter weiter, den Lastwagen zum Stehen zu bringen, und Nyhlén wagt kaum, auf den Asphalt zu blicken. Gleich wird er Lindberg mitteilen müssen, dass die Jagd nach Hillevi ein unerwartetes Ende gefunden hat. Sie darf nicht sterben und damit einem Urteil entgehen.

Und das auch noch durch sein Verschulden.

Doch die Straße vor ihm ist leer. Keine Leichenteile, so weit das Auge reicht.

Nicht einmal die Spur eines angefahrenen Menschen.

Der Lkw-Fahrer ist jetzt ausgestiegen und eilt mit angstgeweiteten Augen auf ihn zu, die Hände wie zur Verteidigung erhoben.

»Ich habe sie nicht gesehen, sie ist direkt vor mir auf die Straße gelaufen«, stammelt er unter Schock. »Sie hat sich vor meinen Wagen geworfen. Sie, sie ... ich konnte nichts tun.«

Nyhlén antwortet nicht, er konzentriert sich ganz auf eine Bewegung weiter hinten am Spielplatz, auf der anderen Straßenseite. Da ist jemand auf dem Hügel, eine schlanke, grau gekleidete Gestalt. Der Fahrer fasst ihn am Arm und sagt etwas, das Nyhlén nicht mehr mitbekommt. Er rennt schon wieder weiter. Die Person auf dem Hügel tut dasselbe.

»Verdammt«, flucht Nyhlén, er ist zugleich jedoch unendlich erleichtert, dass sie noch lebt.

Trotz ihres Vorsprungs hat er sie bald eingeholt.

Er bekommt die Kapuze ihres Pullovers zu fassen und zieht mit aller Kraft. Sie wehrt sich, kann aber nicht gegenhalten, und so wirft er sie hinter der Schaukel zu Boden. Dann setzt er sich rittlings auf ihren Rücken und hält ihre Arme fest. Er hat nicht vor, jemals wieder loszulassen.

»Es ist vorbei, Hillevi.«

KAPITEL
21

Die Nachricht von der Festnahme erreicht Gunnar, als er gerade den letzten Tropfen Jahrgangswein trinkt. Schon als er Lindbergs Nummer im Display sieht, ahnt er, worum es sich handelt und geht in den Flur, damit Marianne nichts mitbekommt. An einem Samstagabend würde niemand einen Provinzpolizeichef stören, zumal dann nicht, wenn dieser krankgeschrieben ist. Es sei denn, es ist wichtig. Gunnar hofft inständig, dass es Karim und Torbjörn sind, die Hillevi gefunden haben, und dass sie Klartext mit ihr reden, bevor sie dem Verhör zugeführt wird. Sie darf unter keinen Umständen aussagen, dass sie unschuldig am Tod von Emma ist.

»Entschuldige die Störung, aber Emma Skölds mutmaßliche Mörderin ist soeben gefasst worden, in der Nähe des Vasaparks«, teilt Lindberg ihm triumphierend mit. »Sie ist auf dem Weg zurück ins Gefängnis. Ich dachte, du solltest es als Erster erfahren.«

»Danke«, sagt Gunnar und fühlt sich mit einem Mal ziemlich nüchtern. »Wie genau ist es abgelaufen?«

»Über die Einzelheiten kann ich dir nichts sagen, da fragst du Nyhlén am besten persönlich.«

»Hat er sie geschnappt?« Er könnte schreien vor Wut.

»Ja, ganz allein«, sagt Lindberg. »Wenn ich es richtig verstanden habe, ist er zufällig auf sie gestoßen. Jetzt ist sie auf dem Weg nach Kronoberg, und diesmal wird sie uns nicht entwischen.«

Es ist Gunnar scheißegal, in welchem Gefängnis Hillevi sitzt. Er möchte jetzt so wenig wie möglich reden, um sich weder den Alkohol noch seine Besorgnis darüber anmerken zu lassen, dass der falsche Polizist sie gefunden hat. Marianne ist aufgestanden und ihm in den Flur gefolgt. Sie sieht ihn fragend an, und er nickt, um zu bestätigen, was sie bereits ahnt.

»Wir beginnen morgen früh mit dem Verhör«, sagt Lindberg und beendet das Gespräch.

Gunnar atmet tief durch und begegnet Mariannes Blick. »Sie haben sie.«

Ihre Augen füllen sich mit Tränen, und er nimmt sie in den Arm, vor allem, damit sie ihn nicht durchschaut und bemerkt, dass etwas nicht stimmt. Sie ist so dünn, dass sie in seinen Armen beinahe verschwindet. Er hält sie ganz fest, um ihr das Gefühl von Geborgenheit zu vermitteln. Dann küsst er sie zärtlich auf die Wange.

»Jetzt brauchen wir keine Angst mehr um Ines zu haben«, sagt Marianne. »Es wird eine große Erleichterung für Josefin und Andreas, wenn sie keinen Polizeischutz mehr brauchen. Ich muss sie sofort anrufen.«

»Warte lieber, bis Evert von Lindberg informiert wird«, sagt Gunnar. »Sonst wird er misstrauisch, weil du die Nachricht zuerst bekommen hast.«

Wenn Agneta zu einer Sitzung fährt und Evert ins Sommerhaus flieht, kommt Marianne zu ihm. Das seltsame Verhalten seines Freundes in den letzten Wochen bereitet Gunnar Kopfzerbrechen. Immer mehr hat er das Gefühl, dass etwas im Gange ist, das alles zerstören kann, was er sich aufgebaut hat. Manchmal fürchtet Gunnar sogar, dass Evert begriffen hat, wer wirklich hinter dem Mord an seiner Tochter steckt.

»Du hast recht«, sagt Marianne. Gunnar zuckt zusammen. Er hat ganz vergessen, worüber sie gerade geredet haben.

»Das müssen wir feiern«, sagt er schnell, und Marianne folgt ihm in die Küche, wie ein hartnäckiger Schatten, der ihm die Luft zum Atmen nimmt.

Er braucht jetzt etwas Starkes. Im Alkoholschränkchen wartet die Branntweinflasche. Er nimmt sie mit in das gediegene Wohnzimmer, in dem alles weiß ist. Schön oder eher trist, Gunnar kann sich nicht entscheiden. Er selbst hat eher eine Vorliebe für rustikale Möbel, so wie sie in seiner geliebten Jagdhütte stehen. Diese ist der einzige Ort, an dem er tun und lassen kann, was er will, weil Agneta sich zum Glück weigert, auch nur einen Fuß hineinzusetzen.

Marianne trocknet sich die Augen, dann schüttelt sie den Kopf. »Ich bin so froh, dass Hillevi endlich gefasst wurde.«

»Aber?«, fragt er, als er ihren Blick sieht.

»Emma wird dadurch auch nicht wieder lebendig.«

Gunnar legt seine Hand auf ihre. »Wenigstens bekommt die Mörderin jetzt ihre verdiente Strafe.«

»Das ist kein besonders großer Trost.«

Darauf fällt ihm nichts ein, und so konzentriert er sich lieber darauf, ihre Gläser bis zum Rand zu füllen. Sein Leben lang hat er Kummer und Angst stets mit Alkohol oder anderen Betäubungsmitteln bekämpft. Empathie ist nicht gerade seine Stärke. Er nimmt einen ordentlichen Schluck und hofft, damit seine steigende Panik in den Griff zu bekommen. Gestern ist ihm die Frau mit dem roten Schal entwischt, obwohl er sogar mit ihr zusammengestoßen ist. Wie konnte er so neben sich stehen, dass er erst begriffen hat, wer sie war, als es schon zu spät war? Davon wird er Torbjörn und Karim auf gar keinen Fall erzählen. Die haben sich ja auch nicht gerade mit Ruhm bekleckert. Hätten sie damals beim Transport nach Kronoberg besser auf Hillevi aufgepasst, wäre sie ihnen gar nicht erst entkommen. Und dann ist es ihnen nicht einmal gelungen, ihren fatalen Fehler wiedergutzumachen, sondern es ist Nyhlén, der sie gefunden hat.

Das ist das Schlimmste, was ihnen passieren konnte.

KAPITEL
22

Josefin kann nicht einschlafen. Sie liegt wach und grübelt über ihren Besuch bei dem Medium nach dem Aufräumen in Emmas Wohnung nach. Es war ihr dritter Termin, dennoch stellte sich heraus, dass es hinausgeworfenes Geld war. Josefin fragte die Frau rundheraus, warum es ihr nicht gelänge, mit Emma in Kontakt zu treten. Darauf erhielt sie die kryptische Antwort, sie könne nur mit Toten kommunizieren. Es war doch klar, dass ihre Fähigkeiten, mit der anderen Seite Kontakt aufzunehmen, keine lebenden Menschen einschloss. Warum betonte sie es dann so ausdrücklich?

Für einen Moment erlaubt Josefin sich den Gedanken, Emma sei vielleicht noch am Leben und warte irgendwo auf sie alle. Wie schön wäre es, ihre Schwester noch einmal umarmen und ihr sagen zu können, wie viel sie ihr bedeutet. So anstrengend es auch manchmal war, neben Emma aufzuwachsen, die jede erdenkliche Bestätigung bekam, hatten sie doch eine sehr enge Beziehung. Jetzt, da sie tot ist, scheint diese Verbindung seltsamerweise noch stärker. Josefin war immer stolz darauf, Emmas Schwester zu sein, hat ihr das jedoch nie gesagt. Und jetzt liebt sie sie mehr als je zuvor, obwohl sie noch immer alle Aufmerksamkeit auf sich zieht, sogar noch nach ihrem Tod. Es wird sich niemals ändern. Manchmal empfindet Josefin den Verlust so stark, dass sie alles tun würde, um Emma zurückzubekommen.

Noch einmal spielt sie im Kopf den Besuch bei dem Medium durch, dann schiebt sie ihre eitlen Hoffnungen beiseite und sagt zu sich selbst, dass sie sich keinen Dienst erweist, wenn sie von dem Unmöglichen träumt.

Emma ist tot, Schluss, aus.

»Woran denkst du?«, fragt Andreas und zieht sich die Decke bis zum Kinn hoch.

»Ach, nichts Besonderes«, antwortet sie.

»Sag schon«, beharrt er.

Da erzählt sie ihm von dem Medium, was sie eigentlich nicht vorhatte, um nicht von ihm ausgelacht zu werden. Und ganz richtig macht er sich über sie lustig, und sie kommt sich genauso lächerlich vor, wie sie befürchtet hat.

»Ist ja irre«, sagt er und schnappt nach Luft. »Entschuldige, ich will wirklich nicht gemein sein, aber du hörst doch selbst, wie verrückt das klingt?«

Josefin lenkt widerstrebend ein. »Ich weiß. Ich fand es nur komisch, dass sie das sagte, obwohl es doch selbstverständlich ist. Stell dir vor, sie hat gespürt, dass etwas nicht stimmt?«

»Meinst du das jetzt wirklich ernst?« Andreas sieht sie mit seinen treuen Hundeaugen an. »Bitte, Liebes, hör auf. Wahrscheinlich war der Besuch bei ihr auch nicht gerade umsonst.«

»Tut mir leid, es ist nur gerade alles so viel«, verteidigt sie sich.

»Hör lieber auf damit, es wird garantiert nur noch schlimmer, wenn du dir weiterhin Hoffnung auf etwas machst, das physisch unmöglich ist.«

Josefin nickt kaum merklich. Er hat ja recht, sie muss aufhören, sich da in etwas hineinzusteigern.

»Machst du das Licht aus?«, fragt er. Sie sagen sich gute Nacht.

Dann liegt sie neben Andreas, als wäre nichts geschehen. Als hätte es Melissa, seine Geliebte, nie gegeben. Als hätte es all die Monate, in denen er nicht da war, nicht gegeben und ebenso wenig die eingereichten Scheidungspapiere. Dicht beieinander liegen sie da, als wäre es eine Selbstverständlichkeit, und das, ohne je darüber gesprochen zu haben, wie absurd es eigentlich ist.

Zwei geschiedene Menschen in einem Bett.

Ihrem alten Ehebett.

Bereits wenige Tage nach Emmas Tod waren sie wieder zusammen in ihrem Haus, mit denselben eingespielten Mustern wie zuvor, allerdings mit dem großen Unterschied, dass sie respektvoller, bewusster miteinander umgingen. Sie nehmen einander nicht mehr selbstverständlich. Josefin hat ihm verziehen. Sie will für immer mit ihm zusammen sein, dessen ist sie sich absolut sicher. Nie wieder will sie sich dem Destruktiven ausliefern, allein zu wohnen und die Kinder nur jede zweite Woche bei sich zu haben.

Jetzt drehen sich ihre Gedanken endgültig im Kreis, so kann sie unmöglich schlafen. Sie greift nach dem Handy, das sie auf lautlos gestellt hat. Ihre Eltern haben mehrfach versucht, sie zu erreichen, und sie spürt, wie sich ihr Herz zusammenzieht. Andreas schläft ebenfalls noch nicht. Sie stößt ihn in die Seite.

»Es ist etwas passiert«, sagt sie und wählt die Nummer ihres Vaters.

»Wie bitte?«, fragt Andreas, doch sie kann nicht antworten, denn schon hört sie Everts Stimme.

»Steht die Polizei noch vor eurem Haus?«, fragt er.

Josefin wird starr vor Schreck.

»Ich glaube schon«, sagt sie. »Warum fragst du?«

Es klopft an die Tür, und Andreas sieht Josefin fragend an.

»Du kannst ihnen sagen, dass sie gehen können«, sagt Evert. »Nyhlén hat gerade angerufen und mir mitgeteilt, dass er Hillevi in der Hälsingegatan entdeckt und sie bis in den Park verfolgt hat. Sie ist jetzt im Gefängnis. Es ist endlich vorbei.«

Josefin schießen Tränen in die Augen, und sie dreht sich zu Andreas um. »Sie haben sie.«

Das Klopfen wird lauter, Josefin hofft, dass die Kinder nicht davon geweckt werden. Ines schläft immer so schlecht ein und wäre dann bestimmt wieder stundenlang wach.

»Die Nachtwache will uns bestimmt Bescheid sagen«, sagt Andreas. »Ich gehe schnell runter und kümmere mich darum.«

»Danke«, flüstert Josefin unter Tränen.

»Jetzt brauchst du keine Angst mehr zu haben, dass Ines etwas passiert«, sagt Evert. »Und du hast nicht mehr ständig die Polizei auf den Fersen.«

»Wunderbar«, sagt sie und spürt, wie ihr ein Stein vom Herzen fällt. Zum ersten Mal seit Wochen wird sie wieder entspannen können. »Ist Mama da? Kann ich mit ihr auch noch kurz sprechen?«

»Sie ist zu Hause, aber ich bin in Roslagen. Wir haben gerade telefoniert, sie klang ebenfalls sehr erleichtert. Ruf sie gerne an.«

Josefin hört, wie Andreas sich im Erdgeschoss bei den Beamten bedankt, die für diesen Abend eingeteilt waren. Mehrere Wochen lang haben sie sie im Schichtdienst bewacht. Josefin beendet das Gespräch mit ihrem Vater und ruft den Festnetzanschluss in Saltsjöbaden an. Es nimmt keiner ab. Merkwürdig. Sie versucht es auf dem Handy.

»Hallo, mein Schatz«, sagt Marianne aufgeräumt, noch ehe Josefin fragen kann, warum sie nicht ans Telefon gegangen ist. »Hast du mit Papa gesprochen?«

»Ja, gerade eben.«

»Dann weißt du ja Bescheid«, sagt Marianne ein wenig lallend. Josefin fragt sich, ob sie wohl etwas getrunken hat. »Jetzt können wir das alles endlich vergessen und nach vorne blicken. Jetzt brauchst du dich nicht mehr verfolgt zu fühlen.«

Josefin gelingt es nicht, sie noch etwas zu fragen, denn Marianne legt plötzlich auf. Die Angst wegen Hillevi muss ihrer Mutter mehr zugesetzt haben, als sie gedacht hat.

SONNTAG
7. Juni

KAPITEL
23

Ich zittere, bekomme keine Luft mehr. Vergeblich versuche ich den Kopf zu drehen und schlage um mich, damit der Druck auf meinem Gesicht endlich nachlässt. Als ich begreife, dass es mit mir vorbei ist, gehen meine Gedanken zu Ines. Es ist schrecklich, ihr nicht beim Aufwachsen zusehen zu dürfen. Kaum habe ich um Kristoffer getrauert, bin ich selbst an der Reihe.

Ich zucke zusammen und öffne die Augen.

Starre an die Decke.

Dieser ständig wiederkehrende Albtraum hat mich schon wieder aus dem Schlaf gerissen. Das Bettzeug ist schweißnass, und mein Herz rast. Ich greife nach dem Wasserglas neben mir und trinke ein paar Schlucke. Dann lege ich mich zurück auf das Kissen und versuche tief durchzuatmen. Wieder einmal hat mich mein Trauma eingeholt, die bruchstückhaften Erinnerungen, die mich seit den Ereignissen im Krankenhaus jede einzelne Nacht verfolgen.

Jener Tag, an dem ich gestorben bin.

Ich erwache jedes Mal an derselben Stelle, nämlich im Augenblick des Todes. In Wirklichkeit erwachte ich unter dem blendenden Licht der Neonröhren an der Decke. Ich hatte kein Kissen mehr auf dem Gesicht, und mein Vater stand neben mir. Meine Erinnerungen an dieses Erwachen im Krankenhaus von Danderyd sind verschwommen, doch ich weiß noch, was ich als Erstes dachte, als ich überhaupt wieder denken konnte: dass es das wichtigste war, meinen Vater zu warnen. Ich musste ihm klarmachen, wie gefährlich Gunnar, Torbjörn und Karim waren, konnte aber nicht sprechen. Statt Worten kam nur ein Ächzen, und Speichel lief mir aus dem Mund. Endlich brachte ich Gunnars Namen heraus, obwohl es nur ein Stammeln war. Dann muss ich bewusstlos geworden sein, denn ich erinnere mich erst wieder daran, dass ich erneut aufwachte und am ganzen Körper Schmerzen hatte. Mein Vater war bei mir und ebenso Mats Svensson, allerdings ohne seinen Arztkittel. Es dauerte eine Weile, bis ich begriff, dass ich nicht mehr im Krankenhaus war. Ich war in einem gewöhnlichen Schlafzimmer mit derselben Tapete wie in unserem Haus auf dem Lande. Mein Vater und Mats unterhielten sich leise, und ich versuchte zu verstehen, was sie sagten. Dann hielt mein Vater mir ein Blatt Papier vors Gesicht, doch es gelang mir nicht, den Blick zu fokussieren. Die schwarzen Buchstaben tanzten vor meinen Augen, und ich schüttelte den Kopf.

»Das ist dein Totenschein«, erklärte er.

Laut Mats war ich fünf Minuten lang tatsächlich tot gewesen, bis es ihm entgegen jeder Wahrscheinlichkeit gelang, mich wiederzubeleben. Ich erinnere mich kaum an den Augenblick, nur an blendendes Licht in einem Tunnel.

Doch ich hatte nicht vergessen, wer mich töten wollte.

KAPITEL
24

Gunnar erwacht benommen und schreckt zurück, als er sieht, wer mit geöffnetem Mund neben ihm im Doppelbett schläft. Eine zehn Jahre ältere Frau, aber vor allem: eine *verheiratete* Frau. Und zwar nicht die Frau eines X-Beliebigen.

Verdammt, ist sein erster Gedanke.

Der vergangene Abend zieht in Momentaufnahmen an ihm vorüber: die geöffnete Weinflasche, Mariannes suchender Blick, der Branntwein, sein eigenes Begehren, das mit zunehmendem Alkoholgenuss wuchs. Die Gedanken an Hillevis Festnahme führten zwar dazu, dass er sehr schnell wieder schlaff wurde, doch dagegen wusste Marianne ein Mittel. Er erinnert sich an Kleidungsstücke, die zu Boden fielen, und an seinen eigenen Atmen, der in stoßweises Keuchen überging. An ihren Urschrei möchte er dagegen lieber nicht denken. Gunnar steht auf, den bitteren Alkoholgeschmack noch im Mund.

Kaffee ist das Einzige, woran er jetzt denken kann.

Er braucht dringend Kaffee.

Sofort.

Alles, was er will, ist, das Angstgefühl herunterzuspülen, das sich nicht nur auf Marianne bezieht, sondern auch darauf, was Hillevi möglicherweise heute im Verhör aussagen wird. Als wäre es nicht genug, dass eine Zeugin ihres jüngsten Mordes in Stockholm herumläuft, jemand, den sie vielleicht niemals finden werden.

Auf dem Weg ins Bad verheddert sich sein Fuß in einem hautfarbenen BH. Sofort wird ihm wieder schlecht, und er muss dringend zur Toilette. Oder soll er doch lieber mit der Kaffeemaschine anfangen? Verwirrt bleibt er stehen und überlegt, zugleich hört er hinter sich die Bettdecke rascheln. Tja, dann ist das wohl gelaufen, bevor er überhaupt dazu gekommen ist, darüber nachzudenken, was passiert ist und wie er selbst dazu steht.

Kann sie nicht einfach abhauen?

Ihren hässlichen BH nehmen und verschwinden.

Er beeilt sich, zur Toilette zu kommen, schließt die Tür, setzt sich auf die Klobrille und versucht, etwas Ordnung in seine Gedanken zu bringen. Vergebens. Seine Angst wird immer größer, es flimmert vor seinen Augen. Dabei denkt er nicht in erster Linie an Agneta, sondern vor allem an Evert, den Mann, der dazu beigetragen hat, dass ihm die Ehre zuteilwurde, seinen Job als Provinzpolizeichef zu übernehmen, als er selbst pensioniert wurde.

Ist das sein Dank, dass er jetzt seine Frau vögelt?

Gunnar schluckt. Es ist ja noch nicht einmal das schlimmste Verbrechen, dessen er sich Evert gegenüber schuldig gemacht hat.

Die stechenden Kopfschmerzen lassen nicht nach, er sinkt auf der Toilette zusammen und fühlt sich schwach und elend. Die Angst schlägt mit solcher Kraft zu, dass es ihn beinahe umwirft.

Es gibt nur eins, was ihm jetzt noch helfen kann.

Mit zitternden Fingern öffnet er die Tür des Badezimmerschranks, und es gelingt ihm irgendwie, die Schachtel herauszubekommen, seinen Rettungsring. Ohne die weißen Pillen läge er jetzt rücklings wie ein Käfer auf dem Boden und würde mit den Beinen zappeln.

So fühlt es sich zumindest an.

Er braucht etwas, das seine Emotionen ausschaltet, das ihm hilft, die Autorität zu sein, die er sein will. Eine respekteinflößende Persönlichkeit. Was ihm auf natürlichem Wege nicht gelingt. Aber wer ist schon echt in der heutigen Welt? Inzwischen nimmt doch ein Großteil der Bevölkerung Antidepressiva, als wären es Vitamintabletten.

Nachdem er kalt geduscht hat, nehmen die Kopfschmerzen allmählich ab, und er erkennt Lösungsmöglichkeiten für sein akutes Problem, Marianne. Bis er die Badezimmertür aufgeschlossen hat und hinausgegangen ist, hat er sein wahres Ich wiedergefunden. Er kehrt ins Schlafzimmer zurück, ohne zu verbergen, wie erregt er zu dieser frühen Morgenstunde ist.

Marianne sieht ihn erst schüchtern, dann ebenfalls erregt an. Als sie etwas sagen will, legt er den Finger auf die Lippen.

»Sch, sage jetzt nichts, mach die Augen zu.«

Sie ist wirklich bezaubernd, trotz ihres fortgeschrittenen Alters. Viel schöner als er selbst, sie spielen in völlig verschiedenen Ligen. Doch sie zieht oft ein Gesicht, das sie älter und langweiliger erscheinen lässt, als sie ist. Vielleicht ist das aber auch ganz gut so, denn es fällt ihm schwer genug, ihr zu widerstehen. Er küsst ihre nackten Schultern und merkt, wie sie sich verspannt, doch ein Streicheln über ihren Brustkorb macht sie wieder weicher.

Wenn du wüsstest, was dir entgeht, Bruder, denkt Gunnar an Evert gerichtet.

Soll er doch allein in seinem verlassenen Sommerhaus sitzen und vor der Verantwortung für seine trauernde Frau fliehen. Es gibt glücklicherweise andere, die wissen, wie man sie am besten tröstet. Die sie verwöhnen und ihr das Gefühl geben, dass das Leben dennoch einen Sinn hat. Trotzdem wird Gunnar das Gefühl nicht los, dass es einen Grund gibt, weshalb Evert Marianne ausweicht. Seit Emmas Tod hat er sich verändert, was ja nur verständlich ist, aber Gunnar fürchtet, dass es mit etwas anderem zusammenhängt. Was er in Everts Augen zu erkennen glaubt, ist nicht Trauer, sondern eher etwas wie Abscheu. Aber warum? Ahnt er vielleicht, dass zwischen ihm und Marianne etwas läuft? Das wäre noch die ungefährlichere Variante. An die andere wagt Gunnar gar nicht zu denken: dass Evert ahnt, wer in Wahrheit hinter dem Tod seiner Tochter steckt.

Marianne sieht ihm tief in die Augen.

Oder ist es Emma?

Gunnar schaudert. Wie ähnlich sie sich sind!

KAPITEL
25

Bis in den Keller hinunter höre ich meinen Vater schnarchen, stoßweise und unregelmäßig, was mich früher wahnsinnig gemacht hätte. Doch während der langen Zeit im Krankenhaus habe ich gelernt, trotz tickender Apparate, pfeifender Geräusche, schlurfender Schritte, fremder Stimmen und blinkender Lämpchen von den Maschinen neben dem Bett zu schlafen. Es beruhigt mich eher zu wissen, dass ich nicht allein in dem großen Haus bin.

Doch es fällt mir schwer zu vergessen, was im Krankenhaus von Danderyd geschehen ist.

Gunnar wollte, dass ich wusste, was er hinter dem Rücken meines Vaters getan hatte. Es war nicht zu übersehen, wie stolz er auf seine Idee war, Bettler zu töten, um die Straßen zu säubern, ein Verbrechen, das ich durch meine neuerliche Untersuchung des Henke-Falles früher oder später aufgedeckt hätte. Die bisherigen Ermittlungen waren haarsträubend gewesen, und mir ließen die vielen Ungereimtheiten in dem Fall keine Ruhe: Henrik Dahl, der ein rechtschaffener Polizist gewesen war, sollte einen Bettler getötet haben und selbst an den Folgen der vorhergehenden Prügelei gestorben sein. Auch als ich fünf Monate später aus dem Koma erwachte, ließ es mir keine Ruhe. Ich konnte ja nicht ahnen, dass ich mein eigenes Grab schaufelte, indem ich meinen Freund und Kollegen Nyhlén um eine Kopie der vorläufigen Ermittlungsergebnisse bat. Das wurde mir erst klar, als Gunnar das Krankenzimmer betrat, nachdem Torbjörn und Karim Hillevi daran gehindert hatten, mich mit einem Kissen zu ersticken.

Dieselben Polizisten, die auch als Erste am Tatort in Ulvsunda

gewesen waren. Doch der Notruf stimmte nicht mit ihrer angeblichen Ankunft am Tatort überein. Sie waren zu früh dort gewesen.
Und so fielen die Puzzleteile an ihren Platz.
Sie hatten mich vor Hillevi gerettet.
Und wollten mich nun selbst umbringen.
Zuvor aber wollte Gunnar damit prahlen, wie sie Henke getötet hatten, der lediglich dem Bettler zu Hilfe eilen wollte, den sie in jener Nacht angegriffen hatten. Gunnar stellte kühl fest, dass ich mich nicht in die Ermittlungen hätte einmischen dürfen, dass sie gar keine andere Wahl gehabt hätten, als meinen Reitunfall zu inszenieren. Ich wüsste zu viel, um am Leben bleiben zu dürfen.
Der Reitunfall war Gunnars erster Versuch gewesen, mich zu töten. Das zweite Mal war im Krankenhaus. Ein drittes Mal würde es ihm nicht misslingen, deshalb bestand mein Vater darauf, dass Mats mich für tot erklärte, obwohl ich Karims Versuch, mich mit einem Kissen zu ersticken, knapp überlebt hatte. Er sah keinen anderen Weg, um mich zu schützen und Gunnar endlich überführen zu können.
Deshalb befinde ich mich jetzt in einem Niemandsland.
Es fühlt sich seltsam an, da zu sein und doch auch wieder nicht.
Als Tote am Leben zu sein.
Niemand darf wissen, dass ich noch lebe, wirklich *niemand*. Außer natürlich Mats, der mir das Leben gerettet hat, und der Rechtsmediziner, der mein Obduktionsprotokoll gefälscht hat. Deshalb ist es ein Glück, dass Nyhlén mich gestern vor meiner Wohnung nicht gesehen hat, kurz bevor er Hillevi schnappte. Wir müssen alle drei im Abstand von nur wenigen Minuten dort gewesen sein. Mir läuft ein Schauer über den Rücken, wenn ich mir vorstelle, was hätte passieren können, wenn ich mit ihm zugleich vor meiner Haustür gestanden hätte.
Sollte Gunnar je Verdacht schöpfen, dass irgendetwas im Gange ist, wird er keine Sekunde zögern, einem aus der Familie Schaden zuzufügen. Deshalb ist es unumgänglich, dass auch meine Mutter und Josefin nichts wissen. Josefin könnte es niemals für sich behalten, und ich will nicht, dass ihr oder Ines etwas passiert. Vor allem aber haben wir bisher noch keine Ahnung, wer sonst

noch mit den Bettler-Morden zu tun hat. Ich bin mir sicher, dass weit mehr Polizisten mit Gunnar unter einer Decke stecken, sonst wäre er bisher nicht davongekommen. Immerhin sind bezüglich des Doppelmordes in Ulvsunda bis zum Schluss viele Fragen offen geblieben.

Es muss Kollegen geben, die hinter ihm die Spuren verwischen, Kollegen, die ebenfalls über meinen Tod erleichtert sind. Wenn ich jetzt hingehe und erzähle, was wirklich geschehen ist, finden wir nie heraus, wer die anderen sind. Und solange wir keine handfesten Beweise haben, wird niemand glauben, dass der Provinzpolizeichef persönlich ein brutaler Serienmörder ist. Deshalb muss ich vorerst weiter auf meine Familie verzichten und so tun, als wäre ich tot. Wir müssen Gunnar in eine Falle locken, damit wir von ihm ein Geständnis erhalten, erst dann können wir zu Nyhlén gehen und ihm die Fakten präsentieren.

Dann wird Gunnar nicht mehr davonkommen.

Unsere Vorbereitungen sind noch nicht sehr weit gediehen, weil es mir bisher noch nicht gut genug ging, um mein Versteck in Roslagen zu verlassen. Ich habe mich zwar unglaublich schnell erholt, war aber dennoch erst vergangene Woche wieder dazu in der Lage, das Haus zu verlassen. Mein Vater hat in der Zwischenzeit hart gearbeitet, um das Bewegungsmuster des Trios zu erforschen. Und ich versuche jetzt, Kontakt mit Bettlern aufzunehmen, um einerseits Informationen über die bisherigen Opfer zu bekommen und andererseits mögliche Zeugen der Morde zu finden. Das hat sich jedoch als schwieriger herausgestellt, als ich dachte, wegen der Sprachprobleme, aber auch wegen ihrer Angst. Wir versuchen den Fall anhand dessen nachzuvollziehen, was die Medien berichten, denn zum Material der Polizei haben wir keinen Zugang. Dennoch sind wir ihnen einen Schritt voraus, denn wir wissen, wer die Täter sind. Und genau deswegen werden wir Gunnar das Handwerk legen. Wir brauchen nur noch einen Bettler, der uns bei der geplanten Erpressung hilft und Gunnar mit verstecktem Mikrofon von Angesicht zu Angesicht gegenübertritt. Einen Bettler, der behauptet, einen der Morde mitangesehen zu haben, und der von ihm ein Schweigegeld verlangt. Es würde völlig genügen, wenn Gunnar sich durch eine Zahlung verrät und damit zugibt, beteiligt gewesen zu sein. Dann hätten wir alles, was wir brauchen.

Wir müssen nur noch jemanden finden, der sich traut. Er wird auch gut von uns bezahlt.

Je mehr Zeit vergeht, desto größer ist die Gefahr, dass es weitere Bettler trifft. Weitere Unschuldige könnten sterben, und es ist allein an mir und meinem Vater, das zu verhindern.

Jede Minute zählt.

Mein rechtes Bein schmerzt, ich muss die Zehen bewegen, auch wenn es das für den Moment noch schlimmer macht. Nach ein paar Minuten lässt der Schmerz nach, der mich ab und zu ohne Vorwarnung trifft. Das Gute ist, dass ich jeden Tag besser mit dem Bein laufen kann.

Ich weiß, dass Nyhlén mich für den Rest des Lebens fragen wird, warum wir ihn nicht von Anfang an in unsere Pläne eingeweiht haben. Wo er doch Polizist ist und uns hätte helfen können. Immer wieder habe ich darüber nachgedacht, denn ich weiß, dass er alles für mich tun würde. Ich vertraue ihm absolut, aber ich möchte nicht, dass ihm noch einmal etwas zustößt. Es ist ein Wunder, dass er den Unfall überlebt hat, den Gunnar arrangiert hat. Mein Vater meint dagegen, er könne nicht ausschließen, dass Nyhlén auf Gunnars Seite steht. Aber das ist so ziemlich das Dümmste, was ich je gehört habe. Wenigstens hat er sich jetzt darauf eingelassen, dass Nyhlén unser Beweismaterial als Erster zu sehen bekommt.

Nyhlén sah gestern anders aus als sonst. So traurig.

Und er hat natürlich keine Ahnung, dass er die falsche Person festgenommen hat.

Er wird mir nie wieder vertrauen, und das zu Recht. Ich kann nicht unendlich viele Chancen von ihm verlangen, das weiß ich.

Wenn Gunnar ahnen würde, was in unserem nach außen hin so unschuldigen Sommerhaus vor sich geht. Dass ich lebe und dass wir vorhaben, ihn auffliegen zu lassen. Bald haben wir sein Geständnis filmisch aufgezeichnet und uns damit den letzten überzeugenden Beweis gesichert, der uns noch fehlt.

Dann wird er direkt in die Anstalt in Kumla einfahren, wo er hingehört.

KAPITEL
26

Er hat sich noch immer nicht daran gewöhnt, Emma so lebendig vor sich zu sehen, zumal er erst vorgestern in der Kirche von ihr Abschied genommen hat.

»Guten Morgen«, sagt Evert und reicht ihr im Keller des Sommerhauses das Frühstückstablett mit Kaffee, Joghurt und Butterbroten.

Nach den vielen Wochen im Koma hat Emma stark abgenommen und muss erst wieder zu Kräften kommen. Er selbst hat morgens meist keinen richtigen Hunger, er wartet lieber ein bisschen, bis sein Körper richtig in Gang gekommen ist.

»Danke«, sagt Emma und nimmt das Tablett entgegen. »Hast du gut geschlafen?«

»Nicht besonders«, antwortet er und setzt sich auf die Bettkante. »Und du?«

»Ganz okay, dafür, dass ich tot bin.« Emma grinst schief.

Sie kann nicht aufhören, sich über die makabre Situation lustig zu machen, es ist wahrscheinlich ihre Art, damit zurechtzukommen. Emmas Haar ist nach den vielen Operationen im Winter endlich wieder ein bisschen gewachsen. Die kurze Frisur steht ihr gut. Die braune Perücke liegt auf dem Nachttisch. Gut, dass er sie besorgt hat. Sonst würde er niemals wagen, sie draußen herumlaufen zu lassen. Er schaut sich in dem spartanisch eingerichteten Raum um. Kein Wunder, dass sie es hier nicht rund um die Uhr aushält. Emma greift nach dem Brot, und er freut sich, dass sie mit jedem Tag gesünder aussieht. Im Prinzip ist sie wieder völlig genesen, bis auf das rechte Bein, das sie sich bei dem Reitunfall gebrochen hat.

Es ist zwar gut verheilt, tut aber offenbar noch weh, und manchmal hinkt sie ein wenig.

»Wie geht es dir heute?«, fragt er.

»Ich glaube, ganz gut. Aber es ist wesentlich anstrengender, tot zu sein, als man denkt.«

Evert schüttelt den Kopf. »Es ist auch ziemlich hart, niemandem sagen zu dürfen, dass du am Leben bist.«

»Es sah übrigens sehr schön aus, an der Kirche«, sagt sie zwischen zwei Bissen.

Evert starrt sie an. Hat er richtig gehört? »Du meinst doch nicht etwa, dass du ...«

»Ich bin nur kurz vorbeigegangen, ich konnte nicht anders«, sagt sie ausweichend und streckt die Hand nach der Kaffeetasse aus.

»Bist du verrückt! Stell dir vor, sie hätten dich erwischt«, schimpft er. Emma hat ihn ja schon oft überrascht, aber das hier schlägt wirklich dem Fass den Boden aus. Er kann gut verstehen, warum sie ihm bisher nichts davon gesagt hat. »Du warst also auf deiner eigenen Trauerfeier? Bist du völlig wahnsinnig geworden?«

»Wie der Vater, so die Tochter. Gut, dass Josefin und ich früher immer bei dem Versteck hinter dem kleinen Wald am Friedhof gespielt haben. Das war meine Rettung. Allerdings hatte ich vergessen, wie verdammt eng es ist. Ich bin kaum hineingekommen.«

»Du musst doch aufpassen, mit deinem Bein!«

Evert versucht seinen Ärger darüber zu verbergen, dass Emma sich so einem Risiko ausgesetzt hat. Das hier ist kein Spiel, manchmal fragt er sich, ob ihr das eigentlich klar ist. Das Versteck, in dem sie früher gespielt haben, hätte ja auch längst zugeschüttet worden sein können.

Emmas Blick verfinstert sich. »Ich begreife nur nicht, wie Gunnar es wagen konnte, dort aufzutauchen.«

»Wahrscheinlich wäre es auffälliger gewesen, wenn er nicht gekommen wäre.«

»Aber das ist doch krank«, sagt Emma. »Wie hast du es ausgehalten, mit meinem Mörder unter einem Dach zu sitzen? Karim und Torbjörn waren ja anscheinend auch da. Zum Glück sind sie wirklich nicht gerade die Schnellsten.«

Evert verkneift sich jeden weiteren Kommentar zu der Verfolgungsjagd über den Friedhof.

»Das Kaffeetrinken im Anschluss war noch schlimmer«, sagt er stattdessen. »Am liebsten hätte ich Gunnar einfach eine Kugel in den Kopf gejagt.«

Das ist es ja auch ungefähr, was sie planen, wenn man von der Kugel einmal absieht. Sie werden Gunnar stoppen, sind sich jedoch einig, dass der Tod ein viel zu leichter Ausweg für ihn wäre, der so viele Menschenleben auf dem Gewissen hat. Die Strafe wird größer sein, wenn er festgenommen wird und sich für seine Taten verantworten muss.

Evert hatte gehofft, sie wären längst weiter mit der Durchführung ihres Plans, doch bisher konnte Emma aus gesundheitlichen Gründen noch keinen aktiven Beitrag dazu leisten. Ganz allein musste er Gunnar, Karim und Torbjörn beschatten, um herauszufinden, wo sie sich für gewöhnlich aufhalten. Und jetzt ist wieder alles anders, weil Gunnar krankgeschrieben ist und sich nicht mehr an sein Job-Schema hält. So sind sie wieder zurück auf Los, und Evert muss alles neu erfassen. Dabei haben sie nicht viel Zeit, zumal noch ein weiterer Bettler ermordet worden ist.

»Weißt du, ob das Opfer vor der Rumänischen Botschaft schon identifiziert worden ist?«, fragt er.

Emma schüttelt den Kopf. »Darüber stand nichts in den Zeitungen, und die sind ja immer schnell darin, Details herauszufinden.«

»Schon vier tote Bettler, wenn man den Mord in Ulvsunda mitzählt«, sagt Evert. »Aber die Polizei hüllt sich in Schweigen.«

»Hattest du etwas anderes erwartet?«, fragt Emma und stellt die Tasse wieder ab.

»Nein, aber es gibt mir zu denken, dass überhaupt keine Informationen nach außen dringen und dass sich keine Augenzeugen melden.«

»Vielleicht gibt es keine. Sie werden aus ihren Fehlern gelernt haben.«

»Der letzte Mord geschah im Humlegården, und die Leiche wurde den ganzen Weg bis zur Rumänischen Botschaft in der Östermalmsgatan transportiert. Irgendjemand muss etwas gesehen haben.«

»Gibt es an der Botschaft Überwachungskameras?«, fragt Emma.

»Ja«, sagt Evert und massiert sich die Hüfte, um den Schmerz etwas zu lindern. »Aber das ist für uns nicht interessant, wir kennen die Täter bereits.«

»Aber wir wissen nicht, wie sie ihre Opfer aussuchen. Ob sie sie gezielt auswählen oder ob es reiner Zufall ist«, sagt Emma.

»Vielleicht machen sie Razzien an verschiedenen Orten, um die Bettler dann hinterher beiseitezuschaffen und zu töten, ohne dass es jemand bemerkt.«

»Vielleicht. Die Frage ist, wie wir jetzt weitermachen.«

»Ich konzentriere mich heute darauf, Gunnar zu beschatten, dann kannst du weiter nach einem Bettler suchen, der bereit ist, uns bei der Erpressung zu helfen«, sagt Evert. »Irgendjemand wird sich schon finden, der sich ein bisschen dazuverdienen will. Vielleicht müssen wir einfach die Summe erhöhen.«

»Fünfzigtausend Kronen sollten ja wohl reichen.«

»Tu, was nötig ist«, sagte Evert. »Das Geld ist nicht das Problem.«

Emma nickt, und Evert versucht, seine Zweifel zu unterdrücken. Wie sollen ein pensionierter Landeskriminalkommissar und eine Tote, beide hinkend, ein hohes Tier innerhalb der Polizeihierarchie stellen und damit den schlimmsten Polizeiskandal aufdecken, den Schweden jemals erlebt hat? Noch dazu, ohne selbst mit in den Abgrund gerissen zu werden. Auch wenn es ihm widerstrebt, muss Evert die Beschattung seines ehemals guten Freundes selbst übernehmen. Des Mannes, den er nie wieder »Bruder« nennen wird.

»Was sagst du eigentlich zu Hillevis Festnahme?«, fragt Evert und erhebt sich von der Bettkante.

»Nicht, dass ich sie sonderlich mögen würde, aber es bedeutet natürlich, dass sie für einen Mord verurteilt wird, den sie nicht begangen hat.«

Evert nickt. »Es stresst Gunnar bestimmt enorm, dass sie wieder zurück im Gefängnis ist. Schließlich kann sie Dinge verraten, die er dringend geheimhalten will.«

»Ich könnte mir vorstellen, dass meine Kollegen sie in diesem Moment bereits verhören«, sagt Emma. »Aber Gunnar wird dafür gesorgt haben, dass sie schweigt. Da kannst du Gift drauf nehmen!«

KAPITEL
27

So etwas wie Wochenende gibt es nicht, wenn man gerade eine entlaufene Polizisten-Mörderin geschnappt hat. Die dunklen Ringe unter Hillevis Augen verraten, dass sie in der vergangenen Nacht nicht viel geschlafen hat. Die Schürfwunde an der Nase hat sie sich möglicherweise zugezogen, als Nyhlén sie im Vasapark zu Boden gerissen hat. Er weiß es nicht genau, und es ist ihm auch herzlich egal. Es ist nicht das erste Mal, dass sie Hillevi hier im Vernehmungsraum gegenübersitzen. Der große Unterschied ist, dass sie inzwischen ihre wahre Identität kennen. Beim letzten Mal hat sie wahrscheinlich nicht nur bezüglich ihres Namens gelogen, sondern auch, was die Ereignisse vor Kristoffers Tod angeht. Damals hat Hillevi behauptet, sie sei nur die Babysitterin von Ines gewesen, und sie haben ihr das geglaubt und sie gehen lassen. Das ist jetzt anders. Jetzt wissen sie, dass sie die Letzte war, die Kristoffer lebend gesehen hat, was ein belastender Umstand ist. Ihre Fingerabdrücke und DNA sind bereits eingeschickt worden, und sobald das Nationale Forensische Zentrum, NFC, die Ergebnisse schickt, werden sie wissen, ob sie die Flasche in der Hand gehalten hat, mit der Kristoffer erschlagen wurde. Und auch, ob das Haar, das sie auf Emmas Kissen im Krankenhaus gefunden haben, von ihr stammt.

»Kommen Sie uns diesmal nicht wieder mit irgendwelchen Geschichten«, sagt Nyhlén, nachdem er den Knopf des Aufnahmegerätes betätigt und Datum, Uhrzeit, die Namen der Anwesenden sowie den Grund für die Vernehmung genannt hat. »Es wird Zeit, dass Sie uns die Wahrheit sagen. Die Wahrheit darüber, wie Emma Sköld gestorben ist.«

Der Verteidiger sieht jetzt schon verärgert aus. Als Hillevi keine Anstalten macht zu antworten, gerät Nyhlén außer sich. Er weiß, dass er sich nicht von seinen Gefühlen hinreißen lassen darf, doch es ist ihm schier unmöglich, nicht wütend auf sie zu werden. Wie kann sie so eiskalt sein? Sie sollte froh sein, dass er sie nicht kurz und klein schlägt, wenn man bedenkt, wie viel Schaden sie ihm persönlich zugefügt hat. Sie ist es, die Emma getötet hat. Und sie ist schuld daran, dass er im letzten Monat nachts permanent wach gelegen hat. Sie hat die Polizei dazu gezwungen, Tag und Nacht zu arbeiten, um sie ausfindig zu machen. Kurz und gut, diese Frau hat die Gesellschaft bereits ein Vermögen gekostet. Dennoch muss er sich zusammenreißen, damit Lindberg, der neben ihm sitzt, ihn nicht schon zwei Minuten nach Beginn des Verhörs hinauswirft.

»Warum sind Sie geflohen?«, fragt Nyhlén mit neutraler Stimme.

Hillevi knetet ihre Hände, so dass ihre Knöchel weiß werden und ebenso bleich wie ihr Gesicht.

Lindberg sieht ihn warnend an. Nyhlén schluckt.

»Begreifen Sie nicht, dass sich dadurch der Verdacht gegen Sie nur noch erhärtet? Sie haben es sich selbst noch schwerer gemacht.«

Der Anwalt räuspert sich, hat aber keine Chance, Nyhlén redet einfach weiter.

»Verdammt, Hillevi! Vergeuden Sie unsere Zeit nicht länger!«

»Wir machen eine kurze Pause, um uns zu beraten«, unterbricht ihn Lindberg und nickt Hillevis Anwalt entschuldigend zu.

Vor der Tür sieht er Nyhlén scharf an.

»Ich habe ihre Lügen einfach so satt«, sagt dieser zu seiner Verteidigung, noch ehe Lindberg den Mund aufmachen kann.

»Ja oder nein?«

»Was meinst du?« Nyhlén versteht die Frage nicht.

»Schaffst du es, dieses Verhör zu führen, oder soll ich das machen?«

»Ach, hör doch auf.«

»Na, dann«, sagt Lindberg. »Reiß dich zusammen, sonst wirst du ersetzt, und dann kannst du auch später nicht einfach wieder dazukommen, wenn du wieder zur Vernunft gekommen bist.«

Nyhléns Wut hat nicht wirklich nachgelassen, als sie den Verhörraum wieder betreten, er hat jedoch begriffen, dass Lindberg es ernst meint. Hillevi knibbelt an ihren Nagelrändern und weigert sich, ihnen in die Augen zu sehen. Nyhlén beschließt, seine Taktik zu ändern, um überhaupt mit ihr in Kontakt zu kommen.
»Drehen wir die Zeit doch mal zurück zur Walpurgisnacht.«
Hillevi knibbelt weiter.
»Erzählen Sie uns, was Sie an diesem 30. April gemacht haben«, sagt er und verdeutlicht: »Genauer gesagt, was Sie in Emmas Krankenzimmer auf Station 73 im Danderyder Krankenhaus zu suchen hatten.«
»Ich... Ich war es nicht.«
Immerhin kann sie noch sprechen, denkt Nyhlén.
»Dann formuliere ich meine Frage einmal anders: Haben Sie Emma ein Kissen auf das Gesicht gedrückt?«
»Ich...« Hillevi hält die Finger still. Endlich.
»Um sie zu ersticken?«
»Ja, aber...«
»Kein Aber! Entweder haben Sie versucht, sie zu ersticken, oder nicht, dazwischen gibt es nichts«, ruft Nyhlén aus. »Sie können es also genauso gut gleich sagen.«
Hillevi wird rot. Sie reißt sich einen so großen Fetzen Nagelhaut ab, dass sie blutet. »Sie verstehen das nicht.«
»Was? Was verstehen wir nicht.«
»Gibt es irgendwo ein Papiertaschentuch für den Finger meiner Mandantin«, mischt sich der Anwalt ein, und Lindberg reicht Hillevi eine Packung.
»Ich bin unschuldig«, sagt sie.
»Sie leugnen also, Emma Sköld ermordet zu haben«, sagt Nyhlén. »Habe ich das richtig verstanden?«
»Ja«, sagt sie entschieden. »Als die Polizisten ins Zimmer stürmten und mich abführten, war sie am Leben. Jemand anderes muss sie getötet haben.«
Nyhlén glaubt ihr keine Sekunde. Zwar haben Karim und Torbjörn auch Hillevi in dem Glauben, sie solle dort putzen, in Emmas Zimmer gelassen, aber es kommt ihm höchst unwahrscheinlich

vor, dass ihnen derselbe Fehler mit einer weiteren Person unterlaufen sein könnte.

Auch Lindberg, sonst immer ruhig und besonnen, kann sich nicht länger beherrschen. »Es geht um den Mord an einer Polizistin, und Sie haben uns schon früher belogen. Warum sollten wir Ihnen jetzt glauben?«

»Weil ich es nicht war.«

KAPITEL
28

In meiner Verkleidung schlendere ich durch das Menschengewimmel am Stockholmer Hauptbahnhof. Für die anderen sehe ich aus wie alle anderen Außenseiter der Gesellschaft, was genau meine Absicht ist. Eine Mutter schiebt einen Kinderwagen mit einem dunkelhaarigen kleinen Mädchen von gut anderthalb Jahren an mir vorbei. Meine Sehnsucht nach Ines ist plötzlich so überwältigend, dass es mir beinahe den Boden unter den Füßen wegzieht. Die Frau bleibt stehen und reicht mir einen Geldschein, ich weiß gar nicht, was ich machen soll. Wenn mir jemand vor einem Jahr gesagt hätte, ich würde einmal am Stockholmer Hauptbahnhof betteln gehen, hätte ich mich totgelacht. Dieses Kind! Am liebsten würde ich alles hinwerfen und auf direktem Weg nach Bromma fahren.

Bei Josefin anklopfen und ihr alles erzählen.

Soll Gunnar mich doch erschießen.

Aber dann muss ich wieder an Gunnars schreckliches Menschenbild denken und daran, was er unschuldigen, armen Bettlern antut. Das genügt, um mich zusammenzureißen. Auch, was er Henke und mir angetan hat, darf nicht ungesühnt bleiben. Es ist ganz allein Gunnars Schuld, dass ich meine Familie belügen muss und dass ich noch mehr Zeit mit meiner Tochter verliere. Er ist der Kopf hinter dem Ganzen, das ist mir im Krankenhaus klargeworden. Ich muss versuchen zu verstehen, wie er denkt und nach welchen Kriterien er seine Opfer auswählt.

Er wird seine Taten noch bereuen.

Ein bisschen fürchte ich mich davor, zwischen all den Menschen hier am Bahnhof auf jemand Bekanntes zu treffen. Vor allem, weil ich nicht weiß, wie ich selbst reagieren würde. Mich würde ja niemand erkennen, nicht einmal Josefin, dessen bin ich mir sicher. Nicht, weil ich mich so gut verkleidet habe, sondern weil sie kaum nach ihrer toten Schwester Ausschau halten wird. Vielleicht tut sie aber auch genau das.

Vielleicht gibt Josefin die Hoffnung nicht auf.

Dieser Gedanke setzt mir zu.

Ich muss heute jemanden finden, der uns hilft. Das Problem ist, dass ich keine andere Sprache außer Schwedisch und Englisch beherrsche. Ein Dolmetscher wäre jetzt Gold wert. So habe ich keine andere Wahl, als es selbst zu versuchen. Ich möchte außerdem herausfinden, was die Bettler untereinander reden, ob sie bedroht werden oder etwas von den Morden mitbekommen haben. Irgendjemand muss etwas wissen, auch wenn mir klar ist, dass Gunnars Opfer Menschen sind, die kaum jemand vermisst. Außenseiter.

Genau wie der einsame Mann mit der zerschlissenen braunen Wildlederjacke, an dem ich gerade vorbeigehe. Ich bleibe stehen und setze mich neben ihn, sage hallo. Er grüßt nicht zurück, rutscht nur ein Stück zur Seite, wohl um mir deutlich zu machen, dass er nichts mit mir zu tun haben will. Vielleicht will er auch einfach keine Konkurrenz auf den paar Quadratmetern, die er mit seinen Sachen belegt. In seiner Situation denkt man als Erstes an sich, deshalb sieht er mich vermutlich als Bedrohung.

»Wie geht's?«, frage ich, erhalte aber keine Antwort. »English?«

»Hau ab.«

»Ich gehe gleich und lasse Sie in Frieden«, sage ich, froh, dass es hier zumindest keine Verständigungsprobleme gibt.

Eine Passantin bleibt stehen und gibt ihm ein eingeschweißtes Sandwich.

»Entschuldigung, ich wusste nicht, dass Sie heute zu zweit sind«, sagt sie und sieht mich bedauernd an.

Der Mann bedankt sich, wirkt aber nicht sonderlich begeistert. Sobald die fürsorgliche Frau weg ist, seufzt er und sagt, er wolle nur Geld, keine verdammten Butterbrote. Ich kommentiere das nicht weiter, frage mich aber, warum. Schließlich braucht er jetzt kein Geld mehr für Essen auszugeben.

»Wissen Sie etwas über die Bettler, die hier in Stockholm ermordet worden sind?«, frage ich stattdessen. »Kannten Sie einen von denen?«

Der Mann schüttelt den Kopf und räumt seine Sachen zusammen, eine Decke, einen Becher und ein Schild, auf dem steht, dass er kranke Kinder hat. »Bite, helfen si mir.«

»Hätten Sie Lust, sich ein bisschen Geld zu verdienen?«, frage ich.

»Nein«, sagt er.

Ich bleibe sitzen, obwohl ich den Wink verstanden habe. Vielleicht denkt er, ich bin von der Polizei. Ich muss ihm begreiflich machen, dass ich auf seiner Seite bin, wie auch immer ich das anstellen soll.

Doch er ist schon auf dem Weg von mir fort.

Ich stehe ebenfalls auf und gehe.

Da entdecke ich die junge Frau an der Treppe.

KAPITEL
29

Sie laufen Hand in Hand über eine blühende Wiese. Die Sonne scheint, und Soraya ist zum ersten Mal seit langem wieder glücklich. Sorgenfrei, wenn auch nur für einen kurzen Moment. Sie muss ein bisschen langsamer laufen, sonst kommt Aurel nicht mit. Nie wieder wird sie seine weiche Hand loslassen, jetzt, da sie sie endlich zu fassen bekommen hat.

Sie beide, für immer und ewig.

Nichts darf sie je wieder trennen.

Doch je weiter sie laufen, desto dringender muss sie zur Toilette. Schließlich hält sie es nicht mehr aus, sie kann keine Sekunde länger einhalten. Widerwillig lässt sie die Hand ihres Sohnes los, um sich die Hose herunterzuziehen. Lachend pinkelt sie im Freien und macht sich dann bereit, wieder seine Hand zu ergreifen und weiterzurennen.

Aber er ist fort.

Er ist nirgends zu sehen.

Die vielen Blumen sind ebenfalls fort.

Das Einzige, was sie um sich herum sieht, ist getrockneter Schlamm und Stacheldraht auf dem Boden, genau so sah es immer aus, so erinnert sie den Platz vor der Hütte, in der sie wohnen. Soraya versucht verzweifelt, zu dem wunderbaren Gefühl von eben zurückzufinden. Vergebens. Sie ruft nach Aurel, doch sein Name verhallt. Keine Antwort. Sie ist vor Angst wie gelähmt, greift ins Nichts, um aufrecht zu bleiben, verliert jedoch den Halt und fällt zu Boden.

Dann wird alles schwarz.

Als Soraya die Augen öffnet, sieht sie sofort, dass sie nicht mit ihrem Sohn auf irgendeiner Wiese ist und auch nicht vor ihrer Hütte in Rumänien. Sie sitzt noch immer auf den kalten Steinplatten am Stockholmer Hauptbahnhof. Zwischen ihren Beinen ist es feucht und warm, sie weiß, dass es kein Schweiß oder Menstruationsblut ist. Und dabei hat sie gedacht, noch erniedrigender könnte es nicht werden. Die Leute strömen vorbei, sie bemerken keinen Unterschied. Ein Mann rümpft im Vorbeigehen die Nase, zumindest bildet sie es sich ein, ansonsten ist alles wie immer. Alle sind geschäftig und auf dem Weg irgendwohin, während sie hier sitzt und nicht weiß, ob sie diesen Tag überstehen wird.

Für andere Menschen ist es ein ganz gewöhnlicher Sonntag.

Für sie ist es ein Kampf ums Überleben.

Es juckt an ihren Schenkeln, und Soraya weiß, dass ihr nichts übrigbleibt, als zu warten, bis die Hose getrocknet ist. Die Binde hat die Katastrophe teilweise gemildert, aber eben nicht abgewendet. Es wird furchtbar brennen, sie weiß genau, wie es sich anfühlt, es ist nicht das erste Mal, dass ihr das passiert. Noch schlimmer sind jedoch die Kopfschmerzen. Ein Stechen hinter den Augäpfeln. Wenn sie den Kopf dreht, verschwimmt alles in ihrem Blickfeld. Gelbe Blitze, als sie vor Schmerz die Augen schließt, sie hat nicht einmal mehr die Kraft, sich zu fürchten. Die Entzündung in ihrem Zahn setzt ein Körperteil nach dem anderen außer Gefecht. Kann ein einzelner Zahn solche Auswirkungen haben? Sie kann es kaum glauben. Im Grunde weiß sie, dass es ohne Behandlung nicht geht, und doch ist das keine Alternative. Wie soll sie ohne Geld zum Zahnarzt gehen? Die Antwort liegt auf der Hand. Dennoch empfindet sie nichts als Gleichgültigkeit, sie ist so müde. Alles, wofür sie gekämpft hat, erscheint ihr plötzlich unwichtig. Es bringt nichts, weiter zu hoffen. Aurel kommt bestimmt auch bei den Großeltern gut zurecht, auch wenn sie sehr arm sind. Er kennt es ja nicht anders, es wird ihm nichts fehlen.

Und er bekommt von ihnen viel Liebe, ja, die bekommt er.

Soraya findet sich mehr und mehr damit ab, dass es keinen Ausweg aus dem schrecklichen Albtraum gibt, in dem sie gelandet ist. Sie hätte niemals einen Fuß in den Bus nach Schweden setzen dürfen, aber hinterher ist man immer schlauer. Ein starkes Gefühl sagt ihr, dass dies das Ende ist. Nie wieder wird sie Aurels weiche Hand in ihrer halten, seine Wärme und seine unbedingte Liebe spüren. Als sie gerade die Augen schließen und sich dem Schicksal fügen will, glaubt sie eine Hand auf ihrem Arm zu spüren, ist sich jedoch nicht sicher, ob es Traum ist oder Wirklichkeit.

Es ist ihr alles so gleichgültig.

KAPITEL
30

Die junge Frau an der Treppe kann aufstehen, wankt aber. Ich fange sie auf, bevor sie zusammenbricht. Die Leute um uns herum, die von oder zur U-Bahn rennen, weichen verlegen aus, statt zu helfen. Ich kann nicht einmal wütend werden. Die Frau zittert am ganzen Körper, es scheint ihr viel schlechter zu gehen, als ich von weitem gedacht habe. Die Arme! Ganz allein in einem fremden Land, dabei kann sie keinen Tag älter sein als zwanzig. Schließlich gelingt es mir, sie die Treppe hinauf und an die frische Luft zu bringen.

»How are you?«, frage ich. Mein Herz zieht sich zusammen, als ich sehe, wie elend sie ist.

»Soraya«, sagt die Frau, und ich frage mich, was das bedeutet. Sie spricht undeutlich und zeigt auf ihren Mund, ich verstehe nicht, was sie sagt. Die dunkelbraunen Augen sind fiebrig, und ihre Haut ist durchscheinend. Ihr schmaler Körper verströmt einen intensiven Uringeruch. Ich muss schlucken. An der Innenseite der zerschlissenen Jeans zeichnen sich feuchte Streifen ab. Ich weiß gar nicht, wo ich anfangen soll, Kleidung oder Arztbesuch? Dann fällt mir ein, dass ich vielleicht noch Ibuprofen in der Handtasche habe, auch wenn das bei ihrem Zustand kaum Wunder wirken wird. Ich finde eine letzte Tablette und gebe sie ihr zusammen mit meiner Wasserflasche. Besser als gar nichts. Dann fällt mir nichts mehr ein, außer meinen Vater anzurufen und ihn um Rat zu bitten. Ich kann sie hier nicht einfach stehenlassen, auch wenn ich eigentlich Wichtigeres zu tun habe.

»Hallo, ich bin's«, sage ich und erkläre ihm die Situation. »Ich brauche deine Hilfe, um einen Zahnarzt zu finden.«

»Ich schau mal, was ich tun kann.«

»Ruf an, sobald du etwas weißt.«

Ich wende mich wieder der jungen Bettlerin zu.

»Soraya from Romania«, sagt sie und deutet mit dem Finger auf sich.

Sie hat vorhin also versucht, sich vorzustellen. Ich nicke, unschlüssig, wie ich mich selbst nennen soll, es ist sicherer, wenn ich meinen richtigen Namen nicht laut sage. Doch die Frau scheint noch immer nicht ganz bei Bewusstsein, und so verzichte ich darauf, mich vorzustellen. Eben sah es noch aus, als würde sie ohnmächtig werden, doch die paar Schlucke Wasser scheinen ihr gutgetan zu haben. Ich kann sogar einen Hauch von Farbe auf ihren Wangen erahnen. Bevor das Schmerzmittel gewirkt hat, hat es wahrscheinlich keinen Sinn, ihr etwas zu essen anzubieten, sie kann anscheinend kaum den Mund öffnen. Es wäre gut, wenn wir ein Stück gehen könnten, um den Secondhandladen *Beyond Retro* aufzusuchen, der auch sonntags geöffnet hat, aber ich bin mir nicht sicher, ob Soraya sich überhaupt bewegen kann, ohne erneut zusammenzubrechen. Ich gebe ihr ein Zeichen, mit mir mitzukommen. Dann eben untergehakt. Soraya fragt nichts, sie wird es verstehen, sobald wir den Laden mit der Gebrauchtkleidung erreichen.

Nach einer halben Stunde Weg mit mehreren Pausen, um Atem zu holen, sehe ich endlich das gelbe Schild auf der Drottninggatan. Wir gehen vorsichtig die Treppe hinunter. Im Untergeschoss angekommen, finde ich sofort ein komplettes Outfit für sie. Als sie begreift, warum wir hier sind, versucht sie, mich anzulächeln. Ihre Augen leuchten dankbar, als sie in die Umkleide geht. Sie lässt sich Zeit. Unterdessen suche ich für mich selbst auch noch ein paar Kleidungsstücke aus. Als Soraya aus der Kabine tritt, sieht sie aus wie ein neuer Mensch. Der rote Schal und die Schuhe sind das Einzige, was sie anbehalten hat, und ich bin so froh, dass ich ihr helfen konnte.

»Vierhundertfünfzig Kronen«, sagt die Verkäuferin an der Kasse und schenkt mir ein warmes Lächeln, als sie merkt, dass die Sachen nicht für mich sind.

Ihre alten Lumpen hat Soraya zu einem stinkenden Bündel zusammengerollt und legt sie in die Plastiktüte, die ich ihr gebe. Ich hatte vor, sie im erstbesten Mülleimer zu entsorgen, doch sie hält sie eisern fest. Dann ruft mein Vater an.

»Engelbrektsplan, in einer halben Stunde«, sagt er.

»Danke, wir sehen uns dort.«

Soraya scheint es besser zu gehen, und plötzlich weiß ich, dass wir gefunden haben, was wir suchten. Sie wäre perfekt als Erpresserin, denn von einer jungen Frau wird Gunnar sich weniger bedroht fühlen und sich deshalb vielleicht eher verraten.

Jetzt dürfen wir sie nur nicht verschrecken.

Dies ist unsere bisher beste Chance.

KAPITEL
31

Ein verrückter Mörder geht um und tötet Bettler, doch statt ihn zu suchen – Nyhlén ist überzeugt davon, dass es sich um einen Mann handelt –, sitzt er im Vernehmungsraum mit der Frau, die Emma erstickt hat. Er muss Hillevi ein Geständnis abringen, damit er endlich zum nächsten Fall übergehen kann. Allmählich fallen die Puzzleteile an ihren Platz, dennoch gibt es noch zu viele Lücken. Es wäre am besten, wenn er sie noch heute dazu bringen könnte, ihre Tat zu gestehen. Nyhlén wagt kaum daran zu glauben, die Frau ist schließlich Meisterin darin, sich aus allem herauszuwinden. Zumindest äußerlich hat sie eindeutig etwas Schlangenhaftes, auch wenn die Augen enger zusammenstehen als bei einem Reptil.

»Gehen wir mal noch ein Stück weiter in der Zeit zurück«, sagt Nyhlén. »Warum sind Sie damals im St. Görans gelandet?«

Hillevi hebt nicht einmal die Augenbraue. »Meine Tochter ist gestorben.«

Nyhlén tut überrascht, als hätte er das noch nicht gewusst. Er bittet sie, die Ereignisse mit eigenen Worten zusammenzufassen, um herauszufinden, ob sie lügt. Ihr Motiv, Emma zu töten, liegt auf der Hand: Hillevi hat ihre Tochter verloren und wollte sie durch Ines ersetzen. Alles lief nach Plan, bis Emma aus dem Koma erwachte.

Weder Nyhlén noch Lindberg sagen etwas. Schweigend warten sie darauf, dass Hillevi weiterspricht. Manchmal sind es gerade die ausbleibenden Folgefragen, die einen Menschen zum Reden bringen. Schweigen kann in einem Verhör hundertmal effektiver sein als Provokation.

»Ich steckte in der Leugnungsphase fest und weigerte mich, zu akzeptieren, dass Felicia tot war«, sagt Hillevi. »Am Ende war es nicht mehr tragbar. Kristoffer hat getan, was er konnte, aber allein kam er nicht mehr mit mir zurecht.«

»Wussten Sie, dass Kristoffer in der Zwischenzeit eine andere kennengelernt hatte?«

»Nein.« Sie antwortet, ohne zu zögern.

»Wie haben Sie es herausgefunden?«

»Ich habe ihn eines Tages mit einer hochschwangeren Frau, die ich aus dem Reitstall kannte, auf dem Fridhemsplan gesehen«, sagt sie langsam und mit angewidertem Gesicht. »Sie haben Händchen gehalten.«

»Was haben Sie da empfunden?«

»Was glauben Sie denn?«, fragt sie und starrt ihn herausfordernd an.

»Hass?«, schlägt Nyhlén vor.

Der Verteidiger räuspert sich, und Hillevi antwortet nicht auf Nyhléns Vorschlag.

»Kristoffer und ich gehörten zusammen. Und natürlich Felicia.«

»Aber Kristoffer war nicht Felicias Vater, oder?«

»Nein, ihr leiblicher Vater war schon fort, als sie geboren wurde.«

Auch das stimmt. Nyhlén spürt, dass er auf einem guten Weg ist. Jetzt ist das Geständnis nicht mehr weit.

»Und dann haben Sie einen Unfall arrangiert«, sagt er, damit sie endlich zur Sache kommt. Gleich können er und Lindberg den Erfolg nebenan in der Küche mit einem saftigen Stück Zimtzopf feiern.

Doch Hillevi scheint es weniger eilig zu haben. »Ich habe nie verstanden, warum er sich eine blonde Freundin ausgesucht hat, ich bin schließlich brünett.«

»Haben Sie ihn geliebt?«

»Was spielt das für eine Rolle, wenn er ohnehin tot ist?«

»Apropos. Was ist eigentlich an jenem Morgen vor der Walpurgisnacht in der Wohnung passiert, bevor Sie mit Ines verschwunden sind?«

»Das habe ich Ihnen bereits erzählt.«

»Es war nicht möglicherweise so, dass Sie und Kristoffer sich gestritten haben, Sie die Bierflasche gepackt und ihn damit geschlagen haben?«, fragt Nyhlén. »Ohne die Absicht, ihn zu töten?«

Der Anwalt sieht schon wieder unzufrieden aus, er ist bekannt für sein aufbrausendes Wesen. Nyhlén schaut zu Lindberg hinüber. Dieser gibt ihm ein Zeichen, dass er aufhören soll, Hillevi alles in den Mund zu legen.

»Klein Ines ist ganz der Papa«, sagt Hillevi, und ihr Gesicht leuchtet auf. »Und sie hat *meine* Farben, *meinen* Mund. Es war Liebe auf den ersten Blick.«

»Dann dachten Sie also, sie wäre Ihre Tochter?«

»Ich wollte nur helfen«, sagt sie.

Das darauf folgende Schweigen ist drückend. Nyhlén verliert mehr und mehr die Geduld. Er kann nicht einschätzen, ob Hillevi ihnen etwas vorspielt oder ob sie es ernst meint. Jetzt scheint die Vorstellung jedenfalls kurz unterbrochen zu sein, und er beeilt sich, zum letzten Akt zu kommen.

»Dann wollten Sie also mit Kristoffer zusammen sein, um an Ines heranzukommen.«

»Sie hat Mama zu mir gesagt, wussten Sie das?«

»Könnten Sie bitte auf meine Frage antworten?«

»Sie haben mir keine Frage gestellt«, sagt sie ruhig.

»Hatten Sie vor, Emmas Platz einzunehmen? Haben Sie deshalb einen Reitunfall inszeniert?«

Nyhlén wartet auf eine Reaktion, aber es kommt keine. Er versucht, Blickkontakt mit Hillevi aufzunehmen, doch sie weicht ihm aus. Nach weiterem peinlichem Schweigen beginnt sie plötzlich zu schluchzen. Weinen hat er sie bisher noch nie gesehen, und er fragt sich, was das jetzt zu bedeuten hat.

»Hillevi, möchten Sie uns etwas sagen?«, fragt er freundlich, obwohl er ausrasten könnte. Er will ihr vermitteln, dass es für sie ungefährlich ist, die Wahrheit zu sagen.

Jetzt ist er ganz nah dran, das Geständnis liegt schon in der Luft.

»Ich wollte niemanden töten«, schluchzt sie, jedoch so leise, dass er nicht sicher ist, ob es für die Aufzeichnung gereicht hat.

»Bitte noch mal etwas lauter«, sagt er vorsichtig und spürt, wie er plötzlich ganz ruhig wird. Er hat sie genau da, wo er sie haben wollte, ohne irgendetwas zu provozieren. Sie hat sich entschieden, die Wahrheit zu sagen, und er könnte vor Erleichterung heulen.

»Ich wollte niemanden töten«, sagt sie, etwas lauter.

Lindberg räuspert sich. »Dann gestehen Sie also den Mord an Emma Sköld?«

Nyhlén ist bereits in Gedanken woanders. Hillevi wird für den Mord an Emma lebenslänglich bekommen. Das Erste, was er selbst tun wird, wenn sie hier fertig sind, ist, Evert anzurufen und ihm die Neuigkeiten zu berichten. Mitten in all dem Tragischen überkommt ihn ein Glücksrausch, weil es ihm gelungen ist, die Sache zu Ende zu bringen, und das schon im ersten Verhör.

»Wie bitte?«, fragt Hillevi, mit neuer Schärfe in der Stimme.

Nyhlén ist mit einem Mal wieder hellwach. Lindberg wiederholt die Frage, und Hillevi schüttelt entschieden den Kopf.

»Nein«, sagt sie. »Nein, nein, nein.«

Nyhlén kann nicht länger stillsitzen und steht auf. Am liebsten würde er einen Stuhl gegen die Wand schleudern. »Was meinen Sie damit? Gerade haben Sie noch gesagt, Sie hätten nicht die Absicht gehabt, jemanden zu töten.«

»Es geht um Kristoffer«, erklärt sie. »Wir umarmten uns, und dann wurde er plötzlich wütend. Es war keine Absicht, es war Notwehr.«

KAPITEL
32

Es ist offensichtlich, dass die junge Rumänin Angst hat und schreckliche Schmerzen leidet, deshalb bemüht sich Evert, Gelassenheit zu vermitteln, als sie in den Aufzug des prächtigen Gebäudes gegenüber der Königlichen Bibliothek steigen. Doch er ist sich nicht sicher, ob es ihm gelingt. Emma kann sie nicht begleiten, denn der Zahnarzt ist ein alter Freund von ihm, der sie möglicherweise wiedererkennen würde. Da sie sich am Humlegården-Park befinden, wird Emma sich in der Zwischenzeit den Tatort des jüngsten Bettler-Mordes ansehen. Soraya starrt ängstlich auf das schwarze Eisengitter des Fahrstuhls, sie scheint jederzeit fluchtbereit. Als sie im richtigen Stockwerk angekommen sind, atmet sie wieder ruhiger. Sie kann nicht älter als zwanzig sein, denkt Evert und fragt sich, wie sie wohl ganz allein nach Schweden gekommen ist. Er begreift nicht, warum Emma eine so junge Frau als Erpresserin ausgesucht hat, zumal es ihr auch nicht sonderlich gut zu gehen scheint. Noch hatten sie keine Gelegenheit, sich darüber zu unterhalten, doch er nimmt an, dass dies der Hintergedanke dabei war, als sie beschloss, Soraya zu helfen.

Kaum, dass sie im Wartezimmer sind, ruft Everts Freund Soraya auf, er selbst setzt sich auf das Sofa.

Er war gerade auf dem Weg nach Östermalm, als Emma anrief. Er hatte vor, Gunnar vor seiner Wohnung abzupassen und ihm dann unauffällig zu folgen, doch dieser Plan ist nun hinfällig. Stattdessen sitzt er im Wartezimmer und versucht, Zeitung zu lesen, kann sich aber nicht konzentrieren. Das Gefühl, dass sie schnell handeln müssen, will einfach nicht verschwinden.

Es dauert eine Dreiviertelstunde, bis Soraya wieder herauskommt. Ihre eine Wange ist geschwollen und noch schlaff von der Betäubung, aber ihre Augen leuchten. Als sie näher tritt, sieht er die Erleichterung in ihrem Blick. Evert zieht seine dicke Geldbörse heraus, doch der Freund schüttelt entschieden den Kopf.

»Kommt nicht in Frage«, sagt er. »Du hast ein Herz aus Gold.«

Bevor Evert protestieren kann, hat er auf dem Absatz kehrtgemacht und ist verschwunden. Verdattert bleibt Evert stehen und überlegt einen Moment, dann steckt er das Portemonnaie wieder ein. Irgendwie wird er sich noch erkenntlich zeigen, er weiß nur noch nicht, wie. Evert zeigt Soraya den Ausgang, als plötzlich sein Handy klingelt. Im Display erscheint Gunnars Name, er ist der Letzte, mit dem er jetzt sprechen möchte. Er ignoriert das Klingeln und lässt Soraya die Treppe nehmen statt des Aufzugs, jetzt, da sie wieder ohne Hilfe gehen kann. Sie hält sich am Geländer fest und nimmt immer eine Treppenstufe auf einmal. Als das Klingeln endlich verstummt, atmet Evert auf. Was will Gunnar von ihm? Es ist beunruhigend, dass er sich überhaupt bei ihm meldet. Unten angekommen, dreht Soraya sich zu ihm um.

»Thank you, good people.« Sie versucht zu lächeln, bringt aber nur eine Grimasse zustande, weil nur ein Mundwinkel sich nach oben ziehen lässt.

KAPITEL
33

Endlich kann sie wieder einigermaßen lächeln, ohne dass der Schmerz wie ein Messer durch ihren Kopf fährt. Der Mann, der sie zum Zahnarzt gebracht hat, möchte, dass sie ihm in den Park hinter dem Gebäude folgt. Soraya ist schwindlig von den Ereignissen des Tages, sie ist glücklich und überwältigt zugleich. Jetzt hat sie neue, saubere Kleider, und ihr Zahn wurde behandelt, unglaublich, dass sich innerhalb so kurzer Zeit so viel ändern kann.

Soraya genießt es, schmerzfrei zu sein.

Sie will sich diesen Augenblick der Freude gönnen und nicht gleich wieder an all das Schwere denken, das weiterhin auf sie wartet. Sie kommen an dem Fahrradständer neben der großen, palastartigen Bibliothek vorbei und nähern sich einem Denkmal, an dem »Linné« steht. Unglaublich, was sie für ein Glück gehabt hat, dass sie zum Zahnarzt gehen durfte, ohne eine Krone dafür zu bezahlen. Dass es Menschen gibt, die nicht nur sich selbst, sondern auch andere sehen, Mitmenschen, die die Hand ausstrecken, wenn man gerade dabei ist zu fallen, und das im wörtlichen Sinne. Aber warum hat die schöne junge Frau ihr geholfen? Soraya kann sich nicht vorstellen, dass jemand etwas so Großes tut, ohne eine Gegenleistung zu erwarten. Allerdings ist das hier Schweden und nicht Rumänien. Sie schaut sich in dem blühenden Park mit den großen Bäumen um und nimmt den roten Schal ab, denn es ist richtig warm geworden.

Der Mann, von dem sie nicht weiß, wie er heißt, geht weiter in den Park hinein, in Richtung Allee. Dort wartet die Frau mit dem engelsgleichen Gesicht. Hör- und Sehvermögen kehren allmählich zurück, jetzt, da es nicht mehr so weh tut, und die Welt bekommt ihre Farben zurück.

Die Bäume sind grüner.

Die Farben der hübschen Blumenbeete leuchtender.

Der Mann bleibt stehen, und Sorayas Lächeln erlischt.

Sie sieht blau-weißes Absperrband bei dem großen Stein auf der Wiese flattern und erkennt, dass sie sich dort befinden, wo ihr Freund ermordet wurde.

Soraya tut alles, um die Bilder jener Nacht zu verdrängen.

Die Frau deutet auf den Platz bei den Parkbänken und dem Rhododendron. Soraya begreift, dass sie über den Mord reden, obwohl sie nicht viele Wörter Schwedisch kann. Ihrem Mienenspiel sieht sie an, dass es um etwas Unangenehmes geht. Dann verstummen sie, und der Mann zeigt Soraya ein Foto.

»Have you seen this man before?«

Ihr wird schwarz vor Augen, und sie taumelt. Der Mann und die Frau sehen sie ernst an. Soraya greift sich rasch an die Wange, damit sie glauben, es läge an dem Zahn, dass sie so reagiert.

»No«, lügt sie. »Never.«

Die Frau runzelt die Stirn. »Sind Sie sich sicher?«

Soraya weiß nicht, worauf sie hinauswollen, schüttelt jedoch schnell den Kopf, dann fällt ihr ein, dass sie diesmal hätte »yes« sagen müssen.

Sie zeigen ihr zwei weitere Fotos von Männern, von denen einer aussieht wie ein beliebiger schwedischer Mann und der andere hübsch, aber gefährlich.

Das sind also die Männer, die Razvan getötet haben.

»Do you recognize them?«, fragt die Frau.

»No«, antwortet Soraya.

Diesmal braucht sie nicht einmal zu lügen.

Sie strengt sich an, ihre Tränen zurückzuhalten.

Die Trauer um Razvan holt sie plötzlich wieder ein, und sie weiß nicht, was sie tun soll, damit die anderen nichts merken.

KAPITEL
34

Soraya ist ganz blass, und ich habe ein schlechtes Gewissen, weil ich auf die Idee gekommen bin, sie mit zu Gunnars jüngstem Tatort zu nehmen. Vielleicht hat sie nicht jedes Detail zum Tod an ihrem Landsmann mitbekommen, dennoch wirkt sie tief betroffen. Etwas von dem, was wir ihr darüber erzählt haben, muss sie verstanden haben. Mein Vater scheint dennoch unzufrieden, denn er nimmt mich beiseite.

»Was hast du vor?«, fragt er.

Ich erzähle ihm, wie ich Soraya kennengelernt habe und dass ich keinerlei Hintergedanken hatte, als ich beschloss, ihr zu helfen.

»Aber jetzt bin ich überzeugt, dass sie genau die Richtige für uns ist. Wir müssen sie nur noch überreden«, sage ich. »Sie ist perfekt als Erpresserin.«

»Aber warum? Als Frau ist sie doch noch wehrloser.«

»Genau deswegen«, sage ich. »Gunnar wird sie nicht so ernst nehmen und nicht so große Angst haben, wenn sie sich treffen. Die Chance, dass er sich verrät, ist umso größer, wenn er glaubt, die Oberhand zu haben.«

»Ich weiß nicht«, sagt mein Vater. »Es scheint mir sehr riskant zu sein.«

»Bisher haben sie immer Männer als Opfer ausgesucht.«

»Du hast dich vergessen«, sagt mein Vater. »Gibt es eine Bedrohung, gibt es auch einen Grund, zu töten. So funktioniert Gunnars Denkweise.«

»Wir haben niemand anderen«, sage ich, allmählich verärgert. »Und wir haben keine Zeit, noch länger zu suchen.«

Das hilft, mein Vater gibt endlich nach.
Anschließend trennen wir uns. Mein Vater will weitermachen, wo er unterbrochen wurde, und ich bitte Soraya, mir zu folgen. Sie hält uns hoffentlich für gute Menschen, auch wenn wir sie gleich nach dem Zahnarztbesuch zu einem Mordplatz geführt haben. Ich muss sie davon überzeugen, dass die Erpressung einer guten Sache dient und dass sie Geld bekommt, wenn sie uns hilft. Erst aber muss sie sich noch ein bisschen erholen.
Sie wirkt beunruhigt, als wir beim Auto ankommen, setzt sich aber brav auf den Beifahrersitz. Ich fahre zu unserem Sommerhaus und merke bald, dass sie noch viel zu erschöpft ist, um zu reden. Meine Gedanken wandern zu Hillevi, und ich frage mich, ob sie überhaupt versuchen wird, ihre Unschuld zu beteuern. In Fällen wie ihrem ist es eigentlich aussichtslos, immerhin wurde sie an meinem Krankenbett auf frischer Tat ertappt. Mir läuft es eiskalt den Rücken hinunter, wenn ich an ihren wilden Blick und ihre schneidende Stimme denke. Vielleicht ist sie so verwirrt, dass sie sogar selbst glaubt, dass sie schuldig ist. Eins jedenfalls ist sicher, nämlich, dass es mich wahnsinnig macht, das Ganze mit niemand anderem als mit meinem Vater besprechen zu können. Am liebsten würde ich Nyhlén alles erzählen, der wahrscheinlich gerade Hillevi verhört. Der sie bedrängt, um ihr ein Geständnis zu entlocken, womöglich auch, was Kristoffers Tod angeht. Nyhlén ist in Verhörsituationen phänomenal, einer der Besten, auch wenn es ihm manchmal schwerfällt, sich zu beherrschen. Wenn ich ihn richtig einschätze, bringt er Hillevi dazu, die Schuld anzuerkennen. Und dann wird es hinterher umso schwieriger, wenn wir beweisen wollen, dass es nicht stimmt. Es ist so verlockend, seine Handynummer zu wählen, dennoch lasse ich es bleiben.
Wir wissen nicht mehr, wem wir noch trauen können. Nyhlén wäre bestimmt der Letzte, der bei so etwas mitmachen würde. Ich hätte das doch gemerkt, wir standen einander so nahe. Doch wie könnte ich mir anmaßen zu wissen, was die Menschen verbergen? Zum Beispiel Kristoffer. Wer war er wirklich? Je mehr ich über ihn nachdenke, desto unsicherer werde ich. Dass er nicht mehr lebt, ist schwer zu akzeptieren, doch all die Fragezeichen wegen

seiner Beziehung zu Hillevi überschatten meine Trauer um ihn. Ich wünschte, ich hätte am Ende einen besseren Kontakt zu ihm gehabt. Immerhin weiß ich jetzt, warum er keine Zeit hatte, mich im Krankenhaus zu besuchen. Er war ganz mit Hillevi beschäftigt. Unglaublich, dass er Ines mit dieser Verrückten allein gelassen hat. Es schüttelt mich, wenn ich mir meine Tochter in ihren Armen vorstelle.

Diese Irre!

Zum Glück ist sie jetzt eingesperrt.

Ich bewege die Zehen meines rechten Fußes, damit sie auf dem Gaspedal nicht einschlafen, dennoch strahlt es nach der Hetzjagd gestern beunruhigend bis ins Bein hinauf. Stärker, als ich meinem Vater gegenüber zugebe, es würde ihm nur noch mehr Sorgen machen. Soraya ist neben mir eingeschlafen.

Als wir am Haus angekommen sind, wecke ich sie vorsichtig. Ich führe sie zu meinem Bett im Keller und decke sie zu. Sie schläft wieder ein, bevor ich den Raum verlassen habe.

Plötzlich wird mir klar, dass ich jetzt selbst keinen Zufluchtsort mehr habe. Seit ich hier bin, habe ich mich im Keller versteckt, aber jetzt ist das Zimmer besetzt. Und im Erdgeschoss kann ich mich nicht aufhalten, dort könnte mich jemand von der Straße aus sehen. Also gehe ich die Treppen hinauf ins Obergeschoss und ziehe die Vorhänge zu. Man sieht es den Zimmern an, dass meine Mutter das Haus nie sonderlich gemocht hat. Hier ist längst nicht alles so sorgfältig aufeinander abgestimmt wie zu Hause in Saltsjöbaden. Eher sind hier all diejenigen Dinge gelandet, die sie loswerden wollte, was vielleicht erklärt, dass die Vorhänge des Schlafzimmers gestreift sind, der Bettüberwurf dagegen kariert. Zwei Muster zu viel, würde meine Mutter sagen, und da stimme ich ihr zu. Zugleich vermittelt es einen entspannten Eindruck, dass alles nicht so genau durchdacht ist. Wenn ich in mein Elternhaus komme, habe ich manchmal Beklemmungen, weil alles nach außen hin so perfekt ist. Gebügelte Bettlaken, staubfreie Bücherregale und blankes Silber haben nichts mit Glück zu tun.

Auf dem Nachttisch neben dem Bett meines Vaters liegt eine blaue Mappe, die sofort meine Aufmerksamkeit erregt, weil sie so trist und unbedeutend aussieht. Typisch, dass ich immer denken muss, alles, was scheinbar alltäglich aussieht, berge ein Geheimnis. Es ist wohl eine Berufskrankheit. Ich nehme die Mappe in die Hand und fühle mich wie ein Schnüffler. Es scheint eine Art Widerruf gegen den Abrissbescheid eines Hauses in Beckomberga zu sein. Etwas daran kommt mir bekannt vor, ich erfasse aber nicht, was. Ich werfe einen Blick auf das Dokument, verliere allerdings schon wieder das Interesse. Als ich sie zuklappe, fällt eine Zeitungsnotiz heraus, und ich bücke mich, um sie aufzuheben. Da steht etwas über einen Unfall an einer Baustelle, über ein kleines Mädchen, das ums Leben kam. Wie furchtbar! Ihrem Tod sind nur wenige Zeilen gewidmet. Die Nachricht muss schon ein paar Jahre alt sein, denn das Zeitungspapier ist vergilbt. Ein Datum kann ich nirgends entdecken. Vielleicht handelt es sich um einen ungelösten Fall, der meinen Vater nicht loslässt. Manche Ereignisse kann man einfach nicht vergessen, sosehr man sich auch darum bemüht. Ich lege die Mappe genau so zurück, wie sie lag, damit er nicht merkt, dass ich hineingeschaut habe.

Sobald das alles hier vorbei ist und ich mein Leben zurückbekommen habe, werde ich meinen Vater danach fragen.

Er müsste bald wieder hier sein.

KAPITEL
35

Seit sie sich am Humlegården getrennt haben, hat Evert nichts mehr von Emma gehört. Vielleicht ist sie sauer auf ihn, weil er in Bezug auf Soraya nicht ihrer Meinung war. Nachdem er ein bisschen darüber nachgedacht hat, erscheint ihm die Idee gar nicht einmal so schlecht. In einem Leihwagen wartet er vor der Paradewohnung seines ehemaligen Freundes und Kollegen im schicken Stadtteil Östermalm. Er kann sich die großzügige Fünfzimmerwohnung lebhaft vorstellen, schließlich ist er im Laufe der Jahre dort oft zu Gast gewesen, bei exklusiven Abendessen mit anschließendem Kaffee und Cognac. Wie sorgfältig der Tisch immer gedeckt war, mit Tafelsilber und edlem Porzellan. Doch das ist jetzt Geschichte, ebenso wie Agnetas perfekt gebratene Steaks mit hausgemachter Sauce Béarnaise.

Für heute hat er keine Einladung.

Sein Plan ist, das Auto nicht eine Sekunde zu verlassen. Er fühlt sich in die Zeit zurückversetzt, als er noch Streife gefahren ist und stundenlang stillsitzen musste, einmal gar nicht so weit von Gunnars Adresse entfernt. Geduld ist eine wichtige Voraussetzung, wenn man jemanden beobachten will, weshalb er damals nicht lange in der Abteilung gearbeitet hat. Jetzt, als Pensionär, ist weniger die Geduld das Problem als eher der Kampf gegen die Müdigkeit. Allerdings dürfte seine Wut auf Gunnar ihn noch eine ganze Weile wach halten. Es fällt ihm immer wieder schwer, nicht einfach den Revolver aus dem Handschuhfach zu ziehen, aus dem Auto zu steigen, die Treppe hinaufzulaufen, an der Tür zu klingeln und »Hallo« und »Auf Wiedersehen« zu sagen.

Evert versucht, das Bild von Gunnar wieder loszuwerden, wie er umfällt, während das Blut ihm über das Gesicht strömt. Er könnte kaum Luft holen oder einen Laut von sich geben, bevor sein Herz aufhören würde zu schlagen. Minuten später würde man Sirenen hören, mit jeder Sekunde lauter, und Evert würde noch am Tatort festgenommen, innerlich ruhig und gefasst. Er wäre bereit, für diese Tat einzustehen.

Doch er ist kein Mörder.

Außerdem glaubt er, im Unterschied zu Gunnar, nicht an die Todesstrafe.

Vernunft ist jedoch das eine, Rachegelüste sind das andere. Manchmal wäre er bereit, jedes Opfer zu bringen, nur um den Mann zu töten, der ihm und seiner Familie so viel Leid zugefügt hat. Ganz zu schweigen von den wehrlosen Bettlern, die er ermordet hat.

Das aber würde Emma ihm nie verzeihen.

All die Zeit, die sie so getan hat, als wäre sie tot, wäre verloren. Evert stünde als Verbrecher da und Gunnar als Opfer. Gerade jetzt, da eine Lösung näher rückt, wenn Soraya sich bereit erklärt, ihnen zu helfen, wäre es dumm, den Dingen vorauszugreifen. Statt übereilt zu handeln und etwas zu tun, das er später bereuen würde, konzentriert er sich deshalb auf die Haustür. Allerdings nicht lange, denn plötzlich wird sie von innen geöffnet. Seine Müdigkeit ist wie weggeblasen. Leider ist die Person, die herauskommt, viel zu klein und weiblich. Was für eine Enttäuschung! Die ältere Dame geht die Stufen zum Bürgersteig hinunter, und plötzlich stutzt er. Diesen asymmetrisch gemusterten Mantel kennt er doch, so einen hat Marianne doch auch! Schrecklich, findet er persönlich. Ein Kunstwerk, behauptet sie dagegen. Er wundert sich noch, dass der Hersteller mehr als einen davon verkauft hat, dann sieht er die Frau im Profil. Ihr fester Schritt, die gerade Haltung, es kommt ihm alles seltsam bekannt vor. Und endlich begreift er, wer da in seine Richtung eilt, wenn auch zum Glück auf der anderen Straßenseite. Etwas in ihm zerbricht. Seine Frau ist die Letzte, von der er erwartet hätte, sie aus Gunnars Haus kommen zu sehen. Der Puls hämmert in seinen Schläfen, und er muss sich anstrengen, um zu fokussieren. Evert duckt sich hinter das Lenkrad und betet zu Gott, dass Marianne sich nicht zu ihm umdreht. Wie sollte er ihr seine Anwesenheit erklären? Immerhin, den Leihwagen kennt sie nicht, er ist ja nicht so dumm, in seinem eigenen Auto vor Gunnars Tür zu warten. Als er wieder aufschaut, sieht er nur noch Mariannes Rücken und atmet auf. Das Muster ihres Mantels erinnert an eine runde Zielscheibe. Diese Symbolik gefällt ihm nicht, zumal er gerade noch davon geträumt hat, Gunnar zu erschießen.

Direkt vor Mariannes Augen wäre das geschehen.

Seine Gedanken fahren Achterbahn. Kennt sie noch irgendjemanden in diesem Haus? Es muss mindestens zwanzig Parteien in dem Gebäude geben. Doch die Wahrscheinlichkeit, dass sie andere Bekannte ausgerechnet in Gunnars Haus hat, ist gering, um nicht zu sagen nicht vorhanden. Außerdem hat sie nie etwas davon gesagt. Was, verdammt, hatte sie bei Gunnar zu Hause zu suchen? Oder hat sie Agneta besucht? Eigentlich kennen sie sich nicht so gut, dass sie einen von ihnen allein besuchen würde. Vielleicht gibt es eine plausible Erklärung – oder Marianne und Gunnar sind schon länger miteinander vertraut, ohne dass er es mitbekommen hat.

Vielleicht gibt es diesen Buchclub in Wirklichkeit gar nicht.

Das Bild, das er von seiner Ehe hatte, stürzt plötzlich in sich zusammen. Zwar gibt es seit längerem Spannungen zwischen ihnen, aber dass Marianne ihn hintergehen würde, darauf wäre er nie gekommen. Seine Sorge wächst im selben Maße wie seine Wut auf Gunnar. Warum tut er das alles? Evert begreift nicht, wie dieser Mann es immer wieder schafft, ihn zu düpieren. Alles, was er tut, scheint sich gegen ihn persönlich zu richten, er begreift nur nicht, warum. Sie sind doch Freunde gewesen? Und jetzt ist es Gunnar vielleicht sogar gelungen, ihm seine Frau auszuspannen, direkt vor seinen Augen. Es erscheint ihm völlig unlogisch, dass Marianne sich in diese widerliche Geschichte hineinziehen lassen hat. Doch wenn er es recht bedenkt, hat sie schon immer eine Schwäche für Autoritäten gehabt. Deshalb hat sie wohl auch ihn genommen. Er seufzt, verärgert über diese Schlussfolgerung. Könnte es sein, dass sie, unwissend über die Wahrheit, Trost bei dem Mann sucht, der versucht hat, ihre Tochter zu töten?

Allein der Gedanke widert Evert an, und das Gefühl, dass das hier nicht gut ausgehen wird, wächst. Ist er dabei, seine Frau zu verlieren? Oder noch schlimmer: Hat er sie bereits verloren? Evert kann sich eigentlich nicht vorstellen, dass sie ihn betrügen würde, noch dazu mit einem Freund der Familie. Das ist nicht die Marianne, die er kennt. Aber wann haben sie sich eigentlich zuletzt ernsthaft unterhalten? Muss er sich selbst die Schuld an dieser Entwicklung geben? Oder ist es nur ein Teil von Gunnars Plan, eine Möglichkeit für ihn, sich Einblick in das Leben der Familie Sköld zu verschaffen, um sich zu vergewissern, dass niemand ihn verdächtigt, etwas mit Emmas Tod zu tun zu haben? Evert schwitzt und bekommt kaum noch Luft. Der Kragen sitzt so eng, dass er ihn ein wenig lockert. Vielleicht sollten Emma und er doch Hilfe von außen suchen, damit sie nicht allein mit dem Ganzen sind. Zwei gegen drei ist von vorneherein eine schlechte Ausgangslage, zumal wenn es sich bei den dreien um Verrückte mit Waffenzugang handelt.

Doch wem soll er noch vertrauen, wenn er nicht einmal auf seine Frau zählen kann?

Er hat keine Ahnung, wer möglicherweise alles für Gunnar arbeitet. Das Netzwerk innerhalb des Polizeiwesens kann groß sein. Dann würde die geringste Andeutung, Polizisten könnten hinter den Bettler-Morden stecken, alles aufs Spiel setzen. Dann sind nicht mehr nur unschuldige Bettler in Lebensgefahr, sondern auch er und seine gesamte Familie.

Evert entdeckt aus dem Augenwinkel zwei Gestalten, die sich nähern.

Wenn man vom Teufel spricht...

KAPITEL
36

Marianne ist kaum zur Tür hinaus, als das Fußvolk auftaucht. Der Geruch ihres Parfüms hängt noch in der Luft, als Gunnar in den Flur geht, um Karim und Torbjörn zu öffnen. Das Bett ist zerwühlt, doch das kümmert ihn nicht, er macht sich nicht einmal die Mühe, den für zwei gedeckten Esstisch abzuräumen, ohnehin wird keiner der beiden ihm Fragen stellen oder sich über ihn lustig machen, diese Art von Beziehung haben sie nicht. Wen er sich zum Vögeln aussucht, wenn Agneta auf Dienstreise ist, ist ganz allein seine Sache. Gunnar schiebt lediglich die Teller zur Seite, um Platz für die Kaffeetassen zu schaffen. Dieses verfluchte Koffein, er muss wirklich versuchen, davon wegzukommen. Allerdings ist Kaffee eines der wenigen Mittel, die ihm helfen, einen klaren Kopf zu behalten.

»Gut, dass ihr kommen konntet«, sagt er und stellt fest, dass er anscheinend nicht der Einzige ist, der heute einen Kater hat. Beide sehen schlecht aus, vielleicht liegt es aber auch gar nicht am Alkohol. »Wir haben einiges zu besprechen.«

»Es gefällt mir nicht, dass Hillevi ausgerechnet von Nyhlén festgenommen wurde«, sagt Torbjörn mit besorgter Miene und setzt sich an den Tisch. »Was, wenn sie uns im Verhör erwähnt.«

Karim zuckt mit den Schultern. »Wer glaubt schon einer ehemaligen Psycho-Patientin?«

»Wie kommt es eigentlich, dass Nyhlén sie gefunden hat und nicht einer von euch?«

Torbjörn und Karim sehen sich kurz an.

»Es war der erste Samstag seit Ewigkeiten, an dem wir nicht arbeiten mussten«, sagt Torbjörn.

»Hatten wir uns nicht darauf geeinigt, keinen freien Tag zu machen, bis wir sie haben?«

Die beiden rutschen auf ihren Stühlen hin und her.

»Wahrscheinlich verhört Nyhlén sie genau in diesem Moment«, sagt Torbjörn. »Und das ist ziemlich schlecht für uns, ist euch das klar?«

»Dieser Blödmann hat doch nur gemacht, was seine Freundin wollte«, antwortet Karim leichthin und trinkt einen Schluck Kaffee.

»Hillevi wird schon die Klappe halten«, stimmt Gunnar ihm zu.

»Sie weiß genau, dass es sich nicht lohnt, etwas über uns zu sagen, weil niemand ihr glauben wird.«

»Vielleicht«, sagt Torbjörn zögernd.

»Feuchtfröhliche Runde gestern?«, fragt Gunnar, um das Thema zu wechseln.

Die beiden nicken. »Ja, danke.«

Gunnar ist sich nicht sicher, ob er es gut oder schlecht finden soll, dass seine Kumpane sich auch außerhalb des Dienstes treffen. Es besteht das Risiko, dass sie auf eigene Ideen kommen, die nicht mit ihm abgesprochen sind. Zwei wie Pech und Schwefel sind stärker als einer, und er muss sich sicher sein, dass er sie auf seiner Seite hat, sonst kann er einpacken.

»Wie war das eigentlich mit unserer Zeugin«, fragt Torbjörn Gunnar. »Kannst du versuchen, sie genauer zu beschreiben? Du warst ja der Einzige, der sie gesehen hat.«

Gunnar räuspert sich. Er hat nicht vor, ihnen zu erzählen, dass er sie am Freitag in Reichweite hatte, gleich am Tag nach dem Mord. Damit würde er einen Fehler eingestehen, und er ist nun einmal einer, der Fehler macht.

»Es war dunkel, aber sie sah genauso aus wie alle anderen: braune Augen, schwarze Haare. Ach ja, und dann hatte sie noch diesen roten Schal, von dem ich euch erzählt habe. Und sie trug Hosen.«

»Wir haben keine einzige junge Bettlerin mit rotem Schal gesehen. Dafür jede Menge in Rosa.«

»Gut, dann wisst ihr jedenfalls, dass sie es ist, wenn ihr einen roten Schal entdeckt. Sie ist anscheinend noch nicht zur Polizei gegangen, sonst hätte ich das erfahren.«

»Wie läuft es denn generell mit der Aufklärung der Bettler-Morde? Sind sie weitergekommen?«, fragt Torbjörn.

Gunnar schüttelt den Kopf. »Da steht alles still, genau, wie es sein soll. Die Obduktion des letzten Opfers ist noch nicht abgeschlossen.«

»Gut.«

»Und die Zeitungen räumen uns den Platz ein, den wir verdienen.«

Dank der Medien findet ihre Warnung größtmögliche Verbreitung. Allerdings versucht Gunnar, nicht an die Umfrage der Tageszeitung *Dagens Nyheter* zu denken, derzufolge die Sympathie der Bevölkerung für die Bettler größer ist als je zuvor, und zwar aufgrund der grausamen Morde. Er kann nur hoffen, dass seine Botschaft dennoch ankommt, so dass die Roma und andere Flüchtlinge aufhören, das Land weiter zu überschwemmen.

»Soweit ist alles, wie es sein soll, aber es gibt noch einiges zu tun«, sagt Gunnar. »Es wimmelt immer noch von Bettlern, und ich glaube, wir müssen uns etwas noch Spektakuläreres ausdenken, damit es eine Weltnachricht wird. Wir müssen die Spitzenmeldung schlechthin werden.«

Karim sieht skeptisch aus. »Und wie?«

»Wir brauchen einen noch besseren Fundort.«

»Wie sollen wir die Botschaft toppen? Das geht doch gar nicht!«

»Es geht alles.«

Sie diskutieren eine Weile über strategische Orte und einigen sich schließlich darauf, wo ihr nächstes Opfer gefunden werden soll.

»Brillant, aber ziemlich riskant«, fasst Gunnar zusammen. »Gleich heute Abend?«

Karim und Torbjörn nicken und trinken schweigend ihren Kaffee aus.

»Die Frage ist, ob wir Evert beobachten sollten«, überlegt Gunnar. »Laut einer zuverlässigen Quelle benimmt er sich merkwürdig und ist seit Emmas Tod kaum zu Hause gewesen. Bei der Trauerfeier war er mir gegenüber sehr kurz angebunden. Was, wenn er Wind bekommen hat und mich verdächtigt?«

»Klingt unwahrscheinlich«, wiegelt Karim ab und lehnt sich in seinem Stuhl zurück. »Er war bestimmt nur mitgenommen, weil seine Tochter tot ist.«

Weder Karim noch Torbjörn scheinen seine Sorge ernst zu nehmen, was Gunnar ärgert. Er ist ja nicht blöd, er hat eindeutig eine Veränderung an Evert festgestellt. Und Marianne hat ihn darin bestärkt, als sie sich ihm gestern anvertraut hat. Er hasst es, wenn Torbjörn und Karim ihm gegenüber mangelnden Respekt zeigen. Manchmal fragt er sich, ob sie vergessen haben, wer hier der Chef ist.

»Dann kümmere ich mich eben selbst um ihn«, sagt er kurz. »Das heißt allerdings, dass ihr die Zeugin und unser nächstes Opfer allein suchen müsst, außerdem müsst ihr dafür sorgen, dass Hillevi den Mord an Emma gesteht.«

KAPITEL
37

Karim und Torbjörn verlassen das Haus gemeinsam mit Gunnar, gehen aber zu Fuß weiter, während Gunnar in sein Auto steigt. Es geht Richtung Valhallavägen, und Evert folgt ihm, gleichzeitig ruft er Marianne an. Sie klingt reserviert, beinahe als wäre sie auf der Hut. Immer mehr fürchtet er sich vor dem, was sie möglicherweise vor ihm verbirgt.

»Wie geht's?«, fragt er ruhig und sachlich, damit sie ihm nichts anmerkt.

»Bei mir ist alles okay.«

Evert wartet auf eine Gegenfrage, doch sie bleibt aus. Er muss also selbst versuchen, das Gespräch in Gang zu halten. »Wo bist du?«

»Zu Hause.« Das könnte stimmen, vorausgesetzt, sie ist gut durchgekommen. »Wolltest du irgendwas Bestimmtes?«

Sie klingt kühl, und es fällt ihm schwer, sich zu beherrschen. Er erträgt es nicht, dass sie so abweisend ist. Zugleich muss er sich auf den Verkehr konzentrieren, es geht nur langsam vorwärts. Dann versucht er weiter Smalltalk zu machen. »Was hast du heute gemacht?«

»Ich habe im Garten gearbeitet«, antwortet sie blitzschnell, was eine schlechte Lüge ist, denn er wird sofort sehen, ob das stimmt, den Garten kennt er in- und auswendig. Sein Zorn flammt erneut auf, und am liebsten würde er sie fragen, warum sie ihn anlügt, doch dann müsste er zugeben, dass er vor Gunnars Haus gesessen hat. Bevor er etwas Unüberlegtes tut, muss er mit Emma sprechen. Gunnar beschleunigt, und Evert muss zusehen, dass er ihn nicht aus den Augen verliert.

»Wo bist du?«, fragt sie.

»In Roslagen, hier ist auch einiges zu tun«, antwortet er, und plötzlich fällt ihm ein, wie hoch das Gras steht. Möglicherweise schafft er das mit dem Rasenmäher gar nicht und muss sich eine Sense besorgen. »Ich muss dringend den Rasen mähen und auch sonst Ordnung schaffen, es wächst alles zu.«

Die Gartenlüge als Retourkutsche – hoffentlich funktioniert das.

»Na klar.« Marianne klingt erleichtert, beinahe froh. Viel zu positiv, was nicht zu seiner Beruhigung beiträgt.

»Bist du sicher, dass es dir nichts ausmacht, noch eine Nacht allein zu sein?« Evert weiß, wie ängstlich sie ist, und seit Emmas Unfall im November ist es sogar noch schlimmer geworden. Schlafprobleme haben sie beide, aber ihre Angst vor der Dunkelheit teilt er nicht.

»Sei nicht albern«, sagt sie.

Evert lässt es auf sich beruhen. »Dann hören wir uns morgen wieder.«

»Bis dann.«

Als er am Stadion vorbeifährt, steht dort ein Krankenwagen hinter einem Auto, das am Sophiahem von der Straße abgekommen ist. Evert muss kurz nachschauen, was passiert ist, es handelt sich nur um Sekunden, doch als er wieder nach vorne blickt, ist Gunnars Auto verschwunden. Er sieht sich um, kann es jedoch nirgends entdecken.

»Das kann nicht wahr sein!«, murmelt er vor sich hin.

Es hat keinen Sinn, auf gut Glück irgendwo abzubiegen, Gunnar kann ebenso geradeaus weitergefahren sein. Da Evert schon auf dem Weg Richtung Sommerhaus ist, beschließt er, die Verfolgung abzubrechen und dorthin zu fahren. Eine Dreiviertelstunde später ist er angelangt und parkt den Leihwagen ein Stück vom Haus entfernt, damit niemand ihn mit seiner Adresse in Verbindung bringen kann. Bevor er aussteigt, bleibt er noch einen Moment sitzen, um über Marianne und Gunnar nachzudenken. Sie hat kein Wort über ihren Besuch bei ihm verloren, also kann es sich sehr wohl um Untreue handeln. Der Schrecken hat sich noch nicht gelegt. Ein Zufall kann es jedenfalls nicht sein, Gunnar muss irgendeine

Absicht damit haben. Und er kann sich schon denken, weshalb er Informationen aus Marianne herauspressen will. Ihm ist bewusst, dass Emmas fingierter Tod nicht ganz wasserdicht ist. Kann ihm in dem gefälschten Obduktionsprotokoll, das der Rechtsmediziner mit Hilfe des Arztes Mats Svensson erstellt hat, irgendetwas aufgefallen sein? Oder hat er herausgefunden, dass er und Mats sich persönlich kennen? Wenn Gunnar auch nur den geringsten Verdacht schöpft, dass Emma den Mordversuch im Krankenhaus überlebt hat, wird er jedes Mittel anwenden, um die Wahrheit herauszufinden. Oder weiß er etwa bereits Bescheid?

Dann ist niemand in der Familie mehr sicher.

KAPITEL
38

Nyhlén verlässt den Vernehmungsraum. Am liebsten würde er irgendetwas kaputtschlagen, um seinen Frust über Hillevi abzureagieren. Sie stiehlt ihm die Zeit, was ihn besonders wütend macht, weil eigentlich alle Ressourcen für die Aufklärung der Bettler-Morde benötigt werden, bevor noch mehr Menschen ums Leben kommen. Es würde ihn nicht wundern, wenn Hillevi es genießen würde, ihr Publikum immer wieder zu täuschen. Allerdings leuchtet es ihm nicht ein, warum sie die Schuld an Kristoffers Tod auf sich nimmt, nicht jedoch an Emmas. Es ist doch völlig absurd, das eine zu gestehen und das andere beharrlich zu leugnen.

Er wird einfach nicht klug aus ihr.

Ihr Glück, dass sie in eine sichere Zelle gebracht worden ist, sonst würde er hingehen und die Wahrheit aus ihrem bleichen, mageren Körper schütteln. Nyhlén fühlt sich selten zu Gewaltanwendung hingerissen, außer zum Zwecke der Selbstverteidigung, doch wenn es um Emmas Mörder geht, kann er gut und gerne eine Ausnahme machen.

Er ist so furchtbar müde, und zwar im wörtlichen wie im übertragenen Sinne.

Eigentlich besteht kein Zweifel daran, wer die Täterin ist. Schließlich hat die Polizei sie auf frischer Tat ertappt. Doch er braucht ihr offizielles Geständnis.

Er will, dass sie dazu steht, was sie getan hat.

Es widerstrebt ihm, Evert anrufen und ihm sagen zu müssen, wie es steht. Doch es nutzt nichts, früher oder später muss er den Stier bei den Hörnern packen. Noch ist das Verhör eine interne Angelegenheit und geheim, und da Evert nicht mehr Provinzpolizeichef ist, hat er eigentlich auch kein Recht auf Information. Nicht einmal die nächsten Angehörigen erfahren von den Voruntersuchungen, was für viele betroffene Familien sehr schlimm ist. Das eine oder andere Detail dringt meist dennoch durch, und dann bekommen sie es durch die Medien mit und erfahren alles zum selben Zeitpunkt wie ihre Nachbarn. Diese polizeiliche Regelung ist allerdings keine Schikane, sondern dient lediglich dazu, die Ermittlungen nicht zu gefährden. Was Evert angeht, will Nyhlén jedoch eine Ausnahme machen.

Evert meldet sich mit Vor- und Zunamen und im selben autoritären Ton wie zu den guten alten Zeiten.

»Thomas Nyhlén hier, von der Ermittlungseinheit«, sagt Nyhlén.

»Wie läuft es?«, fragt Evert.

»Einen Schritt vor, zwei zurück«, sagt er ehrlich.

»Was im Klartext bedeutet, dass sie nicht gestanden hat?«

»Zumindest nicht diesen Mord.«

»Das verstehe ich jetzt nicht.«

Nyhlén will ihn nicht am ausgestreckten Arm verhungern lassen. Immerhin ist es die Mörderin seiner Tochter, von der sie hier reden. Und so beschließt er, ihm alles zu erzählen.

»Sie hat zugegeben, dass sie schuld an Kristoffers Tod ist«, sagt er.

»Das kommt jetzt nicht sehr überraschend«, antwortet Evert. »Ist es schon in die Medien vorgedrungen?«

»Nein, wir halten es so lange wie möglich geheim.«

»Was wissen Sie über das Motiv?«

»Bisher noch nichts. Das Geständnis kam völlig unvermittelt im Zuge des Verhörs heute«, sagt Nyhlén. Er hat schon viel zu viel verraten.

Evert seufzt. »Danke, dass Sie mich angerufen haben.«

»Ich bin froh, dass ich das nicht Emma erzählen muss«, rutscht es Nyhlén heraus. Rasch beißt er sich auf die Zunge. Warum hat er das nur gesagt?

Vielleicht, weil er es genau so empfindet.

KAPITEL
39

Schon beim Hereinkommen sehe ich meinem Vater an, dass etwas passiert ist. Das allein ist schon beunruhigend, denn schließlich war er immer Experte darin, seine Gefühle für sich zu behalten. Früher konnte ich seinem Gesicht nichts ablesen, aber jetzt ist offensichtlich, dass ihn etwas bedrückt. Vielleicht ärgert er sich aber auch nur, dass ich hier oben bin, doch das kann ich ihm ja erklären.

»Soraya schläft unten im Keller, falls du dich wunderst, warum ich hier bin«, sage ich. »Ist etwas passiert?«

Er setzt sich auf die Bettkante und schlägt die Hände vors Gesicht, so dass beinahe seine Brille herunterfällt.

»Nyhlén hat angerufen und erzählt, dass Hillevi den Mord an Kristoffer gestanden hat.«

Mein Vater rückt sich die Brille zurecht, doch sein Blick ist irgendwo anders. Das weckt in mir sofort den Verdacht, dass ihn eigentlich etwas ganz anderes bedrückt.

»Das ist jetzt nicht so überraschend«, sage ich und versuche, meine Trauer um Kristoffer zu unterdrücken, sie kommt immer noch hoch, sobald jemand seinen Namen nennt. »Hat Nyhlén sonst noch etwas gesagt?«

»Nein, er konnte nicht ins Detail gehen.«

»Warum siehst du dann so bedrückt aus?«, frage ich.

Eigentlich müsste er sich doch freuen, dass ich jemanden gefunden habe, der uns gegen Gunnar hilft. Oder zweifelt er noch immer daran, dass Soraya die Richtige ist?

»Ich habe heute etwas gesehen, was ich nicht hätte sehen sollen«, bringt mein Vater endlich heraus.

»Was denn?«

»Deine Mutter.«

»Jetzt rede doch bitte mal Klartext!«

Da sprudelt alles aus ihm heraus, wenn auch in einem ziemlichen Durcheinander. Er will es mir erzählen und doch auch wieder nicht. Endlich glaube ich, die Zusammenhänge begriffen zu haben.

Ach, Mama, was machst du nur? Nicht genug damit, dass du Gunnar zu Hause besuchst, du hast es auch noch vor Papa geheimgehalten. Die große Frage ist: Warum?

»Was heißt das denn jetzt?«, frage ich und versuche, das unheimliche Bild meiner Mutter in den Armen eines Serienmörders zu verdrängen.

»Mein erster Gedanke war, dass er Verdacht geschöpft hat, dass mit deinem Tod etwas nicht stimmt und dass er über Marianne versucht, etwas herauszufinden, weil ich ihm seitdem aus dem Weg gehe.«

»Oder Mama ist verrückt geworden«, schlage ich vor. Mein Vater protestiert nicht. »Womit hat er sie in der Hand?«

Ich versuche, Blickkontakt zu bekommen, vergeblich.

»Ich weiß es nicht.«

Meine Mutter hat keine Ahnung, wer der Mann, den sie heimlich trifft, wirklich ist. Ich spüre, wie meine Angst wächst. Ihr darf nichts passieren!

Eine Stimme aus dem Keller unterbricht uns. »Hello?«

Soraya ist aufgewacht.

KAPITEL
40

Als sie erwacht, stellt Soraya fest, dass sich das Bett in einem fensterlosen Raum befindet. Ihr wird eiskalt. Sie zieht das Foto von Aurel heraus und drückt es an ihr Herz, um sich nicht so alleine zu fühlen. Dann hört sie Schritte auf einer knarrenden Treppe, und das Licht geht an. Ihr rettender Engel tritt ein, die Frau, die ihr mit den Kleidern und dem Zahnarzt geholfen hat. Die Frau, die sie anschließend aber auch zu dem Tatort geführt und ihr Bilder von Razvans Mördern gezeigt hat und der sie anschließend wie ein braver Hund gefolgt ist. Vielleicht, weil ihr Bauchgefühl ihr sagt, dass sie ihr vertrauen kann.

Schön ist sie, so schön.

Doch da ist auch etwas Dunkles, das sie bedrückt. Oder bildet sich Soraya nur ein, dass sie gut in anderen Menschen lesen kann? Wenn sie es wirklich könnte, wäre sie wohl kaum in den Bus nach Schweden gestiegen...

»Are you hungry?«, fragt die Frau lächelnd und hält ihr eine Schüssel Suppe hin.

Alle Zweifel verschwinden. Soraya merkt plötzlich, wie furchtbar hungrig sie ist. Sie nickt und nimmt die warme Schüssel dankbar entgegen.

Dann schlürft sie die Suppe in sich hinein, ohne sich darum zu kümmern, wie es aussieht oder welche Geräusche sie dabei macht. Noch nie hat ihr etwas im Leben so gut geschmeckt.

»Thank you«, sagt sie und begegnet dem Blick der Frau.

Plötzlich fällt ihr ein, dass sie gar nicht weiß, wie die Frau heißt. Vielleicht hat sie ihren Namen schon genannt, und sie erinnert sich nur nicht daran. Soraya nimmt all ihren Mut zusammen und fragt in ihrem gebrochenen Englisch: »Your name?«

»Emma«, antwortet sie.

Soraya zeigt ihr das Foto ihres Sohnes. »Aurel, my son.«

Ein Anflug von Trauer huscht über Emmas Gesicht, als sie das abgegriffene Foto betrachtet. Sie schweigen beide.

Soraya weiß nicht, was sie sagen soll, es fällt ihr schwer, sich auf Englisch auszudrücken. Zu Hause hat sie fast ausschließlich mit ihren Großeltern geredet, da brauchte sie sich um Fremdsprachen keine Gedanken zu machen.

»More soup?«, fragt Emma nach einer Weile.

Soraya könnte noch einen ganzen Topf davon essen, will Emma jedoch keine Umstände machen, nachdem sie schon eine so große Portion bekommen hat. Widerstrebend schüttelt sie den Kopf. Dabei stellt sie überrascht fest, dass sie gar keine Schmerzen mehr im Mund hat. Sie sind fort. Die Betäubung hat nachgelassen, und das ist ein so befreiendes Gefühl, dass sie gar nicht weiß, wie sie Emma danken soll. Am liebsten würde sie sich ihr um den Hals werfen, lässt es jedoch, als sie den Ernst in ihren Augen sieht.

»We need your help«, sagt Emma.

Soraya möchte ja zu allem sagen, worum sie bittet, was auch immer es sein mag, damit Emma sieht, wie dankbar sie ihr ist. Auch wenn sie nicht alles versteht, was Emma sagt, glaubt sie doch, das Wichtigste zu begreifen: dass sie Razvans Mörder fangen wollen. Noch immer weiß Emma nicht, dass Soraya das Opfer kannte, und noch viel weniger, dass sie den schrecklichen Mord beobachtet hat. Soraya kann sich nicht entscheiden, ob sie es ihr jetzt sagen soll, nachdem sie bisher behauptet hat, diesen Mann namens Gunnar noch nie gesehen zu haben. Die Scham darüber, dass sie die einzigen Menschen, die gut zu ihr sind, belogen hat, ist zu groß. Sie will nicht, dass sie enttäuscht von ihr sind. Wenn Soraya Emma richtig verstanden hat, wollen sie ihr bei der Heimreise helfen, wenn sie ihnen einen Gefallen tut. Und damit nicht genug, soll sie auch noch fünfzigtausend Kronen bar auf die Hand bekommen. Das ist mehr Geld, als sie je in ihrem Leben gesehen hat. Ihre Großeltern könnten sich endlich behandeln lassen, und Aurel könnte sowohl den Ball bekommen, den er sich wünscht, als auch ein eigenes Fußballtor. Außerdem könnten sie an einen besseren Ort ziehen. Und vor allem würden Razvans Mörder die Strafe bekommen, die sie verdienen.

Es ist beinahe zu schön, um wahr zu sein.

Es fühlt sich an wie ein Märchen.

Bis sie begreift, was sie dafür tun soll.

KAPITEL
41

Soraya scheint nicht gerne zu hören, was ich ihr sage. Ich versuche ihr so überzeugend wie möglich zu erklären, dass sie keine Angst zu haben braucht. Wir werden bei der Konfrontation mit Gunnar die ganze Zeit im Hintergrund bleiben und sie keine Sekunde aus den Augen lassen. Zudem werden wir es so arrangieren, dass das Treffen an einem öffentlichen Platz stattfindet, derzeit tendieren wir zur Plattan am T-Centralen, wo wir sicher sein können, dass zu jeder Uhrzeit viele Menschen unterwegs sind. Das Einzige, was Soraya zu tun braucht, ist, Gunnar anzudrohen, zur Polizei zu gehen und von dem Mord zu berichten, wenn er ihr nicht fünfzigtausend Kronen gibt. Das ist nicht viel Geld für einen Mann in seiner Position, aber für einen armen Bettler ist es eine hohe Summe, hoch genug, damit Gunnar keinen Verdacht schöpft. Wenn er sich darauf einlässt, gibt er indirekt seine Schuld an zumindest einem Mord zu. Doch unsere Hoffnung ist natürlich, dass er etwas preisgibt, was ihn grundlegend entlarvt, und dass es uns gelingt, ihn dabei zu filmen.

Um den Kontakt zu Gunnar kümmere ich mich selbst, Soraya braucht also nichts weiter zu tun, als ihn für ein paar Minuten zu treffen, nur ein einziges Mal.

Dennoch wirkt sie vollkommen aufgelöst. Zusammengekrümmt sitzt sie auf meinem Bett und schüttelt heftig den Kopf. Sie hat noch nichts gesagt, doch ihr ganzer Körper schreit nein. Ich will sie wirklich nicht unter Druck setzen, aber wir haben keine Alternative.

Soraya muss es machen.

Je mehr Zeit vergeht, desto größer ist die Gefahr, dass ein weiterer Bettler stirbt.

Ich versuche ihr noch einmal zu erklären, dass wir die ganze Zeit dabei sein werden. Gunnar wird keine Chance haben, sie zu entführen oder ihr etwas anzutun. Es wird nichts Unangenehmes geschehen, außer der Konfrontation selbst.

Wir müssen es endlich angehen.

Für mich ist nicht ganz klar, ob Soraya vor lauter Angst nichts sagt oder ob sie nur die Worte nicht findet, und so wechsele ich das Thema, um sie auf andere Gedanken zu bringen. Seit sie keine Zahnschmerzen mehr hat und den Mund richtig öffnen kann, ist ihr Englisch deutlich besser zu verstehen. Ich frage sie nach ihrem Sohn, und das Erste, was sie erzählt, ist, dass sie seinen dritten Geburtstag vor vier Wochen verpasst hat. Sie weiß nicht einmal, ob er den Fußball bekommen hat, den er sich so sehr gewünscht hat. Ihren feuchten Augen ist anzusehen, dass es ihr schwerfällt, über ihn zu sprechen. Ich verstehe sie besser, als sie ahnen kann, und bereue es, dieses empfindliche Thema angeschnitten zu haben.

»Aurel is gold«, sagt Soraya mit Stolz in der Stimme.

Ich nicke und frage, bei wem er jetzt ist. Anscheinend kümmern sich ihre Großeltern um ihn. Wo ihre Eltern sind, traue ich mich nicht zu fragen.

»No money, me Sweden«, sagt sie beschämt. »Bus.«

Ich verstehe nicht alles, was sie mir erzählt, aber doch genug, um zu erkennen, dass sie viel zu jung ist, um die finanzielle Verantwortung für die ganze Familie zu übernehmen. Vor allem aber weiß ich jetzt, dass sie ein kleines Kind hat, das darauf wartet, seine Mutter bald wiederzusehen.

»Wie alt bist du?«, frage ich.

»Friday twenty.«

Also war sie selbst noch fast ein Kind, als sie Mutter wurde, für rumänische Verhältnisse aber vielleicht gar nicht einmal so jung. Ich weiß es nicht.

»And Aurel's father?«, frage ich.

Soraya wird blass und schüttelt den Kopf. Dann murmelt sie etwas auf Rumänisch. Anschließend schweigt sie und kehrt mir den

141

Rücken zu. Wieder ein falsches Thema, ich komme wirklich nicht weiter. Hoffentlich zerstöre ich den guten Kontakt nicht, den wir zu Anfang hatten.

»Sorry« ist das Einzige, was mir einfällt.

Meine Kehle schnürt sich zusammen. Das Leben ist so ungerecht, alles hängt davon ab, in welche Verhältnisse man hineingeboren wird. Ich selbst musste mir nie Gedanken über ein Dach über dem Kopf, Essen oder Geld machen. Sorayas Wirklichkeit sieht dagegen ganz anders aus. Fast drei Monate hat sie hier unter freiem Himmel gelebt, ohne Zugang zu Toilette oder Dusche und ohne ihren Sohn treffen zu können.

»Do you want to take a shower?«, frage ich, als mir klar wird, dass es eine Ewigkeit her sein muss, seit sie die Gelegenheit hatte, sich zu waschen. Zumindest riecht es so.

»Yes, please«, sagt sie höflich, und ich zeige ihr, wo im Keller Dusche und Handtücher sind.

Ich warte auf sie. Mir ist wichtig, dass sie freiwillig mitmacht. Niemals würde ich jemanden zu etwas zwingen. Dagegen habe ich kein Problem damit, jemanden zu überreden. Ich werfe einen Blick auf das Bett. Soraya kann ruhig weiter dort schlafen.

Mir genügt eine Matratze auf dem Boden.

KAPITEL
42

Dank der späten Stunde wird es allmählich kühler. Gunnar kann die Hitze des schwedischen Sommers nicht ausstehen, die jederzeit in einen Platzregen übergehen kann. Er ist wetterfühlig, und seine Laune richtet sich nach dem Luftdruck. Ist ein Gewitter im Anzug, so ist er selbst kurz vorm Explodieren, jetzt dagegen ist der Himmel wolkenlos und sein Kopf klar. Am Wetter liegt es also nicht, dass ihm kalter Schweiß ausbricht und sein Herz rast. Ein plötzliches Unwirklichkeitsgefühl überkommt ihn draußen vor Everts Sommerhaus, wo er sich aufhält, ohne die Absicht zu haben, anzuklopfen. Aus sicherer Entfernung beobachtet er das Haus und die hohe Hecke, die eine Lücke zum Nachbargrundstück aufweist. In der Küche brennt Licht, im Obergeschoss dagegen ist alles dunkel. Keine Bewegungen seit einer halben Stunde, dennoch hält Gunnar es für wert, abzuwarten und zu sehen, was passiert. Er ist sich sicher, dass Evert irgendwo da drinnen ist, denn sein teurer Schlitten steht in der Einfahrt. Typisch, dass er selbst den Tesla nimmt und den alten BMW Marianne überlässt. Es dauert nur wenige Minuten, dann weiß Gunnar, dass sich die Fahrt nach Roslagen gelohnt hat.

Er sieht Evert in die Küche humpeln, seine Hüfte scheint ihm stärker zuzusetzen als das letzte Mal, als sie sich gesehen haben.

Ach, Bruder, was tust du hier draußen, wenn deine Frau deprimiert zu Hause sitzt?

Reiß dich doch endlich mal zusammen!

Gerade als Gunnar das denkt, fasst Evert sich an den Kragen seines karierten Hemdes. Dann reibt er sich über die Bartstoppeln und verschwindet aus seinem Blickfeld. Gunnar lässt das Fernglas sinken und geht an der Hecke entlang bis zur Wiese. Das rote Haus mit den weißen Giebeln ist hübsch, das hat er allerdings auch vorher schon gewusst.

Es ist nicht das erste Mal, dass er hier ist. Zuletzt gab es allerdings einen sehr viel festlicheren Anlass, doch das meiste ist noch genau so wie damals.

Der Garten mit dem Schaukelgerüst in der Ecke unter den Tannen sieht immer noch verwildert aus. Auf der Veranda stehen dieselben alten Gartenmöbel neben dem betagten Weber-Grill, der höchstens noch ein bisschen verrosteter ist als in seiner Erinnerung. Gunnar hält inne. Da ist sein alter Freund wieder. Er steht am Spülbecken und wäscht ab. So viel hat das Leben als Pensionär also doch nicht zu bieten. Gunnar schaudert, wenn er an sein eigenes Rentenalter denkt. Er sieht sich um, ob auch niemand ihn bemerkt hat und möglicherweise schon die Polizei ruft. Ein paar Rehe und wilde Katzen streifen wahrscheinlich häufig über anderer Leute Grundstücke, ein zwei Meter großer Mann dagegen eher selten.

Der Nachbargarten wirkt deutlich gepflegter. Auf dieser Seite ist die Hecke sorgfältig geschnitten. Auch hier scheint jemand zu Hause zu sein. Gunnar entdeckt einen Mann auf einem dunkelgrauen Lounge-Sofa, das besser in eine Hotellobby passt als in ein Ferienhaus. Er scheint ganz in seinen Computerbildschirm versunken und ahnt wahrscheinlich nicht im Geringsten, dass jemand neben den Johannisbeersträuchern steht und ihn beobachtet. Gunnar wendet seine Aufmerksamkeit wieder Evert zu. Allmählich wird es wirklich spät, und da nichts geschieht, verliert er das Interesse. Evert steht nach wie vor in der Küche, als müsste er den Abwasch für eine ganze Kompanie erledigen. Wie viele Teller und Gläser braucht man denn als einzelne Person, die sich nur vorübergehend im Haus aufhält? Oder betreibt er im Keller illegale Machenschaften? Vielleicht nimmt er Flüchtlinge auf, die sich nicht ausweisen können und ein Dach über dem Kopf brauchen, bis sie einen neuen Zufluchtsort haben. Das wäre ja geradezu Ironie des Schicksals. Oder wartet oben im Bett eine Geliebte auf ihn? Vielleicht sollte er

Marianne raten, ihren Mann hier zu überraschen, dann würde er erfahren, was sich hinter der roten Holzfassade abspielt.

Denn irgendetwas stimmt hier nicht.

Ehe Gunnar den gepflegten Garten des Nachbarn verlässt, vergewissert er sich noch einmal, ob dieser ihn auch wirklich nicht entdeckt hat. Zum Glück sitzt er immer noch in seine eigene Welt versunken da, die Stirn in tiefe Falten gelegt.

Gunnar entfernt sich vorsichtig, hält dann aber inne.

Diesen Mann hat er doch schon mal gesehen. Das blaue Licht des Bildschirms lässt ihn gespenstisch aussehen. Gunnar hebt noch einmal das Fernglas. Er könnte seine Seele darauf verwetten, dass er ihm schon einmal begegnet ist, in einem ganz anderen Zusammenhang, irgendetwas Bedeutungsvolles, doch er kommt nicht darauf, wo, wann und unter welchen Umständen. Vielleicht verwechselt er ihn auch mit irgendeinem bekannten Schauspieler. Sosehr Gunnar auch grübelt, er kommt einfach nicht darauf, wo er ihn schon einmal gesehen haben könnte.

Sein Bauchgefühl sagt ihm nur, dass es wichtig ist.

Er geht um das Haus herum, um das Namensschild auf dem Briefkasten zu lesen, doch da ist keins. Im selben Moment vibriert das Handy in seiner Hosentasche.

»Ja?«, sagt er so leise er kann, nachdem er nachgeschaut hat, wer es ist.

»Wir haben einen gefunden.«

KAPITEL
43

Er weiß nicht, was es ist, ein Gefühl vielleicht. Sein Blick wandert wie von selbst immer wieder zum Fenster. Es kommt ihm vor, als stünde jemand draußen und beobachte ihn, aber das stimmt nicht. Die Straße ist menschenleer, und auch im Garten ist niemand. Er muss sich zusammennehmen und aufhören, sich ständig irgendetwas einzubilden, doch das ist leichter gesagt als getan, zumal jetzt, da sie eine Bettlerin im Keller verstecken. Seit er heute früh Marianne aus Gunnars Haus kommen sah, hat er begriffen, dass er nichts mehr unter Kontrolle hat.

Alles kann passieren, jederzeit.

Deshalb haben sie auch keine Sekunde mehr zu verlieren. Sie müssen ihren Plan in die Tat umsetzen, um die Ereignisse sofort zu stoppen. Dabei kann so viel schiefgehen. Leute, von denen sie es am wenigsten ahnen, können auf Gunnars Seite sein. Es gibt nicht einmal eine Garantie dafür, dass seine Frau unschuldig ist. Evert fühlt sich wie Freiwild, dabei ist er es, der den ganzen Tag Gunnar verfolgt hat, den Mann, der ihn verraten hat und der eigentlich keine Minute länger frei herumlaufen dürfte.

Evert spürt, wie Angst in ihm aufsteigt, ein Unbehagen, das er nicht genau benennen kann. Etwas sagt ihm, dass sie in diesem Haus nicht mehr sicher sind. Er kehrt zum Abwasch zurück, der sich im Laufe der letzten Tage neben der Spüle aufgetürmt hat. Es ist gut, etwas Konkretes zu tun zu haben. Leider kann man dabei aber auch sehr gut weiterdenken, wie er kurz darauf feststellen muss.

Wieder wird sein Blick vom Fenster angezogen.

Das Gefühl, dass da jemand ist, wird immer stärker.

Soraya und Emma sind im Keller, dort gibt es keine Fenster, deshalb braucht er sich keine Sorgen zu machen. Niemand ahnt, was innerhalb dieser Wände vor sich geht. Endlich zieht Evert die dünnen Vorhänge zu, um das unangenehme Gefühl auszuschließen. Vielleicht ist es das Alter, so nervös wird er normalerweise nicht grundlos. Mariannes Angst vor der Dunkelheit scheint ihn doch noch angesteckt zu haben. Erstaunlich, dass selbst er gegen Ende seiner Tage paranoid wird.

Wenn er genauer darüber nachdenkt, hat sich in letzter Zeit allerdings auch immer wieder gezeigt, dass das Unmögliche möglich ist. Wie oft hat er Emma nicht bereits verloren und dann doch wiederbekommen. Wie sehr ist er zwischen Hoffnung und Verzweiflung hin- und hergerissen worden, genau wie Marianne und Josefin. Die schwerste Prüfung jedoch erlebt er in diesem Augenblick, und das Schlimmste ist, dass er seine Ängste mit niemand anderem teilen kann als mit Emma. Sie ist im Keller, putzmunter und lebendig, er aber hat vor gerade einmal zwei Tagen eine rührselige Abschiedsrede auf sie gehalten, in dem vollen Bewusstsein, dass sie keineswegs tot ist.

Marianne wird ihm das nie verzeihen.

Über Josefins Urteil mag er gar nicht erst nachdenken. Evert weiß jetzt schon, dass beide sich seine Erklärungen nicht anhören, geschweige denn, sie ihm abnehmen werden, obwohl es doch einzig und allein um ihre Sicherheit geht. Das Einzige, was sie sich wünschen, ist, Emma zurückzubekommen, doch wenn es so weit ist, werden sie wenig Verständnis für ihre Vorgehensweise haben. Wie er selbst reagiert hätte, weiß er nicht. Und doch ist es die ganze Sache wert gewesen, wenn weiterhin niemand in der Familie zu Schaden kommt und sie Gunnar stoppen können, bevor noch weitere Bettler sterben. Dann endlich ist Emma in Sicherheit und kann ihr Leben weiterleben, ohne sich ständig fürchten zu müssen.

Evert schaudert. Vor seinem inneren Auge sieht er Gunnar und Marianne eng umschlungen. Er wäscht immer aggressiver ab und stößt versehentlich eine Kaffeetasse herunter. Sie bleibt ganz, hat aber einen hässlichen Sprung. Er wirft sie in den Müll und macht weiter, wird aber den Gedanken an Marianne nicht mehr los. Während Emma im Koma lag, ist irgendetwas mit ihrer Ehe passiert, die sich bereits vorher im Leerlauf befand. Sie sorgten sich beide um ihre Tochter, konnten jedoch nicht miteinander darüber reden. Traurig, aber wahr.

Evert weiß, dass Marianne enttäuscht von ihm ist. Nach Emmas Tod hat sie sich mehr Unterstützung von ihm erhofft, aber er brachte es nicht über sich, sie zu trösten. Weil er weiß, dass sie wegen einer Lüge trauert. Sein Verrat wäre nur umso größer. Da ist es besser, er weicht ihr aus, bis alles vorüber ist. Früher oder später wird sie ihre Erklärung erhalten.

Dass sie ausgerechnet bei Gunnar Trost sucht, ist schwer zu ertragen, er ist der Letzte, dessen Nähe sie suchen sollte. Doch wie soll er sie dazu bringen, sich von ihm fernzuhalten, ohne ihr zu erklären, weshalb?

Wie konnte es nur so weit kommen?

KAPITEL
44

Gunnar parkt sein Auto in der Industrigatan und geht zum Kungsholmsstrand hinunter. Er eilt Richtung St. Eriks-Brücke, einem gottvergessenen Ort. Zwischen den Brückenpfeilern, wo Torbjörn und Karim auf ihn warten, ist es stockfinster. Hier kann jederzeit einer aus dem Dunkel hervorspringen und ihn töten, ohne dass es jemand mitbekommt. Kein normaler Mensch verfiele auf die Idee, nachts alleine hierherzukommen. Genau deshalb ist es der perfekte Ort für ein Verbrechen. Gunnar schaltet die Taschenlampe seines Handys ein und entdeckt etwas weiter entfernt Torbjörn und Karim. Auf dem Boden stinkende Haufen von Essensresten, Spritzen und Rattendreck. Gunnar steigt über den Unrat hinweg und sieht in der Ecke einen einzelnen Mann mit panischem Gesichtsausdruck hocken. Ihm fehlt ein Schneidezahn.

»Please«, fleht er immer wieder.

Gunnar blickt Torbjörn und Karim an. »Wie habt ihr euch das mit dem Transport vorgestellt?«

»Wir haben in der Nähe einen Lieferwagen ohne Nummernschilder geparkt«, sagt Karim ruhig und zieht sich die Handschuhe zurecht.

Torbjörn tritt auf der Stelle, als wäre es Winter und bitterkalt. Das Geräusch zerrt an Gunnars Nerven, er kann nicht klar denken, wenn Torbjörn nicht sofort damit aufhört. Sein Herz rast, und sein Atem geht flach.

»Hör auf damit«, faucht er Torbjörn an.

Dann geht alles sehr schnell. Der Mann steht plötzlich auf. Ein Messer blitzt in seiner Hand auf, und bevor ihn jemand daran hindern kann, greift er Gunnar an, der rücklings über ein ausrangiertes Fahrrad ohne Lenker stürzt. Er spürt, wie die Messerspitze seine Hand streift, und denkt noch, dass er vielleicht an einem der widerlichsten Orte Stockholms sterben wird, da wirft Torbjörn sich auf den Mann, und sie rollen über den Boden. Anschließend ist ein Knacken zu hören, von dem Gunnar genau weiß, was es bedeutet.

»Gunnar?«, flüstert Karim nervös. »Bist du okay?«

Gunnar erhebt sich gleichzeitig mit Torbjörn, der Bettler dagegen bleibt reglos liegen.

»Das war schlecht«, sagt Gunnar besorgt und umfasst die verletzte Hand mit der anderen. Typisch, dass der Mann auf den einzigen von ihnen losgehen musste, der keine Handschuhe trägt.

»Bist du verletzt?«, fragt Torbjörn.

Er schüttelt den Kopf. »Nur ein leichter Schnitt«, sagt er und zieht ein Taschentuch heraus, das er auf die Wunde presst, um die Blutung zu stillen. »Nicht schlimm.«

Sie wissen jedoch alle drei, dass eine Prügelei immer das Risiko birgt, Spuren zu hinterlassen. Sollte jemand darauf kommen, diesen Ort zu untersuchen, sind sie geliefert.

»Sucht das Messer«, sagt Gunnar, und Karim wühlt mit der Schuhspitze im Dreck, bis die Schneide im Schein der Taschenlampe aufblitzt.

Er überreicht es Gunnar. »Bitte schön.«

Unterdessen holt Torbjörn den Lieferwagen und fährt rückwärts heran, so weit es geht. Gemeinsam hieven sie die Leiche in den Kofferraum. Dann ziehen Karim und Torbjörn sich Sturmhauben über, damit niemand sie erkennen kann. Diesmal wollen sie das Opfer an einem ganz besonderen Platz mitten in der Innenstadt ablegen, in der Nähe des Schlosses und des Reichstags, eine streng überwachte Gegend. Das Risiko ist so hoch, dass Gunnar beschließt, nach Hause zu fahren und seine Wunde zu versorgen, statt sie zu begleiten.

»Vergesst nicht, morgen früh ins Gefängnis zu gehen«, sagt er.

Karim legt einen Blitzstart hin und fährt davon.

Gunnar dagegen überquert die Straße und wirft das Messer am Barnhusviken ins Wasser.

MONTAG
8. Juni

KAPITEL
45

Schon früh um halb sieben ist Nyhlén im Präsidium, um das nächste Verhör mit Hillevi vorzubereiten. Er hat die ganze Nacht kein Auge zugetan, so sehr hat es ihn beschäftigt, dass Hillevi den Mord an Kristoffer gestanden hat, nicht aber den an Emma. Das bedeutet nämlich, dass sie nicht aus Angst vor einer langen Gefängnisstrafe lügt, und das stört ihn gewaltig. In dieser Situation könnte sie den Mord an Emma genauso gut zugeben, doch das tut sie nicht. Warum? Auch wenn alle Umstände gegen sie sprechen, gibt es ein minimales Risiko, dass sie die Wahrheit sagt. Was, wenn Emma tatsächlich noch gelebt hat, als Hillevi das Zimmer verließ, und tatsächlich jemand nach ihr hineingegangen ist?

Absurd, aber bedenkenswert.

Vielleicht hat jemand Hillevi im Krankenhaus beobachtet, die Situation ausgenutzt und anschließend dafür gesorgt, dass sie als Schuldige dasteht. Nyhlén schaudert. Das würde bedeuten, dass der Mord an Emma bis ins letzte Detail geplant war. Angenommen, Hillevi sagt die Wahrheit – wer ist dann der Täter? Karim und Torbjörn haben ausgesagt, Hillevi zu Emma hineingelassen zu haben, weil sie sich als Putzfrau ausgegeben hat. Ansonsten habe sich niemand in der Nähe befunden.

Das Gefühl, dass da etwas nicht stimmt, macht ihn wahnsinnig.

Er hört sich noch einmal Teile des Verhörs vorm Vortag an, notiert sich Mängel und Unklarheiten. Hillevi scheint sich um ihre Sicherheit im Gefängnis zu sorgen und stellt Fragen zur Besucherregelung. Bedeutet das, dass sie bedroht wird? Nyhlén lauscht weiter, er ist hoch konzentriert. Manchmal ist er im Nachhinein enttäuscht von sich, dass er selbstverständliche Folgefragen vergessen hat oder Ähnliches, an anderen Tagen findet er sich selbst dagegen brillant. Er weiß, dass er ein guter Ermittler ist, dass er genau das kann, was es braucht, um einen Schuldigen zu einem Geständnis zu bewegen. Mit dieser Gewissheit beschließt er, nicht das Vertrauen in sich selbst zu verlieren, wenn es heute Zeit wird, Hillevi erneut zu verhören. Dennoch empfindet er es als große Niederlage, die Wahrheit noch nicht aus ihr herausbekommen zu haben.

Er steht auf und verlässt das Büro.

Punkt acht beginnt das Verhör. Hillevi sitzt neben ihrem Verteidiger, Nyhlén und Lindberg gegenüber. Nyhlén weiß genau, wo er anfangen will, er hat einen festen Plan.

Doch es kommt völlig anders, als er gedacht hat.

Sobald das Tonband läuft, bittet Hillevi um das Wort.

»Bitte.« Nyhlén nickt ihr aufmunternd zu. Manchmal lohnt es sich, großzügig zu sein, auch in einem Verhör mit einer Mordverdächtigen.

»Ich möchte ein Geständnis ablegen«, sagt sie mit fester Stimme.

Nyhlén überlegt. Was sie wohl diesmal gestehen wird? Vielleicht nimmt dieses Verhör ja noch eine ganz andere Wendung, als er gedacht hat. Auf einen Durchbruch wagt er jedenfalls nicht zu hoffen. Er bittet sie, weiterzusprechen.

»Ich habe Emma Sköld getötet.« Ihre Stimme zittert kaum merklich.

Lindberg rutscht auf seinem Stuhl hin und her, und Nyhlén verschlägt es die Sprache. Der Anwalt verzieht den Mund.

Wieder ist es Hillevi gelungen, alle zu überraschen.

Nyhlén braucht nicht um einen detaillierten Tathergang zu bitten, dieser folgt unmittelbar, als hätte sie ihn auswendig gelernt.

»Am Walpurgisnachtabend bin ich zum Krankenhaus in Dandery gefahren, um Emma Sköld zu töten. Ich ging zu meiner Schicht, zog meine Arbeitskleidung an, nahm meinen Putzwagen und begab mich auf Station 73.«

Lindberg hustet. »Entschuldigung.«

Die Unterbrechung scheint Hillevi nicht das Geringste auszumachen, sie fährt sachlich fort, wo sie aufgehört hat. Noch nie hat Nyhlén sie so fest entschlossen gesehen.

»Ich bin in Emmas Zimmer gegangen und habe ein Kissen genommen. Das habe ich ihr aufs Gesicht gedrückt, so fest ich konnte, bis sie aufhörte, Widerstand zu leisten.«

»Und dann kam die Polizei?«, fragt Nyhlén.

»Ja.«

Hillevi weigert sich, ihm in die Augen zu sehen.

»Und Sie haben gesehen, dass Emma nicht mehr atmete?«, hakt er nach.

»Ja, sie war tot.«

»Warum erzählen Sie uns das erst jetzt?«

»Weil ich vorher noch nicht bereit dazu war.« Zum ersten Mal während des Verhörs wirkt Hillevi unsicher. Ihr Blick flackert.

»Dann nehmen Sie also den Mord an Kriminalkommissarin Emma Sköld auf sich?«, fragt Nyhlén.

»Ja.«

All die Fragen, die Nyhlén ihr zu Kristoffers Tod stellen wollte, sind wie weggeblasen, er ist völlig aus dem Konzept.

»Wir machen eine kleine Pause«, sagt Lindberg und geht hinaus, obwohl noch unzählige Fragen offen sind.

Nyhlén folgt ihm auf den Flur und wartet auf eine Erklärung.

»Jetzt haben wir sie da, wo wir sie haben wollten«, sagt Lindberg.

Nyhlén ist nicht ganz so zufrieden wie sein Chef. »Irgendetwas muss in der Nacht passiert sein. Sie kam mir vor wie ein programmierter Roboter.«

»Du meinst, sie lügt, jetzt, wo sie endlich gesteht?« Lindberg runzelt die Stirn.

»Ich weiß nicht. Sie kam mir irgendwie anders vor.«

»Mir ist nichts aufgefallen.«

»Dann glaubst du, sie war es?«

Lindberg seufzt. »Ganz klarer Fall, von vorne bis hinten.«

»Überhaupt kein Zweifel?«

»Nein. Jetzt müssen wir nur noch auf einen Gerichtstermin warten.«

KAPITEL
46

Die Leiche, die Torbjörn und Karim vor dem Sagerska Huset in der Strömgatan abgelegt haben, ist die Top-Meldung auf allen Nachrichtenseiten. Gunnar sitzt auf dem riesigen Sofa in seinem Wohnzimmer in Östermalm und überfliegt im Internet alle Artikel über ihre Tat. Sein Arzt wäre äußerst zufrieden mit ihm, denn ausnahmsweise einmal sitzt er still, so wie es ihm bei der Krankschreibung verordnet worden ist. Meditation, Yoga und *Mindfulness* können ihn mal! Sein Burnout genauso, allerdings ist Gunnar heute ganz froh, nicht zur Arbeit gehen zu müssen. Er überlegt gerade, was ihr nächster Schritt sein könnte, als sein Handy klingelt. Der Anruf kommt aus dem Präsidium, und er entschließt sich, dranzugehen, obwohl er krankgeschrieben ist.

»Hallo, Lindberg hier. Entschuldige bitte die Störung, du bist ja noch krankgeschrieben.«

»Krank ist übertrieben, ich habe mir freigenommen«, schnaubt Gunnar. Typisch, dass seine Sekretärin unnötige Details über ihn verbreitet hat. Sie hat wohl noch nie etwas von einer weißen Lüge gehört. Er wird sie rauswerfen, sobald er wieder bei der Arbeit ist.

»Ach, na dann«, sagt Lindberg. »Ich wollte nur Bescheid sagen, dass wir jetzt ein Geständnis haben.«

Gunnar atmet auf. »Der Mord an Emma Sköld?«

»Ja, Hillevi hat gestanden.«

Wie schön, dass Karim geliefert hat, seine Morgenvisite im Gefängnis scheint Wirkung gezeigt zu haben.

»Danke, das wurde aber auch Zeit.«

»Wobei Nyhlén über ihren plötzlichen Sinneswandel erstaunt ist.

Gestern noch war Hillevi weit davon entfernt, den Mord zu gestehen, und heute konnte es ihr gar nicht schnell genug gehen.«

»Eine Nacht im Gefängnis verändert so manches«, wiegelt Gunnar ab. »Das weißt du doch. Lass es auf sich beruhen.«

»Da ist allerdings noch etwas.«

Gunnar legt die Ohren an. Lindbergs Tonfall zufolge handelt es sich um etwas Gravierendes. »Was denn?«

»Ein weiterer Bettler wurde ermordet.«

»Ich habe es in den Nachrichten gehört«, sagt Gunnar und unterdrückt ein Gähnen. »Schrecklich.«

»Wir mobilisieren jetzt alle Kräfte, um diesen Scheißkerl zu finden«, sagt Lindberg, der normalerweise nicht zu Kraftausdrücken neigt.

Gunnar verschlägt es für einen Moment die Sprache, es fällt ihm schwer, das nicht persönlich zu nehmen. Dann fasst er sich wieder. »Gut. Melde dich, wenn es etwas Neues gibt.«

»Bist du sicher? Du hast doch Urlaub. Soll ich dich nicht lieber in Ruhe lassen?«

»Natürlich nicht. In so einem Fall muss ich auf dem Laufenden bleiben.«

»Okay, ich melde mich.«

Endlich hat Gunnar einen Grund, Evert anzurufen. Vielleicht gelingt es ihm sogar, sich mit ihm zu verabreden. Er wählt seine Nummer ohne große Hoffnung, dass er das Gespräch annimmt.

»Ja?«, meldet sich Evert, als Gunnar gerade aufgeben will.

»Hallo, Gunnar hier. Wie geht's?«

»Blendend.«

So kurz angebunden hat Gunnar ihn noch nie erlebt. Vielleicht ist er gerade mit etwas Wichtigem beschäftigt und will nicht gestört werden. Oder er weiß tatsächlich etwas, das er nicht wissen sollte.

»Ich muss mit dir reden. Hast du Zeit für ein kurzes Treffen?«, fragt Gunnar.

»Wann?«

»Jetzt?«

»Tut mir leid, ich habe heute keine Zeit«, sagt Evert. »Ich habe in unserem Ferienhaus zu tun.«

»Bist du allein dort?«, fragt Gunnar.
»Was ist das für eine Frage?«
Gunnar bereut es, so direkt gewesen zu sein. »Ich dachte nur.«
»Marianne ist zu Hause in der Stadt, wenn du das meinst. Ist irgendetwas Besonderes?«
»Ich habe gerade erfahren, dass Hillevi den Mord an Emma gestanden hat«, sagt Gunnar. »Das wollte ich dir nur mitteilen.«
»Ah. Okay.«
»Ich weiß es erst seit einer Minute. Muss sich doch trotz allem gut anfühlen, dass das jetzt auch vorbei ist, oder?«
»Und deshalb wolltest du dich mit mir treffen?«, fragt Evert, immer noch reserviert.
»Nein, nicht nur deswegen. Auch wegen Marianne«, sagt Gunnar nun doch, damit er ihm endlich zuhört. »Ich glaube, wir müssen uns über sie unterhalten.«
»Dann erzähl mal.«
»Persönlich, meine ich.«
Evert seufzt. »Worum geht es?«
»Ich kann zu dir nach Roslagen kommen.«
»Nicht nötig«, sagt Evert schnell. »Im Saturnus, um elf?«
Endlich. »Ja, gerne.«
»Gut. Dann bis nachher«, sagt Evert und legt auf, ehe Gunnar bestätigen kann.
Ob Marianne ihm etwas gesagt hat? So dumm kann sie doch nicht sein, sie würde damit ihre Ehe aufs Spiel setzen. Doch Gunnar kann sich nicht lange damit aufhalten, neues Unheil droht in Form einer SMS, die auf seiner geheimen Mobilnummer eintrifft: *Nyhlén schnüffelt im Gefängnis herum.*
Sie hätten ihn sich endgültig vom Hals schaffen müssen.

KAPITEL
47

Nyhlén passiert die Sicherheitsschranke zum Kronoberg-Gefängnis, was eine ebenso komplizierte Prozedur ist wie an einem Flughafen. Er muss an seinen Chef denken. Ihm ist unbegreiflich, wie Lindberg Hillevis Geständnis ohne weiteres hinnehmen und sich damit zufriedengeben konnte, wenn doch offensichtlich ist, dass in der Nacht oder in den frühen Morgenstunden etwas vorgefallen sein muss, das sie dazu gebracht hat, ihre Meinung zu ändern. Bevor Nyhlén sich mit der aktuellen Wendung zufriedengeben kann, muss er wissen, was hier vor sich geht. Am liebsten wäre ihm ein Gespräch unter vier Augen mit Hillevi, aber das kann er wohl vergessen. So läuft es nicht. Wenn sich in irgendeiner Form die Gelegenheit ergibt, will er dennoch versuchen, die Wahrheit aus ihr herauszubekommen.

Für manche Leute besteht gar kein Zweifel, dass ein Verdächtiger, der eine Tat gesteht, auch tatsächlich schuldig ist. Nyhlén jedoch weiß es besser.

Er braucht nur an Thomas Quick zu denken oder Sture Bergwall, wie er sich inzwischen nennt. Dieser Mann nahm etwa dreißig Morde auf sich und wurde für acht verurteilt, dann jedoch von allen wieder freigesprochen. Hillevi ist schwer einzuschätzen, Nyhlén wird ihr Geständnis jedenfalls nicht ohne weiteres akzeptieren, ohne die Sache eingehend untersucht zu haben.

Der Gefängniswärter, der ihn in Empfang nimmt, kommt ihm vage bekannt vor, allerdings kann er nicht einordnen, woher.

»Nyhlén – na, wir haben uns aber lange nicht mehr gesehen«, sagt er jovial und schlägt ihm unnötig fest auf die Schulter.

»Stimmt«, sagt Nyhlén, ist aber nicht sonderlich darauf erpicht, lange Smalltalk mit ihm zu halten. »Es geht um die Mordverdächtige im Fall Emma Sköld.«

»Hillevi Nilsson. Das dachte ich mir schon«, sagt der Wärter und fährt sich durch das dunkle Haar. »Gibt es Beschwerden?«

»Können wir uns irgendwo ungestört unterhalten?«, fragt Nyhlén und sieht sich um. Er möchte nicht, dass jemand Unbefugtes ihr Gespräch belauscht.

Der Wärter führt ihn in ein separates Zimmer. »Was wollen Sie denn wissen?«

»Ich wüsste gerne, wer alles bei Hillevi war, nachdem sie gestern vom Verhör zurückgekommen ist. Also, bevor sie heute früh zu uns kam.«

»Ich hatte natürlich nicht während des gesamten fraglichen Zeitraums Dienst«, sagt er und sieht aus, als denke er angestrengt nach. »Das Derby!«

»Wie bitte?«

»Beim Derby haben wir uns zuletzt gesehen!«, sagt der Wärter. »Kommen Sie heute Abend mit, um Schweden gegen Norwegen zu sehen? Wir sind eine ganze Truppe von hier.«

Nyhlén ärgert sich, dass der Wärter seiner Frage ausweicht und so tut, als hätten sie alle Zeit der Welt.

»Nein, tut mir leid, trotzdem danke«, sagt Nyhlén. »Können Sie bitte nachsehen, wer sich registriert hat?«

»Augenblick, bitte.«

Der Wärter verschwindet, und Nyhlén wirft einen Blick auf sein Handy. Keine entgangenen Anrufe oder neue SMS.

»Mal sehen«, sagt der Wärter. Er ist schneller wieder da, als Nyhlén zu hoffen gewagt hat. »Da haben wir einen einzigen Besuch. Ihr Anwalt.«

»Um welche Uhrzeit?«

»Eine Stunde vor dem Verhör.«

Was hat dieser Typ ihr bloß eingeflüstert? Nyhlén bedankt sich bei dem Wärter, jetzt kann er es kaum erwarten, den Anwalt zur Rede zu stellen. Er eilt zurück in sein Büro, doch so einfach soll es anscheinend nicht sein. Vor seiner Tür wartet Madeleine.

»Haben Sie's schon gehört?«

Nyhlén weiß nicht, worauf sie hinauswill. »Nein?«

»Ein weiterer Bettler wurde tot aufgefunden.«

Das hat er nicht mitbekommen. »Wo?«

»Raten Sie mal.«

Es irritiert ihn, dass sie ein nettes Rätselraten daraus macht, wenn es sich doch um einen brutalen Mord handelt.

»Keine Ahnung.«

»Vor dem Haus des Staatsministers.«

»Am Sagerska Huset?«

»Ja, er saß mit gebrochenem Genick neben dem Außenministerium auf der Strömgatan. Einen Steinwurf von Rosenbad und vom Reichstag entfernt. Deutlicher kann die Botschaft kaum sein.«

Nyhlén ist entsetzt. Noch nie hat er es mit einem so kaltblütigen Täter zu tun gehabt, der wehrlose Menschen tötet und sie an strategischen Orten platziert.

»Es muss dort jede Menge Kameras geben«, sagt er. »Man fragt sich ja fast, ob der Täter gefasst werden will!«

»Die Täter«, berichtigt sie ihn. »Es sind zwei, wir haben schon einen Teil der Videoaufzeichnungen gesichtet.«

»Aber sie waren natürlich maskiert?«

Madeleine nickt und reicht ihm einen Stapel Blätter. »Ja, ganz irre sind sie nicht.«

Doch, denkt er, genau das sind sie. Richtige Vollidioten sind das.

»Was ist das?«, fragt Nyhlén und nimmt die Blätter entgegen, ohne einen Blick darauf zu werfen.

»Das sind die Obduktionsberichte von den bisherigen Todesfällen. Wir sollen nach einer Verbindung zwischen den Opfern suchen«, sagt sie. »Gerade eben ist ein vorläufiges Gutachten der Rechtsmedizin zu dem Opfer eingetroffen, das vor der Rumänischen Botschaft gefunden wurde, und ...«

»Ich habe keine Zeit«, unterbricht Nyhlén sie. Dann drängt er sich an ihr vorbei und schlägt ihr die Tür vor der Nase zu.

Er ignoriert ihr Klopfen und wählt die Nummer des Anwalts. Ohne Umschweife fragt er ihn, was am Morgen vorgefallen ist.

»Das geht Sie nichts an«, ist die Antwort.

»Wie haben Sie Hillevi dazu gebracht, ihre Meinung zu ändern?«, fragt er. »Ich meine, im Gefängnis, vor dem Verhör. Ich weiß, dass Sie vorher bei ihr waren.«

Der Anwalt schnaubt. »Ich habe niemanden dazu gebracht, seine Meinung zu ändern.«

»Wie kommt es dann, dass sie plötzlich alles zugeben wollte, vorher aber nicht?«

»Sie hatte sich bereits entschieden, als ich zu ihr kam«, sagt er. »Wenn Sie mich jetzt wegen irgendetwas anzeigen, dann ...«

»Einfach so und ganz ohne Grund?« Nyhlén hat nicht vor, so schnell aufzugeben.

»Was unterstellen Sie mir eigentlich?«

Nyhlén hat keine Lust, ihm die Frage zu beantworten. »Ist Ihnen irgendetwas aufgefallen? War sie anders als sonst?«

»Warum soll sie anders gewesen sein?«

»Fanden Sie es nicht merkwürdig, dass sie plötzlich nicht mehr von ihrer Unschuld an Emma Skölds Tod überzeugt war?«

»Sie wäre nicht die Erste, die sich nach etwas Bedenkzeit anders besonnen hätte«, erwidert der Anwalt sachlich. »Wenn die Schuld plötzlich zu schwer wird, kriechen viele zu Kreuze.«

»Und Sie sind niemandem begegnet, als Sie zu ihr ins Gefängnis gekommen sind?«

»Wie meinen Sie das?«

»War jemand vor Ihnen im Frauengefängnis zu Besuch?«

»Ich habe beim Reingehen einen Polizisten getroffen. Warum?«

Nyhlén sieht ein, dass es keinen Sinn hat.

»Ach, nichts. Danke für das Gespräch.«

Jetzt will er einfach nur noch nach Hause und sich die Bettdecke über den Kopf ziehen. Er starrt aus dem Fenster in den strahlend blauen Himmel.

»Entschuldige, Emma«, flüstert er. »Ich habe getan, was ich konnte.«

KAPITEL
48

Als ich im Netz die neuesten Nachrichten lese, bleibt mir die Luft weg. Dass Hillevi den Mord an mir gestanden hat, ist das eine. Das hier aber ist noch viel schlimmer. Was nicht passieren durfte, ist eingetreten, und ich fühle mich schuldig. Ich mag gar nicht daran denken, dass wir den Tod dieses Bettlers möglicherweise hätten verhindern können, wenn wir schneller gehandelt hätten. Dann wäre der Mann, der vor dem Sagerska Huset gefunden wurde, vielleicht noch am Leben.

Es ist alles so sinnlos.

Ich sitze auf meiner Matratze im Keller und warte auf Soraya, die noch im Bad ist. Die Versuchung, Nyhlén anzurufen und ihm zu sagen, was los ist, ist größer als je zuvor. Ich starre mein Handy an. Nein, ich kann die Verantwortung, Gunnar das Handwerk zu legen, nicht auf ihn abwälzen. Wenn Nyhlén die Bombe intern platzen lässt, bevor wir handfeste Beweise haben, sind Gunnar und seine Handlanger gewarnt, und wir erfahren nie, wer alles an diesen Dingen beteiligt war. Und dann ist niemand mehr sicher. Weder ich, mein Vater, Nyhlén noch sonst jemand in unserer Nähe. Sie würden uns alle ausschalten, einen nach dem anderen.

Mein Vater hat angerufen und gesagt, dass er sich mit Gunnar trifft. Ich muss ihn vorher unbedingt erwischen, er muss wissen, was passiert ist.

»Ja«, meldet sich mein Vater.

»Es gibt ein neues Opfer.«

Schweigen.

»Er wurde vor dem Haus des Staatsministers tot aufgefunden.«

»O Gott«, ist das Einzige, was er herausbringt.
»Versuche irgendetwas Verwertbares aus Gunnar herauszubekommen«, sage ich. »Und achte darauf, ob er Anzeichen von Verletzungen hat, egal was, Hauptsache, es stellt eine mögliche Verbindung zu dem Mord her.«
»Ich tue mein Bestes«, sagt mein Vater, und wir beenden das Gespräch.
Soraya ist hereingekommen, ohne dass ich es bemerkt habe.
»Problem?«, fragt sie besorgt, als sie mein Gesicht sieht.
Ich zeige Soraya die neuesten Nachrichten auf dem Handy und erkläre ihr, dass diese Männer nicht aufhören werden, ihre Landsleute zu töten, bis jemand sie stoppt. Und dass, wie es aussieht, nur wir dazu in der Lage sind. Ich versuche ihr begreiflich zu machen, warum das so ist, merke jedoch, dass es zu kompliziert wird. Da zeige ich ihr ein Foto von Ines.
»My daughter.«
Sorayas Blick wird ganz warm. »Beautiful.«
»I can't be with her.«
»Why?«, fragt sie bekümmert.
»Because of Gunnar.«
Ich will nicht ins Detail gehen, was den Fall, den ich vor dem Reitunfall untersucht habe, betrifft sowie den Mordversuch im Krankenhaus, dennoch scheint sie zu merken, wie verzweifelt ich bin, denn plötzlich sieht sie mich mit neuer Entschlossenheit an.
»I help you.«

KAPITEL
49

Evert ist gut darin, auch in den schwierigsten Situationen Ruhe zu bewahren und sich äußerlich nichts anmerken zu lassen. Doch als er Gunnars hochgewachsene Gestalt auf sich zukommen sieht, kommt ihm beinahe das Frühstück wieder hoch. Gegen diese körperliche Reaktion ist er machtlos, ebenso wenig weiß er, wie er verhindern soll, dass ihm Hände und Knie zittern. Er muss sich sehr zusammenreißen, um seine Wut hinunterzuschlucken, aufzustehen und einem der übelsten Serienmörder Schwedens die Hand zu schütteln. Gunnar darf jetzt auf keinen Fall Verdacht schöpfen.

»Bruder, wie geht es dir?«, fragt Gunnar mit gerunzelter Stirn. »Deine Hüfte scheint schlimmer geworden zu sein.«

Evert zuckt die Achseln. »Ach, geht schon.«

Sein ehemaliger Freund und Kollege, der versucht hat, seine Tochter zu töten und möglicherweise eine Affäre mit seiner Frau hat, der außerdem für den Mord an Henrik Dahl und mehreren Bettlern verantwortlich ist, setzt sich ihm gegenüber. Ein kaltblütiger Mistkerl, der sich einen Tag, nachdem er einen Mord begangen hat, mit ihm verabredet und tut, als wäre nichts geschehen.

»Ich habe uns Kaffee geholt«, sagt Evert. Nicht, dass er Lust hätte, diesen Idioten einzuladen. Vielmehr will er sicher sein, dass dieses Treffen nicht länger dauert als nötig. Wer weiß, wie lange er es schafft, ruhig zu bleiben.

»Danke.«

»Also, was gibt es so Wichtiges, dass du dich mit mir treffen wolltest«, fragt Evert. »Es geht um Marianne?«

»Ja, ich habe sie neulich zufällig getroffen.«

Evert hebt in gespieltem Erstaunen die Augenbraue. »Ach so? Davon hat sie mir gar nichts erzählt.«

»Nicht?«, fragt Gunnar nachdenklich. Evert ahnt eine gewisse Erleichterung in seinem Blick. »Na, gut, dann eben nicht.«

»Ist dabei irgendetwas Bestimmtes passiert?« Evert trinkt einen Schluck Kaffee und ist froh, dass er sich ablenken kann. Zugleich hat er Emmas Worte im Kopf, er muss Gunnar irgendetwas abringen, das sie weiterbringt.

»Es scheint ihr nicht sonderlich gut zu gehen«, sagt Gunnar vorsichtig.

Evert lacht bitter auf. »Nein, wer könnte das derzeit von sich behaupten?«

»Ich will mich ja nicht einmischen...«

Evert unterbricht ihn abrupt. »Gut.«

»Wie meinst du das?« Gunnar scheint verwirrt, weil er ihn nicht ausreden lässt. Er kratzt sich am Kinn, und Evert sieht, dass er ein Pflaster zwischen Daumen und Zeigefinger hat.

»Ich finde, da tust du gut daran. Also, dich nicht einzumischen«, erklärt er. »Was ist denn mit deiner Hand passiert?«

Gunnar sieht das Pflaster an. »Ach so, das. Ich bin mit dem Schraubenzieher abgerutscht. Was tut das zur Sache?«

»Ungefähr so viel, wie dich das Wohlergehen meiner Frau angeht.«

Durch das Fenster sieht Evert, dass es bald Sommer wird. Noch nie in seinem Leben hat er sich so sehr nach draußen gesehnt. Raus an die frische Luft, weg von Gunnar.

»Okay, dann fasse ich mich kurz«, sagt Gunnar. »Ich glaube, Marianne braucht dich.«

»Mich?«, fragt Evert. »Aber sie hat mich doch schon.«

»Mehr bei sich, meine ich. Zu Hause.«

Evert unterdrückt den Impuls, mit der Faust auf den Tisch zu schlagen. Oder Gunnar in die Fresse, so dass seine ohnehin schon breite Nase noch platter wird. Er nimmt keinen Rat von einem Mörder an, das würde er ihm gerne sagen, schluckt es jedoch hinunter.

Gunnar macht ein verkniffenes Gesicht.

»Sie sagt, du bist gerade oft im Sommerhaus.«

»Aber nicht immer«, verteidigt sich Evert, dann merkt er, wie nahe er daran ist, Gunnar in die Falle zu gehen. Jetzt gilt es aufzupassen, um nicht seinen offensichtlichen Verdacht zu bestätigen, in Roslagen könnte etwas Merkwürdiges im Gange sein.

»Aber was machst du da die ganze Zeit? Ich begreife nicht, warum du nicht lieber bei ihr bist.«

»Ich brauche einfach Abstand zu allem«, sagt Evert lahm.

»Das ist verständlich. Ich wollte dir auch nicht zu nahe treten«, sagt Gunnar.

Vielleicht war aber auch genau das sein Plan. Ihre Kaffeetassen sind noch beinahe voll, aber Evert will nichts als weg hier, bevor er von dem Stress, einem Lügner und Mörder gegenüberzusitzen, einen Herzinfarkt bekommt.

KAPITEL
50

Jetzt ist Gunnar überzeugt, dass Evert etwas vor ihm verbirgt. Seine angespannte Haltung, der Abscheu in seinem Blick und sein zurückhaltender Tonfall sprechen Bände.
Marianne muss sich verplaudert haben.
Gunnars Taktik, behutsam vorzugehen, ist offensichtlich misslungen. Bei einem ehemaligen Provinzpolizeichef hat es keinen Sinn, bewährte Verhörmethoden anzuwenden, die er ohnehin sofort durchschaut. Allmählich wird Gunnar ungeduldig, er muss wissen, was Evert ihm nicht erzählen will und weshalb er ihm ausweicht. Doch sein ehemaliger Freund verschließt sich vor ihm wie eine Muschel.
Er versucht, den Gedanken abzuschütteln, Evert könnte durchschaut haben, wer er wirklich ist. Warum hat er nach der Verletzung an seiner Hand gefragt? Was wollte er ihm damit unterstellen? Wenn er allerdings wirklich etwas ahnen würde, würde er es gar nicht aushalten, ihm gegenüberzusitzen und ihm in die Augen zu sehen. Viel Blickkontakt haben sie während dieses kümmerlichen Treffens allerdings auch nicht gehabt. Jetzt schaut Evert auf seine Armbanduhr. Er scheint es eilig zu haben, wieder wegzukommen.
»Wie läuft es eigentlich mit der Wohnung?«, fragt Gunnar, um ihn noch einen Augenblick festzuhalten.
»Wir räumen sie aus, um sie zu verkaufen.«
»Wie groß ist sie denn?«, fragt er, obwohl er nicht im Geringsten daran interessiert ist.
»Achtzig Quadratmeter«, antwortet Evert mechanisch. »Suchst du eine neue Wohnung? Ihr lasst euch doch nicht etwa scheiden?«

»Nein.« Gunnar lacht, hält jedoch gleich wieder inne. Dies wäre der perfekte Moment gewesen, um auf natürliche Weise wieder auf das Thema Eheprobleme zurückzukommen. »Wo liegt sie genau?« Vielleicht kriegt er ja doch noch mal die Kurve.

»Hälsingegatan, in der Nähe vom Vasapark.«

Nur einen Steinwurf von dem Spielplatz entfernt also, auf dem Nyhlén Hillevi überwältigt hat.

»Aber das weißt du wahrscheinlich noch von den Ermittlungen um Kristoffers Tod.«

»Ja, stimmt.« Er verflucht sich selbst. »Jedenfalls eine gute Lage, ihr bekommt sie bestimmt schnell verkauft.«

Hör auf, über diese blöde Wohnung zu quatschen, und komm endlich zum Punkt, ermahnt er sich selbst.

Evert trinkt einen Schluck Kaffee. »Kann sein.«

»Braucht ihr Hilfe bei irgendetwas?«

»Ich glaube nicht, aber danke trotzdem«, sagt Evert spitz. »Wenn es sonst nichts gibt, würde ich jetzt gern gehen.«

»Sagst du gar nichts zu dem Geständnis?«, fragt Gunnar. »Wir sitzen hier und reden, und du hast mit keinem Wort kommentiert, dass Hillevi zur Vernunft gekommen ist und zwei Morde gestanden hat.«

Everts Blick verfinstert sich, seine Pupillen ziehen sich zusammen und werden klein wie Stecknadelköpfe. »Was gibt es da noch hinzuzufügen?«

»Dass es eine Erleichterung ist, zum Beispiel?«, schlägt Gunnar vor und fragt sich, wie er Everts offensichtlichen Zorn interpretieren soll. Warum regt Hillevis Geständnis ihn so auf – weiß er doch etwas über Emmas Tod?

»Natürlich, aber es war ja zu erwarten, nachdem ihr sie auf frischer Tat ertappt habt. Und Mats' Obduktionsbericht hat eure Aussagen ja noch bestärkt. Ich muss jetzt.«

»*Mats'* Obduktionsbericht?«

Ein Schatten huscht über Everts Gesicht. »Nein, ich meinte nicht Mats. Ich habe wahrscheinlich den Namen des Rechtsmediziners mit dem des Arztes durcheinandergebracht, der den Totenschein ausgestellt hat.«

Gunnar gibt sich ungerührt und zuckt nachlässig die Schultern.
»Bruder, du scheinst gerade ganz schön eingespannt zu sein, es ist nicht gesund, sich so zu stressen. Denk an deinen Blutdruck.«
Er weiß, wovon er redet.
»Ich muss los, bevor der Verkehr zu dicht wird«, sagt Evert und erhebt sich.
»Denk darüber nach, was ich gesagt habe«, sagt Gunnar und steht ebenfalls auf.
»Was denn?«
Evert ist schon auf dem Weg aus dem Café, aber Gunnar folgt ihm und legt ihm eine Hand auf die Schulter. »Marianne. Sie braucht dich mehr als je zuvor.«
Der Blick, den Evert ihm zuwirft, während er seine Hand abschüttelt, ist düster. Noch nie hat er seine Abneigung so deutlich gezeigt.
Wieder überkommt ihn die Unruhe.
Warum ist Evert das Geständnis allem Anschein nach so egal?
Gunnar versucht, den Gedanken zu verdrängen, der ihn schon die ganze Zeit verfolgt und den das Treffen nur noch bestärkt: Weiß er etwas? Warum hat er die Ärzte verwechselt? Und wie kommt es, dass er einen von ihnen beim Vornamen genannt hat? Wie gut kennen sie sich? Er muss sich so schnell wie möglich mit Marianne treffen, ihr wieder Wein einflößen und versuchen, noch mehr über Evert und sein sonderbares Verhalten herauszufinden. Vielleicht lässt sie sich sogar überreden, nach Roslagen hinauszufahren und nachzusehen, was er dort treibt.
»Bis bald«, ruft er Evert hinterher und fügt leise, wie zu sich selbst hinzu: »Bruder.«
Evert dreht sich nicht um, hebt aber zumindest die Hand zum Gruß. Nein, er kann nichts wissen, beschließt Gunnar, denn dann hätte er längst reagiert. Alles andere ist undenkbar.
Es sei denn, er plant einen perfiden Rachefeldzug.
Als Evert um die Ecke verschwunden ist, zieht Gunnar sein Handy heraus und stellt fest, dass er eine neue SMS bekommen hat. Absender unbekannt. Er liest sie und fällt beinahe in Ohnmacht: *I know what you did and I want 50 000 SEK to keep quiet.*
Das kann doch nicht wahr sein!

KAPITEL
51

Noch immer keine Antwort. Vielleicht hat Gunnar die Nachricht noch nicht gesehen. Soraya wartet im Keller, während ich Lebensmittel einkaufe. Es fühlt sich nicht gut an, sie allein im Haus zurückzulassen, nachdem ich gerade erst die SMS verschickt habe, doch der Kühlschrank ist leer, und bis mein Vater zurück ist, kann es noch eine ganze Weile dauern. Außerdem glaube ich nicht, dass sie abhaut, sie will uns ja wirklich helfen. Ich bin sehr erleichtert, dass sie sich nun doch darauf eingelassen hat, sonst hätte ich mich erneut auf den Weg machen und jemand anderen suchen müssen. Dafür fehlt uns einfach die Zeit. Jetzt habe ich den Stein ins Rollen gebracht, auch wenn mein Vater das noch nicht weiß. Was natürlich auch ein Stück weit Absicht ist. Da ich die SMS abgeschickt habe, während Gunnar und er sich getroffen haben, wird er kaum auf die Idee kommen, die Drohung käme von ihm.

Das Erste, was ich im Laden sehe, sind die Schlagzeilen der Zeitungen über den getöteten Bettler vor dem Haus des Staatsministers. Doch da ist noch etwas. Mir wird ganz eng ums Herz, als mir klar wird, dass es um mich geht, auch wenn ich mich inzwischen daran gewöhnt haben sollte. Es ist ein merkwürdiges Gefühl, mich selbst neben einem verpixelten Foto von Hillevi zu sehen, und geradezu surrealistisch, die Überschrift zu lesen: *Polizistinnen-Mörderin gesteht.*

Ich behalte die Sonnenbrille auf, gehe hinein und packe ein paar fertige Nudelsalate und eine Tüte Äpfel in meinen Korb. Nicht, dass ich hier viele kennen würde, aber man weiß nie. Ich gehe zur Kasse, und mein Blick fällt auf die Schlagzeile ganz oben in der

Zeitung *Expressen: Doppelmord. Deshalb tötete sie Polizistin Emma Sköld und ihren Freund.*

»Das war's?«, fragt eine Stimme.

Ich begreife erst gar nicht, dass es die Kassiererin ist und dass sie mich meint. »Wie bitte?«

»Hundertsiebenundvierzig Kronen bitte«, sagt sie und schaut ebenfalls auf die Zeitungsüberschrift, die mich so gebannt hat.

»Ja. Entschuldigung, bitte.«

Ich krame in meiner Tasche nach Geldscheinen und reiche sie ihr.

»Schrecklich«, sagt die Kassiererin und schüttelt den Kopf.

Ich bin mir nicht sicher, ob sie mein Schicksal meint oder den Tod des Bettlers, und murmele irgendetwas.

»Es ist doch unglaublich, dass dieses Kindermädchen zwei Menschen umbringen konnte«, sagt die Verkäuferin und deutet mit dem Kopf auf die Zeitung, die ich soeben bezahlt habe. »Ich kann nicht aufhören, an diese Polizistin zu denken. Wussten Sie, dass ihre Familie ein Sommerhäuschen hier draußen hat? Sie hat ein Kind, und jetzt ist das kleine Mädchen Waise. Wirklich furchtbar.«

Ja, das ist wahr, denke ich und verlasse mit zitternden Knien das Geschäft. Ich weiß mehr darüber, als du dir vorstellen kannst.

Sobald ich draußen bin, rufe ich meinen Vater an.

»Wie ist es gelaufen?«, frage ich.

»Keine Ahnung, es ist weiß Gott nicht leicht.«

»Was wollte er denn von dir?«

»Mit mir über Marianne sprechen. Ich verstehe allerdings nicht, warum. Er behauptet, er würde sich Sorgen um sie machen, weil ich angeblich ständig weg bin.«

»Dann ist es vielleicht besser, wenn du heute zu Hause schläfst.«

»Das habe ich mir auch überlegt. Ich bin schon auf dem Weg nach Saltsjöbaden.«

»Das klingt gut.«

Evert seufzt. »Allerdings habe ich mich wohl ziemlich blöd angestellt.«

»Wieso?«

»Ich glaube, er hat mir angemerkt, dass mir Hillevis Geständnis nicht sonderlich viel bedeutet.«

»Das könnte er aber doch auch so auffassen, dass du viel zu betroffen bist, um darüber erleichtert zu sein«, wende ich ein. »Was ich allerdings nicht verstehe, ist, weshalb Hillevi etwas zugibt, was sie nicht getan hat.«

»Wahrscheinlich wurde sie bedroht oder bestochen«, sagt mein Vater.

»Apropos«, sage ich. »Soraya hat sich einverstanden erklärt, uns zu helfen, und ich habe mir erlaubt, unseren Plan in Gang zu setzen.«

Ich möchte am Telefon nicht zu sehr ins Detail gehen, falls Gunnar entgegen aller Wahrscheinlichkeit das Handy abhört. Mein Vater benutzt zwar nicht sein normales Handy, wenn er mit mir kommuniziert, dennoch bespreche ich wichtige Dinge lieber nicht am Telefon mit ihm. Mein Vater murmelt irgendetwas, und wir beschließen, das weitere Vorgehen morgen zu besprechen.

»Hat er geantwortet?«

Ich schaue noch einmal nach, ob eine SMS eingetroffen ist.

»Nein, bisher nicht.«

»Versprich mir, dass du dich sofort meldest.«

»Natürlich. Aber meinst du nicht, es wird Zeit, Nyhlén einzubeziehen?«, frage ich. »Falls uns etwas zustößt, wäre es doch gut, wenn noch jemand anderes die Wahrheit wüsste.«

»Stell dir vor, er ist Teil des Ganzen«, sagt mein Vater in einem Ton, der keinen Widerspruch zulässt. »Dann können wir einpacken.«

»Ich würde meine Hand für ihn ins Feuer legen.«

»Solltest du aber nicht.«

Ich lasse meinem Vater das letzte Wort, obwohl ich mir sicher bin, dass er unrecht hat.

Nyhlén würde niemals so etwas tun.

Ich weiß es einfach.

KAPITEL
52

Hillevi sieht müde aus, doch darauf können sie keine Rücksicht nehmen. Lindberg hat offenbar nicht die Absicht, das Verhör so schnell wieder abzubrechen, nachdem er sich noch einmal darauf eingelassen hat. Sie sind schon ein ganzes Stück weitergekommen und können allmählich nachvollziehen, wie genau sich die Morde an Kristoffer und Emma abgespielt haben. Zum ersten Mal scheint es, als würde Hillevi die Wahrheit sagen. Nyhlén sieht ihr inzwischen genau an, wann sie lügt und wann nicht, dennoch fühlt er sich unwohl. Wenn es jemanden gibt, den er nie so genau kennenlernen wollte, dann diese Frau. Zugleich ist es seine einzige Chance, um herauszufinden, ob sie die Morde tatsächlich begangen hat, so wie es die technischen Beweise suggerieren. Wenn das Urteil fällt, müssen alle Zweifel ausgeräumt sein. Gleichzeitig sterben draußen die Bettler wie die Fliegen, was ihn wahnsinnig unter Druck setzt.

»Wann war die Beziehung zwischen Ihnen und Kristoffer zu Ende?«

Hillevi schüttelt müde den Kopf. »Sie war nie zu Ende.«

»Erklären Sie uns das genauer«, bittet Lindberg.

»Er hat nie mit mir Schluss gemacht, er besuchte mich weiterhin regelmäßig, als ich nach meinem Zusammenbruch in der Klinik lag. Auch als meine Abteilung aufgelöst wurde, brach der Kontakt nicht ab. Er hat mir die Wohnung in Mariehäll organisiert, sonst hätte ich gar nicht gewusst, wo ich hingehen sollte. Ich habe Kristoffer und unser gemeinsames Leben geliebt, bis unsere Träume zerstört wurden. Bis Felicia starb.«

Nyhlén unterdrückt ein Gähnen, nicht weil er desinteressiert wäre, sondern weil er allmählich ermüdet. Hillevi schenkt ihnen nichts, sie müssen sich immer wieder geschickte Folgefragen ausdenken. Es ist ein langwieriges Verhör.

Außer was den Mord an Emma angeht.

Genau das stört ihn. In seinen Augen ist es der Beweis, dass sie nicht sie selbst war, als sie die Tat gestanden hat. Sie hat diesen Mord ohne Umschweife zugegeben, während ihr alle anderen Informationen mühsam abgerungen werden müssen.

»Ich bin müde«, sagt Hillevi zu ihrem Anwalt und starrt dann aus dem Fenster auf das Nachbargebäude. »Ich kann nicht mehr.«

Lindberg faltet die Hände, Nyhlén fragt sich, ob er jetzt ein Gebet sprechen will, doch es scheint eher seine Methode zu sein, neue Kraft zu tanken. Sie sind alle erschöpft.

»Wir sind gleich fertig für heute«, sagt er. »Wie ist Ihre Tochter ums Leben gekommen?«

»Durch einen Unfall auf einer Baustelle.«

»Das tut mir leid«, sagt Lindberg. »Warum befand sie sich dort?«

Tränen laufen Hillevi über die Wangen. Sie zeigt immer mehr, dass sie doch keine Maschine ist, ihre Gefühle verbergen sich lediglich hinter einer gleichgültigen Fassade.

»Mein Haus sollte abgerissen werden, in dem meine Familie über Generationen gelebt hat.«

Es muss das Haus sein, von dem die Chefärztin des St. Göran ihm erzählt hat.

»Wo befinden wir uns jetzt geographisch? Stockholm und Umgebung?«

»Es stand in Beckomberga. Ich war dort, um ein letztes Mal gegen den Abriss zu protestieren. Die Männer, die das Land gekauft hatten, waren furchtbare Menschen.«

»Und dort ist dann der Unfall passiert?«, fragt Lindberg, erhält aber keine unmittelbare Antwort. Hillevi ist in ihrer eigenen Welt verschwunden, ihr Blick abwesend.

»Unser schönes rotes Haus – es war völlig in Ordnung. Sie waren nur an den Grundstücken interessiert, um damit Geld zu machen. Aber am Ende wurden sie doch bestraft, alle beide.«

»Wie meinen Sie das?«

Hillevi richtet sich auf. »Sie wurden beide ermordet.«

»Wollen Sie damit sagen, dass Sie weitere Morde begangen haben?«

Nyhlén bleibt der Mund offen stehen. Er wendet sich Lindberg zu, der ebenso überrumpelt scheint, wie er selbst. Selbst die Augen des Anwalts sind weit aufgerissen. Es ist ihm anzusehen, dass er Hillevi am Weiterreden hindern will, doch es gelingt ihm nicht, sie zu aufzuhalten.

Hillevi schüttelt den Kopf. »Nein, nein, nicht ich.«

»Wie hießen denn die Opfer?«

»Hans Göransson und Benjamin Weber.«

Nyhlén verschlägt es endgültig die Sprache.

KAPITEL
53

Als Evert das Schlafzimmer betritt, tut Marianne, als würde sie schlafen. Vielleicht schläft sie auch wirklich, sie legt sich nachmittags meistens hin. Da sie mit dem Gesicht zur Wand liegt, kann er es nicht erkennen. Er hat nur das Gefühl, dass sie wach ist, aber keine Lust hat, mit ihm zu reden.
Lass mich in Ruhe, sagt ihr Rücken zu ihm.
Eine Fremde liegt dort, nicht seine Frau.
Eine, die etwas vor ihm verbirgt, die lieber mit seinem ehemaligen Freund über ihre Gefühle spricht als mit ihm. Mit Gunnar, dem Verräter und skrupellosen Mörder. Er möchte sie warnen, aber dann müsste er ihr alles erzählen, und das wäre viel zu kompliziert. Außerdem ist es noch zu früh. Er will sich gar nicht ausmalen, was Gunnar ihr antun könnte, er scheint vor nichts zurückzuschrecken. Everts Angst um ihr Leben ist größer als seine Enttäuschung über ihren Verrat, mit ihr reden kann er über beides nicht. Er kann nur versuchen, ein Auge auf sie zu haben.
Evert setzt sich auf seine Seite des Bettes, stellt sein Handy auf lautlos und legt es auf den Nachttisch. Die Bettwäsche fühlt sich steif an, und das Kissen ist zu fest gestopft, vor allem aber bedrückt ihn die Atmosphäre. Er legt seine Hand auf Mariannes Schulter und massiert die angespannten Muskeln. Keine Reaktion. Eine schreckliche Vorstellung, dass Gunnars Hand genau hier gewesen ist, am Körper seiner Frau. Everts Puls schießt in die Höhe. Gleichzeitig fällt ihm wieder ein, wie er vor Gunnar die Namen der Ärzte verwechselt hat. Er kann nur hoffen, dass Gunnar dem nicht weiter nachgeht. Dass er den falschen Namen genannt hat,

liegt einfach daran, dass es tatsächlich Mats war, der dem Rechtsmediziner bei der Formulierung des Obduktionsberichts geholfen hat. Er war der einzige Arzt, der Emmas Verletzungen mit eigenen Augen gesehen hatte und sie glaubwürdig beschreiben konnte. Eigentlich hat er also nichts Falsches gesagt, nur darf gerade Gunnar es nicht wissen. Vielleicht hätte Evert Emma warnen sollen, dass er sich verplaudert hat. Es war ihm nur so unangenehm. Jetzt kann er nur hoffen, dass Gunnar keinen Verdacht schöpft und das Ganze schnell wieder vergisst.

Nach einer Weile gibt Evert seinen Kontaktversuch auf. Der Abstand zwischen ihnen ist einfach zu groß, obwohl sie im selben Bett liegen.

Irgendetwas muss passieren, und zwar bald.

Er hat nicht mehr viel Kraft, so zu tun als ob.

Vor Gunnar unberührt zu tun ist eine Sache, es ist nicht einfach, weiß Gott nicht. Aber die Wahrheit vor Marianne und Josefin geheimhalten zu müssen, ist immer wieder aufs Neue schlimm. Es besteht das Risiko, dass ihre Beziehung auch danach nicht mehr zu reparieren ist, wenn sie endlich erfahren dürfen, dass Emma lebt. Ob seine Ehe noch zu retten ist, ist ohnehin äußerst fraglich. Josefin und die Enkelkinder dagegen wird er nicht kampflos aufgeben. Doch was nützt es, sich jetzt darüber Gedanken zu machen. Im Moment zählt nur, dass Gunnar hinter Schloss und Riegel kommt, und zwar mit einem Vermerk zur anschließend notwendigen Sicherheitsverwahrung. Sicher ist das allerdings nicht; möglicherweise wird er als psychisch gesund betrachtet, trotz der grausamen Verbrechen, die er begangen hat. Evert versucht, sich zu erinnern, ob es in Gunnars Verhalten früher schon irgendwelche Anzeichen gegeben hat. Ohne Erfolg. Nicht die geringste Ausländerfeindlichkeit, auch keine besondere Aggressivität, in seinem gesamten Berufsleben hat er sich nichts zuschulden kommen lassen.

Und damit ist wahrscheinlich der Nagel auf den Kopf getroffen.

Gunnar ist zu perfekt, um wahr zu sein.

Jeder hat Schwächen, das ist menschlich, Gunnar aber hat sich keinen einzigen Fehltritt erlaubt. Stattdessen hat er sein Umfeld auf brillante Weise manipuliert. Seine fürsorglichen Erkundigungen nach Emma, als diese im Koma lag, klangen vollkommen echt. Sowohl Evert als auch Marianne haben sie ihm abgenommen und sich gewundert, wie intensiv er Anteil nahm, obwohl er doch gerade erst seinen neuen Posten als Provinzpolizeichef angetreten hatte. Dass dahinter ganz andere Absichten lagen, dass er lediglich auf dem Laufenden sein wollte, falls Emma erwachen und sich an die Einzelheiten ihres Unfalls erinnern sollte, war ihm nicht anzumerken gewesen. Evert hatte geglaubt, dass es ihn wirklich interessierte. Jetzt weiß er es besser.

Er weiß sogar mehr als Gunnar.

Marianne bewegt sich unruhig, dreht sich von der Seite auf den Rücken. Er kann den Blick nicht von ihr wenden. Der Kummer darüber, dass er ihr so viel Leid zufügen muss, indem er behauptet, Emma sei tot, quält ihn ungemein. Doch ebenso bekümmert ihn das Unverzeihliche, das sie selbst allem Anschein nach getan hat.

KAPITEL
54

Nyhlén kann unmöglich nach Hause und ins Bett gehen, ehe er nicht das Voruntersuchungsprotokoll zum Besichtigungsmord im vergangenen Jahr noch einmal durchgegangen ist. Er ist sich nicht sicher, ob Hillevi sich nicht etwas zusammenphantasiert, was ihre und Kristoffers Verbindung zu Hans Göransson und Benjamin Weber angeht. Zwei Todesfälle, in denen Emma mit ermittelte und die sie am Ende auch aufgeklärt haben, zumindest dachten sie das damals.

Haben sie vielleicht doch die falschen Schlüsse gezogen?

Nyhlén rauft sich die kurzen Haare. Wenn er diese Angewohnheit nicht ablegt, wird er bald genauso kahlköpfig sein wie Gunnar. Der scheint massiven Druck auch nicht gut zu verkraften, zumindest ist er schon wieder krankgeschrieben.

Das Voruntersuchungsprotokoll ist umfangreich, doch an das meiste kann er sich noch gut erinnern. Als er sich gerade eingelesen hat, klopft es schüchtern an die Tür, und Madeleine steckt den Kopf herein.

»Störe ich?«

Er kann sie nicht schon wieder abweisen, es wäre einfach zu viel.

»Nein, kein Problem.«

»Gut«, sagt sie und schaut auf seinen Schreibtisch, der von Ordnern und Papieren überquillt. »Wie läuft es mit Hillevi?«

»Ganz gut. Und was machen die Bettler-Morde?« Nyhlén schämt sich ein wenig; er hätte längst danach fragen sollen.

»Ehrlich gesagt, ist es ziemlich zäh.« Sie lächelt unsicher, tritt einen weiteren Schritt ins Büro, hält dann aber erneut inne. »Wir müssen endlich einen Durchbruch erreichen.«

Wieder meldet sich Nyhléns schlechtes Gewissen, weil er sich mit anderen Dingen beschäftigt, während draußen zwei Serienmörder frei herumlaufen.

»Was lesen Sie da gerade?«, fragt Madeleine.

»Ach, eigentlich sollte ich im Moment gar keine Energie drauf verwenden, es ist ein im Grunde schon gelöster Fall, den Emma Sköld und ich gemeinsam untersucht haben«, erklärt er. »Sie haben vielleicht von dem Besichtigungsmord damals in Bromma gehört? Er kam heute wieder auf den Tisch, deshalb wollte ich noch mal etwas nachsehen.«

»Worum geht es genau?«

Nyhlén zuckt die Achseln. »Ich will mich nur vergewissern, dass wir damals den Richtigen für schuldig befunden haben.«

»Hat dieser Makler die Morde nicht gestanden?«

»Er hat sich selbst eine Kugel in den Kopf geschossen, bevor wir ihn fragen konnten.« Nyhlén hört selbst, wie brutal es klingt, aber Madeleine lässt sich nichts anmerken. Solche Informationen sind an der Tagesordnung, wenn man hier arbeitet.

»Verstehe«, sagt sie und zeigt auf den Stapel Papier. »Das ist ganz schön viel. Kann ich helfen?«

»Nein, nein«, sagt er. Sie nickt und wendet sich zum Gehen.

»Dann bis morgen«, sagt sie, und er hört die Enttäuschung in ihrer Stimme.

Plötzlich kommt sie ihm vor wie der einsamste Mensch auf der Welt oder zumindest in ihrem Ermittlerteam, und er bereut es, so kurz angebunden gewesen zu sein. Sie kommt nicht aus Stockholm und kennt hier wahrscheinlich niemanden. Vielleicht wäre es auch gar nicht so schlecht, wenn ein Paar frischer Augen sich diesen Altfall noch einmal ansieht. Tatsächlich wäre Madeleine, die nichts mit dem Fall zu tun gehabt hat, genau die richtige Person dafür.

»Warten Sie, warum eigentlich nicht?«, ruft er ihr deshalb hinterher, und sie ist so schnell zurück, wie sie gegangen ist.

»Wie bitte?« Ihr Blick ist hoffnungsvoll.

»Wenn Sie wirklich Lust haben, die ganze Nacht hier mit mir zu sitzen – warum nicht?«, sagt er und lacht. »Solange es Ihre Arbeit an dem anderen Fall nicht beeinträchtigt.«

Sie lächelt zurück, und er findet sie fast sympathisch, aber nur fast.

Vielleicht ist sie ja doch nicht so verkehrt, auch wenn sie natürlich nicht Emma ist.

»Ich koche uns einen Kaffee«, sagt sie. »Einen starken.«

Während ich meine eigene Arbeit noch mal prüfe, denkt er, gleich wieder ernst. Er hat Angst, einen Fehler zu entdecken. Richtige Angst, um die Wahrheit zu sagen. Und allein der Gedanke, dass möglicherweise Madeleine diesen Fehler findet, macht ihn vollends nervös. Er sieht sich in seinem Büro um.

Vielleicht wird sie es bald ebenfalls übernehmen.

Madeleine kehrt mit zwei Tassen dampfenden Kaffees zurück, und sie machen sich zu zweit über die Papiere her. Es sind Zeugen- und Angehörigenverhöre, Obduktionsprotokolle von Rechtsmedizinern, Polizeiberichte und Tatortanalysen. Ein paar Stunden später kommen sie beide zu demselben Schluss: dass sie nicht ausschließen können, dass jemand anderes die Morde begangen hat. Nyhlén sieht sich gezwungen, Lindberg anzurufen, jetzt sofort.

Er geht gleich in die Vollen. »Es kann sein, dass wir im Besichtigungsmord den Falschen für schuldig befunden haben.«

Lindberg räuspert sich. »Alles deutete klar darauf hin, dass ...«

»Ich weiß«, unterbricht ihn Nyhlén. »Und wahrscheinlich war genau das die Absicht. Ein richtig gewiefter Täter mit gutem Einblick in die polizeilichen Ermittlungen könnte die notwendigen Spuren gelegt haben, um einen anderen ans Messer zu liefern.«

»Das klingt fast, als würdest du einen professionellen Serienmörder hinter dem Ganzen vermuten.« Lindberg seufzt. »Das ist ausgeschlossen.«

»Oder es war jemand, der mit einer Ermittlerin unter einem Dach wohnte.«

»Ich sehe schon, worauf du hinauswillst. Und es gefällt mir nicht.«

»Kristoffer war falsch«, sagt Nyhlén. »Ich habe ihn nie gemocht.«

»Was dich dazu verleiten könnte, voreilige Schlüsse zu ziehen, nur weil Hillevi zufällig die Namen der Opfer kannte.«

»Aber es ist doch ein merkwürdiger Zufall, dass die Morde genau an der Stelle geschahen, wo Hillevis und Kristoffers altes Haus stand, bis Benjamin Weber und Hans Göransson beschlossen, es abzureißen. Derselbe Ort auch, an dem Hillevis Tochter ums Leben kam«, sagt Nyhlén. Er kann seine Erregung nicht verbergen.

Lindberg dagegen wehrt müde ab. »Selbst wenn deine Theorie stimmt, was natürlich möglich ist, werden wir es nie herausfinden. Kristoffer ist tot.«

Nyhlén schluckt.

»Konzentriere dich lieber auf wichtigere Dinge«, sagt Lindberg. »Du musst das auf sich beruhen lassen und weitermachen. Morgen kümmern wir uns ausschließlich um die Bettler-Morde.«

DIENSTAG
9. Juni

KAPITEL
55

Was für eine beschissene Nacht! Wie hätte er nach der Droh-SMS des unbekannten Absenders auch nur ein Auge zumachen sollen? Die Nummer lässt sich nicht zurückverfolgen, da es sich um eine anonyme Prepaid-Karte handelt. Gunnar weiß immer noch nicht, wie er mit der Sache umgehen soll. Noch hat er nicht auf die Nachricht geantwortet, und es sind auch keine weiteren eingetroffen. Wenn es die Augenzeugin aus dem Humlegården war, fragt er sich, wie sie ihn identifiziert hat. Vielleicht hat sie ihn mal irgendwo in der Zeitung gesehen und wiedererkannt? Das scheint ihm weit hergeholt. Es macht ihn furchtbar nervös, und das ist nicht gut für seine Gesundheit, gerade jetzt, da er es eigentlich ruhig angehen soll. Wer, verdammt, ist die Person, die ihm droht? Evert kann es nicht sein, sie waren zusammen, als die SMS ankam.

Er kann es sich einfach nicht erklären.

Gunnar geht an den Badezimmerschrank, um seine aufsteigende Panik zu dämpfen. Agneta hat die Wohnung bereits verlassen, als er noch im Bett lag. Das ist schön. Seit neuestem steht sie immer sehr früh auf, vielleicht, um ihn nicht sehen zu müssen. Das Bild, dem er im Spiegel begegnet, ist tatsächlich kein schöner Anblick, er kann sie gut verstehen. Eine kurze Dusche ist das Einzige, was er über sich bringt, dann geht er in die Küche und zum Brotkasten. Es ist hart, krankgeschrieben zu sein und sich von allem fernhalten zu müssen, gerade jetzt, wo die Luft brennt. Die Zeitung liegt zusammengefaltet auf dem Esstisch, die Kaffeemaschine ist voll, der Kaffee allerdings nur noch lauwarm. Er schaut auf die Uhr, halb acht. Agneta muss wirklich früh aufgestanden sein.

So allein ist man also, wenn man verheiratet ist. Man teilt Dach, Bett und Ladegerät, aber nicht sein Leben.

Zumindest nicht in diesem Haus.

Gunnar holt Butter und Salami aus dem Kühlschrank, setzt sich hin und liest halbherzig Zeitung. Plötzlich stutzt er. In einem Artikel geht es um die Krise des Gesundheitssystems. Sein Blick bleibt an dem Gesicht des interviewten Arztes hängen. Es kommt ihm bekannt vor. Gunnar betrachtet den sonnengebräunten Mann genauer und versucht sich zu erinnern, wo er ihn schon einmal gesehen hat. Vielleicht im Frühstücksfernsehen? Nein, irgendwo anders... Dann fällt es ihm ein. Everts Nachbar in Roslagen. Er kam ihm doch neulich schon so bekannt vor, als er ihn abends durch das Fenster gesehen hat, und jetzt bekommt er die Erklärung frei Haus. Nicht genug damit, dass Mats Svensson Arzt im Danderyder Krankenhaus ist und derjenige war, der Emma für tot erklärt hat, sein Name kam auch im Gespräch gestern mit Evert vor. Und jetzt liegt er hier auf seinem Frühstückstisch. Er ist allgegenwärtig.

Gunnar muss sich zusammennehmen, um klar denken zu können. Was hat es zu bedeuten, dass Evert diesen Arzt mit dem Rechtsmediziner verwechselt hat, der die Obduktion durchgeführt hat? Gunnar erinnert sich an seinen Blick, als er erklärte, Emma Skölds Leben sei leider nicht zu retten gewesen. Damals hatte er keinen Grund, daran zu zweifeln, jetzt aber weiß er nicht, was er glauben soll. Es ist doch sonnenklar, dass es kein Zufall sein kann, dass der Arzt und Evert sich auf dem Land die Hecke teilen. Und hat sich Evert nicht furchtbar erschrocken, als er gestern die Namen verwechselte? Natürlich hat er das! Gunnar lässt den kalten Kaffee stehen und verlässt die Wohnung. Unterwegs ruft er Torbjörn an, der jedoch nicht drangeht, im Gegensatz zu Karim.

»Hallo, ich bin's. Wir müssen uns treffen.«

»Im Café um zehn«, sagt Karim kurz und legt auf.

Das ist ihre Vorgehensweise. Keine langen und komplizierten Telefongespräche. Alles muss nach außen hin harmlos aussehen, nichts darf später auf sie zurückzuführen sein. Die Kriminaltechniker würden ganz schön ins Schwitzen geraten, sollten sie jemals versuchen, intern gegen sie zu ermitteln.

Gunnar fährt zu ihrem üblichen Treffpunkt am Café in der Bergsgatan gegenüber dem Rathaus. Es ist nur einen Steinwurf vom Präsidium entfernt, weshalb es geradezu logisch erscheinen muss, dass sie sich dort zufällig begegnen. Kein Kollege würde es merkwürdig finden, sie dort gemeinsam anzutreffen.

Karim und Torbjörn warten bereits vor der Tür.

»Wir gehen eine Runde«, sagt Gunnar in einem Ton, der keinen Widerspruch zulässt.

Sie gehen um die Ecke in die Scheelgatan, und Gunnar zeigt ihnen den Artikel. Karim zuckt nur die Achseln, als Gunnar ihnen mitteilt, dass es sich dabei um Everts Nachbarn handelt, Torbjörn dagegen, der ohnehin mit jedem Tag nervöser zu werden scheint, runzelt die Stirn und beginnt zu schwitzen. Das ist kein gutes Zeichen.

»Stellt euch vor, er hat es geschafft, Emma wiederzubeleben, wenn auch nur kurz? Vielleicht hat sie etwas gesagt?« Seine Stimme ist voller Angst. »Es kann doch kein Zufall sein, dass Evert und der Arzt sich auch privat kennen.«

Gunnar nickt. »Erst recht nicht, nachdem Evert ihn mit dem Rechtsmediziner verwechselt hat. Ich werde mal nach Danderyd rausfahren und mich mit diesem Mats Svensson unterhalten.«

»Hauptsache, Evert bleibt auf dem Land und macht seine Beete sauber und kommt nicht auf die Idee, aufs Präsidium zu gehen und irgendwelchen Unsinn zu verbreiten«, schnaubt Karim. »Wenn er etwas weiß, hätte er es doch längst gesagt!«

»Sollten wir uns nicht auch Sorgen darüber machen, dass Nyhlén im Gefängnis rumgeschnüffelt hat?«, fragt Torbjörn, als sie am Norr Mälarstranden angekommen sind.

»Nein, vergiss es«, beschwichtigt ihn Gunnar und biegt nach rechts Richtung Stadshuset ab. »Der Wärter ist einer von uns. Niemand wird Karims Besuch mit Hillevi in Verbindung bringen.«

»Aber Nyhlén weiß doch gar nicht, dass die technische Untersuchung seines Autos gefälscht war, und er kennt unsere Verbindung zum Henke-Fall nicht«, wendet Torbjörn ein. »Warum glaubt er dann Hillevis Geständnis nicht?«

»Ach was, Nyhlén ist nicht gefährlich für uns«, sagt Karim. »Er ist eher eine Hilfe, genau wie wir gehofft hatten. Er hat wirklich alles getan, um Hillevi dazu zu bringen, den Mord an seiner heimlichen Liebsten zu gestehen.«

»Vielleicht hat Evert ihm ja irgendetwas eingeflüstert?« Gunnar weiß nicht, was er glauben soll. Er sucht in der Tasche nach seiner Sonnenbrille, der Stress macht ihn lichtempfindlich. Er muss sie jedoch im Auto liegengelassen haben.

»Vielleicht ist es besser, wenn wir den Ball erst mal flachhalten«, sagt Torbjörn.

Gunnar schüttelt den Kopf. »Das geht nicht. Ich habe gestern eine SMS bekommen.«

Er zeigt sie ihnen, und Torbjörn schluckt. »Warum hast du nichts davon gesagt?«

Gunnar übergeht die Frage, er hat keine gute Antwort darauf.

»Wahrscheinlich war es die, die dich im Humlegården gesehen hat, schließlich ging die SMS an dich und nicht an uns«, sagt Karim. »Wer sollte es sonst sein?«

»Ihr müsst sie finden«, sagt Gunnar. »Durchkämmt die gesamte Innenstadt, irgendwo muss sie sein. Es ist die einzige vernünftige Lösung.«

»Und was sollen wir anschließend deiner Meinung nach mit ihr tun?«, fragt Torbjörn.

Gunnar sieht ihn an, um zu prüfen, ob er die Frage ernst meint. Karim dagegen schüttelt nur den Kopf.

»Du hast nie was von Frauen gesagt«, flüstert Torbjörn heiser.

»Torbjörn, verdammt!«, faucht Karim. »Kannst du nicht einmal die Klappe halten?«

»Begreift ihr das nicht?«, sagt Gunnar. »Ein weibliches Opfer würde alles verändern. Dann werden wir weltweit zur ersten Nachricht, genau, wie wir es wollten. Findet sie!«

KAPITEL
56

Vor dem grünen Zaun der Rumänischen Botschaft an der Kreuzung Engelbrektsgatan/Östermalmsgatan befindet sich ein Meer von Blumen, ein paar davon sind bereits verwelkt. Soraya macht einen mitgenommenen Eindruck, als wir uns dem stattlichen Gebäude nähern, wo der noch unidentifizierte Mann am Freitag aufgefunden wurde. Die rumänische Fahne in Blau, Gelb und Rot flattert neben der EU-Fahne im Wind. Ich sehe, wie Soraya Tränen über die Wangen laufen. Armes Kind! Vor den Blumen auf dem Bürgersteig fällt sie auf die Knie. Die Leiche befindet sich noch in der Rechtsmedizin, und bisher hat niemand Anspruch auf sie erhoben, zumindest war in den Medien nichts davon zu lesen. Die Familie in Rumänien weiß wahrscheinlich gar nicht, was geschehen ist, es sei denn, sie hat Kontakte nach Schweden. Wenn kein Geld mehr kommt und die Anrufe ausbleiben, wird seine Frau vielleicht etwas ahnen. Sie wird befürchten, dass ihm etwas zugestoßen ist oder dass er sich von der Familie abgewendet hat, um sein Glück im Norden zu suchen.

Und hier wird man zwar die Todesursache feststellen können, nicht aber die Identität des Mannes.

Die Stockholmer Behörde wird nach der Rechtsmedizin die Verantwortung für die Leiche übernehmen. Schließlich wird der Mann auf dem Nordfriedhof oder dem Waldfriedhof landen, zwischen anderen nicht identifizierten Leichen, die auf ihre Beerdigung warten.

Doch davon wird die Ehefrau nie erfahren.

Soraya erhebt sich wieder und nickt Richtung Eingang.

»Good luck«, sage ich.

Sie betritt die Botschaft, um einen neuen Pass zu beantragen. Rumänien ist zwar EU-Mitglied, gehört aber nicht zum Schengen-Abkommen, deshalb braucht sie einen gültigen Reisepass, um nach Hause fahren zu können. Ich warte in der Zwischenzeit draußen und formuliere eine zweite SMS an Gunnar. Es gefällt mir nicht, dass er mich ignoriert, doch wahrscheinlich ist es Teil seiner Taktik. Jede SMS, die ich ihm schicke, muss von einem anderen Ort kommen, falls er versucht, das Handy mittels der Mobilmasten zu orten. Wenn er feststellt, dass diese SMS aus der Nähe der Rumänischen Botschaft kommt, wird er vielleicht richtig panisch, und das ist es, was ich will. Er soll leiden.

Gerade als ich ihm schreiben will, ruft mein Vater an.

»Wie geht es dir?«, frage ich.

»Die Stimmung am Frühstückstisch war nicht die beste. Jetzt bin ich wieder auf dem Weg nach Roslagen. Wie ist es bei euch?«

»Wir sind in der Stadt und versuchen, einen neuen Pass für Soraya zu beantragen«, sage ich. »Ich wollte gerade eine weitere Nachricht an ... na, du weißt schon, schreiben.«

»Ihr kommt anschließend doch auf direktem Weg hierher?«

»Ja. Bis später«, sage ich und lege auf.

Ich schaue zu der geschlossenen Tür mit dem runden Schild hinüber, auf dem »Romania Ambasada« steht. Soraya wird wohl noch eine Weile brauchen, ich habe also genügend Zeit, um an meiner Formulierung zu feilen. Ich will Gunnar einerseits Angst machen, andererseits aber auch nicht übertreiben, schließlich soll er die Drohung ernst nehmen und auch tatsächlich zu der von uns genannten Zeit an den Ort kommen, den wir noch festlegen müssen.

Mein Blick fällt auf das Blumenmeer.

Ich mache ein Foto, das ich an die Nachricht anhänge.

Das wird ihn hoffentlich ordentlich erschrecken.

KAPITEL
57

Als Gunnar gerade den langen Korridor im zwölften Stock des Danderyder Krankenhauses betritt, erhält er eine weitere SMS. Der Erpresser scheint ernst zu machen, denn diesmal nennt er ein Datum für ein Treffen, gleich am kommenden Freitag. *Come alone,* heißt es am Ende. In drei Tagen. Uhrzeit und Ort werden nicht genannt. Es ist allerdings nicht der Text, der Gunnar nach Luft schnappen lässt, sondern das angehängte Foto von Blumensträußen, Kinderzeichnungen und brennenden Kerzen auf dem Bürgersteig vor einem gelben Gebäude. Er braucht nicht lange zu überlegen, um zu wissen, dass es sich um den Fundort vor der Rumänischen Botschaft handelt.

Es ist also keinesfalls ein übler Scherz.

Eine Krankenschwester lächelt ihn freundlich an, und er steckt das Handy in seine Tasche zurück. Er wird die Nachricht später beantworten, wenn überhaupt.

Es fühlt sich seltsam an, wieder hier zu sein. Er kann Krankenhäuser im Allgemeinen nicht leiden, und Station 73 ist ihm besonders zuwider. Das Atmen fällt ihm plötzlich schwerer, und dass draußen ein Irrer hinter ihm her ist, macht die Sache auch nicht besser. Gunnar ist auf diese körperliche Reaktion überhaupt nicht vorbereitet, ist sich jedoch nach wie vor sicher, dass er keine andere Wahl hatte, als Emma aus dem Weg zu schaffen, sie war schließlich drauf und dran, ihm auf die Schliche zu kommen.

»Kann ich Ihnen helfen?«, fragt die Krankenschwester.

»Ich suche Mats Svensson, er soll hier arbeiten«, antwortet er und zeigt seinen Dienstausweis.

Das Lächeln der Krankenschwester erlischt. »Doktor Svensson?«
»Ja, genau. Wo finde ich ihn?« Gunnar verliert allmählich die Geduld, er hat schließlich nicht den ganzen Tag Zeit.
»Doktor Svensson hat heute frei.«
Es fällt ihm schwer, sich zu beherrschen, aber die Überbringerin der Botschaft kann schließlich nichts für deren Inhalt. Er muss auch an seinen Ruf denken.
»Wissen Sie, wo ich ihn erreichen kann?«, fragt er, um einen freundlichen Ton bemüht.
»Worum geht es denn? Hat er irgendetwas getan?«
Sie sieht erschrocken aus, und Gunnar kann sich nur vorstellen, welche Bilder sich in ihrem Kopf abspielen. Es ist wohl an niemandem spurlos vorbeigegangen, wie übel es der Kinderärztin am Astrid-Lindgren-Kinderkrankenhaus ergangen ist, nachdem sie des Kindsmords verdächtigt wurde. Innerhalb des Gesundheitssystems kann es schnell mit der Karriere vorbei sein, wenn gegen einen verantwortlichen Arzt ermittelt wird.
Gunnar schüttelt den Kopf. »Nein, danach sieht es derzeit nicht aus, ich möchte ihn nur zu einer ehemaligen Patientin befragen.«
Die Antwort scheint sie ein wenig zu beruhigen. Sicher ahnt sie, um wen es geht, doch er will Emmas Namen nicht nennen, es ist besser, wenn er direkt mit Mats Svensson spricht.
»Ich muss Sie bitten, meine Vorgesetzten zu fragen.«
»Und wo finde ich den Chef?«
»Die Chefin«, sagt die Krankenschwester, anscheinend peinlich berührt, weil sie ihn korrigieren muss. »Sie ist gerade beschäftigt. Kann ich ihr ausrichten, dass sie Sie zurückrufen soll?«
Nichts läuft heute, wie es soll. Er kann einfach nicht akzeptieren, dass er umsonst hier herausgefahren sein soll. Die Krankenschwester scheint eine Antwort zu erwarten.
»Wie kann sie Sie erreichen?«, fragt sie.
Er zieht seine Visitenkarte heraus.
»Richten Sie ihr aus, dass es dringend ist.«
»Mach ich.« Sie lächelt erneut.
Er bedankt sich und verlässt die Station. Erst als die Tür mit einem lauten Knall hinter ihm zuschlägt, erlaubt er sich, laut zu flu-

chen. Typisch, dass Mats Svensson ausgerechnet heute Urlaub hat. Gunnar weiß gar nicht, auf wen er am wütendsten ist, vielleicht auf sich selbst. Er hätte schließlich anrufen können, bevor er sich auf den Weg gemacht hat.

KAPITEL
58

So schwer es ihm auch fällt, muss Evert Mats sagen, dass er sich Gunnar gegenüber wahrscheinlich verplaudert hat. Die Voraussetzungen dafür sind eigentlich gut, sie sitzen zusammen auf Everts Veranda und haben jeder eine Tasse frischen Kaffees vor sich. Am besten wäre es, den Smalltalk zu überspringen und sofort zur Sache zu kommen, aber irgendetwas an Mats ist heute anders. Normalerweise wirkt er unbekümmert und kommunikativ, heute ist er auffallend wortkarg. Ganz anders, als in der Zeit, während der er sich im Keller um Emma gekümmert hat, nachdem er ihr vor sechs Wochen das Leben gerettet hat. Da hätte es einigen Grund für Sorgenfalten gegeben, aber heute? Hat Gunnar bereits Kontakt zu ihm aufgenommen? Evert wird immer unruhiger. Wenn Gunnar nun etwas ahnt? Es wäre furchtbar, wenn Mats das ausbaden müsste. Ohne seine Hilfe wäre alles verloren gewesen. Es ist alles ganz allein Mats' Verdienst, das wissen sie beide.

Evert hat ihm Hunderte Dinge zu sagen, Hunderte Gründe, ihm sein Leben lang dankbar zu sein. Dennoch ist es ihm nicht gelungen, vor Gunnar den Mund zu halten. Warum musste er seinen Namen nennen? Dieser Mann neben ihm mit dem braunen Haar und den dicken George-Clooney-Augenbrauen hat seine Approbation riskiert, nur um Emma und ihm zu helfen. Wer hätte in einer vergleichbaren Situation so gehandelt? Niemand. Zumindest fällt Evert niemand ein. Sobald das hier vorbei ist, wird er sich noch einmal gründlich erkenntlich zeigen. Er wird Mats als den Helden darstellen, der er ist, als wesentlichen Faktor dabei, Gunnar endlich das Handwerk zu legen. Und vor allem wird er ihn für all die

Stunden bezahlen, die er bei ihnen im Keller verbracht hat. Dank seiner medizinischen Expertise hat Emma sich innerhalb kürzester Zeit erholt.

»Was ist los, du wirkst ein bisschen ... gedämpfter als sonst«, sagt Evert, nachdem er die Worte sorgsam gewählt hat. Er will ihm nicht zu nahe treten, indem er ihm sagt, dass er aussieht wie ein Wrack.

»Es ist wegen Kalle«, sagt Mats und stellt die Kaffeetasse ungeschickt ab, als wäre sie zu schwer für seine Hand. »Er will eine Auszeit.«

Evert ist erleichtert, dass es nicht um etwas anderes geht. Mats und Kalle schienen eine sehr stabile und liebevolle Beziehung zu haben, Evert weiß gar nicht, was er sagen soll. Allein, dass Mats mit einer Person derselben Geschlechts zusammen ist, macht es für ihn schwierig, darüber zu reden. Er fühlt sich zu alt für so etwas, begreift nicht recht, wie das geht.

»Ich glaube nicht, dass er jemand anderes kennengelernt hat, was es in gewisser Weise noch schlimmer macht«, sagt Mats und starrt in die Luft.

»Wie meinst du das?«, fragt Evert vorsichtig. Beziehungsangelegenheiten sind nicht gerade seine starke Seite.

Mats blickt ihn an. »Es würde heißen, dass er sich gegen mich entscheidet, ohne dass er eine Alternative hat.«

»Ach so«, sagt Evert und überlegt, wie er dem Gespräch eine Wendung geben kann, um dahin zu kommen, wo er ursprünglich hinwollte. »Vielleicht gibt sich das ja wieder.«

»Das glaube ich leider nicht.« Mats lehnt sich zurück. Schweigend betrachten sie den verwilderten Garten. Evert schenkt Kaffee nach und wartet auf eine Gelegenheit, das Gespräch fortzusetzen. Ein Eichelhäher fliegt zwischen den Bäumen hin und her, ansonsten ist es still.

»Danke für deine Hilfe in den letzten Wochen«, sagt Evert nach einer peinlich langen Pause. »Ohne dich hätten wir das nie geschafft. Ich hätte es mit den Medikamenten nicht hinbekommen.«

Mats nickt abwesend. »Gern geschehen.«

»Ich weiß, dass du gerade andere Sorgen hast, aber ich wollte mich noch einmal versichern, dass es unter uns bleibt.«

»Natürlich.«

»Mats?« Evert versucht, Blickkontakt zu bekommen.

»Du kannst dich auf mich verlassen.«

Endlich hat Evert seine ganze Aufmerksamkeit. »Ich hoffe, wir haben dir damit nichts eingebrockt. Hat irgendjemand dir im Nachhinein Fragen gestellt?«

»Nein«, murmelt Mats. »Wie läuft es eigentlich bei euch, kommt ihr voran?«

Dass er so direkt fragt, macht Evert nervös. Er blickt sich um, ob sie auch wirklich allein sind.

»Wenn der Zeitpunkt gekommen ist, werden wir zuschlagen.« Seine Stimme klingt schrill.

Er hat es nicht gewagt, sich Mats gründlich anzuvertrauen, auch so weiß er schon genug. Vor allem weiß er, vor wem er sich in Acht nehmen muss.

»Ich hoffe, ihr wisst, was ihr tut«, sagt Mats. »Ich habe so etwas noch nie gemacht und wäre auch nie auf die Idee gekommen, so etwas zu unterstützen, wenn es nicht für eine gute Sache wäre.«

»Ich weiß.« Noch einmal betont Evert, wie wichtig es ist, dass die Sache unter ihnen bleibt. »Du wirst es merken, wenn es so weit ist. Niemandem in Schweden wird es entgehen.«

Mats wirkt nicht vollkommen überzeugt. »Muss ich mir Sorgen machen?«

»Du musst dich nur vor Gunnar, Torbjörn und Karim in Acht nehmen, bis alles vorbei ist«, sagt Evert. »Sicherheitshalber solltest du dich von zu Hause fernhalten.«

»Ist irgendetwas passiert?«

Evert macht ein verlegenes Gesicht. »Ich weiß nicht. Vielleicht spürt er, dass irgendetwas mit Emmas Tod nicht stimmt. Und gestern habe ich aus Versehen deinen Namen genannt, als wir über das Obduktionsprotokoll und den Totenschein geredet haben.«

»Das würde erklären, warum Gunnar mich heute im Krankenhaus aufsuchen wollte.«

»Was sagst du? Er hat Kontakt zu dir aufgenommen?«

Mats schüttelt den Kopf. »Er hat es versucht, aber da ich hier bin, konnte er mich nicht erreichen.«

»Ist es gut, wenn du weiter hier bleibst?«, fragt Evert. »Vielleicht ist es besser, du gehst ins Hotel, bis alles vorbei ist. Ich würde natürlich die Kosten dafür übernehmen.«

»Danke, ich bleibe lieber hier«, sagt Mats. »Das Haus läuft auf Kalles Namen, Gunnar kann mich hier nicht finden.«

KAPITEL
59

Nyhlén steigt nur ungern in bereits laufende Ermittlungen ein, noch dazu, wenn er die Hintergrundinformationen von jemandem bekommt, der seit weniger als einer Woche in seiner Abteilung arbeitet. Madeleine dagegen scheint es zu genießen, dass er zu ihr in Emmas Büro gekommen ist, um zu besprechen, was sie bisher im Fall der toten Bettler herausgefunden haben. An der Pinnwand hat sie ein Diplom und ein paar private Fotos von sich selbst in freier Natur aufgehängt. Nyhlén verliert den Faden, als er sieht, wie sehr sie es sich in Emmas Büro heimelig gemacht hat. Sie ist hier regelrecht eingezogen.

»Verstehst du, was ich meine?«, fragt sie und duzt ihn zum ersten Mal, und er fühlt sich in seiner mangelnden Konzentration ertappt.

Nyhlén hat sich immer noch nicht ganz von Hillevis überraschendem Hinweis gestern erholt. Es fällt ihm schwer, nicht ständig daran zu denken, dass möglicherweise Emmas Lebensgefährte Kristoffer hinter dem Besichtigungsmord steckte.

»Und, wie läuft es hier?«, fragt Lindberg von der Tür aus.

Nyhlén zuckt zusammen.

»Wir sind gleich fertig«, sagt Madeleine.

Auf dem Schreibtisch zwischen ihnen liegen Fotos von fünf toten Männern, von denen vier in diesem Frühjahr mit gebrochenem Genick in Stockholm aufgefunden wurden. Von keinem der Opfer ist es ihnen bisher gelungen, die Identität festzustellen, doch anhand mehrerer Verhöre mit anderen Bettlern konnte die Polizei zumindest feststellen, wie sich die Personen genannt hatten. Der fünfte Tote ist der Bettler, der im vergangenen Jahr in Ulvsunda zu Tode geprügelt wurde. Sie haben beschlossen, ihn mitzuzählen, auch wenn sich dieser Mord von den anderen unterscheidet und nach wie vor Henke Dahl unter Tatverdacht steht.

»Ich bin gespannt auf die Filme der Überwachungskameras am Sagerska Huset«, sagt Nyhlén. »Kannst du mir die mal zeigen?«

Madeleine seufzt. »Natürlich, wenn du möchtest. Erwarte dir aber nicht zu viel davon. Ich habe sie mir genau angesehen, aber es ist schwierig, irgendetwas zu erkennen, was über Größe und Statur der Täter hinausgeht. Sie waren maskiert.«

»Habt ihr irgendetwas von der Rumänischen Botschaft, womit man es vergleichen könnte?«

»Die Aufnahmen der Botschaft sind leider von zu schlechter Qualität«, sagt Lindberg und entschuldigt sich, weil sein Handy klingelt.

»Typisch«, murrt Nyhlén.

Er geht um den Schreibtisch herum und stellt sich hinter Madeleine, um auf den Bildschirm schauen zu können. Er ist ihr so nah, dass er die Hände auf ihre Schultern legen könnte. Warum denkt er das? Wie kommt er jetzt darauf? Nun, vielleicht ist es gar nicht so merkwürdig, schließlich befinden sie sich in Emmas Büro.

Madeleine startet einen Filmclip, und Nyhlén erkennt zwei hochgewachsene Männer in schwarzen Sturmhauben, dunkler Kleidung und groben Stiefeln, die zwischen sich einen Mann mit herabhängendem Kopf tragen. Sie setzen ihn auf den Asphalt, lehnen ihn gegen die Hauswand und verschwinden. Innerhalb weniger Sekunden ist es vorbei.

»Irgendwer muss sie gesehen haben«, sagt Nyhlén.

»Und wenn schon? Wer könnte sie besser beschreiben als diese Aufnahmen, die wir gerade angeschaut haben?«

»Jede Beobachtung ist wichtig. Wir müssen herausfinden, woher sie gekommen und wohin sie anschließend gefahren sind. Bist du am Fundort gewesen?«

Madeleine schüttelt den Kopf.

»Habt ihr den Tatort gefunden?«

»Nein, aber ...«

»Ach, du Schande«, sagt Nyhlén, entsetzt darüber, wie wenig anscheinend passiert ist. Haben sie alle nur auf ihren Hintern gesessen und darauf gewartet, dass der Täter sich ihnen von selbst präsentiert? »Dann haben wir ja noch einiges zu tun.«

KAPITEL
60

Evert ist mitten in einem Telefongespräch, als Emma und Soraya hereinkommen. Er lächelt vorsichtig, hört aber sofort damit auf, als er Emmas Gesicht sieht. Gleichzeitig versucht er sich auf sein Gespräch zu konzentrieren. Was hat Marianne gerade gesagt? Irgendetwas bezüglich Emmas und Kristoffers Wohnung.

»Morgen kommt ein Makler, um den Wert der Wohnung zu schätzen«, sagt Marianne. Evert gibt Emma ein Zeichen, dass er gleich zu ihnen in den Keller kommt.

»Das ist doch gut«, sagt er, ohne ganz sicher zu sein, worum es eigentlich geht.

»Es eilt ein bisschen mit dem Verkauf, im Juli sind ja schon wieder Betriebssommerferien. Es wäre gut, wenn du ihn in Empfang nehmen könntest.«

Evert murmelt eine lustlose Antwort. Emma soll nicht merken, worum es geht. Außerdem macht es ihn wahnsinnig, mit Marianne zu reden, die ihn so schändlich hintergangen hat. Der Rest des Gesprächs verläuft noch angespannter. Es scheint, als wolle eigentlich keiner von ihnen reden, als würden sie es jedoch als eheliche Pflicht ansehen, irgendeine Form von Absprache und Aufgabenteilung zu befolgen.

»Ich komme morgen wieder nach Hause«, versucht er das Gespräch abzuschließen, als ihm ihr Jammern über die Wohnung zu viel wird.

Ihr »Tschüss« kommt sehr unvermittelt, und er kann spüren, wie enttäuscht sie von ihm ist, ohne dass sie es laut gesagt hätte.

Als er zu Emma in den Keller tritt, macht sie ein schuldbewusstes

Gesicht. Er fühlt sich beinahe wie ein Gefängniswärter. Ein Irrer, der seine Tochter im Keller gefangenhält, und jetzt auch noch eine Bettlerin.

»Du siehst aus, als hättest du die Kuh verkauft und das Geld verloren«, sagt er.

»Das fasst unseren Tag ziemlich gut zusammen«, sagt Emma und senkt die Stimme, als sie sieht, dass Soraya sich hingelegt und die Augen geschlossen hat.

»Was ist denn passiert?«

Emma steht auf. »Es scheint nicht so einfach zu sein, ohne Legitimation einen neuen Pass zu bekommen, aber immerhin haben wir es jetzt in die Wege geleitet. Und ich habe eine weitere SMS an Gunnar geschickt, ohne dass er geantwortet hat. Vielleicht ist es die falsche Nummer?«

Evert zieht sein Handy heraus und vergleicht die Ziffern. »Nein, die stimmt.«

»Warum antwortet er dann nicht?«

»Mach dir keine Sorgen, früher oder später wird er sich melden«, sagt Evert. »Was hast du ihm geschrieben?«

»Nur die Summe, und dass er das Geld Freitag übergeben soll. Allein«, sagt Emma. »Ich wollte ihm die weiteren Instruktionen schicken, wenn wir uns den Platz noch einmal angesehen haben. Was hältst du von der Plattan, wie wir ursprünglich gedacht hatten?«

»Das ist eine gute Stelle«, sagt Evert. »Da kann er keine Szene machen, ohne Blicke auf sich zu ziehen.«

Emma schaut zu Soraya hinüber und senkt erneut die Stimme. »Sie hat Heimweh nach ihrem dreijährigen Sohn. Er wundert sich bestimmt schon, wo sie bleibt. Sie hat seinen Geburtstag verpasst.«

Evert ahnt Unheil, als er ihren Unterton hört. Wenn seine Tochter Soraya zu sehr ins Herz schließt, könnte das ihren Plan gefährden.

»Sobald wir Gunnar haben, sorgen wir dafür, dass sie heil und sicher nach Hause kommt.«

»Aber was, wenn ihr etwas zustößt«, sagt Emma, genau, wie er befürchtet hat. »Wir dürfen sie keinem zu hohen Risiko aussetzen, da mache ich nicht mit.«

Evert schüttelt den Kopf. »Sie ist unsere einzige Chance. Wir können nicht länger warten. Ich halte es keinen Tag mehr aus...«
Ein Klopfen an der Tür bringt ihn aus dem Konzept.
»Das muss Mats sein«, sagt er.
Doch er täuscht sich.

KAPITEL
61

Ich bereite mich innerlich darauf vor, fliehen zu müssen, falls es Gunnar ist, der vor der Tür steht. Vielleicht ist es ihm doch gelungen, mein Handy zu orten, und jetzt denkt er, es wäre trotz allem mein Vater, der hinter der Erpressung steckt. Das Problem ist, dass es hier unten keinen Ausgang gibt. Wir sitzen hier in der Falle, es sei denn, es gelingt uns, unbemerkt die Treppe hinaufzukommen. Soraya ist von dem Klopfen aufgewacht, jetzt schaut sie beunruhigt zu mir herüber, und ich brauche sie gar nicht zu ermahnen, leise zu sein. Sie begreift den Ernst der Lage sofort, und so sitzen wir beide ganz still und warten ab, was passiert. Da mein Vater die Kellertür nicht ordentlich geschlossen hat, höre ich das Quietschen der Haustür und wie er jemanden begrüßt. Statt Gunnars Stimme höre ich eine andere, die mir jedoch ebenfalls das Blut in den Adern gefrieren lässt.

»Marianne«, ruft mein Vater eher erschrocken als freudig überrascht.

»Du bist also tatsächlich hier«, sagt sie und klingt beinahe enttäuscht.

»Aber warum... wir haben doch eben erst telefoniert! Oder warst du da schon unterwegs?«

Meine Mutter murmelt etwas, das ich nicht verstehe.

»Das ist ja eine schöne Überraschung!« Mein Vater redet so laut, als wäre sie schwerhörig. Es soll wohl eine Warnung an mich sein. Sie darf auf keinen Fall in den Keller kommen, denn dann begreift sie sofort, dass hier jemand wohnt, selbst wenn wir uns verstecken. Ich überlege, unsere Spuren zu verwischen, doch das Risiko ist zu groß, dass sie etwas hört. Stattdessen halte ich ganz still und starre wie hypnotisiert die Wand an. Soraya folgt meinem Beispiel, auch wenn ihre Schultern sich ein wenig entspannt zu haben scheinen, vielleicht, weil sie erkannt hat, dass eine Frau an der Tür steht.

Ach, Mama, es ist so seltsam, deine Stimme zu hören.

Wir sind nur ein Stockwerk voneinander getrennt, und doch könnte es so weit sein wie von hier bis Haparanda. Wenn du auch nur die leiseste Ahnung hättest, dass ich dich höre, würdest du wahrscheinlich ganz anders klingen. Weicher. Freundlicher. Liebevoller.

»Du scheinst ja nicht gerade begeistert zu sein«, sagt meine Mutter spitz, und ich höre, wie sie etwas auf dem Boden abstellt. Wahrscheinlich ihre braune Louis-Vuitton-Handtasche, die wie ein extra Körperteil von ihr ist, seit sie sie sich vor vielen Jahren gekauft hat.

»Ich wollte mich nur gerade hinlegen«, erklärt mein Vater. »Ich habe Kopfschmerzen.«

Das Rascheln von Jackenstoff, Stühlerücken.

»Bleibst du über Nacht?«, fragt mein Vater.

Ich höre nicht, was sie antwortet, wahrscheinlich schüttelt meine Mutter den Kopf. Nur ganz leicht, sie hat immer solche Angst um ihre Frisur. Einmal pro Woche geht sie zum Friseur, um sich die Haare waschen und legen zu lassen.

»Es ist schon spät, du willst doch nicht noch nach Saltsjöbaden zurückfahren, nachdem du gerade erst gekommen bist«, insistiert mein Vater. Ich spüre einen Druck auf der Brust. Meint er das ernst? Wenn sie hier schläft, kann ich keine Sekunde entspannen. Was, wenn sie in den Keller kommt und uns entdeckt? Oben sind Schritte zu hören, die sich der Treppe nähern, und ich weiß nicht, was ich tun soll. Unters Bett kriechen? Mich im Schrank verstecken? Mich in der kleinen Toilette einsperren? Und was ist mit Soraya? Wenn meine Mutter sie hier findet, ist das mindestens genauso schlimm. Ich bekomme keine Luft mehr. Meine Mutter ist stehengeblieben. Dann knackt es, und die Schritte sind nur noch gedämpft zu hören. Anschließend kehren sie wieder zurück. Ich versuche herauszufinden, was sie wohl tut, doch die Erklärung folgt auf dem Fuße.

»Was suchst du?«, fragt mein Vater.
»Ich wusste nicht, was ich denken sollte.«
»Wie meinst du das?«
»Es ist ja wohl nicht weiter verwunderlich, wenn ich überlege, ob du vielleicht eine andere hast. So selten, wie du in letzter Zeit zu Hause bist.«

Mein Vater scheint nicht zu wissen, was er darauf sagen soll. Er muss genauso überrascht sein wie ich, dass sie auf solche Gedanken kommt.

Ich kann nicht verstehen, was sie dann noch sagen. Es spielt vielleicht auch keine weitere Rolle.

KAPITEL
62

Das Schlimmste an diesem verdammten Sommer ist, dass es so lange dauert, bis es endlich dunkel wird. Erst um zehn Uhr abends geht die Sonne unter, und um halb vier wird es schon wieder hell, da bleibt ihnen nicht viel Zeit. Vielleicht brauchen sie aber auch gar nicht so lange. Gunnar hält es nicht mehr aus, obwohl es gerade erst dämmert. In der Küche und im Obergeschoss der Skölds brennt Licht, aber von seinem Standort aus kann er keine Bewegungen oder andere Lebenszeichen erkennen. Beide Autos stehen ordentlich geparkt vor dem roten Sommerhaus, das hat er im Vorbeigehen gesehen.

Da geht plötzlich die Tür auf. Gunnar duckt sich instinktiv hinter eine große Mülltonne.

Marianne kommt heraus. Sie scheint wütend, und er überlegt, was wohl passiert sein könnte. Evert taucht hinter ihr auf, und sie verabschieden sich etwas steif voneinander. Keine Umarmung oder Küsse. Anschließend zieht Marianne den Autoschlüssel aus ihrer Handtasche. Gunnar muss verschwinden. Er versucht, sich eine Ausrede auszudenken, falls sie ihn doch entdeckt. Es scheint jedoch nicht nötig zu sein, denn schon steigt sie in den BMW und fährt los.

Er richtet sich auf und schaut sich um.

Beim Nachbarn brennt Licht im Wohnzimmer.

Gut, dass du zu Hause bist, Mats, nachdem du im Krankenhaus nicht anzutreffen warst. Wir haben einiges zu besprechen, denkt Gunnar, geht hinüber und klopft an die Tür. Dann dreht er sich um und gibt Karim und Torbjörn ein Zeichen, sich versteckt zu halten, damit der Arzt sich nicht gleich bedroht fühlt. Es wäre schade, wenn er etwas ahnen würde und Zeit hätte, Hilfe zu rufen.

Mats öffnet in einem aufgeknöpften, weißen Hemd, das den Blick auf eine provozierend braun gebrannte, muskulöse Brust freigibt. Sein erwartungsvoller Blick wird eiskalt, er behält die Hand an der Türklinke.

»Wie kann ich weiterhelfen?«, fragt Mats und wirft einen unruhigen Blick zu Everts Haus hinüber.

»Gunnar Olausson, Provinzpolizeichef«, stellt Gunnar sich vor und streckt ihm die Hand sowie seinen Dienstausweis entgegen.

»Ich weiß, wer Sie sind«, sagt Mats, macht jedoch keine Anstalten, seine Hand zu schütteln.

»Hier in der Gegend ist eingebrochen worden, und wir möchten gerne wissen, ob Ihnen gestern Abend irgendetwas aufgefallen ist«, sagt Gunnar und hofft, dass Mats ihm diese etwas mickrige Begründung für seinen unangekündigten Besuch abnimmt. Er will jetzt rein und nicht auf der Schwelle stehen und einen Steinwurf von Everts Haus halb auf der Straße stehend mit ihm diskutieren.

»Leider nicht«, sagt Mats und sieht sich um, als würde er nach jemandem Ausschau halten.

»Darf ich kurz reinkommen?«, fragt Gunnar, um nicht länger auf eine Einladung warten zu müssen.

Mats sieht etwas ängstlich aus, tritt jedoch einen Schritt beiseite. Was soll er auch tun? Dem Provinzpolizeichef den Eintritt verweigern? Gunnar winkt Karim und Torbjörn zu sich, die wie gehorsame Hunde angetrabt kommen. Sobald sie die Tür hinter sich geschlossen und die Vorhänge zugezogen haben, können sie mit dem eigentlichen Gespräch beginnen.

»Wie kommt es, dass Sie so spät am Abend zu dritt in einem Einbruch ermitteln?«, fragt Mats, ohne sich zu erkundigen, weshalb sie die Vorhänge zuziehen.

»Darum geht es in Wirklichkeit gar nicht«, sagt Gunnar und setzt sich breitbeinig auf das Sofa, um zu demonstrieren, dass er sich hier zu Hause fühlt. »Wie nett Sie es hier haben. Schöne Blumen.«

Mats würdigt seine weißen Orchideen keines Blickes und bleibt neben dem offenen Kamin an der Tür stehen.

207

»Wir müssen uns ein bisschen unterhalten«, sagt Gunnar.
»Worum geht es?« Es ist offensichtlich, dass Mats auf der Hut ist.
»Das fällt Ihnen bestimmt selbst ein, wenn Sie ein bisschen nachdenken.«
»Nein, tut mir leid.«
Gunnar grinst. »Und wie ist es so, Evert als Nachbarn zu haben? Ist er nett?«
Mats wird blass. »Geht es bei Ihrem Besuch um Evert Sköld?«
»Unbedingt.«
Karim sieht aus, als würde es ihm schwerfallen, stillzuhalten, Gunnar weiß, dass er ungeduldig wird, wenn er müde ist. Jetzt gilt es, zur Sache zu kommen, damit er nicht sofort ausflippt. Gunnar ist sich durchaus bewusst, dass es riskant war, ihn und Torbjörn mitzunehmen.
»Wir wollen die Wahrheit über seine Tochter wissen.«
»Wen?«
»Über Emma, natürlich.«
Als er den Namen nennt, ist plötzlich kein Sauerstoff mehr im Raum.
»Wie meinen Sie das?« Mats' Blick flackert, und an seinem herzförmigen Haaransatz bilden sich Schweißperlen. Mehr braucht es nicht, um Gunnar davon zu überzeugen, dass er ihm etwas Wichtiges verbirgt. Er weiß also genau, worum es geht.
»Unser Besuch kann ganz kurz dauern. Oder es wird ein langer und schmerzhafter Prozess. Es kommt ganz auf Sie selber an.« Gunnar hofft, dass Mats vernünftig ist.
Vergebens.
»Wir haben getan, was in unserer Macht stand, konnten sie aber leider nicht retten«, sagt Mats und seufzt. »Es tut mir wirklich leid, ich habe gehört, dass Sie ihr sehr nahestanden.«
Gunnar schluckt. Das schiefe Lächeln sagt eigentlich alles. Karim beißt die Zähne zusammen und verschränkt die Arme über der Brust, wie ein Verteidiger beim American Football.
»Ich weiß nicht, ob ich mich irgendwie unklar ausgedrückt habe«, sagt Gunnar kalt. »Wir wollen von Ihnen die *Wahrheit* über Emma Sköld, keine Lügen.«

MITTWOCH
10. Juni

KAPITEL
63

Evert wird von einem merkwürdigen Geräusch geweckt. Oder gehört es noch zu seinem Traum? Nach Mariannes seltsamem Kurzbesuch hat er unruhig geschlafen und sich hin und her gewälzt. Er hat geträumt, sie wäre stracks in den Keller hinabgestiegen und hätte Emma und Soraya entdeckt. Statt überglücklich zu sein, dass Emma noch lebt, wäre sie aggressiv geworden und hätte gedroht, sie und Soraya zu töten, und dann wäre Gunnar hereingekommen und hätte wild um sich geschossen. Evert schüttelt den Albtraum ab und merkt, dass es im Nacken zieht, wenn er den Kopf zur Schlafzimmertür dreht. Hoffentlich habe ich mir nicht auch noch etwas gezerrt, denkt Evert, merkt dann aber, dass er sich wohl nur verlegen hat.

Jetzt ist er hellwach. Draußen ist es vollkommen still.

Mit angehaltenem Atem lauscht er auf weitere Geräusche. Nach einer Weile hört er etwas, als würde ein Tier über etwas Hartes kratzen, Stein oder Beton. Vielleicht Mäuse irgendwo in den Wänden oder ein Reh, das sich an seinem Haus scheuert. Auf jeden Fall kein verrückt gewordener Gunnar. Evert lehnt sich zurück und versucht noch einmal die Augen zu schließen, kommt aber nicht zur Ruhe. Er atmet tief ein und aus, um seinen Herzschlag zu beruhigen.

Da hört er wieder etwas, von der Haustür her.

Was kann das sein?

Er schaut auf seine Armbanduhr, es ist erst sieben Uhr, dennoch scheint die Sonne durch die Vorhänge, als wäre es mitten am helllichten Tag. Das Geräusch verebbt und erstirbt dann ganz, und er kommt sich albern vor, weil er nachsehen wollte. Vielleicht ist es aber auch besser, er tut es, dann hat er endlich seine Ruhe.

Er zieht sich den Morgenmantel über, der seit einer Ewigkeit im Haus hängt und etwas muffig riecht. Erneut hört er etwas an der Tür, es klingt wirklich wie ein Tier, das seine Krallen an etwas wetzt. Warum, weiß er nicht, aber er stellt sich ein angeschossenes Tier vor, das einen letzten Versuch macht, sich aufzurappeln und davonzurennen. Unten angekommen, nimmt Evert sich vor, auf der Hut zu sein, er weiß ja, dass Gunnar weiß, wo sein Sommerhaus liegt. Es wäre eine Katastrophe, wenn er jetzt vor der Tür stünde. Evert kommt am Wohnzimmer vorbei, und ihm fällt ein, dass es kaum ein Jahr her ist, seit Gunnar mit seiner Frau hier zum Grillen war.

Als er sich der Haustür nähert, ist es wieder mucksmäuschenstill, und er überlegt, ob das Geräusch vielleicht nur in seinem Kopf ist. Vielleicht ist er kurz vor einem Kollaps, ohne irgendwelche Anzeichen registriert zu haben.

Er schließt die Haustür auf und begreift erst nicht, was zu seinen nackten Füßen auf der Steintreppe liegt. Ein Haufen blutigen Stoffs, irgendeine Art Bündel. Doch es ist ein Mensch, und nach einer Weile erkennt Evert auch, um wen es sich handelt, trotz des übel zugerichteten Gesichts.

»Um Himmel willen, Mats, was ist denn mit dir passiert?« Er kniet sich neben ihn.

Mats scheint völlig entkräftet, jedenfalls antwortet er nicht. Unter großer Anstrengung gelingt es Evert, ihm über die Schwelle zu helfen und weit genug in den Flur hinein, um die Tür schließen zu können.

»Kannst du mich hören?«, fragt Evert, während sich Hunderte von Szenerien vor seinem inneren Auge abspielen, alle mit einem gemeinsamen Nenner: Gunnar. Dieser würde kein Mittel scheuen, das weiß er. Evert versucht, seine Schuldgefühle zu verdrängen.

Auf den ersten Blick ist nicht zu erkennen, wie schwer Mats verletzt ist, doch es ist eindeutig, dass er sofort Hilfe braucht. Schlimmstenfalls wird er innerlich verbluten, so zugerichtet, wie er aussieht.

»Emma«, ruft Evert mit Panik in der Stimme.
»Was ist?«, kommt die Antwort von unten.
»Beeil dich!«

KAPITEL
64

Keine Silbe war aus diesem albernen Arzt herauszubekommen, denkt Gunnar verärgert. Weil Mats Svensson schon beim Öffnen so verängstigt aussah, war er sich sicher, dass er etwas zu verbergen hatte. Die Krankenschwester von Station 73 muss ihn gewarnt haben, anders kann er sich sein Verhalten nicht erklären.

Gunnar beschleunigt den Schritt. Mit klassischer Musik aus dem Kopfhörer geht er durch den Park am Präsidium. Er ist unterwegs zu der Ermittlungseinheit, die sich mit den Bettler-Morden beschäftigt. Irgendwer dort wird ihm alle Informationen geben, die er braucht. Einen kurzen Besuch darf er ihnen doch wohl abstatten, um zu wissen, dass die Situation unter Kontrolle ist. Eigentlich müsste er ins Fitnessstudio, um seinen Frust nach der misslungenen Konfrontation gestern abzureagieren, doch das geht erst recht nicht, solange er krankgeschrieben ist. Wie würde das denn aussehen, wenn der Provinzpolizeichef zum Krafttraining ginge, nicht aber zur Arbeit?

Bis zuletzt hatte Gunnar gehofft, dass Mats Svensson wenigstens zugeben würde, dass es kein Zufall ist, dass er und Evert ihre Sommerhäuser direkt nebeneinander haben. Es ist doch unbestreitbar ein merkwürdiger Zufall, dass ausgerechnet Mats Emma für tot erklärt hat. Aber davon wollte er absolut nichts hören. Überhaupt war er nicht bereit, irgendetwas von Belang herauszurücken, was Gunnar rasend gemacht hat. Laut Plan wollten sie ihm nur kurz mit der Dienstwaffe drohen, um ihn zum Reden zu bringen. Wenn Waffen im Spiel sind, hat das meistens einen positiven Effekt auf Leute, die sonst nicht so gesprächig sind. Doch in diesem Fall funktionierte gar nichts. Nachdem sie es eine Stunde lang vergeblich versucht hatten, verloren sie alle drei etwa gleichzeitig die Geduld, daher das blutige Ende. Doch Gunnar wollte sicher sein, dass Mats ehrlich war, vor allem, weil Evert die Namen verwechselt hatte. Jetzt weiß er, dass der Arzt nicht in irgendwelche krummen Dinge verwickelt sein kann, denn das hätte er nach all den Tritten und Schlägen zugegeben. Jetzt kann er nur hoffen, dass Mats so nett ist, die Klappe zu halten, sein Haus ist voller Spuren, die die Polizei auf ihre Fährte bringen würde.

Ein Verstoß gegen das Protokoll ist das gewesen. Wieder einmal.

Bald haben sie ihr Konto endgültig überzogen und werden eingelocht. Wobei dieser Idiot wohl kaum etwas sagen wird, dafür hat Gunnar schon gesorgt. Wenn das Personal in der Notaufnahme Fragen stellt, weiß Mats, was er zu sagen hat. Falls er überhaupt je wieder vernünftig sprechen kann. Sein Zustand war ziemlich kritisch, als sie ihn gegen Morgen blutend im Wohnzimmer zurückgelassen haben. Vielleicht sollte er sich vergewissern, ob er überhaupt noch lebt.

Zunächst aber ist er mit Lars Lindberg verabredet, der ihn vor der Sicherheitspforte erwartet. Wie immer trägt er sein braunes Cordjackett.

»Komm rein«, sagt er, und sie schütteln sich die Hand.

Sie nehmen den Aufzug nach oben in die Ermittlungsabteilung und nehmen in der Küche Platz. In diesem Augenblick ruft der Pressechef an.

»Entschuldigung, dass ich Sie störe, obwohl Sie krankgeschrieben sind, aber ich brauche eine kurze Stellungnahme«, sagt der Pressechef. Gunnar kann hören, wie gestresst er ist. »Die Journalisten sind hinter mir her, ich habe kaum Zeit, auf die Toilette zu gehen.«

»Worum geht es?«, fragt Gunnar.

»Um die Bettler, sie sterben wie die Fliegen.«

»Aber selbstverständlich«, sagt Gunnar. »Natürlich kann ich dazu Stellung nehmen.«

»Großartig!«

Er muss nur schnell überlegen, was er dazu sagen soll.

»Geben Sie mir eine halbe Stunde.«

Bevor der Pressechef antworten kann, ist die Verbindung unterbrochen.

Lindberg hebt die Augenbraue. »Tommy? Den konnte man ja bis hierher hören.«

»Er braucht einen Kommentar zu den Bettler-Morden«, sagt Gunnar. »Wie läuft es denn bei euch?«

Nyhlén betritt die Küche und grüßt. Gunnar kommt es vor, als würde er ihn schief ansehen, oder bildet er sich das nur ein? Warum bleibt er nicht stehen und wechselt ein paar Worte mit ihnen? Hat er einen Verdacht?

Doch Nyhlén füllt nur seinen Kaffeebecher und lässt sie dann wieder allein.

KAPITEL
65

Gunnar sah ziemlich fertig aus. Kein Wunder, dass er krankgeschrieben ist, denkt Nyhlén. Provinzpolizeichef muss ein schwieriger Posten sein, mit einem vollen Terminkalender von morgens bis abends, darauf ist er weiß Gott nicht neidisch.
Auf dem Flur wartet Madeleine vor seiner Tür.
Er atmet tief durch.
»Guten Morgen, Madeleine«, sagt er höflich und wirft ihr einen kurzen Blick zu, bevor er sich an ihr vorbei in sein Büro zwängt. Er wundert sich immer noch, dass sie und der Rest des Teams mit den Bettler-Morden nicht schon viel weiter sind. Wenn er neu in der Gruppe wäre, würde er sich doch ein Bein ausreißen, um zu zeigen, was er draufhat.
»Du siehst heute schon viel besser aus«, sagt sie, als käme er zu einem Folgebesuch bei seinem Hausarzt.
»Danke, das Kompliment nehme ich an.«
Madeleine lacht und fährt sich durch das pechschwarze Haar.
»Wolltest du irgendwas Bestimmtes?«, fragt er. »Ich habe nämlich reichlich zu tun.«
»Kein Wunder, dass du Single bist«, murmelt sie beleidigt, dreht sich auf dem Absatz um und geht.
Nyhlén starrt ihr hinterher. Hat er gerade richtig gehört?
Wie kann sie es wagen, hier aufzukreuzen und einfach davon auszugehen, dass er Single ist? Woher weiß sie das überhaupt? Sein Gesicht läuft rot an. Er will ihr nach und sie fragen, was ihr eigentlich einfällt, aber da wird er schon wieder gestört.
»Ja?«, sagt er, ohne aufzublicken.

In der Türöffnung steht Lindberg. »Störe ich?«

»Nein, kein Problem«, sagt Nyhlén und erwartet eine Rüge.

»Madeleine ist vielleicht nicht dein Typ, trotzdem musst du sie gut behandeln«, sagt Lindberg mit diesem flehenden Blick, den er immer bekommt, wenn er unter Druck steht. Nyhlén muss dann immer an einen englischen Bluthund denken. »Nyhlén?«

»Ja, ja, ich weiß.«

Lindberg wirkt noch nicht überzeugt. »Ich meine das ernst.«

»Okay, okay. Sie ist gar nicht so verkehrt. Also, als Kollegin«, sagt Nyhlén. »Ich bin nur so wahnsinnig frustriert über all die Fragezeichen in den bisherigen Ermittlungen.«

»Aber in den letzten Stunden ist einiges passiert, deshalb bin ich ja hier«, sagt Lindberg. »Treffen im Konferenzraum, jetzt gleich.«

Sie gehen schweigend hinüber. Wie sich herausstellt, ist der Rest des Teams bereits versammelt.

»Wir haben einen Bescheid aus der Rechtsmedizin zu unserem letzten Opfer, das vor dem Sagerska Huset gefunden wurde«, eröffnet Lindberg seinen Bericht.

»Konnte seine Identität festgestellt werden?«, fragt Madeleine.

»Nein.«

Warum sieht er dann so verdammt zufrieden aus, denkt Nyhlén.

»Wir haben einen Treffer, was die DNA angeht«, sagt Lindberg triumphierend und hält den Bericht des NFC hoch. »Und zwar nicht irgendeinen. Es handelt sich um eines der DNA-Profile, die an dem toten Bettler in Ulvsunda letztes Jahr festgestellt wurden.«

Nyhlén muss sofort an Emma denken, die nachträglich in dem Fall ermittelt hatte. Sie war überzeugt gewesen, dass Henke unschuldig war, und hatte ihn selbst dazu gebracht, ihr das Voruntersuchungsprotokoll ins Krankenhaus nach Danderyd zu bringen. Natürlich hatte es Ungereimtheiten gegeben, aber man konnte auch nicht daran vorbeisehen, dass unter den Fingernägeln des Bettlers Hautreste von Henke Dahl gefunden wurden. Irgendeine Art Handgemenge muss es zwischen ihnen gegeben haben. Der DNA-Treffer heute ist jedoch zumindest ein Hinweis darauf, dass weitere Personen vor Ort waren, die zudem in Verbindung mit den aktuellen Opfern stehen. Nyhlén will sich nicht zu früh freuen, aber vielleicht gelingt es ihm ja doch noch, Henke reinzuwaschen.

Auch er hat nie daran geglaubt, dass er schuldig war.

»Das bedeutet, dass Emma recht hatte mit ihrem Verdacht, im Henke-Fall würde etwas nicht stimmen«, ruft er aus. »Hast du dich deshalb mit Gunnar getroffen?«

»Gunnar?«, fragt Lindberg. »Nein, ich sehe keinen Anlass, ihn vollständig über unsere Ermittlungen auf dem Laufenden zu halten. Niemand, und ich betone, *niemand* darf etwas darüber nach außen dringen lassen, denn jetzt sind wir dem Täter endlich auf der Spur.«

»Befindet sich die aktuelle DNA-Spur in unserem Register?«, fragt Madeleine.

Lindberg schüttelt den Kopf. »Nein, leider nicht, aber es ist dennoch der bisher größte Durchbruch. Jetzt wissen wir, dass da draußen ein Mann herumläuft, der mit zwei der Bettler-Morde zu tun hat, wir müssen ihn nur noch finden. Das heißt, wir müssen auch den Henke-Fall noch einmal von vorne aufrollen und auf mögliche Hinweise untersuchen.«

KAPITEL
66

Evert begleitet Mats im Krankenwagen zur Klinik. Kurz vor Danderyd schlägt Mats endlich die Augen auf und sieht sich suchend um. Er liegt festgeschnallt auf einer Bahre. Sein Blick ist panisch, was Everts Verdacht bestätigt.

»Wo bin ich?«, fragt Mats.

»Im Krankenwagen zur Notaufnahme«, sagt Evert. »Du bist brutal zusammengeschlagen worden.«

Es sieht aus, als wolle Mats den Kopf schütteln, die Halsmanschette hindert ihn jedoch daran.

»Ich bin die Treppe hinuntergestürzt«, bringt er mühsam heraus, dann schließt er wieder die Augen.

Wohl kaum, denkt Evert, sagt jedoch nichts. Gunnar hat ihn anscheinend zu Tode erschreckt, und Evert weiß, dass er selbst schuld daran ist. Ohne seine wahnsinnige Idee, Emma für tot erklären zu lassen, wäre das nie passiert. Auch Mats weiß das.

»Es tut mir wahnsinnig leid«, sagt Evert endlich.

»Kalle?«, murmelt Mats und hustet. Ein dünnes Rinnsal Blut strömt aus seinem Mund, und der Sanitäter bittet Evert, nichts mehr zu sagen.

Evert hat keine Ahnung, wie Kalle mit Nachnamen heißt und wie er ihn erreichen könnte. Mats hustet immer stärker, und Evert bekommt es mit der Angst zu tun. Wenn er nun stirbt. Das wäre schrecklich, er würde es sich nie verzeihen! Der Krankenwagen beschleunigt. Endlich legt sich der Husten.

»Kannst du sprechen?«, fragt Evert. Er muss wissen, was passiert ist und vor allem, womit ihm gedroht worden ist.

»Er sollte jetzt lieber nicht reden«, mischt sich der Sanitäter besorgt ein. »Egal, worum es geht: Warten Sie bitte, sein Leben hängt an einem seidenen Faden.«

Meins auch sowie das vieler anderer, würde Evert gerne erwidern, doch er lässt es natürlich bleiben. Ihm ist es unangenehm, dass er überhaupt an etwas anderes denken kann als an Mats' Zustand. Würde Gunnar auch ihn töten, um sich selbst zu retten? Er braucht nicht lange zu überlegen. Gunnar würde jeden zum Schweigen bringen, der sich ihm in den Weg stellt. Es spielt keine Rolle, welche Beziehung sie einmal zueinander hatten, nicht, wenn so viel auf dem Spiel steht. Macht ist das Wichtigste für ihn, Freundschaft rangiert deutlich weiter unten auf der Skala. Und genau deshalb werden sie versuchen, ihn bei der Angst vor dem Verlust seiner gehobenen Position zu packen.

Er wird alles verlieren.

Das ganze Land wird erfahren, was sich hinter seiner Autorität verbirgt. Sie werden ganz genau schildern, was er getan hat, und er wird sich vor seinen hochangesehenen Kontakten innerhalb des Rechtswesens verantworten müssen. Henke Dahls Ruf wird reingewaschen. Kein Bettler muss mehr Angst haben, ermordet zu werden, und Emma kann ihr Leben weiterleben, während Gunnar endgültig vernichtet wird.

»Bitte verzeih mir«, sagt Evert zu Mats, der keinerlei Reaktion mehr zeigt. »Es tut mir wirklich wahnsinnig leid.«

Der Wagen verlangsamt, und sie fahren in eine Garage. Als sie im Krankenhaus angekommen sind, ruft Marianne an. Evert schickt ihr eine Nachricht und erklärt, dass er gerade nicht sprechen kann, weil er mit Mats im Krankenhaus in Danderyd ist. Sie fragt, ob es etwas Ernstes ist, und er antwortet mit ja. Dann betrachtet er Mats' bleiches Gesicht.

Bitte, lass ihn leben, denkt er.

KAPITEL
67

Zusammen mit Soraya fahre ich dem Krankenwagen hinterher und parke ein Stück vom Haupteingang des Krankenhauses entfernt. Es ist das erste Mal seit dem Mordversuch Ende April, dass ich hier bin, und ich spüre sofort einen Druck auf der Brust. Meine Wut auf Gunnar ist größer als je zuvor, und ich zerbreche mir den Kopf darüber, warum er meinen Arzt zusammengeschlagen hat. Warum ausgerechnet jetzt?

Ich schicke meinem Vater eine SMS, dass wir draußen warten und ihn im Auto mit zurücknehmen können, erhalte aber keine Antwort.

Wie lange das dauert.

Wir können nicht nur herumsitzen und warten, die Angst um Mats macht mich noch verrückt. Hunger habe ich obendrein, traue mich aber nicht, zum Krankenhauskiosk zu gehen und mir etwas zu essen zu kaufen, dort würde mich vielleicht jemand erkennen. Schließlich bitte ich Soraya, hineinzugehen und uns ein paar Sandwichs und etwas zu trinken zu holen. Sie nimmt das Geld und geht. Ich habe ihr erklärt, dass Mats unser nächster Nachbar ist, allerdings nicht verraten, dass er auch mein Arzt ist. Es ist besser, wenn sie nicht zu viel weiß, es würde ihr nur noch mehr Angst machen. Und dann steigt sie vielleicht aus, egal, wie viel Geld wir ihr bieten.

Hauptsache, Mats überlebt. Und hoffentlich weiß Gunnar nichts über mich, hoffentlich war das nicht der Grund, weshalb er Mats so zugerichtet hat. Ich sehe sein unangenehmes Gesicht vor mir, den kahlen Schädel und die tiefliegenden Augen.

Plötzlich bin ich gar nicht mehr hungrig.

Mein Vater kommt endlich aus dem Krankenhaus und geht Richtung Parkplatz. Er humpelt immer stärker. Wenn ich ihn mir genauer ansehe, hat er in der letzten Woche noch mehr Gewicht verloren. Es steht ihm gut, sein Bauch war vorher besorgniserregend dick, seine geduckte Haltung dagegen macht mir Kummer. Da ist keine Lebensfreude, kein Selbstvertrauen mehr, das macht mir Angst. Obwohl die Sonne scheint, sind seine Augen glanzlos.

Ist Mats etwa tatsächlich gestorben? Ich bin mir nicht sicher, ob ich die Antwort hören möchte.

»Wie geht es ihm?«, frage ich, sobald er die Beifahrertür geöffnet hat.

»Er wird durchkommen«, antwortet er und schnallt sich an. »Wo ist Soraya?«

»Sie kauft uns etwas zum Frühstück, ich habe mich nicht getraut, reinzugehen. Hast du irgendetwas aus Mats herausbekommen?« Von selbst scheint er mir nichts sagen zu wollen.

Mein Vater schüttelt müde den Kopf. »Er sagt, er sei die Treppe hinuntergefallen.«

»Sie haben ihm gedroht, oder?«

»Mats wirkte panisch, ich glaube, nach diesem Besuch traut er sich kein Wort mehr zu sagen.«

»Dann kommt es auch nicht zu einer Anzeige?«

Mein Vater seufzt. »Es würde nichts nützen, er will nichts sagen.«

»Außerdem lässt sich leicht ausrechnen, wer die Anzeige aufnehmen würde«, sage ich säuerlich und stelle mir vor, wie Torbjörn und Karim mit selbstgewissem Lächeln die Notaufnahme betreten. Fest davon überzeugt, dass sie alles im Griff haben. Wenn Gunnar noch mehr solcher Kumpel hat, ist es für ihn ein Leichtes, die Spuren zu verwischen, sobald Anzeige erstattet worden ist. Nicht zu wissen, welche Kollegen in die Sache verstrickt sind und welche nicht, macht mir am meisten Angst.

»Die Frage ist, ob es Gunnar gelungen ist, etwas über dich aus ihm herauszuprügeln«, denkt mein Vater laut. In diesem Moment kommt Soraya zurück und setzt sich auf die Rückbank.

»Here«, sagt sie und reicht uns eine Tüte mit Sandwichs und Saft nach vorn.

»Thank you«, sagt mein Vater und nimmt alles entgegen, inklusive Kassenbon und Wechselgeld.
Ich fahre vom Parkplatz herunter. »Meinst du nicht, dann hätte er dir etwas gesagt?«
Mein Vater rutscht unbehaglich hin und her. »Ich weiß nicht.«
»Warum ist er auf Mats losgegangen?«, frage ich. »Warum ausgerechnet jetzt? Ich krieg das einfach nicht zusammen.«
»Ich habe mich dummerweise versprochen, als ich mich mit Gunnar getroffen habe.«
»Wie bitte? Was hast du gesagt?« Ich trete auf die Bremse und starre ihn an.
Mein Vater senkt beschämt den Kopf und berichtet, was geschehen ist. »Es ist mir einfach herausgerutscht.«
»Warum hast du mir nichts gesagt?«, frage ich, obwohl ich die Antwort weiß: Er schämt sich.
»Ich fand, es gab keinen Grund, dich zu beunruhigen. Aber Mats habe ich es auf jeden Fall erzählt.«
»Er wusste es also, bevor er zusammengeschlagen wurde?«
»Ja.«
Ich fahre auf dem Norrtäljevägen stadteinwärts, während mein Vater und Soraya ihre Butterbrote essen. Selbst muss ich mich aufs Fahren konzentrieren. An einer roten Ampel halte ich an und schaue in den Rückspiegel. Soraya sieht auf der Rückbank so klein und verletzlich aus.
Es ist nicht viel Verkehr, nur ein paar Autos warten hinter uns. Plötzlich überfällt mich die Paranoia. Ist dieser schwarze Volvo nicht seit der Kreuzung am Krankenhaus immer etwa hundert Meter hinter uns gewesen? Ich fahre etwas langsamer weiter, um zu sehen, was passiert. Auch der Volvo wird langsamer. Warum überholt er nicht? Mein Vater merkt nichts, er blickt stur geradeaus.
»Papa, dreh dich jetzt nicht um. Ich glaube, wir werden von einem schwarzen Volvo verfolgt.«
»Wie bitte?«, ruft er aus und dreht sich trotz meiner Warnung um.
»Nicht umdrehen«, wiederhole ich. »Meinst du, sie beschatten uns? Diese ganze Sache mit Mats – vielleicht war das nur eine Falle, um uns ans Tageslicht locken. Und jetzt haben sie uns.«

223

Ich höre selbst, wie absurd das klingt, kann aber nichts anderes mehr denken. Mein Vater schweigt. Mein Blick, durch eine riesige Sonnenbrille verborgen, wandert erneut zum Rückspiegel. Jetzt bin ich mir ganz sicher, dass Gunnar hinter uns ist, und ich beschleunige.

»What is wrong?«, fragt Soraya beunruhigt.

»Nothing«, antworten mein Vater und ich wie aus einem Mund.

KAPITEL
68

Dass Evert den Krankenhausparkplatz zusammen mit einer dunkelhaarigen jungen Frau mit Sonnenbrille verlässt, wundert Gunnar nicht weiter. Er hat ja schon die ganze Zeit vermutet, dass er jemanden kennengelernt hat. Womit er dagegen nicht gerechnet hat, ist, dass die Frau mit dem roten Schal auftauchen würde und sich auf die Rückbank desselben Leihwagens setzen würde. Verdammt, was hat das zu bedeuten? Er schickt innerlich einen Dank an Marianne, die ihn eben angerufen und ihm gesagt hat, wo Evert sich befindet. Ohne sie hätte er nicht so schnell das richtige Krankenhaus gefunden.

Dennoch ist Gunnar wie vor den Kopf gestoßen.

Dass Everts Geliebte so unverschämt jung aussieht, ist ihm scheißegal. Aber dass diese Bettlerin bei ihm ins Auto einsteigt, bringt ihn völlig aus dem Konzept. Warum fährt die Augenzeugin eines ihrer Morde mit Evert im Auto spazieren? Noch dazu von einem Krankenhaus aus? Gunnar begreift es einfach nicht. Das Einzige, was er weiß, ist, dass er sie jetzt nicht aus den Augen verlieren darf.

Wenn Marianne das wüsste, dass ihr Mann sie nicht nur betrügt, und das kurz nach dem Tod ihrer Tochter, sondern dass er obendrein mit einer rumänischen Bettlerin herumfährt. Ist es vielleicht doch Evert, der hinter der Erpressung steckt? In seinem Gehirn herrscht völliger Stillstand, Gunnar kann nicht mehr denken und konzentriert sich stattdessen ganz darauf, den Leihwagen nicht aus den Augen zu verlieren. Sie fahren Richtung Frescati am Vasaplan. Dann Richtung Kungsholmen und über die Polhemsgatan am Polizeipräsidium vorbei. Gunnar trommelt mit den Fingern auf dem Lenkrad herum, es macht ihn nervös, nur sinnlos durch die Gegend zu fahren. An einer roten Ampel hinter einem Fahrradgeschäft hält das weinrote Auto an, eine Mutter mit Kinderwagen überquert die Straße.

Plötzlich öffnet sich die Fahrertür.

Gunnar ist völlig unvorbereitet darauf, dass die Frau mitten auf der Straße aussteigt, sie fährt schließlich den Wagen. Gleichzeitig verlässt auch die Augenzeugin das Auto. Wenn er jetzt einfach in zweiter Reihe parkt und ebenfalls aussteigt, entdeckt Evert ihn. Oder hat er das bereits getan? Vielleicht haben sie ihn längst bemerkt und sind deshalb ziellos durch die Straßen gefahren? Jetzt steigt Evert aus und geht um das Auto herum, ohne sich umzusehen. Dann nimmt er hinter dem Steuer Platz. Hinter ihnen hupt jemand anhaltend, und Evert hebt entschuldigend die Hand.

Die Frau mit der Sonnenbrille und die mit dem roten Schal verschwinden Richtung Kungsbro Strand, vermutlich wollen sie über die kleine Fußgängerbrücke über das Wasser oder links die Treppe hinunter.

Sie verschwinden außer Sichtweite.

»Verdammt«, flucht Gunnar und ruft Karim an.

Er lässt es klingeln, doch niemand nimmt ab. Ebenso bei Torbjörn. Wahrscheinlich sind sie gerade mitten in einem Einsatz.

»Verdammt«, flucht er noch einmal und beschleunigt.

Er sieht lediglich die beiden Frauen um die Straßenecke verschwinden. Die Frau mit der Sonnenbrille scheint nicht gut beieinander zu sein, sie zieht das rechte Bein ein wenig nach. Ihrer Kleidung nach würde man sie eher für eine Obdachlose halten als für die Geliebte eines Oberklasse-Typen aus Saltsjöbaden. Das wundert Gunnar ein wenig. Was ihn jedoch viel wütender macht, ist, dass die Frau mit dem roten Schal ihm schon wieder entwischt ist. Ratlos bleibt er sitzen und überlegt, ob er doch noch einen Versuch unternehmen soll, sie zu verfolgen, oder ob er lieber an Evert dranbleiben soll.

Er entscheidet sich für Letzteres.

Das weinrote Auto fährt quietschend los und ist jetzt deutlich schneller unterwegs. Gunnar zögert nicht, ihm nachzusetzen. Für ihn ist es reiner Nervenkitzel, dass sie jetzt schneller fahren, ein Instinkt noch aus Kindertagen.

Er hasst es zu verlieren.

Was, verdammt, hat Evert vor? Eine Privatermittlung in den Bettler-Morden? Und warum rufen Karim und Torbjörn nicht zurück? Gunnar ist so von der Rolle, dass er ganz vergisst, dass er am Steuer sitzt. Beinahe wäre er von der Fahrbahn abgekommen. In letzter Sekunde reißt er das Lenkrad herum und kann einen Frontalzusammenstoß mit einem Kleinbus vermeiden.

Es ist alles ganz allein Everts Schuld.

KAPITEL
69

So gut es geht, laufen wir die Straße hinunter, wegen meines Beines sind wir nicht ganz so schnell. Wenn Gunnar herausbekommen hat, dass ich noch lebe, ist jetzt Kopfgeld auf mich ausgesetzt, denn ich weiß alles über ihn. Doch wahrscheinlich hat Mats nichts gesagt, sonst wäre Gunnar vergangene Nacht direkt zu uns gekommen. Gunnar muss gespürt haben, dass irgendetwas nicht stimmt, das bedeutet aber nicht, dass er weiß, dass ich davongekommen bin. Wer würde auch auf so eine Idee kommen? Noch dazu, da er dabei war, als ich starb, und sich in der Kirche höchstselbst von mir verabschiedet hat. Ich glaube, er wollte nur herausfinden, ob er sich Sorgen wegen irgendetwas machen muss, nachdem mein Vater sich mit dem Namen des Rechtsmediziners vertan hatte. Jetzt können wir nur hoffen, dass er sich das Obduktionsprotokoll nicht noch einmal durchliest und dabei auf zweifelhafte Formulierungen stößt. Die Frage ist allerdings, woher er wusste, dass mein Vater mit Mats ins Krankenhaus gefahren ist.

Meine Mutter. Natürlich, er wird mit ihr gesprochen haben.

Jetzt darf mein Vater nur nicht nach Roslagen fahren, das ist viel zu riskant.

Dort kann Gunnar jederzeit mit seinen fiesen Kumpanen auftauchen, und dann wird es ihm nicht gelingen, ihnen den Eintritt zu verweigern. Soraya wird langsamer. Jetzt erst sehe ich, dass sie Todesangst hat und panisch um sich blickt.

»I think we're safe«, sage ich, doch Soraya scheint mir nicht zuzuhören.

Vorsichtig berühre ich sie am Arm. »Are you okay?«

»Yes«, versichert sie, ihr Gesicht sagt allerdings etwas anderes.

Nach einer Weile beruhigt sie sich, und wir wandern ziellos die Uferpromenade entlang zu den Booten, die am Kai vertäut sind. Ich überlege, wo wir jetzt hingehen sollen. In die Hälsingegatan? Meine Wohnung steht ja leer. Doch ich verwerfe den Gedanken sofort, wir können nicht riskieren, ehemaligen Nachbarn von mir zu begegnen. Sobald wir ins Gespräch kommen würden, wäre meine dunkle Perücke nicht mehr Tarnung genug.

Das Einzige, was mir einfällt, ist, irgendeine leere Toreinfahrt zu suchen. Aber mir vorzustellen, nachts draußen zu schlafen, fällt mir schwer. Man weiß nie, was für Verrückte nach Einbruch der Dunkelheit unterwegs sind, Gunnar und seine Gang sind nicht die Einzigen, die gefährlich sind. Mich schaudert, wenn ich daran denke, dass genau das für viele Menschen Alltag ist, unter freiem Himmel zu schlafen, an einem völlig fremden Ort. Sie müssen mindestens genauso viel Angst haben wie ich, der Unterschied ist, dass sie wirklich keine andere Wahl haben. Wenn mein Vater nämlich wüsste, was ich überlege, würde er es mir ausreden und uns ein Hotelzimmer buchen. Doch wahrscheinlich ist es gerade besser für uns, Orte mit Überwachungskameras zu meiden.

Ich mache mir eigentlich auch mehr Sorgen um meinen Vater als um uns.

Was hatte Gunnar vor, als er uns vom Krankenhaus aus verfolgte? Und was hat er gedacht, als er meinen Vater mit einer Bettlerin gesehen hat? Dass doch er hinter der Erpressung steckt? Wenn Gunnar ihn sich jetzt vorknöpft, wenn mein Vater nach Mats der nächste auf seiner Liste ist ... Und ich bin nicht da, um ihn zu beschützen. Ich würde es mir nie verzeihen, wenn ihm etwas zustößt. Er muss heute Abend unbedingt nach Saltsjöbaden fahren und zu Hause übernachten, statt allein in unserem Sommerhaus. Außerdem sollte er mit meiner Mutter reden, die Dinge klären, vor allem aber dafür sorgen, dass sie sich von Gunnar fernhält.

Erneut sehe ich mich um, ob wir verfolgt werden. Die Einzige hinter uns ist eine Frau mit einem Zwillingswagen und einem Schäferhund.

Ich ermahne Soraya, schneller zu gehen.

KAPITEL
70

Wieder eine Kreuzung, wieder muss er sich entscheiden. Diesmal nach rechts. Hauptsache, er kann Gunnar so weit wie möglich von Emma und Soraya weglocken. Die Ampel wird grün, Evert blinkt im letzten Augenblick und biegt ab. Ein Autofahrer hinter ihm hupt, um sein Missfallen auszudrücken. Gunnar hat anscheinend nicht viel Erfahrung im Beschatten, schließlich haben sie ihn schon nach wenigen Minuten bemerkt. Es braucht eben doch weit mehr Phantasie, als nur gebührend Abstand zu halten, um unentdeckt zu bleiben. Die große Frage ist, warum Gunnar sie überhaupt verfolgt. Und was wird er wohl denken, nachdem er ihn mit zwei jungen Frauen, davon einer Bettlerin, gesehen hat? Woher wusste er überhaupt, dass er mit Mats im Krankenhaus war?

Sein Handydisplay leuchtet auf. Marianne.

Sie war die Einzige, die wusste, wo er war.

Er zögert kurz, dann geht er dran, besser, er bringt es hinter sich.

»Wie geht es Mats?«

»Er wird wohl durchkommen.«

»Gott sei Dank«, sagt sie. »Der Makler konnte leider nicht warten, ich habe jetzt einen neuen Termin für Freitag gemacht.«

Erst jetzt fällt ihm ein, dass er ja heute in der Wohnung hätte sein sollen.

»Tut mir leid, dass ich wegen Mats' Unfall nicht kommen konnte«, sagt er. »Wollen wir das Ganze nicht lieber auf nächste Woche verschieben?«

»Warum? Es gibt keinen Grund, damit zu warten.«

»Ich bin, ehrlich gesagt, ziemlich erschöpft.«

»Aber bis Freitag geht es vielleicht wieder?«

»Bitte, Marianne, ich kann das jetzt nicht. Ich habe einfach zu viel um die Ohren.«

Sich mit Marianne wegen der Wohnung zu streiten ist ungefähr das Letzte, was er jetzt gebrauchen kann. Es stehen ganz andere Dinge zwischen ihnen.

»Da bin ich aber mal gespannt, was du so alles zu tun haben willst. Du bist pensioniert und hast keinerlei Verpflichtungen. Es werden ja wohl kaum das Haus und der Garten sein, die dich so in Anspruch nehmen, schließlich ist da seit dem letzten Sommer nicht viel passiert. Verheimlichst du mir irgendetwas?«

Evert bereut, das Gespräch überhaupt angenommen zu haben. Er sieht die ungeschnittene Buchsbaumhecke vor sich und den verwilderten Rasen. Was für ein Pech, dass Marianne sich nicht einfach vom Sommerhaus fernhalten konnte. Und von Gunnar. Die ganze Situation verursacht ihm Übelkeit.

»Nein, bestimmt nicht«, sagt er.

»Was ist es dann?«, fragt sie gepresst. »Was ist der Grund dafür, dass du gar nicht mehr zu Hause bist?«

Kurz überlegt er, ihr die Wahrheit zu sagen, verwirft den Gedanken jedoch gleich wieder. Er kann Marianne nicht vertrauen, obwohl sie seine Frau ist. Dieses Wissen tut ihm in der Seele weh.

»Du hättest nicht den ganzen Weg bis Roslagen fahren zu müssen, um mich zu fragen, ob ich eine andere habe«, sagt er jetzt und versucht, sich gleichzeitig aufs Fahren zu konzentrieren.

Ein verächtliches Schnauben ist die Antwort.

»Marianne, bist du noch da?«

»Dann gibt es also keine andere?«, fragt sie.

»Nein«, erwidert er und wünscht, er könnte ihr dieselbe Frage stellen. Aber nicht jetzt, nicht am Telefon. Er will ihr in die Augen sehen, wenn sie antwortet. Vielleicht traut er sich heute Abend, sie zu konfrontieren, er kann ohnehin nicht zurück nach Roslagen.

»Hattest du heute Kontakt mit Gunnar?«, fragt er stattdessen.

Es bleibt eine Weile still. Dann scheint Marianne sich wieder zu fangen. »Nein, warum?«

»Ich komme jetzt nach Hause, lass uns dann weiterreden«, sagt er kurz. Er hört genau, dass sie ihn belügt. »Soll ich uns noch etwas zu essen einkaufen?«

»Nicht nötig, es sind noch Reste im Kühlschrank.«

»Dann bis gleich«, sagt er und legt auf.

Das Telefonat macht ihm zu schaffen. Nicht genug damit, dass sie Gunnar verraten hat, wo er ist, sie gibt es nicht einmal zu. Und doch ist sie diejenige, die ihm Vorwürfe macht. Er weiß, dass sie sich von ihm im Stich gelassen fühlt, das bedeutet aber noch lange nicht, dass sie das Recht hat, ihn zu betrügen. Vielleicht liegt es an seiner ständigen Abwesenheit, dass sie sich auf Gunnar eingelassen hat? Er kann nicht umhin, einen Blick in den Rückspiegel zu werfen, um zu sehen, ob er immer noch verfolgt wird.

Tatsächlich, Gunnar ist noch da.

Die Frage ist, wie sehr er sich vor ihm fürchten muss. Gunnar wird es für den Moment nicht gelingen, Emma und Soraya zu schnappen, er muss hoffen, dass sie eine Lösung für die Nacht finden. Wenn Gunnar jetzt auch glauben mag, Evert würde einer Bettlerin helfen, muss er daraus ja nicht gleich schließen, dass er hinter den Droh-Nachrichten steckt. Wenn er allerdings Emma wiedererkannt hat, haben sie ein echtes Problem. Vielleicht hat Mats am Ende doch etwas über sie gesagt.

Dann müssen sie jetzt um ihr Leben fürchten.

KAPITEL
71

Gunnar flucht und schlägt mit der Faust auf das Armaturenbrett, als er merkt, dass Evert ihn bloß zum Narren gehalten hat. Jetzt fährt er über den Stora Essingeleden Richtung Gröndal, wahrscheinlich will er nach Hause. Am liebsten würde Gunnar ihn an der nächsten roten Ampel aus dem Auto zerren und ihn fragen, was ihm eigentlich einfällt. Doch die Vernunft siegt.

Er versucht, ihn anzurufen, aber er nimmt nicht ab. Gunnar beschließt, bei der nächsten Gelegenheit umzukehren, ebenfalls nach Hause zu fahren und in Ruhe darüber nachzudenken, wie er ihn am besten konfrontieren kann. Dass Evert offenbar etwas mit ihrer Augenzeugin zu tun hat, ist zutiefst beunruhigend. Was kann sie ihm gesagt haben? Er befürchtet das Schlimmste, denn dann ist auch klar, wer hinter den Erpressernachrichten steckt. Und wer wohl die andere junge Frau gewesen ist? Jedenfalls hilft sie Evert, davon ist auszugehen. Fragt sich nur, warum Evert nicht geradewegs zur Polizei geht, wenn er weiß, wer den Mord im Humlegården begangen hat.

Er muss wohl doch auf die Nachrichten des Erpressers antworten. An der nächsten Ampel schreibt er einen einzigen Satz zurück: *Who are you?*

Dann ruft er Karim an, der endlich ans Telefon geht. Er berichtet ihm von der Verfolgungsjagd und wo er die Frauen zuletzt gesehen hat.

»Ihr sucht sie jetzt den Rest des Tages und die ganze Nacht«, sagt er zum Schluss, wirft das Handy auf den Beifahrersitz und fährt nach Hause.

Wegen der Straßenbauarbeiten braucht er beinahe eine halbe Stunde bis nach Östermalm. Zäh fließt der Verkehr auf dem Strandvägen, und er schaut über das Wasser, die Schiffe, sieht Gröna Lund drüben in Djurgården. Als er endlich seine Wohnung betritt, überlegt er, Marianne anzurufen, um sie zu fragen, ob sie irgendetwas aus Evert herausbekommen hat, doch schon im Flur empfängt ihn Agneta. Er hat Schwierigkeiten, den Blick von ihren gefärbten Augenbrauen zu wenden, die wie schwarze Striche über ihren Augen liegen.

»Hallo«, sagt sie unbekümmert, als wäre die Welt ein angenehmer Ort. »Wie war dein Tag?«

Beschissen!

»Es hat schon bessere gegeben«, antwortet er diplomatisch, und sie kommt einen Schritt auf ihn zu. Wie immer legt sie ihm ihre raue Hand auf den kahlen Schädel, als wäre er ein Tier im Skansen, das man streicheln darf. Er sagt jedoch nichts, noch nie hat er sich dagegen gewehrt. Wahrscheinlich glaubt sie, er würde es mögen.

»Ich habe jedenfalls ein gutes Geschäft gemacht«, sagt sie und lächelt selbstzufrieden. Er fühlt sich ihr unterlegen, ist aber nicht so blöd, sich anmerken zu lassen, dass er sich nicht mit ihr freuen kann.

»Glückwunsch«, sagt er, wenn auch widerstrebend.

»Ich dachte, wir könnten das feiern, aber ich finde den Jahrgangswein nicht mehr, den du zum Fünfzigsten bekommen hast«, sagt sie. »Dabei bin ich mir ganz sicher, dass er im Weinregal lag und Staub ansammelte.«

Soll das ein subtiler Hinweis darauf sein, dass seit seinem fünfzigsten Geburtstag schon viel Zeit vergangen ist? Agneta ist sehr gut darin, kleine Spitzen so zu verpacken, dass sie völlig harmlos daherkommen.

Gunnar runzelt die Stirn. »Ich habe die Flasche neulich noch gesehen.«

Im selben Augenblick fällt ihm ein, dass sie seit Mariannes Besuch im Altglas steht. Ausnahmsweise bietet er an, in die Küche zu gehen und nachzusehen.

»Setz dich schon mal aufs Sofa«, sagt er.

Sie lächelt und küsst ihn auf die Stirn, was noch schlimmer ist als das Streicheln über seine Glatze. Er wird mindestens eine Tablette nehmen müssen, um damit fertigzuwerden, zwei, wenn er auch die Verfolgungsjagd vergessen will.

Dennoch mag er seine unkomplizierte Ehe.

Agneta ist ein guter Mensch, sie verwickelt ihn selten in Streit.

Allerdings haben sie auch nie Kinder gehabt. Dann wäre es bestimmt anders. Kinder sind Karrierebremsen, teuer und machen einen unglücklich. Das hat er in irgendeiner Studie gelesen, wenn er sich recht erinnert. Er rumort eine Weile in der Vorratskammer herum, versteckt die leere Weinflasche in seiner Aktentasche und betritt dann mit einem Tablett, zwei Gläsern und einer anderen Flasche das Wohnzimmer.

»Danke«, sagt sie und nimmt ihr Glas entgegen.

Sie scheint den Jahrgangswein schon wieder vergessen zu haben, den Marianne in sich hineingekippt hat, als käme sie von einer Wüstenwanderung.

»Wie geht es denn unserem Provinzpolizeichef?«, fragt Agneta flirtend. »Besser?«

Gunnar grinst, obwohl er sich eigentlich ärgert, wenn er an die kürzlich erfolgte Neuorganisation der Polizei denkt, die zu neuen Titeln geführt hat. Landeskriminalkommissar klang deutlich schärfer, findet er.

»Ja, ein bisschen«, sagt er schließlich.

Wenn sie wüsste, was er gerade durchmacht! Alles, wofür er gekämpft hat, droht ihm mit einem Mal genommen zu werden. Sein Blickfeld ist plötzlich eingeschränkt, und es pfeift in seinen Ohren. In seinem Kopf spielen sich Bilder der vergangenen Tage ab, Evert im Auto, die Frau mit dem roten Schal, der tote Bettler und die Droh-SMS.

»Komm her«, sagt Agneta. »Du siehst müde aus. Ich werde mich um dich kümmern.«

Sein Handy piept, eine neue SMS. Er stellt auf lautlos und dreht es um, ohne sie zu lesen. Nicht jetzt, er kann einfach nicht mehr.

KAPITEL
72

Ärgerlich schüttelt Emma den Kopf, nachdem sie eine weitere SMS abgeschickt hat. Soraya hat jetzt keine Angst mehr, gefunden zu werden, ist allerdings besorgt, weil Emma keinen Plan zu haben scheint, wohin sie gehen könnten. Immer weiter wandern sie durch die Kopfsteinpflastergassen. Emma scheint von der Verfolgungsjagd genauso überrascht worden zu sein wie sie selbst. Niemand hat vorhergesehen, dass Gunnar sie beschatten würde. Soraya hatte solche Angst, als sie am Morgen den schwerverletzten Mann im Flur liegen sah, dass sie überlegte, einfach davonzulaufen. Vorhin am Krankenhaus hätte sie die Gelegenheit dazu gehabt. Sie hätte in das große graue Gebäude hineingehen und einen anderen Ausgang suchen können. Doch das hat sie nicht getan. Pflichtschuldig ist sie zu Emma zurückgekehrt und hat ihr das gewünschte Essen gebracht. Einerseits, weil sie sie nicht enttäuschen will, andererseits aber auch wegen der fünfzigtausend Kronen und der Fahrkarte für die Heimreise – es ist ein zu großer Posten, um ihn außen vor zu lassen. Vor allem aber ist sie es Razvan schuldig.

Sein Mörder muss bestraft werden.

Die Furcht davor, dass etwas schiefgehen könnte, darf nicht siegen.

Dennoch hat sie nie zuvor in ihrem Leben solche Angst gehabt. Gunnar gegenüberzutreten zu sollen ist für sie eine so schreckliche Vorstellung, dass sie nicht weiß, ob sie es tatsächlich schafft, sosehr sie Emma und Evert auch helfen möchte. Dass sie in der Nähe sein werden, spielt für sie keine Rolle, Gunnar könnte irgendetwas einfallen, womit sie nicht gerechnet haben. Vielleicht kommt er auch gar nicht allein, wie sie von ihm verlangt haben. Schlimmstenfalls können sie ihr dann nicht helfen.

Doch so weit will sie gar nicht denken.

Soraya kann das Bild von Razvan mit gebrochenem Genick einfach nicht vergessen. Und ebenso wenig Gunnars finsteren Blick und wie sie in jener Nacht im Park vor ihm davongerannt ist. Natürlich will sie, dass Razvans Mörder gefasst wird, außerdem steht sie in Emmas Schuld. Immerhin hat sie es ihr zu verdanken, dass sie die schrecklichen Zahnschmerzen los ist und dass sie nicht mehr hungern, frieren und allein sein muss. Sogar dass sie bald heimfahren kann, ist Emmas Verdienst. Der Antrag auf einen neuen Reisepass läuft, sie selbst hätte das nie bezahlen können. Soraya hat Emma und Evert alles zu verdanken, sie sind ihre rettenden Engel gewesen.

Es kann tatsächlich viel schiefgehen, doch sie muss ihr Versprechen halten, denn dann kann sie endlich wieder nach Hause. Aurel wartet so sehnlich auf sie. Sie schließt die Augen und versucht sich vorzustellen, wie sein Körper sich in ihren Armen anfühlt.

Seine kleine Hand in ihrer. Ihr Herz zieht sich zusammen, es ist beinahe wie ein Krampf.

Wenn sie das hier schafft, schafft sie alles.

In zwei Tagen wird sie es wissen.

Auch wenn sie den Pass noch nicht hat und noch nichts von den Tickets gesehen hat, muss sie darauf vertrauen, dass Emma ihr Versprechen hält.

»Are you allright?«, fragt Emma und verlangsamt ihr Tempo.

Soraya schaut ihr in die Augen. Sie ist so schön, obwohl sie ebenfalls Angst hat.

Sie nickt. »Yes.«

»Promise?«, fragt Emma und legt ihr behutsam eine Hand auf die Schulter.

KAPITEL
73

Es ist ein Fortschritt, dass Gunnar endlich reagiert hat, jetzt haben wir ihn am Haken. Aber dass ich ihm auf seine Frage antworte, kann er vergessen. Stattdessen habe ich ihm meine erste Nachricht noch einmal geschickt, als Marker. Morgen gehe ich mit Soraya zur Plattan und zeige ihr, wo wir uns das Treffen vorstellen, und dann bekommt Gunnar letzte Instruktionen in Bezug auf Zeit und Ort. Ich will nicht, dass er den Treffpunkt zu weit im Voraus kennt, nicht, dass er sich vorbereitet und seine Helfer in der Umgebung postiert. Mein Vater und ich haben uns über den Ablauf verständigt, konnten ihn aber nicht ausführlich besprechen, bevor er auflegen musste. Jedenfalls weiß ich, dass er jetzt in Saltsjöbaden ist, denn ich habe gehört, wie meine Mutter ihm etwas wegen der Schulabschlussfeier morgen gesagt hat.

Ich wünschte, ich könnte bei dieser Feier mit dabei sein. Sofia, Julia und Anton haben mir so süße Bilder gemalt, während ich im Koma lag, und ich merke immer mehr, wie sehr sie mir fehlen. Ganz zu schweigen von Ines. Anders als ich kann mein Vater morgen in die Kirche gehen, aber auch ich werde meine Tochter und meine Neffen und Nichten hoffentlich ganz bald wiedersehen.

Wenn alles nach Plan geht.

Nach dem heutigen Tag bin ich mir da allerdings nicht mehr sicher. Gunnar wirkt so verzweifelt, dass er zu allem bereit scheint. Ich habe nicht vergessen, wie Mats heute früh ausgesehen hat, und versuche jeden Gedanken daran zu verdrängen, was er vielleicht doch gesagt haben könnte. Schlimmstenfalls weiß Gunnar jetzt etwas und vermutet meinen Vater hinter den Erpresser-Nachrichten.

»Where we going?«, fragt Soraya, die auch immer hoffnungsloser aussieht.

Den ganzen Nachmittag sind wir durch die Gassen von Gamla Stan geirrt, jetzt gehen wir Richtung Innenstadt. Es ist gar nicht so einfach, einen Schlafplatz zu finden, der sicher genug ist. Soraya hat mir ein paar Möglichkeiten gezeigt, aber die waren alle schon belegt. Jetzt sieht sie sehr müde aus, und ich gewöhne mich schon mal an den Gedanken, neben völlig unbekannten Menschen schlafen zu müssen, von denen ich nicht weiß, auf welche Gedanken sie kommen. Vielleicht haben sie irgendwelche Gegenstände bei sich, mit denen sie nachts plötzlich zuschlagen.

Als wäre alles nicht so schon schwer genug.

Als langjährige Kriminalkommissarin weiß ich, wozu verzweifelte Menschen in der Lage sind. Wenn sie die eigenen Leute verraten, geschieht das meistens, weil sie keinen anderen Ausweg sehen. Soraya stützt sich auf meinen Arm, und ich merke, wie mein Beschützerinstinkt erwacht. Sie hat in ihrem Leben schon viel zu viel durchgemacht, und das, obwohl sie noch so jung ist. Ich streichle ihr beruhigend über den Arm.

»I wish it was over«, sagt Soraya. »I want to go home.«

»Soon«, sage ich.

Dann fällt mir ein, wie ich ihr helfen kann, damit sie nicht den Mut verliert. Ich gebe ihr mein Handy und frage mich gleichzeitig, warum ich nicht früher darauf gekommen bin.

»Here, call your grandparents«, sage ich.

Die Freude in ihrem Blick ist unbeschreiblich. Sie nimmt das Handy ganz vorsichtig, als wäre es aus Gold. Dann wählt sie die Nummer, und ihre Stimme wird heiser, als sie hallo sagt. Ich kann es nicht mit ansehen, ohne dass mir Tränen in die Augen schießen. Als ihre Stimme sich wieder verändert und plötzlich ganz hell klingt, weiß ich, dass sie mit ihrem Sohn spricht. Da halte ich es nicht länger aus und trete beiseite, um nicht laut loszuheulen. Soraya fasst sich einigermaßen kurz, wahrscheinlich weil sie mir nicht zumuten will, so viel zu bezahlen. Sie ist so dankbar, dass ich mich beinahe schäme.

Jetzt sind Sorayas Schritte viel leichter, und sie schafft es noch, eine Weile weiterzugehen. Schließlich landen wir hinter einer Müllsortierstation.

Der Gestank von verfaultem Fleisch und Krabbenschalen sticht mir in die Nase. Glasscherben und Urin an den Containern verstärken den abstoßenden Eindruck. Wie konnte ich dem hier den Vorzug vor einem Hotelzimmer geben? Ich finde keine gute Antwort. Das einzig Positive an diesem Ort ist, dass sich noch niemand hier niedergelassen hat, aus verständlichen Gründen. Wir werden wohl unsere Ruhe haben, solange wir hier sind.

Der Gestank und der Dreck sind das eine, Feuchtigkeit und Kälte, die sich allmählich breitmachen, je später es wird, das andere. Nie zuvor habe ich direkt auf dem Asphalt geschlafen, muss mich jetzt aber hinlegen, nachdem ich so viele Scherben zerbrochener Bierflaschen wie möglich weggefegt habe. Ich muss plötzlich an Kristoffer denken, der durch einen Schlag auf den Kopf mit einer ganz ähnlichen Flasche gestorben ist. Dennoch kann ich dem Kummer jetzt keinen Raum geben, nicht jetzt, wo so viel im Gange ist. Soraya scheint der harte Boden nichts auszumachen, sie hat sich auf die Seite gelegt und schon die Augen geschlossen, kriecht jetzt jedoch näher an mich heran. Sie zittert vor Kälte oder vor Angst, vermutlich beides. Wir wissen beide, dass Gunnar wahrscheinlich seine Wachhunde auf uns angesetzt hat. Doch es müsste schon viel passieren, damit sie uns hier finden.

Soraya hat fast neunzig Nächte so zugebracht.

Wie hat sie das ausgehalten? Es ist mir unbegreiflich.

Bettler und Obdachlose werden behandelt, als wären sie nicht mehr wert als die Ratten, die durch die Straßen laufen, denke ich noch, da höre ich ein Rascheln neben mir. Es ist schwer zu fassen, dass die Menschen es so unterschiedlich haben, dass es überhaupt möglich ist, in eine so schreckliche Situation zu geraten. Ein Leben zu haben, das in den Augen anderer nichts wert ist, jemand zu sein, den andere Menschen nach Möglichkeit nicht ansehen, um sich auf dem Weg zum Nobelshop *Nathalie Schuterman* nicht die Laune verderben zu lassen, wo sie einen Monatslohn für eine neue Handtasche ausgeben.

Es ist schwierig, an so einem Ort abzuschalten, wo auch immer wir uns genau befinden. Ich weiß nicht, wie die Straße hier heißt, dazu sind wir zu lange umhergeirrt. Jedenfalls sind wir nicht allzu weit entfernt vom Sagerska Huset, wo das letzte Mordopfer gefunden wurde. Und wir sind auch nicht allein, wie ich feststelle. Eine große Ratte huscht an uns vorbei. Es muss die sein, die ich eben gehört habe. Sie ist so groß, dass ich erst dachte, es wäre ein entlaufener Dackel. Nach ein paar vergeblichen Versuchen, eine einigermaßen erträgliche Stellung zu finden, gebe ich auf.

Soraya neben mir atmet tief, sie ist wohl aus alter Gewohnheit eingeschlafen. Ihr rundes Gesicht ist mir zugewandt, und mir fällt auf, wie lange, dichte Wimpern sie hat. Dafür bezahlen Josefins Nachbarinnen in Bromma ein Vermögen. Ich könnte mir vorstellen, dass sie als Kind ihrem Sohn ähnlich sah. Es fällt mir schwer daran zu denken, dass das hier ihre Wirklichkeit ist, ein Leben, zu dem so viele eine feste Meinung haben.

Manche wollen Bettlern zu einem besseren Leben verhelfen.

Andere sehen sie lieber tot.

DONNERSTAG
11. Juni

KAPITEL
74

Soraya betrachtet die schwarz-weißen Betonplatten des Platzes, auf dem sie steht. Bei der Vorstellung, dass sie hier Razvans Mörder wiederbegegnen wird, läuft es ihr kalt den Rücken hinunter. Emma hat darauf bestanden, gemeinsam herzukommen, um sich mit dem Ort vertraut zu machen. Soraya bezweifelt allerdings, dass sie dadurch weniger nervös sein wird. Zumal sie gerade den Burger King verlassen musste, wo sie sich etwas zu essen kaufen wollten. Es ist nicht das erste Mal, dass man ihr in Schweden mit offenem Abscheu begegnet, dennoch zittert sie am ganzen Körper, und Tränen brennen ihr in den Augen, wenn sie an die Frau denkt, die sie plötzlich angeschrien hat. Mit dem Finger hat sie auf sie gezeigt, als wäre sie Abschaum, und Soraya ist schnell hinausgegangen, damit sich nicht die ganze Schlange in den Streit einmischt. Emma war nicht leicht zu überzeugen gewesen, die Bestellung lieber ohne sie aufzugeben, aber irgendetwas mussten sie ja essen.

Das Treffen mit Razvans Mörder soll erst morgen stattfinden, doch Soraya ist heute schon auf der Hut. Gunnar weiß nicht, dass sie sich hier treffen werden, daher wird er vermutlich nicht auftauchen. Dennoch fällt ihr das Atmen hier mit jeder Minute schwerer. Ohne Emma an ihrer Seite fühlt sie sich nackt und schutzlos, sie versucht, sie durch die große Fensterscheibe zu entdecken. Sobald sie herauskommt, will sie sie bitten, so schnell wie möglich von hier wegzufahren. Am besten zurück in das Haus auf dem Land, weit weg von der Innenstadt und all den Menschen. Plötzlich sieht Soraya drei Männer auf sich zu kommen. Es sind die, die ihr einen Job in Schweden versprochen, sie bei der Ankunft aber lediglich vor die Wahl gestellt haben, sich zu prostituieren oder betteln zu gehen. Verzweifelt hält Soraya Ausschau nach Emma, kann aber nur ihr braunes Haar vorn bei den Kassen entdecken. Dann geht alles sehr schnell, sie hat gar nicht die Zeit, sich hinter ihrem roten Schal zu verstecken. Sie hat vergessen, wie die Männer heißen, weiß aber nur zu gut, wozu sie in der Lage sind, wenn man ihnen abhaut und einfach verschwindet.

Sie ist eine verlorene Einnahmequelle.

Damit kommt sie nicht ungestraft davon.

Schnell und ohne ein Wort umringen sie Soraya, ohne dass jemand von den Passanten es bemerkt. Panik erfasst sie, sie hat keine Möglichkeit zu entkommen. Sie sind drei gegen eine. Schon packen sie sie am Arm und zerren sie mit sich. Sie warnen sie davor, eine Szene zu machen, und Soraya traut sich nicht, sich zu wehren. Alle drei wirken höchst aggressiv, keine Spur von Menschlichkeit in ihrem Blick. Sie führen sie Richtung Treppe, Soraya dreht sich verzweifelt zum Burger King um, aber Emma kehrt ihr immer noch den Rücken zu. Einer der Männer zischt, sie solle nach vorne schauen. Ihr Herz klopft wie wild, und sie stolpert. Sie kann nicht mehr klar denken, doch je weiter sie kommen, desto intensiver sucht sie nach einem Ausweg.

Soll sie schreien und um sich schlagen, sich weigern, auch nur einen Schritt weiterzugehen, oder sich losreißen und wegrennen? Doch sie kommt gar nicht dazu, sich zu entscheiden. Schon sind sie oben an einer stark befahrenen Straße voller Pritschenwagen mit grölenden Jugendlichen angelangt. Mehrere Autos parken mit eingeschalteter Warnblinkanlage am Straßenrand. Sie will auf keinen Fall einsteigen, denn dann kann alles Mögliche passieren. Diese Männer begnügen sich ganz gewiss nicht damit, ihr das Geld abzunehmen, das sie erbettelt hat.

Sie wollen Rache.

Sie erniedrigen, ein Exempel statuieren.

Sie haben ihr einen Platz im Bus eingeräumt, weil sie dachten, es würde sich für sie lohnen, aber Soraya hat sie betrogen. Der Augenblick, vor dem sie sich so lange gefürchtet hat, ist gekommen, und ihr ist schlecht vor Angst. Einer der Männer, die mit im Bus gesessen haben, hält ihr Handgelenk fest umklammert. Die Blutzufuhr zu den Fingern ist unterbrochen, doch Soraya kann nichts tun, als den Schmerz zu ertragen.

Sie denkt an Aurel.

Gestern durfte sie zum ersten Mal seit Ewigkeiten seine Stimme hören. Er klang so schüchtern und anders, beinahe enttäuscht. Natürlich fühlt er sich von ihr im Stich gelassen. Und doch hilft er allein ihr, die Hoffnung nicht aufzugeben, auch wenn es eines Wunders bedürfte, um sie aus dieser Klemme zu befreien. Sie hat ihm versprochen, bald wiederzukommen. Er ist zu klein, um von seiner eigenen Mutter belogen zu werden. Zu klein, um zu begreifen, warum sie ihr Versprechen nicht halten konnte.

Sie gelangen zu einem großen Rondell mit einem Springbrunnen in der Mitte. Die Entgegenkommenden weichen ihrem Blick aus. Von ihnen kann sie keine Hilfe erwarten. Nur sie selbst kann etwas tun, aber traut sie sich das auch?

KAPITEL
75

Verdammt! Wer sind die Männer in den schwarzen Lederjacken? Ich habe nur gesehen, wie sie Soraya gezwungen haben, mit ihnen die Treppe an der Plattan hochzugehen, als ich gerade mit dem Essen herauskam. Jetzt sehe ich sie weiter vorn auf der Klarabergsgatan, unterwegs Richtung Hamngatan. Ich beeile mich, um sie nicht aus den Augen zu verlieren, aber was soll ich tun? Und vor allem: Was wollen sie von Soraya? Sie halten sie eisern fest, es ist offensichtlich, dass sie gegen ihren Willen fortgeführt wird. Ich schaffe es nicht, meinen Vater anzurufen und mich mit ihm zu beraten, es geht alles viel zu schnell. Reiß dich los, denke ich, und sehe, wie sie genau das tut, als einer der Männer an sein Handy geht und dabei ihren Arm loslässt.

Soraya rennt davon, der rote Schal flattert hinter ihr her.

Die Männer brüllen irgendetwas und setzen ihr nach. Wahrscheinlich sind es die, die sie nach Schweden gelockt haben. Gleich haben sie Soraya, auch wenn sie schnell ist.

Ich renne hinterher, obwohl mein Bein protestiert, und als ich am Springbrunnen vorbei bin, höre ich endlich Polizeisirenen. Sofort stieben die Männer auseinander und verschwinden in verschiedene Richtungen. Soraya wird langsamer und keucht vor Anstrengung. Der Streifenwagen fährt neben ihr rechts ran. Die Straßen sind voller Festwagen von Abschlussklassen, es herrscht ein unglaublicher Lärm, sie würde es gar nicht hören, wenn ich sie riefe.

Ich hätte sie niemals allein lassen dürfen.

Nur noch hundert Meter bis zu Soraya. Einer der Polizisten steigt aus. Er steht mit dem Rücken zu mir und redet auf sie ein. Ich sehe nicht, ob es jemand ist, den ich kenne. Soraya zeigt in die Richtung, in die einer der Männer verschwunden ist, und ich versuche, Blickkontakt mit ihr zu bekommen, doch sie sieht mich nicht. Der Polizist öffnet die hintere Autotür und zwingt sie einzusteigen.

Jetzt sehe ich, wer es ist.

Karim.

»Nein«, brülle ich und renne auf das Auto zu, ohne zu überlegen, was passiert, wenn sie mich erkennen.

Die Festwagen behindern das Polizeiauto, ich renne zwischen all den Menschen hindurch, um es aufzuhalten, aber ich schaffe es nicht rechtzeitig. Direkt vor meiner Nase fahren sie los. Ich halte ein Taxi an und bitte den Fahrer, ihnen zu folgen, was ihn nicht gerade zu begeistern scheint.

»Im Ernst«, sage ich und zeige ihm meinen Dienstausweis.

Skeptisch betrachtet er mich im Rückspiegel, wahrscheinlich sehe ich viel zu abgerissen aus, um glaubhaft zu sein, doch er hat zum Glück keine weiteren Einwände. Langsam folgen wir dem Streifenwagen, der rechts abbiegt und am Kungsträdgården vorbeifährt. Dann geht es weiter am Schloss vorbei, bis das Auto schließlich in einen der vielen Stockholmer Tunnel fährt. Ich vermute, sie wollen aus der Stadt hinaus, und frage mich, ob Soraya weiß, wer sie sind.

KAPITEL
76

Gunnar lehnt die Schrotflinte an eine Kiefer. Zufrieden schaut er sich in dem dichten Nadelwald um und genießt die Ruhe und Einsamkeit. Genau das hat er gebraucht. Endlich spürt er so etwas wie Frieden. Die Krankschreibung war wirklich nötig, auch wenn es ihm damals vor einer Woche übertrieben vorkam. Jetzt ist er dankbar dafür. Sonst hätte er niemals so viel Zeit auf sein eigenes Projekt verwenden können. Seit er vor acht Monaten seine neue Stelle angetreten hat, ist er pausenlos im Einsatz gewesen.

Für seinen enormen Stress gibt es jedoch noch andere Gründe.

Schweden droht unterzugehen. Die Regierung hätte längst alle Grenzen dichtmachen müssen, jetzt ist es bereits zu spät. Kein Wunder, dass er Herzrasen und Schlafstörungen hat. Dass die Augenzeugin ihres Mordes in Everts Gesellschaft aufgetaucht ist, macht die Sache natürlich nicht besser. Gunnar ist mehr und mehr davon überzeugt, dass Evert hinter der Erpressung steckt, hat aber beschlossen, bis morgen abzuwarten. Er hat durchaus vor, aufzutauchen, aber gewiss nicht allein. Wahrscheinlich wird die Gegenseite Zeit und Ort bis zum letzten Moment für sich behalten, damit er keine unangenehme Überraschung vorbereiten kann.

Das wird ihnen jedoch nichts nützen.

Evert wird es bitter bereuen.

Gunnar setzt sich auf einen großen Stein und versucht, jeden Gedanken an die bevorstehende Konfrontation zu verdrängen und stattdessen den Augenblick zu genießen. Frische Luft zu atmen. Er freut sich schon auf die Elchjagd im Herbst. Dieses Gefühl, wenn man völlig reglos auf dem Hochsitz steht und auf die riesigen Tiere wartet, ist unbeschreiblich. Das ist *Mindfulness* in allerhöchstem Grade. Heute ist er einfach nur durch den Wald geschlendert und hat das Gewicht der Schrotflinte auf seiner Schulter genossen, zur Anwendung ist sie bisher nicht gekommen. Aber geladen hat er sie für alle Fälle, man kann ja nie wissen, wann man sie braucht. Jederzeit kann ein Wildschwein aus dem Gebüsch treten, und das sind keine kleinen Tiere! Die Sonnenstrahlen fallen durch die Baumwipfel, und eine Nachtigall schlägt, ansonsten ist es vollkommen still. Zumindest erscheint es im ersten Moment so. Wenn er genauer hinhört, ist es allerdings, als würde der Wald zu ihm sprechen, flüsternd und beruhigend, wie nur ein Wald es kann. Er schließt die Augen und konzentriert sich darauf, einfach nur da zu sein, die Gedanken fließen zu lassen. Es funktioniert ausgezeichnet, bis sein Handy klingelt. Und er hat gedacht, hier hätte er keinen Empfang.

Sofort ist der Zauber dahin, und Gunnar stampft ärgerlich auf. Am anderen Ende ist Karims aufgeregte Stimme zu hören. »Wir haben sie!«

»Endlich«, ruft Gunnar aus. Sie müssen die ganze Nacht nach ihr gesucht haben, genau wie er es ihnen befohlen hat.

»Wir sind Richtung Norden unterwegs«, sagt Karim. »Wo bist du?«

Er erklärt ihnen, wohin sie fahren sollen.

Sein Herz klopft vor Erregung. Gleichzeitig bewölkt sich der Himmel, und er kann die Melodie des Waldes nicht mehr hören. Nichts könnte ihm jetzt gleichgültiger sein.

Gunnar nimmt sein Gewehr und geht zurück zu seiner Jagdhütte. Wenn es darauf ankommt, kann er sich auf Karim und Torbjörn verlassen. In einer halben Stunde etwa müssten sie hier sein.

Schon kann er die fetten Schlagzeilen vor sich sehen. Er grinst.

KAPITEL
77

Die Fenster hoch oben in der Kirche verdunkeln sich, Wolken müssen sich vor die Sonne geschoben haben. Als die Orgel einsetzt, wünschte Josefin, sie könnte ihre Augen hinter einer Sonnenbrille verbergen. Sie wird immer so rührselig, wenn die Kinder »Nun kommt das große Blühen« anstimmen, das schönste und stimmungsvollste Lied, das sie kennt. Plötzlich wird ihr bewusst, wie schnell die Zeit vergeht. Nicht nur die Tatsache, dass schon wieder ein Jahr vergangen ist und die Kinder älter geworden sind, treibt ihr die Tränen in die Augen, sondern auch, dass eine Person, die hier sein sollte, es nicht mehr kann. Natürlich ist Emma wegen ihres Jobs ohnehin selten beim Schuljahresabschluss dabei gewesen, doch es hätte zumindest theoretisch die Möglichkeit gegeben.

Diese Feier vor den Sommerferien ist eigentlich ein Freudentag. Doch Josefin macht es plötzlich beklommen, dass das Leben es so eilig hat. Bald sind die Kinder erwachsen, und sie selbst ist alt und reif fürs Altersheim.

Die Kirchenbänke sind hart, und Emmas geblümtes Sommerkleid schnürt sie so sehr ein, dass sie kaum atmen kann. Josefin hat vergessen, darin Probe zu sitzen, nachdem sie sich nach langem Hin und Her entschieden hat, es anzuziehen. Sie möchte Emmas Nähe spüren. In den letzten Wochen hat sie mehrere Kilo abgenommen, sonst wäre sie gar nicht erst hineingekommen. Die Trauer hat sie von innen aufgefressen, alle Fettreserven verbrannt. Nach Emmas Tod hat sie den Appetit verloren, und Wein hat sie nicht mehr angerührt, seit sie die Verantwortung für Ines übernommen hat. Bisher hat sie das Trinken keine Sekunde lang vermisst, im Gegenteil.

Es war ungesund, wie viel sie eine Zeitlang in sich hineingeschüttet hat, als es ihr richtig dreckig ging. Doch daran möchte sie jetzt nicht denken.

Sie schämt sich zu sehr dafür.

Die Pfarrerin erzählt lebhaft von Seifenblasen, Eis und Schwimmengehen, so dass die Kinder ganz kribbelig werden. Es ist das Bild perfekter Sommerferien, dennoch bemühen sie sich, still zu sitzen. Alle sind herausgeputzt, die Jungen in frisch gebügelten Hemden und die Mädchen in Kleidern, eines schöner als das andere. Das Podium ist mit bunten Blumen geschmückt. Antons Klasse tritt auf, und man merkt, wie sie sich zusammenreißen, als sie die Blicke ihrer Eltern auf sich spüren. Josefin versucht, alles Schwere zu vergessen und das nächste Sommerlied zu genießen. Anton scheint den Text nicht richtig zu können, bemüht sich aber eifrig, mitzuhalten. Als sie über den Großvater singen, den sie von allen am liebsten haben, schaut sie zu ihrem Vater auf und stellt enttäuscht fest, dass er gar nicht richtig zuhört, obwohl es doch gewissermaßen um ihn geht.

Stattdessen starrt er besorgt auf sein Handy.

Josefin stößt ihn mit dem Ellbogen an und nickt demonstrativ zu Antons Klasse, Evert scheint jedoch in Gedanken woanders zu sein. Und als wäre das nicht genug, entschuldigt er sich jetzt, steht auf und geht mitten im Lied.

Sie versucht ihn zurückzuhalten, doch er schüttelt nur den Kopf und flüstert, es ginge nicht anders. Während die Kinder noch singen, »Großvater zieht sein Jackett aus«, verschwindet er nach draußen. Der Stoff ihres Kleides knarrt, als sie sich umdreht, um ihn aus der Kirche gehen zu sehen. Anscheinend hat er mal wieder Wichtigeres zu tun. Ihr fällt es schwer, ihren Ärger zu unterdrücken. Schließlich ist er pensioniert und nicht mehr Landeskriminalkommissar.

Was kann es da so Wichtiges geben?

Allmählich verliert Josefin die Geduld mit ihm, was sein merkwürdiges Verhalten angeht. Ihre Toleranzgrenze ist überschritten, und das wird sie ihm auch sagen, sobald sie ihn nach dieser Abschlussfeier erwischt. Er kann sich schon mal auf etwas gefasst machen! Marianne schüttelt nur den Kopf und schaut dann wieder nach vorn, sie versucht wohl auszublenden, was sie ohnehin nicht ändern kann. Schließlich folgt Josefin ihrem Beispiel und tut ihr Bestes, um die Enttäuschung herunterzuschlucken und sich auf ihre wunderbaren Kinder zu konzentrieren.

Es ist Papa, der etwas verpasst, beschließt sie für sich und lauscht dem Rest des Liedes.

KAPITEL
78

Der Kinderchor wird immer leiser, während Evert die Treppe zu seinem im Halteverbot geparkten Auto an der Västerleds-Kirche hinunterhumpelt. Die Schmerzen in seiner Hüfte sind allerdings nichts im Vergleich zu seiner Seelenpein. Er hat Josefins berechtigtes Missfallen über seinen unvermittelten Aufbruch sehr wohl registriert und leidet darunter, nichts sagen zu können. Natürlich ist es nur zu ihrem eigenen Besten, wenn er ihr nichts sagt, doch das weiß sie ja nicht. Er ruft Emma an, die in einem Taxi in nördlicher Richtung unterwegs ist. Sie erklärt ihm kurz, was passiert ist und wo sie sich befindet.

»Beeil dich, ich werde nicht alleine mit ihnen fertig«, sagt sie.

Evert startet den Motor und fährt Richtung Flughafen Bromma. Es ist der kürzeste Weg zur E4.

»Ich tue, was ich kann, halte mich auf dem Laufenden, wo du bist«, sagt er und legt auf.

Der Revolver im Handschuhfach beruhigt ihn ein wenig. Hauptsache, er ist rechtzeitig dort. Wohin sie wohl unterwegs sind? Dass sie eine unschuldige Frau als Opfer aussuchen würden, hat er nicht erwartet. Bisher haben sie sich auf Männer beschränkt. Oder sind sie gezielt hinter Soraya her gewesen? Immerhin hat Gunnar sie in seiner Gesellschaft gesehen, sie ist also in höchster Gefahr.

Evert tritt das Gaspedal durch. Sie werden sie töten.

Eigentlich müsste er Marianne sagen, wo er ist, für den Fall, dass ihnen etwas zustößt, doch zugleich will er sie nicht unnötig beunruhigen. Lieber soll die Familie in Ruhe in der Kirche sitzen und den Schuljahresabschluss genießen. Sonst zerstört er noch mehr

als ohnehin schon. Er überlegt, ob er irgendjemand anderen benachrichtigen kann, aber wer sollte das sein?
Nyhlén?
Evert wirft einen Blick auf sein Handy.
Er kann jetzt nicht darauf herumtippen und seine Kontakte durchforsten, nicht bei 130 Kilometer in der Stunde. Es würde böse enden.
Also konzentriert er sich ganz aufs Fahren.
Sie werden Nyhlén schon noch einweihen, aber nicht jetzt. Dass Emma davon überzeugt ist, ihm vollkommen vertrauen zu können, spielt keine Rolle, Evert kann dennoch nicht ausschließen, dass auch er ein falsches Spiel spielt. Deshalb ist es von allerhöchster Bedeutung, dass sie erst etwas sagen, wenn sie handfeste Beweise gegen Gunnar haben.
Sie müssen es eben alleine schaffen.

KAPITEL
79

Sorayas Unruhe wächst, die Polizisten sehen im Rückspiegel bedrohlich aus. Ihre Blicke sind finster, und die Stirn haben sie in tiefe Falten gelegt. Sie haben ihr ziemlich deutlich gemacht, dass sie nicht mit ihr kommunizieren wollen. Einer von ihnen führt ein kurzes Telefonat, von dem sie allerdings kein Wort versteht.

Der Gedanke, dass sie allein und wehrlos ist, lähmt sie.

Niemand weiß, wo sie ist.

Niemand weiß, wer sie ist.

Sie können sie überallhin fahren, ohne dass außer Emma jemand sie vermissen würde. Soraya muss herausfinden, was sie im Schilde führen. Sonst bleibt ihr nur eins: sich aus dem fahrenden Auto zu werfen. Sie erkennt blaue und grüne Ortsschilder, an denen sie in Windeseile vorbeizischen, auf einem davon steht »Upplands Väsby«.

»Where we going?«, fragt sie vorsichtig.

Die Polizisten sehen einander kurz an, sagen jedoch nichts.

»Please?«, bittet sie, erhält aber noch immer keine Antwort.

Aurel hat sie schon einmal gerettet, deshalb hält sie ihnen das Foto ihres Sohnes hin, die Männer sollen wissen, dass hier ein kleines Kind mit im Spiel ist. Ein Junge, der seine Mutter braucht.

»Son«, erklärt sie. »My son.«

Der Polizist auf dem Beifahrersitz wirft einen kurzen Blick auf das Foto und schaut dann wieder nach vorn. Doch es genügt Soraya, um ein Zeichen von Unsicherheit zu erkennen. Im selben Augenblick erinnert sie sich an das Foto, das Evert und Emma ihr von ihm im Humlegården gezeigt haben.

Als sie begreift, dass sie bei den Männern im Auto sitzt, die Razvan das Genick gebrochen haben, beginnt sie hysterisch zu zittern. Ihre Verzweiflung wird immer größer, und sie versucht, sich hinter ihrem roten Schal zu verstecken.

Sie hat solche Angst vor ihren Landsleuten gehabt, dass sie ganz vergessen hat, sich vor der schwedischen Polizei in Acht zu nehmen. Jetzt wird es ihr mit einem Mal bewusst: Sie wird sterben. Das Auto ist jetzt mit 150 Stundenkilometern unterwegs, und es wäre Selbstmord, während der Fahrt hinauszuspringen. Zudem steht zu befürchten, dass sie die Türen von innen verriegelt haben. Und selbst wenn nicht, selbst wenn sie entgegen aller Wahrscheinlichkeit mit dem Leben davonkäme, würden sie die Polizisten einfach nur erneut in ihr Auto werfen, ohne dass irgendjemand, der sie dabei sähe, einschreiten würde.

Wer widersetzt sich schon zwei uniformierten Polizisten?

Alle würden glauben, sie hätten eine Verbrecherin gefangen, die fliehen wollte. Niemand würde begreifen, dass sie selbst die Bösen sind.

Sie hat überhaupt keine Chance.

KAPITEL
80

Kurz vor Arlanda fährt der Streifenwagen mit viel zu hoher Geschwindigkeit ab, mein Taxi kommt kaum hinterher. Der Vorteil daran ist, dass sie uns wahrscheinlich nicht entdecken, der Nachteil, dass sie sich möglicherweise in Luft auflösen. Hier sind nicht viele Autos unterwegs, vor allem keine Taxis, deshalb müssen wir großen Abstand halten. Mein Fahrer scheint unsicher, ob er seinen Auftrag überhaupt durchführen soll, am liebsten würde er mich wohl hier absetzen. Aber ich bestehe darauf, dass er mich fährt. Er darf mich nicht im Stich lassen, sonst ist Soraya verloren. Jetzt geht es nicht mehr darum, Gunnar, Karim und Torbjörn dranzukriegen, sondern allein darum, ihr Leben zu retten. Ich hätte Nyhlén gerne bei mir, aber wie soll er es rechtzeitig schaffen? Es geht nicht. Außerdem kann ich ihn nicht so plötzlich anrufen und sagen, dass ich am Leben bin, er würde mir niemals glauben. Ich muss mich darauf verlassen, dass mein Vater rechtzeitig auftaucht und dass er bewaffnet ist.

Die Fahrt geht auf kleinen verschlungenen Wegen weiter, und ich bitte den Fahrer noch einmal, sie nicht aus den Augen zu lassen. Er schüttelt den Kopf und sieht mich im Rückspiegel grimmig an.

»Kann ich Sie hier rauslassen?«, fragt er. »Sind wir jetzt da?«

»Nein«, sage ich und stelle gleichzeitig fest, dass das Taxameter bereits bei über siebenhundert Kronen ist. Zum Glück habe ich Bargeld dabei.

»Ich habe gleich noch einen anderen Kunden in Arlanda«, versucht er es erneut. »Ist es hier okay?«

»Es gibt viele Taxen am Flughafen«, antworte ich kurz, und der Fahrer seufzt.

Der Streifenwagen verschwindet hinter einer Kuppe. »Bitte, folgen Sie dem Wagen, ich werde Sie auch gut bezahlen.«

Ich mustere seinen Taxiführerschein, er heißt Ahmed. Er gehorcht mir zwar, stellt jedoch demonstrativ das Autoradio lauter. Ich versuche, mich trotz der schrillen Musik zu konzentrieren. An einer Kreuzung weiter vorn verschwindet das Polizeiauto aus unserem Blickfeld.

»Links«, sage ich, als der Fahrer verlangsamt. Sie sind doch nach links abgebogen?

Wenn wir uns verfahren haben, muss mein Vater mir helfen. Ich rufe ihn erneut an und erkläre ihm, wie wir bisher gefahren sind, dass wir nicht mehr auf dem Weg nach Arlanda sind, und versuche, ihm den Wald rings umher zu beschreiben, doch das ist gar nicht so einfach. Bäume, Äcker und kleine Straßen, es sieht alles gleich aus.

Mein Vater schweigt, er überlegt. Ich selbst bin gestresst und ungeduldig. Ahmed beschwert sich wieder wegen irgendetwas, und ich versuche, alle Geräusche um mich herum auszublenden, um mich konzentrieren zu können. Soraya muss völlig verängstigt sein. Sie läuft ihren drei Landsmännern davon, direkt in die Arme von Gunnars Komplizen. Inzwischen wird sie begriffen haben, wer sie sind.

»Kennst du die Gegend?«, frage ich meinen Vater. Er ist so still, dass ich mich frage, ob er aufgelegt hat.

»Ich überlege«, antwortet er.

Denk schneller, möchte ich schreien.

Das nächste Ortsschild, das ich ihm vorlese, hilft weiter.

»Gunnars Jagdhütte«, sagt er, ohne zu zögern. »Du bist nur noch wenige hundert Meter davon entfernt.«

»Anhalten!«, rufe ich dem Fahrer zu, der auf dem Kiesweg mitten im Wald auf die Bremse steigt.

»Hier?«, fragt er skeptisch. Er blickt sich um. Links ein großer Acker, rechts dichter Wald. »Sind Sie sich sicher?«

»Ja«, erwidere ich kurz und gebe ihm tausend Kronen. »Behalten Sie den Rest.«

Er zuckt die Achseln und wartet, nachdem ich ausgestiegen bin, keine Sekunde, bevor er davonfährt. Mir bleibt nichts anderes übrig, als mitten durch den Wald zu laufen, ein einzelner Mensch auf einer Straße ist über Hunderte Meter sofort zu sehen. Und da Sorayas Leben auf dem Spiel steht, will ich keinerlei Risiko eingehen.

Unser ganzer Plan ist über den Haufen geworfen worden. Gunnar wird sich gedacht haben, dass mein Vater ihn erpresst, nachdem er ihn mit Soraya zusammen gesehen hat. Ich habe ihr versprochen, dass ihr nichts passiert, und dann ist es doch so gekommen. Wie ist es ihnen gelungen, sie zu finden? Ich kann nicht mehr klar denken, mit jeder Sekunde fühle ich mich gehetzter. Wie sehr ich es auch versuche, fällt mir nicht ein, wie wir hier herauskommen sollen. Das Gelände ist ebenfalls nicht leicht, zumal ich mir den Fuß verknackst habe und mein verletztes Bein nicht richtig mitmacht. Ich schleppe mich über Stock und Stein und klettere an morastigen Stellen vorbei, bis ich weiter vorn eine Lichtung entdecke. Oben auf einem Hügel steht ein rotes Häuschen, davor ein Polizeiauto.

Und daneben ein stattlicher, etwa zwei Meter großer Mann in Jagdkleidung.

Es ist nicht schwer zu erraten, wer das ist.

KAPITEL
81

Gunnar mustert verächtlich die Erpresserin, die in ihren alten Klamotten auf der Rückbank sitzt und das Auto verdreckt. Ganz schön kleinlaut wirkt sie jetzt. Doch seine Wut richtet sich vor allem gegen Torbjörn und Karim, die ihm soeben gestanden haben, dass sie sie ausgerechnet auf der Hamngatan geschnappt haben, wo es von Leuten nur so wimmelt. Mitten am helllichten Tag! Was für Idioten!

»Da gibt es Hunderte von Zeugen«, schimpft er. »Was habt ihr euch eigentlich dabei gedacht?«

Karim stampft wütend auf, so dass Kies aufspritzt. »Sie steckte in der Klemme, und wir haben sie gerettet. Das ist das Einzige, was die Leute gesehen haben. Was danach passiert, lastet ganz bestimmt niemand der Polizei an.«

»Ganz genau«, sagt Torbjörn. »Von außen sieht es eher aus, als hätten wir sie gerettet.«

Gunnar ist nicht ganz überzeugt, wird in seiner Schimpftirade jedoch von heftigem Klopfen gegen die Autoscheibe unterbrochen. Die Frau hält ihm das Foto eines Kindes hin, doch er wendet sich rasch ab. Er will jetzt nicht irgendwelche Kinder sehen, das macht ihn vollkommen fertig. Und das ist nicht gut für seinen Blutdruck. Es ist so schwül draußen, dass sein Kopf ohnehin schon zu explodieren droht.

»Jetzt sind wir unsere Augenzeugin jedenfalls bald los, und die Aufregung wird mächtig, weil das Opfer diesmal eine Frau ist«, sagt Karim vergnügt. »An der Botschaft kommt keiner mehr vorbei: Hier ist niemand sicher.«

Die Frau hört endlich auf, mit dem Foto herumzuwedeln, und sitzt ganz still, den Kopf in den Händen vergraben. Warum konnte sie nicht einfach in ihrem Land bleiben, statt mit ihren Problemen hierherzukommen?

Karim und Torbjörn werfen bedeutungsvolle Blicke auf die Schrotflinte, die Gunnar sich wieder über die Schulter gehängt hat.

»Nein, vergesst es«, sagt Gunnar.

»Besser als eine Dienstwaffe.« Torbjörn wischt sich den Schweiß von der Stirn.

Gunnar horcht auf. Hat es nicht gerade im Gebüsch geraschelt, direkt unterhalb des Hügels? Wahrscheinlich war es nur ein Tier, aber er will doch lieber kein Risiko eingehen.

»Seid ihr sicher, dass euch niemand gefolgt ist?«, fragt er skeptisch. Bei diesen Deppen kann man ja wirklich nie wissen.

»Ja, verdammt«, sagt Karim beleidigt. »Da war nur ein Taxi hinter uns, aber am Ende war das auch weg.«

»Na, dann«, sagt Gunnar. »Dann erledigt ihr das hier mal hübsch so, dass wir sie gut transportieren können.«

Unsicher sehen sie einander an. Keiner von ihnen schenkt der Frau einen Blick.

Muss er wirklich alles selber machen?

KAPITEL
82

Gunnars Worte klingeln mir in den Ohren. Ich schaue mich in meinem Versteck auf der Lichtung um, ich befinde mich etwas unterhalb der anderen hinter einem kleinen Schuppen mit rostigem Blechdach. Die Jagdhütte auf dem Hügel ist von dichtem Wald umgeben, nur ein kleiner verschlungener Kiesweg führt hierher, der an der Hütte endet.
Im Unterschied zu mir sind die Männer alle drei bewaffnet.
Mein Vater braucht noch mindestens eine Viertelstunde.
Was soll ich tun?
Ohne seinen Revolver bin ich machtlos.
Wir hätten von vornherein Nyhlén miteinbeziehen sollen. Mein Vater hätte auf mich hören sollen, aber er wollte ja unbedingt erst Beweise sammeln, und in gewisser Weise verstehe ich das auch. Aber jetzt ist Soraya in Lebensgefahr. Wenn nur mein Vater hier wäre, wüsste ich, dass wir das schon irgendwie hinkriegen. Braucht er wirklich noch so lange?
Meine Hände zittern wie verrückt, als ich mein Handy herausziehe, um ihm mittels der Karten-App meine genaue Position zuzuschicken. Zwischendurch bricht der Empfang ab, aber endlich scheint die Nachricht an ihn rauszugehen. Ich will das Handy gerade wieder einstecken, als mir einfällt, dass ich aufnehmen muss, was sich hier vor meinen Augen abspielt. Aber kann ich wirklich einfach nur dastehen und filmen? Schon allein bei dem Gedanken wird mir schlecht. Dennoch hebe ich das Handy hoch und drücke den Aufnahmeknopf. Solange Soraya im Auto sitzt, besteht keine Gefahr. Doch es dauert nur Sekunden, bis Gunnar die Tür aufreißt

und sie anherrscht auszusteigen. Sie weigert sich, und so packt er sie und schlägt ihr hart ins Gesicht. Ich zucke zusammen und spüre den Schmerz in meinem eigenen Gesicht. Beinahe fällt mir das Handy herunter. Ich versuche mitzubekommen, was Gunnar sagt. Schon jetzt habe ich mehr als genug, um zu beweisen, was für ein schrecklicher Mensch der neue Provinzpolizeichef ist. Sobald Nyhlén diesen Film erhalten hat, wird Gunnar kein Polizeiemblem mehr tragen. Das hier werden selbst Gunnars korrumpierte Kollegen nicht erklären können.

Ach, Papa, beeil dich doch!

Ich kann nicht hier herumstehen, ich muss irgendetwas tun!

Vielleicht gibt es in diesem Schuppen etwas, mit dem ich zuschlagen könnte. Die Tür ist nur mit einem Haken verriegelt. Vorsichtig öffne ich ihn, ungeschickter als sonst, weil es so dringend ist. Die Tür quietscht leise. Ich blicke zum Hügel hinauf. Gunnar zischt Soraya etwas zu, und sie schüttelt erschrocken den Kopf. Mich scheint niemand gehört zu haben. Im Schuppen stehen ein Rechen und ein Rasenmäher. Ich suche nach einer Axt oder irgendetwas in der Art, finde jedoch nichts Brauchbares.

Ich bin so aufgewühlt, dass ich mich beim Anschleichen an die Hütte über einen kleinen Seitenpfad beinahe verraten hätte. Bestimmt hat Gunnar in der Jagdhütte noch weitere Waffen. Mir bleibt nichts anderes übrig, als zu versuchen hineinzukommen. Wenn sie mich entdecken, werden sie keinen Moment zögern, mich zu erschießen. Ich beiße also die Zähne zusammen und versuche, so leise wie möglich zu sein.

Ich sehe, wie Karim Sorayas Tasche ausleert, bevor er sie achtlos zu Boden wirft. Er ist nur wenige Meter von mir entfernt.

»Kein Handy«, stellt er fest.

Gunnar zieht sein eigenes Handy heraus und wählt eine Nummer. Als es in meiner Tasche vibriert, weiß ich, was er versucht. Ich bleibe ganz still stehen und beobachte sie, ob sie auf das dumpfe Geräusch aus meiner Richtung reagieren. Zu meiner großen Erleichterung scheinen sie nichts zu bemerken.

»Das schließt nicht aus, dass Evert hinter der Erpressung steckt, denn da war noch eine andere Frau mit dabei«, sagt Gunnar angespannt und dreht sich zu Soraya um. »Do you know Evert Sköld?«

Soraya versucht etwas zu sagen, die Worte scheinen ihr jedoch im Halse steckenzubleiben, sie hat viel zu viel Angst, um antworten zu können. Wem würde es nicht so gehen, wenn er in ihrer Situation steckte? Nicht einmal ich, die ich doch auf Krisensituationen trainiert bin, kann im Augenblick klar denken. Mein Vater ist immer noch nirgends zu sehen, und ich wage nicht, mich zu bewegen, aus Angst, entdeckt zu werden. Mein ganzer Körper sagt mir, dass ich sofort eingreifen muss, aber allein und unbewaffnet kann ich gegen drei erfahrene Polizisten nichts ausrichten, von denen einer eine Schrotflinte und zwei ihre Dienstwaffen bei sich haben. So etwas funktioniert immer nur im Film. Es kann nur schiefgehen, dennoch muss ich handeln, es wäre sonst der größte Verrat, den ich je an einem Menschen begangen hätte. Ich denke daran, was mit Henke Dahl passiert ist, als er versuchte, einen Bettler vor diesem Trio zu schützen. Wenn sie mich entdecken, ist alles aus.

Ich filme weiter, was passiert, und werfe gleichzeitig erneut einen Blick zur Hütte.

Nur noch zehn Meter.

Ich halte den Atem an und gehe vorsichtig weiter.

KAPITEL
83

Sie weiß jetzt, dass sie ganz allein mit drei fremden Männern im Wald sterben wird, einen Tag vor ihrem zwanzigsten Geburtstag. Soraya versucht sich einzureden, dass sie dankbar sein kann, wenn es schnell geht, doch die Angst davor, wie weh es tun wird, ist stärker. Am besten wäre es, alle Gefühle ausschalten zu können.

Gunnar hält sein Handy hoch und zeigt ihr ein Foto von Evert. »How do you know him?«

Soraya starrt zu Boden und wünscht sich, es wäre alles nur ein böser Traum.

»Spielt das eine Rolle? Sie stirbt doch sowieso«, sagt der Polizist, der gefahren ist.

»Und ob es eine Rolle spielt«, faucht Gunnar. »Ich muss wissen, ob sie ihm von dem Mord im Humlegården erzählt hat, damit ich weiß, dass es Evert ist und niemand sonst, der mich erpresst.«

Die Männer diskutieren aufgeregt. Soraya versteht kaum die Hälfte von dem, was sie sagen. Sie überlegt, ob sie einen Fluchtversuch wagen soll, denn sie achten kaum noch auf sie. Doch bevor sie den Gedanken zu Ende denken kann, stößt Gunnar ihr den Gewehrkolben brutal in den Bauch. Sie fällt auf die Knie und schnappt nach Luft.

»What did you tell him?«

Sie schweigt. Sollen sie so viele Fragen stellen, wie sie wollen, sie wird ihnen nichts über Emma und Evert erzählen. Nie im Leben. Soraya grämt sich, weil es ihre Schuld ist, dass ihr Plan nicht aufgegangen ist. Bestimmt denken Evert und Emma, sie hätte sie im Stich gelassen. Dieser Gedanke tut weh. Ihr letzter Wunsch in diesem Leben ist, dass sie jemand anderes finden, der ihnen dabei hilft, Razvans Mörder zu fassen.

Und ihre.

Gunnar zerrt sie wieder auf die Füße, doch sie kann sich kaum aufrichten vor Schmerz. Wild starrt er sie an, doch sie denkt nach wie vor nicht daran, ihm irgendetwas zu verraten. Stattdessen sieht sie Aurels große, dunkle Augen vor sich. Wird er wirklich damit leben müssen, nicht zu wissen, was mit seiner Mutter geschehen ist? Dieser Gedanke schmerzt sie ungemein, er ist am schwersten zu ertragen. Ihre Trauer darüber, Aurel nie wieder in den Armen halten zu dürfen, ist zweitrangig. Er hat wirklich ein anderes Schicksal verdient, er verdient nur das Beste. Und doch ist er es, den sie hier bestrafen, begreifen sie das nicht? Ein unschuldiges Kind, das nichts falsch gemacht hat.

»Did you tell him what you saw that night?«

Sie weiß nicht, was sie antworten soll, und schweigt deshalb.

»Nimm ihr das Foto weg«, sagt Gunnar zu seinem Komplizen, doch sie versteht es nicht. »Dann redet sie vielleicht endlich.«

Der Mann, der sie ins Auto gelockt hat, versucht, ihre Faust zu öffnen, aber sie weigert sich, Aurels Foto loszulassen. Was auch geschehen mag, ihren Sohn wird sie sich nicht wegnehmen lassen. Sekunden später ist dieses Gelübde gebrochen, sie kann sich nicht länger wehren. Als sie das Foto haben, ist es, als würde alle Kraft sie verlassen. Sie gibt auf.

Schieß doch, denkt sie.

»Yes or no?«

Sie schüttelt den Kopf, als sie begreift, dass die Frage an sie gerichtet ist.

»Did you send me messages?«

Sie nickt.

»Did Evert help you?«

»No.«

»How did you know my name?«, fragt Gunnar.

Ihr fällt keine gute Erklärung ein, doch es spielt ohnehin keine Rolle. Sie denkt nur noch an Aurel. Noch nie, seit sie ihn vor knapp drei Monaten weinend in den Armen ihrer Großmutter zurückgelassen hat, hat sie seine Nähe so stark gespürt. Dieser verfluchte Morgen, an dem sie die schlechteste Entscheidung ihres Lebens traf und ihre Reise in den Tod antrat.

Die letzten Worte ihres Großvaters klingen ihr noch in den Ohren: »Bleib hier.«

Sie hätte auf ihn hören sollen.

Aber sie ist ja nicht aus eigennützigen Gründen gefahren, sie hat es ihnen zuliebe getan. Ihr Großvater musste der Großmutter helfen, Aurel festzuhalten, damit er ihr nicht hinterherrannte und sich an ihren Beinen festklammerte, als sie ins Auto stieg. Die Erinnerung an diese dramatische Trennung steht klar und deutlich vor ihren Augen, und sie nimmt den Wald gar nicht mehr wahr, die Männer oder die rote Jagdhütte. Das Einzige, was sie sieht, ist ihr verzweifelter Sohn in den Armen der Großeltern. Er wollte nicht, dass sie fuhr, und weigerte sich, ihr zu winken, als sie sich im Auto weinend umdrehte. Vielleicht begriff er damals mehr als alle anderen.

»Iartă-mă«, flüstert sie und wiederholt es noch einmal auf Schwedisch, denn es ist eines der wenigen Wörter, die sie gelernt hat. »Verzeihung.«

KAPITEL
84

Evert weiß noch, wie die Jagdhütte aussah, aber nicht, wie er am besten da hinkommt. Irgendwann vor drei Jahren ist er einmal dort gewesen. Unglaublich, wie dumm Gunnar ist, dass er Soraya an seine eigene Adresse entführen lässt. Natürlich ist die Lage im Wald perfekt, um ein Verbrechen zu begehen, aber die Streifenwagen sind mit GPS ausgestattet und leicht zu orten.

Jetzt wird sich alles entscheiden.

Aus dieser Nummer wird Gunnar nicht mehr herauskommen.

Allerdings wird er zuvor vielleicht Soraya töten, was eigentlich nicht geschehen darf. Everts größte Angst ist jedoch, dass die Situation derart eskaliert, dass Emma sich zu erkennen gibt, bevor er selbst vor Ort ist. Sie hat nichts, um sich zu verteidigen, deshalb... Er wagt den Gedanken nicht zu Ende zu denken. Der Revolver, der sie retten soll, wartet im Handschuhfach. Das Schlimme ist, dass er seine Tochter kennt und weiß, dass sie niemals tatenlos zulassen wird, dass Soraya etwas passiert. Emma setzt ihr Leben immer an zweite Stelle, hinter andere, ein Grund dafür, dass sie Polizistin geworden ist.

Etwas nagt an Evert, ein Gefühl, dass dies alles möglicherweise eine Inszenierung ist, um ihn hierherzulocken. Gunnar hat ihn zwar mit der jungen Rumänin zusammen gesehen, aber er kann nicht ahnen, dass sie in die Erpressung verwickelt ist. Oder doch? Nein, eigentlich dürfte er Soraya nicht mit den SMS in Verbindung bringen. Evert verwirft diesen absurden Gedanken und konzentriert sich darauf, den einsamen Kiesweg zu finden, der zu Gunnars Hütte führt. Er erinnert sich an ein kleines gelbes Schild am

Straßenrand, aber nicht mehr daran, was darauf stand. Dank Emmas Karte wird er es früher oder später finden. Er will sie sich gerade noch einmal ansehen, als Josefin anruft und er sie wegdrücken muss. Marianne hat ihm bereits mehrere SMS geschickt und ihn gebeten, sich so schnell wie möglich bei ihr zu melden. Wenn die Zeit gekommen ist, wird er ihr alles erklären, aber nicht jetzt. Nicht, wenn es um Leben und Tod geht.

Jetzt kann es nicht mehr weit sein, doch er fährt noch eine Weile, bevor er das kleine Schild entdeckt. Das Unterholz am Straßenrand verbirgt es fast vollständig, so dass es ein Glück ist, dass er es überhaupt bemerkt. Er fährt langsamer und biegt ab. Dann beschließt er, das Auto irgendwo im Wald abzustellen, so dass man es von der Straße aus nicht sieht. Er findet einen ausgetretenen Reitweg, der direkt in den Wald hineinführt. Ein perfekter Parkplatz, wenn man nicht auffallen möchte. Evert öffnet das Handschuhfach, um den Revolver herauszuholen. Im selben Moment trifft es ihn wie ein Blitz, und er schlägt mit der Faust auf das Lenkrad.

Die Waffe liegt im Leihwagen.

Wie sollen sie Soraya jetzt helfen?

Schweren Schrittes entfernt er sich vom Auto und humpelt durch den Wald. Er kontrolliert noch einmal Emmas Position und versucht, den Mut nicht gänzlich zu verlieren. Jetzt kann er nicht mehr weit entfernt sein, doch Orientierung war noch nie seine Stärke. Um sich herum sieht er weiterhin nichts als Wald. Ein plötzlicher Adrenalinschub sorgt dafür, dass er seine Hüfte nicht so sehr spürt wie sonst, und er denkt jetzt an nichts mehr, außer daran, weiterzukommen. Die Uhr läuft, er weiß, dass es jetzt auf jede Sekunde ankommt. Gunnar hat alles zu verlieren, er selbst dagegen viel zu gewinnen. Evert ist bereit, vorzutreten und zu versuchen, ihn zur Vernunft zu bringen, bestenfalls auch Torbjörn und Karim zu der Einsicht zu bewegen, dass es vorbei ist. Falls Emma das nicht schon getan hat.

Nach ein paar weiteren Minuten fragt er sich, ob er sich vielleicht doch verirrt hat. Wie weit ist es eigentlich bis zu der Hütte?

Er müsste sie doch längst sehen können.

KAPITEL
85

Die Jagdhütte hat nur eine Tür, aber auf der Rückseite ist ein Fenster angelehnt. So schnell und so leise wie möglich steige ich ein und sehe mich nach einem Waffenschrank um. Die Wände hängen voller Jagdtrophäen. Mitten im Raum steht ein Klapptisch, darüber ein Kronleuchter aus Elchgeweih. In dem kleinen Flur geradeaus steht ein Schrank. Ich laufe hin und öffne ihn, und tatsächlich, darin ist der Waffenschrank. Doch meine Freude schwindet gleich wieder: Er ist abgeschlossen, und der Schlüssel steckt nicht. Durch das kleine Fenster in der Tür schaue ich nach draußen. Es tut weh, Soraya aus nächster Nähe völlig wehrlos dastehen zu sehen, uns trennen nur wenige Meter. Die Hoffnungslosigkeit in ihrem Blick erschreckt mich. Ich muss das hier so schnell wie möglich beenden. Vielleicht liegt der Schlüssel irgendwo in der Hütte. Ich untersuche die Taschen aller Kleidungsstücke im Flur – kein Schlüssel. Natürlich, Gunnar trägt ihn bestimmt bei sich. Ich gehe in den Wohnraum zurück und sehe mich nach etwas Brauchbarem um.

Verdammt, wo bleibt mein Vater?

Ich werde allmählich wütend auf ihn, auf die ganze Situation. Dass es nur noch ein Tag gewesen wäre bis zur geplanten Konfrontation mit Gunnar, macht die Sache noch schlimmer. Er muss zu dem Schluss gekommen sein, dass Soraya etwas mit der Erpressung zu tun hat, weil er sie mit meinem Vater zusammen gesehen hat.

Genau das sollte auf keinen Fall passieren.

Ich habe Soraya versprochen, dass ich sie beschütze.

Sie darf nicht meinetwegen sterben, damit kann ich nicht leben. Indem sie nach Schweden gegangen ist, hat Soraya für ihre Familie alles aufs Spiel gesetzt, sie hat es verdient, eine Zukunft mit ihrem Sohn zu haben. Ich darf jetzt nur nicht an ihn denken, denn dann breche ich endgültig zusammen. Was sollen seine Großeltern ihm sagen? Wie sollen sie Aurel trösten, wenn sie begreifen, dass Soraya nie mehr zurückkehrt? Als ich die Küche betrete, um nach einem Messer zu suchen, werden die Stimmen draußen lauter. Ich laufe zurück zur Haustür und vergewissere mich, dass die Aufnahme läuft. Dann schaue ich hinaus, um zu sehen, was passiert.

Gunnar hebt sein Gewehr.

Ich muss mich zu erkennen geben. Dann sterben Soraya und ich eben gemeinsam.

Alles andere wäre verkehrt.

KAPITEL
86

Emma ist nicht mehr an der auf der Karte markierten Stelle. Irgendetwas muss passiert sein. Evert läuft verzweifelt über das holprige Gelände. Seine Hüfte tut wieder weh, sie ist wie eine rostige Türangel, die jeden Moment aufgeben kann, und dabei ist es so schon schwer genug, sich zwischen Baumstämmen und Steinen aufrecht zu halten. Er darf nicht zu sehr in sich hineinspüren. Allein der Gedanke, dass Emma sterben könnte, lässt Evert schneller laufen, als er es mit seiner kaputten Hüfte je für möglich gehalten hätte. Ein Reh springt wenige Meter von ihm entfernt aus dem Gebüsch, und er wirft sich zur Seite, kann sich gerade noch an einem Ast festhalten.

Das Reh bleibt stehen und dreht sich zu ihm um.

Evert schüttelt sich, findet die Balance wieder und versucht sich zu orientieren.

Der Wald sieht überall gleich aus. Evert flucht, er hat keine Ahnung, wo er ist und in welche Richtung er muss. Wahrscheinlich ist er viel zu tief in den Wald hineingeraten. Die Angst, zu spät zu kommen, blockiert all seine Gedanken. Er muss anhalten und noch einmal auf der Karte nachsehen, die Emma ihm geschickt hat. Geradeaus und dann rechts müsste es sein, aber das stimmt nicht. Er meint, die Gegend wiederzuerkennen, und dass er schon einmal über diesen Baumstamm mit dem Ameisenhaufen darunter geklettert ist.

Wenn das stimmt, ist er seinem Ziel kein Stück näher gekommen.

Die Sonne, die eben noch zu sehen war, hat sich hinter den Wolken verborgen, es sieht nach Gewitter aus. Jetzt kann er nicht einmal mehr erkennen, in welcher Richtung Süden ist. Wenn er bloß nicht um die Hütte herumgegangen und jetzt auf dem Weg von ihr fort ist.

Er versucht weiterzulaufen, kann aber nur noch hinken.

Eine Wurzel ragt aus dem Boden, er bemerkt sie nicht rechtzeitig und fällt der Länge nach hin, direkt auf seine schlimme Hüfte.

Der Schmerz durchfährt ihn wie Feuer, und ihm wird schwarz vor Augen. Dennoch ist er rasch wieder auf den Beinen und klopft sich Matsch und Moos von der Kleidung.

Als er gerade weiter will, ertönt ein Schuss.

Anschließend ein gedämpfter Schrei.

Emma.

Dann öffnet sich der Himmel, und es beginnt zu schütten.

KAPITEL
87

Das Wissen darum, dass draußen nach wie vor zwei Serienkiller frei herumlaufen, verursacht Nyhlén heftige Bauchschmerzen. Vielleicht bringen sie in just diesem Moment ein weiteres Opfer um? Er ist nervös, und es juckt ihn zwischen den Schulterblättern, genau an dem Punkt, den man selbst nicht erreichen kann. Niemals jedoch würde er auf die Idee kommen, Madeleine um Hilfe zu bitten. Sie sitzt bei ihm im Büro und geht noch einmal das Voruntersuchungsprotokoll zum Mord an Henke Dahl und dem Bettler in Ulvsunda durch. Es gibt darin keinerlei Zeugenverhöre, und je weiter Nyhlén selbst in der Lektüre kommt, desto frustrierter ist er.

»Was für eine schlampige Ermittlung«, sagt Madeleine und bringt damit auf den Punkt, was er empfindet. »Liegt das daran, weil Kläger und Angeklagter tot sind?«

»Vielleicht, aber mir fehlt vor allem das Motiv. Wenn Henke nebenbei irgendwelche krummen Dinger gedreht hätte, wäre das im Nachhinein doch herausgekommen. Wir hatten schließlich Zugang zu seinem Handy und zu seinem Computer. Es gab keine Anzeichen dafür, dass er Rassist war oder worum es sich bei dieser Wahnsinnstat sonst gehandelt hat. Das Einzige, was auf Henke hindeutete, war, dass sich Hautreste von ihm unter den Fingernägeln des Bettlers befanden. Aber wer hat dann Henke umgebracht?«

»Vielleicht der Bettler?«

»Der ebenso DNA von einem weiteren Mann unter den Fingernägeln hatte, der wiederum an dem Mord an dem Bettler vor dem Sagarska Huset beteiligt war?«, schnaubt Nyhlén. »Das glaube ich kaum.«

»Wie wollen wir weiter vorgehen?«

»Wir müssen noch einmal die Streife herbitten, die als erste am Tatort war und fragen, ob ihnen sonst noch irgendetwas einfällt«, sagt Nyhlén. »Solche Berichte sind ja oft ein bisschen dürftig, aber dieser hier ist dafür, dass es um zwei Tote geht, wirklich sehr knapp. Wer hat zum Beispiel angerufen und die Tat gemeldet? Darüber steht kein Wort in Karim und Torbjörns Bericht. Sie sind weiß Gott nicht die hellsten Köpfe hier.«

Madeleine grinst schief. »Ich kann sie ja mal anrufen.«

»Gut«, sagt Nyhlén. Endlich eine Initiative!

Er selbst versucht inzwischen, Evert Sköld anzurufen. Er weiß, dass Emma kurz vor ihrem Reitunfall mit ihm über den Henke-Fall gesprochen hat. Vielleicht erinnert er sich an irgendein Detail, das ihnen damals nicht aufgefallen ist, das aber jetzt, da der Fall neu aufgerollt wird, an Bedeutung gewinnen könnte. Es widerstrebt ihm zutiefst, in einem Fall zu ermitteln, den Emma ihm so kurz vor ihrem Tod noch einmal ans Herz gelegt hat. Was er auch anstellt, er scheint sich ihrem Willen nicht entziehen zu können. Ob am Leben oder nicht, sie zwingt ihn, sich mit dem Fall auseinanderzusetzen und die Ermittlungslücken zu finden.

Er lässt es mehrfach klingeln, doch Evert antwortet nicht.

Nyhlén ist es so leid, dass die Leute nie erreichbar sind. Verdammt, wozu haben sie denn ihre Handys? Er überlegt kurz, Karim und Torbjörns Einsatzleiter anzurufen, um weiterzukommen, beschließt dann aber lieber, sie direkt anzurufen, falls Madeleine keinen Erfolg damit hat. Er rechnet gar nicht damit, dass Karim abnimmt, und ist umso überraschter, als er es tut.

»Hallo, Thomas Nyhlén hier von der Ermittlungseinheit«, meldet er sich. »Bist du im Haus?«

»Im Augenblick nicht.«

Es hört sich an, als wäre er draußen in irgendeinem Unwetter, die Verbindung ist sehr schlecht.

»Ist Torbjörn in deiner Nähe?«, fragt er, obwohl er schon weiß, dass es so ist. Die beiden sind nie weiter als einen Meter voneinander entfernt. Es würde ihn nicht wundern, wenn sie sogar über Kreuz pinkeln würden.

»Ja. Was willst du?«

Seine arrogante Art reizt Nyhlén ungemein. »Euch treffen und mit euch reden.«

»Worum geht es?«

»Um einen alten Fall«, sagt er, bemüht, sich allgemein auszudrücken. Ins Detail will er lieber im direkten Gespräch gehen, um zu sehen, wie sie reagieren.

»Okay, wir kommen, wenn wir hier fertig sind«, sagt er. »Lädst du zu Kaffee und Kuchen ein?«

»Kaffee muss reichen«, antwortet Nyhlén.

Als er aufgelegt hat, fällt ihm ein, dass er vergessen hat zu fragen, wo sie sind. Vielleicht ist es aber auch besser, wenn er es nicht so genau weiß. Er muss an Gunnar denken, der ausgerechnet die beiden sehr zu schätzen scheint. Nicht nur Nyhlén kommt das seltsam vor. Er begreift nicht, was er an ihnen findet, sie sind beide weiß Gott nicht sympathisch. Vielleicht ist aber auch genau das der Grund? Denn wenn er näher darüber nachdenkt, ist auch Gunnar nicht gerade der Traum einer Schwiegermutter. Eher kalt und abweisend, ungefähr wie Evert Sköld, nur noch schlimmer. Vielleicht ist das eine Eigenschaft, die man braucht, um Provinzpolizeichef zu werden, ein Posten, den er selbst niemals anstreben würde. Er hätte keine Lust, über seine Kollegen zu befehlen, ihm passt es gut, einer in der Mannschaft zu sein. Titel und Status sind ihm noch nie wichtig gewesen. Er würde es als Chef keinen Tag aushalten. Gunnar dagegen ist gut, er tut, was er tun muss, zumindest, wenn er da ist.

Zwar ist er nicht gerade der Geschickteste, wenn es darum geht, mit Konflikten umzugehen, aber welcher Chef ist das schon? Dagegen hat er kein Problem damit, harte Kante zu zeigen, und er bringt die Dinge zu Ende, auch wenn es unbequem ist.

Dafür bewundert ihn Nyhlén.

KAPITEL
88

Torbjörn steht wie versteinert da und macht keinerlei Anstalten, sich vor dem Regen zu schützen, während Karim kopfschüttelnd sein Handy ausschaltet. Gunnar begreift nicht, wie er die Geistesgegenwart haben konnte, dranzugehen, Sekunden, nachdem der Körper auf dem Boden aufgeschlagen ist. Er hatte gerade erst das Gewehr heruntergenommen. Eben noch hat er sich geschworen, die Frau nicht mit seiner eigenen Waffe zu töten, dann hat er genau das getan. Irgendetwas in ihm war übermächtig, eine Kraft, die er nicht beherrschen konnte. Jetzt ist es getan.

»Habt ihr auch diesen Schrei gehört?«, fragt Gunnar und spürt, wie die Nervosität ihn einholt.

Sie nicken beide kaum merklich. Dann blicken sie alle in dieselbe Richtung, zur Hütte.

Kein Lebenszeichen ist zu erkennen, doch der Wald ist trügerisch. Der Wind reißt an den Bäumen, und der Regen übertönt jedes Geräusch.

Gunnar setzt sich Richtung Hütte in Bewegung, er betet zu Gott, dass er sich getäuscht hat. Es klang wie eine Frau in Panik, im selben Moment, in dem er geschossen hat.

»Hallo«, ruft Gunnar mit einer Stimme, die nicht so gefährlich klingt, wie er gerne möchte. Er hört sich nicht an wie jemand, der gerade eine wehrlose Frau hingerichtet hat.

Keine Antwort.

»Ist da jemand?«, ruft er. Was für eine blöde Frage! Natürlich wird sie nicht antworten, gerade dann nicht, wenn sie den Todesschuss gesehen hat. Aller Wahrscheinlichkeit nach ist sie längst über alle Berge und läuft jetzt um ihr Leben, um nicht das nächste Opfer zu werden. Er umrundet die Hütte, der Kies knirscht unter seinen Stiefeln. Niemand zu sehen. Er geht ein Stück weiter in den Wald hinein und überlegt, wo er selbst sich verstecken würde.

Hinter dem großen Stein.

Er sieht nach, aber auch dort ist niemand. Vielleicht daneben, im Schutze des Gebüschs? Wer mag sie gewesen sein? Ein Mädchen, das sich im Wald verirrt hat? Wohl kaum, es klang eher wie eine Frauenstimme. Doch hinter dem Gebüsch ist ebenfalls niemand. Der Regen prasselt inzwischen vom Himmel. Gunnar dreht sich zu Karim und Torbjörn um, die immer noch dastehen und ihn anstarren wie zwei Ochsen. Sie zucken die Achseln, als würden sie nicht begreifen, wie fatal die Situation für sie alle ist.

Sie müssen sofort die Leiche von seinem Grundstück schaffen. Ein Gewehrschuss in einem Jagdgebiet allein weckt normalerweise noch keine Aufmerksamkeit, und der nächste Nachbar ist mehrere Kilometer entfernt. Niemand braucht also etwas zu ahnen.

Es sei denn, er hat mit angesehen, was passiert ist.

KAPITEL
89

Meine Beine zittern, als wollten sie mich nicht länger tragen. Ich habe mir die Hand verstaucht, als ich durch das Fenster auf der Rückseite der Hütte gesprungen und den Waldpfad zum Schuppen hinuntergerannt bin. Mein rechtes Bein tut so weh, dass ich mir nicht sicher bin, ob ich überhaupt schnell genug laufen kann. Mein Vater ist auch endlich da, aber zu spät, viel zu spät. Er hat noch kein Wort gesagt, seit er vor ein paar Minuten aufgetaucht ist. Wir stehen in einem Dickicht neben dem Schuppen, über fünfzig Meter von der Hütte entfernt. Gunnar sucht am falschen Ort, hat aber anscheinend noch nicht aufgegeben, denn plötzlich dreht er um. Er kommt den Hügel herab, das Gewehr fest im Griff, dieselbe Flinte, mit der er eben das Leben einer neunzehnjährigen Mutter ausgelöscht hat.

Die Angst hält meine Tränen zurück.

Hinter Gunnar liegt Soraya, mein Herz droht vor Wut, Trauer und Ohnmacht zu zerspringen. Ich konnte nichts tun, es ging einfach viel zu schnell. Der Regen rauscht vom Himmel und wäscht das Blut von Sorayas Gesicht. Ich muss schlucken, mir geht das Bild von Aurel nicht aus dem Kopf, der Jahr für Jahr hoffen wird, dass seine Mutter zurückkehrt. Jedes Mal, wenn es an der Tür klopft, wird er glauben, es sei sie.

Ich hasse mich selbst dafür, dass ich nicht schneller gewesen bin.

Für den Rest meines Lebens werde ich mich jeden Tag an Sorayas gewaltsamen Tod erinnern.

Und daran, dass ich tatenlos zugesehen habe.

Ich weiß, dass ich vor Verzweiflung laut aufgeschrien habe, ich konnte es nicht unterdrücken.

Der rote Schal bedeckt Sorayas Körper teilweise. Ich kann von hier aus nicht sehen, ob ihre Augen offen oder geschlossen sind, und ich wende den Blick von ihr ab. Gunnar ist ein paar Meter von uns entfernt stehen geblieben. Karim und Torbjörn rühren sich nicht von der Stelle, sie scheinen auf einen Befehl von ihm zu warten.

Als mir klar wird, das Gunnar nicht so leicht aufgeben wird, tue ich etwas, das ich zuletzt als Kind getan habe: Ich nehme die Hand meines Vaters. Sie fühlt sich zarter und zerbrechlicher an, als ich es in Erinnerung habe, beängstigend verletzlich. Und plötzlich wird mir klar, dass er alt geworden ist. Er drückt meine Hand ganz fest.

Wir halten beide den Atem an.

KAPITEL
90

Gunnar hat das Gefühl, beobachtet zu werden. Vielleicht auch kein Wunder: Als er sich umdreht, sieht er Torbjörn und Karim, die ihm hilflos hinterdreinstarren. Steht nicht so blöd rum, will er sie anbrüllen, beherrscht sich jedoch. Wenn nur dieser verdammte Regen endlich aufhören würde! Andererseits verwischt er die Spuren, was auch nicht ganz schlecht ist. Er gibt es auf, nach der Frau zu suchen, die geschrien hat, und geht wieder den Hügel hinauf zu dem leblosen Bündel. Hier also endet die Jagd nach der Zeugin vom Humlegården, auf seinem eigenen Grund und Boden. Er atmet tief durch. Sie wird für immer schweigen. Und die Erpressung ist damit hoffentlich auch vom Tisch.

Noch dazu gibt es einen Bettler weniger auf der Straße.

Wie es sich für ihn als einen der sieben Provinzpolizeichefs Schwedens geziemt, die dem Landespolizeipräsidenten unterstellt sind, ist er wieder einmal seiner Verantwortung nachgekommen, das Land von Unbefugten zu säubern. Diese Frau hatte ja nicht einmal einen Pass bei sich. Künftig müssen sie alle Menschen ausländischer Herkunft daran hindern, überhaupt erst ins Land zu kommen und Verbrechen gegen unschuldige Schweden zu begehen. Es macht ihn wahnsinnig, wenn er darüber nachdenkt, dass die meisten, die nach langen Haftstrafen in anschließender Sicherheitsverwahrung sitzen, aus dem Ausland kommen. Immerhin liegen wenigstens ein paar von ihnen unidentifiziert in Särgen auf dem Nord- und auf dem Waldfriedhof – was ganz allein ihm zu verdanken ist.

Das Besondere an diesem Opfer ist, dass die Schlagzeilen noch größer sein werden, weil es sich diesmal um eine junge Frau handelt. Die Botschaft wird bis nach Rumänien dringen, und dann wird die Regierung dort gezwungen sein, endlich Konsequenzen zu ziehen.

Wenn jetzt der Pressesprecher der Polizei anruft, wird er vorbereitet sein.

Er weiß genau, was er sagen wird.

Und was nicht.

Jetzt müssen sie die Leiche nur noch zum Kungsträdgård schaffen, den sie als nächsten Fundort ausgesucht haben. Sein eigenes Auto kommt dafür nicht infrage. Doch wer würde darauf kommen, einen Streifenwagen zu untersuchen? Klar, dass sie den nehmen werden!

»Legt sie in den Kofferraum«, sagt Gunnar.

Keiner von ihnen widerspricht, und Gunnar geht in die Hütte, um sich um sein Gewehr zu kümmern und sich umzuziehen. Die Schranktür im Flur steht offen, drinnen in der Stube schlägt ein Fenster im Wind. Er kann sich nicht erinnern, es offenstehen gelassen zu haben, und geht hin, um es zu schließen. Die Scheibe ist unbeschädigt, und so versucht er, das unbehagliche Gefühl, jemand könnte in die Hütte eingedrungen sein, zu verdrängen. Allerdings klang es durchaus so, als wäre der Schrei von hier gekommen.

Der Regen hat ihn bis auf die Unterwäsche durchnässt. Er schaudert. Dann zieht er den Schlüssel zum Waffenschrank heraus. Wo ist die Sommerhitze hin? Er reinigt sorgfältig das Gewehr und schließt es wieder ein, ehe er sich ausführlich die Hände wäscht. Im Spiegel begegnet er seinem Blick.

So sehen Helden aus, denkt er.

Dabei ist er sich bewusst, dass er niemals die Anerkennung bekommen wird, die er verdient, obwohl er bereit ist, seinem Land alles zu geben. Er zieht das Handy heraus, um nachzusehen, wie spät es ist, ihm knurrt bereits der Magen. Da entdeckt er, dass eine neue Nachricht eingetroffen ist.

Plattan, in front of the big staircase, tomorrow, 13:00. On time. Alone.

Die Erleichterung, die er eben noch verspürt hat, ist wie weggeblasen.

Er möchte schreien, irgendetwas kaputtschlagen, doch er steht nur da und starrt sich im Spiegel an. Verdammt, was wird da gespielt?

Die Frage kann ihm nur einer beantworten: Evert.

KAPITEL
91

Als mein Vater das Auto rückwärts aus dem Waldweg fährt, ist es bereits später Abend. Noch immer kann ich die Tränen darüber, dass ich Soraya nicht helfen konnte, nicht stoppen. Ich zittere am ganzen Körper, und ich hasse Gunnar so sehr, dass ich kaum stillsitzen kann. Die Nachricht habe ich ihm nur geschickt, um ihm einen Schrecken einzujagen, das Treffen wird niemals stattfinden. Bis dahin ist er längst hinter Schloss und Riegel.

Ich begreife einfach nicht, wie es ihm gelingen konnte, alle zu täuschen. Er ist Polizist, und zwar nicht irgendeiner, sondern Spitzenbeamter.

So etwas darf eigentlich gar nicht möglich sein.

Ich werfe einen Blick auf meinen Vater. Seine Hände krampfen sich um das Lenkrad. Es sieht aus, als wäre er im Regen geschrumpft. Seine gebeugte Haltung und sein angespannter Gesichtsausdruck machen mir Kummer.

Vor allem aber mache ich mir selbst Vorwürfe.

Ich bin eine Verräterin. Aber ich werde dich rächen, Soraya, das verspreche ich dir. Dein Tod wird nicht ungesühnt bleiben.

Ich trockne mir die Augen und putze mir die Nase mit einem alten Taschentuch aus dem Türfach. Seit wir eingestiegen sind, hat mein Vater kein Wort gesagt, und auch ich weiß nicht, was ich sagen soll. Es gibt einfach nichts hinzuzufügen. Der Schock legt sich allmählich, und an seine Stelle treten Trauer und Verzweiflung.

Es ist alles unsere Schuld.

Hätte Gunnar sie nicht mit meinem Vater zusammen gesehen, wäre das alles nicht passiert.

Erst als wir auf der E4 sind, fällt mir der Film wieder ein, der entscheidende Beweis, mit dem es uns gelingen wird, Gunnar, Karim und Torbjörn zu Fall zu bringen. Wir werden ihn Nyhlén schicken, sobald wir ihn uns angesehen und die wichtigsten Teile zusammengeschnitten haben. Ich habe keine Ahnung, ob es mir gelungen ist, etwas Brauchbares aufzunehmen, ich weiß nur, dass ich die ganze Zeit versucht habe, das Handy ruhig zu halten. Doch ich kann genauso gut vor Angst auf den falschen Knopf gedrückt und das Handy ausgeschaltet haben.

Ich hoffe inständig, dass ich es nicht vermasselt habe.

Wenn Nyhlén das Material erhält, bedeutet das den Untergang der drei schlimmsten Männer in der Geschichte der schwedischen Polizei.

Und ich kann endlich aus meinem Grab steigen.

Sorayas Tod gibt mir mein Leben zurück.

Bei diesem Gedanken wird mir schlecht. Wie kann ich so etwas denken, nur eine Stunde nachdem eine unschuldige junge Frau vor meinen Augen hingerichtet worden ist?

»Wie geht es dir?«, fragt mein Vater.

Ich zucke die Achseln. »Ich fühle mich wie eine Verräterin.«

»Das bist du nicht«, tröstet er mich.

»Sie stand ganz allein im Wald«, flüstere ich. »In einem fremden Land, dessen Sprache sie nicht verstand. Etwas Schlimmeres kann man sich doch gar nicht ausmalen.«

»Ich weiß.«

»Da kann man wirklich den Glauben an die Menschheit verlieren.«

»Solche wie Gunnar sind zum Glück eher die Ausnahme als die Regel«, sagt er. »Die meisten Menschen sind gut. Wenn man anfängt, das Gegenteil zu glauben, wird man zynisch.«

»Zynisch wird man schon auf der Polizeischule«, antworte ich. »Kann man das in unserem Beruf überhaupt vermeiden?«

»Sobald sie verhaftet sind, kannst du nach Hause«, sagt er. »Zu Ines.«

Ich wende mich ab und schaue aus dem Fenster. »Ich weiß nicht.«

»Wie meinst du das?«

»Ich weiß nicht, ob ich mir selbst je wieder in die Augen blicken kann, nach dem, was heute passiert ist.«

»Zum letzten Mal«, sagt mein Vater scharf. »Du konntest Sorayas Tod nicht verhindern. Du hast sie nicht in das Polizeiauto gezerrt, und du hast auch nicht die Waffe gehalten. Du bist unschuldig!«

Wieder strömen Tränen über meine Wangen. »Es reicht schon zu wissen, dass Gunnar uns mit ihr zusammen gesehen hat. Guck dir doch an, was daraus geworden ist.«

Mein Vater nimmt am Rondell die Ausfahrt Upplands Väsby.

»Wir gehen jetzt in dieses Hotel da«, sagt mein Vater und deutet mit dem Kinn auf das Scandic. »Wir müssen den Film so schnell wie möglich Nyhlén schicken.«

KAPITEL

92

Das Treffen mit Karim und Torbjörn musste auf den nächsten Morgen verschoben werden, was Nyhlén erst nicht einsehen wollte, aber nachdem der Provinzpolizeichef persönlich bei ihm angerufen und bestätigt hat, dass die beiden in einem Spezialauftrag für ihn unterwegs sind, konnte er schlecht etwas einwenden. Diese Ermittlungen gestalten sich unglaublich zäh. Manchen Kollegen scheinen die Bettler-Morde beinahe gleichgültig zu sein, was er nur schwer nachvollziehen kann. Wenn es um schwedische Männer mittleren Alters ginge, würde das Ganze wahrscheinlich viel schneller gehen. Dabei sind alle Menschen gleich, egal welcher Herkunft sie sind. Wie schwer ist das zu begreifen? Um sich ein bisschen zu zerstreuen, surft er halbherzig auf einer Dating-Seite herum. Seit seiner Scheidung sind mehrere Jahre vergangen, und seitdem liegt sein Liebesleben brach.

Die Lüftung seines Laptops klingt wie ein Mähdrescher, das blöde Ding wird wahrscheinlich bald explodieren. Und wenn schon, er kann sich ohnehin nicht damit abfinden, dass er auf einer Dating-Seite unterwegs ist. Natürlich nur, um zu schauen, wie so etwas funktioniert, und vielleicht auch, um einen Überblick über das Angebot zu bekommen. Im Grunde seines Herzens verachtet er die Menschen, die ihn da auf den Fotos angrinsen. Es ist doch beklemmend, dass es ihnen nicht gelungen ist, auf normalem Wege jemanden kennenzulernen. So tief möchte er nie sinken. Nyhlén klickt und scrollt, ohne dass ihn eine einzige Frau neugierig machen würde. Unnatürlich große Brüste und aufgeblasene Lippen gehen schon mal gar nicht, er will echte Ware. Eine Frau, die nicht allein

auf ihr Äußeres fixiert und so unsicher ist, dass sie sich ebenso oft operieren lässt, wie sie die Schlüpfer wechselt. Er wünscht sich eine Frau mit Feuer, mit der sich auch einmal bissig frotzeln lässt.
Im selben Moment begreift er, was er tut.
Er versucht, eine neue Emma zu finden, eine blonde Frau mit mandelförmigen, grünbraunen Augen und einem Lächeln, das einen dazu bringt, ohne Fallschirm aus dem Flugzeug zu springen, wenn sie es von einem verlangt. Er schüttelt den Kopf.
Was für eine Zeitvergeudung.
Er sollte sich ein Haustier anschaffen.
Er überlegt, die hässlichste Hunderasse der Welt zu googeln und sich davon ein Exemplar zu kaufen.
Aber was sollte so ein Tier den ganzen Tag anfangen, wenn er auf der Arbeit ist? Allein in der Wohnung herumsitzen und heulen, bis er nach Hause kommt und sie im Duett jaulen können? Nicht einmal das kann er sich also gönnen. Soll so ab jetzt sein Leben aussehen? Kein Lachen, keine Schmetterlinge im Bauch, obwohl inzwischen ein ganzer Schwarm hineinpassen würde, so selten, wie er trainiert? Ach was, das gesamte Schmetterlingshaus in Haga würde darin Platz finden, denkt er, und streicht sich über den Bauch.
Die Arbeit ist sein ganzes Leben.
Er gibt alles, um einen Mord aufzuklären, wenn nötig sogar sein Leben. Verrückt, eigentlich. Noch nie hat er so darüber nachgedacht und über das Absurde darin reflektiert. Es sind die Toten, für die er arbeitet, die nicht mehr da sind. Sein ganzes Dasein kreist um den Tod. Das wäre doch etwas, was man in sein Profil auf so einer Dating-Seite schreiben könnte. Wer da wohl anbeißen würde? Vielleicht jemand mit demselben Beruf, eine, die ihn versteht.
Emma.
Nein, jetzt ist es aber genug mit dem Selbstmitleid.
Sie ist nicht mehr da, damit muss er sich abfinden. Er kann dankbar sein, wenn überhaupt jemand Lust hat, mit ihm essen zu gehen. So wie Madeleine heute Abend. Es war kein Date, wirklich nicht, aber als sie gefragt hat, ob er mitkommen würde, etwas essen, konnte er schlecht nein sagen. Irgendetwas an ihrer beflisse-

nen Haltung macht ihn ganz nervös, aber während des Essens ging es. Vielleicht ist sie doch gar nicht so übel.

Nyhlén kehrt mit einer neuen Einstellung zu der Dating-Seite zurück, dass nämlich nicht er es ist, der die Wahl hat, sondern dass er froh sein kann, wenn jemand etwas von ihm will. Am besten eine, die keinerlei Ähnlichkeit mit Emma hat, damit er nicht immer an die erinnert wird, die er nie bekommen konnte. Er sucht jetzt Frauen, die im Polizeiberuf arbeiten. Besser so, denn dann sprechen sie wenigstens dieselbe Sprache. Der Marker hält bei einem Gesicht, das ihm bekannt vorkommt. Es durchfährt ihn wie ein Blitz: Madeleine. Auch das noch, denkt er und schämt sich für sie. Jetzt kann er entweder ganz schnell wieder vergessen, was er gesehen hat, oder er liest sich durch, was sie für einen Typen sucht.

Er muss es lesen.

Und so schlecht ist ihr Text eigentlich gar nicht. Offenherzig schreibt sie über ihr Interesse für Judo, Pilzesammeln und Angeln, und dass sie jemanden sucht, der diese Dinge mit ihr teilen möchte. Sie kommt aus Smedjebacken in Dalarna, ist jedoch in Kalmar aufgewachsen. Daher also ihr seltsamer Dialekt.

Nyhlén knallt seinen Laptop zu und seufzt laut. Er wünschte, er hätte das nie gesehen. Wie soll er ihr jetzt in die Augen blicken? Aber vielleicht braucht er sich deswegen auch keine Sorgen zu machen, zumindest nicht, was morgen angeht. Da hat er andere Termine. Nyhlén spürt, wie er erneut wütend wird, weil Karim und Torbjörn ihn heute versetzt haben. Den ganzen Abend haben sie ihn hingehalten, bis schließlich Gunnar ihn angerufen hat. Vielleicht hatten sie nie die Absicht, bei ihm aufzukreuzen. Aber morgen wird er ihnen was husten, dass sie eine Morduntersuchung derart vor die Wand gefahren haben.

Sein Handy klingelt, und Nyhlén zuckt überrascht zusammen. Wer will so spät noch etwas von ihm, es ist kurz vor Mitternacht!

Evert Sköld.

Nyhlén nimmt ab.

»Hallo, Evert Sköld hier. Sind Sie allein?«

Keine Entschuldigung für die späte Störung.

»Ja«, sagt Nyhlén abwartend.

»Zu Hause?«

»Ja, und Sie?«

»Im Hotel«, sagt Evert. »Ich muss Ihnen etwas Wichtiges erzählen, aber zuerst muss ich wissen, ob ich mich auf Sie verlassen kann.«

Nyhlén erkennt Everts Stimme kaum wieder, er klingt gepresst.

»Selbstverständlich.«

»Gut. Ich schicke Ihnen jetzt einen Filmclip, der auf keinen Fall in die falschen Hände geraten darf«, erklärt er. »Er beinhaltet die Antwort auf viele Fragen, und Sie werden verstehen, warum nicht jeder ihn sehen darf.«

»Okay, ich sitze am Computer.«

»Versprechen Sie mir, den Film keinem Außenstehenden zu zeigen.«

»Sie haben mein Wort.«

Sie legen auf, und Nyhlén starrt auf seinen Posteingang. Er versucht darauf zu kommen, was er wohl Spektakuläres zu sehen bekommen wird. Doch als die Mail endlich eintrifft, ist er weit davon entfernt, deren Tragweite zu erfassen.

Er öffnet den Anhang und drückt auf Play.

FREITAG
12. Juni

KAPITEL
93

Erst wundert sich Nyhlén, was für ein Trunkenbold da wohl gefilmt hat, er kann kaum etwas erkennen. Bäume, Boden, ein paar unscharfe Gestalten, das ist alles. Die Person, die die Kamera bedient, bewegt sich offenbar, und es fällt ihm schwer, sich ein Bild von der Situation zu verschaffen. Nyhlén ist enttäuscht, Evert klang so sicher, dass der Filmclip die Antwort auf alles wäre. Aber auf was? Im Hintergrund wird ein rotes Häuschen sichtbar sowie mehrere Personen.

Dann steht die Kamera still.

Sind das Polizisten?

Eine Frau mit verängstigtem Gesichtsausdruck kniet auf dem Boden, sie ist wie eine Bettlerin gekleidet, auch sieht sie nicht typisch schwedisch aus. Der Film wird unterbrochen und beginnt aus einem anderen Winkel, etwas näher, aber auch verschwommener. Derjenige, die Kamera hält, scheint durch ein Fenster zu filmen. Ein Gewehr wird angelegt, und der Knall lässt Nyhlén auf seinem Bett zusammenzucken. Es folgt ein herzzerreißender Schrei, vielleicht von der Person, die den Film aufgenommen hat, das wird nicht ganz klar. Das Einzige, was jetzt zu sehen ist, sind Schuhe und ein Holzfußboden.

Polizisten in schwedischer Uniform, die eine Frau erschießen? Ist das ein makaberer Witz? Nyhlén startet den Film erneut und betrachtet die Männer genauer.

Erst jetzt wird ihm klar, was er sieht.

Die Erkenntnis trifft ihn wie ein Schlag.

Er zittert am ganzen Körper und versucht sich zu sammeln. Karim und Torbjörn konnten wegen eines Spezialauftrags von Gunnar nicht zu ihm ins Präsidium kommen. Doch dass der Provinzpolizeichef ein kaltblütiger Mörder sein soll, will einfach nicht in seinen Kopf. Nyhlén greift nach dem Handy und wählt Everts Nummer.

»Ich bin sprachlos«, ist das Erste, was er sagt. »Was soll ich jetzt tun?«

»Wir wissen nicht, wer bei der Polizei alles in die Bettler-Morde verwickelt ist, deshalb darf der Film vor allem nicht in die falschen Hände geraten«, sagt Evert. »Das Schlimmste, was passieren könnte, wäre, dass Gunnar, Torbjörn und Karim gewarnt werden.«

»Verstehe. Aber was soll ich tun?«, wiederholt Nyhlén.

»Nehmen Sie die drei fest.«

»Allein? Das können Sie nicht von mir verlangen.«

»Natürlich nicht.«

»Ich muss Lindberg anrufen.«

»Tun Sie, was Sie für richtig halten«, sagt Evert angespannt. »Wir warten auf Ihre Nachricht.«

Nyhlén fragt sich, was »wir« in diesem Zusammenhang bedeutet; offensichtlich arbeitet Evert nicht allein. Die nächste Frage ist, wie es ihm gelungen ist, den brutalen Mord zu filmen, aber das zu erörtern ist jetzt nicht der richtige Zeitpunkt. Nicht, solange mindestens drei Serienmörder noch auf freiem Fuß sind.

KAPITEL
94

Gunnar kann auch in dieser Nacht nicht schlafen. Seine Nerven liegen blank, er könnte wetten, dass Vollmond ist. Bei Vollmond liegt er immer wach und starrt die Decke an, bis er schließlich jeden Gedanken an Schlaf vergessen kann. Müde schaut er auf seinen Radiowecker, der seit Jahren am selben Platz auf der Kommode unter dem Fenster steht. Kurz nach eins. Noch viele quälende Stunden bis zum Morgen.

Nein, jetzt reicht es ihm.

Dieser verfluchte Schrei aus der Hütte geht ihm einfach nicht aus dem Kopf.

Ganz zu schweigen von der SMS.

Er hat zunächst überlegt, auf direktem Weg zu Evert zu fahren und ihn zur Rede zu stellen, fand es dann aber doch besser, abzuwarten und morgen zu dem Treffen auf der Plattan zu gehen, falls es entgegen aller Vermutungen doch nicht er sein sollte, der hinter der Erpressung steckt. Karim und Torbjörn werden ebenfalls vor Ort sein.

Das Bettzeug ist verschwitzt, und er empfindet es als eine Befreiung, aufzustehen und sich eine Tasse Kaffee zu kochen, statt herumzuliegen und zu grübeln. Agneta schläft unter ihrer grässlichen Augenmaske weiter, auf der die Augen eines Dinosauriers abgebildet sind. Inzwischen zuckt er nicht mehr zusammen, wenn er sie so sieht, aber vor einem Jahr, als sie sie aus Spaß in Kastrup gekauft hat, hat sie ihn jedes Mal zu Tode erschreckt. Er selbst könnte gar nicht schlafen, wenn er irgendetwas auf dem Kopf hätte oder in den Ohren. Agneta dagegen schläft mit Ohropax, seit sie sich kennen. Und zwar, weil er angeblich schnarcht.

So ein Blödsinn! Natürlich tut er das nicht.

Er zieht die Küchentür hinter sich zu, um sicher zu sein, nicht gestört zu werden.

Als der Kaffee fertig ist, füllt er seine Tasse bis zum Rand, dann setzt er sich mit dem Laptop an den Tisch. Vollkommen bescheuert, mitten in der Nacht mit einem Kaffee in der Küche zu sitzen, aber was soll er tun, wenn sein Herz wie verrückt rast und er einfach nicht einschlafen kann? Irgendetwas zerrt an ihm, rumort in seinen Eingeweiden und irritiert ihn, doch er weiß nicht, was. Das Display seines Handys leuchtet auf. Eine weitere Drohung? Nicht schon wieder! Zu seiner Erleichterung ist die Nachricht von jemandem, den er kennt. Doch als er sie liest, beginnt es vor seinen Augen zu flimmern.

Guck mal ins Aftonbladet! Evert hat einen Film an Nyhlén geschickt, und irgendein Idiot hat ihn an die Medien weitergeleitet. Er ist jetzt überall zu sehen. PS: Evert hat sich in einem Hotel versteckt, ich weiß aber nicht, in welchem.

Er hatte also recht mit Evert.

Fast bleibt ihm das Herz stehen, als er auf die Website des *Aftonbladet* geht und Wörter wie »Hinrichtung« und »Polizeiskandal« liest. Dann startet er das Video.

Er ist völlig unvorbereitet auf das, was er zu sehen bekommt.

Drei Gestalten sind zu sehen, zwei davon in Polizeiuniform, die dritte in Jagdkleidung. Es fühlt sich so unwirklich an, dass er die Szene zunächst gar nicht mit sich in Zusammenhang bringt. Seine Kehle ist wie ausgetrocknet. Die drei Männer bewegen sich auf dem Bildschirm, verwackelt und unscharf, doch die Geräusche sind unverkennbar.

Ein Schuss ist zu hören, dann ein Schrei. Kurz sieht er den Fußboden seiner Jagdhütte, dann wird der Bildschirm schwarz.

Gunnar ist wie gelähmt und kann nicht mehr denken. In seinem Kopf dreht sich alles, und er muss sich an der Tischplatte festhalten, um nicht zu fallen. Er weiß nicht mehr, ob er noch atmet, ob er lebendig ist oder tot. Alles, was er sich über die Jahre aufgebaut hat, all das Lob und die Erfolge, die er erzielt hat. Ist das hiermit vorbei? Jeden Moment kann ein Einsatzkommando vor seiner Tür stehen. Auch wenn der Clip von sehr schlechter Qualität ist, ist das Ende eindeutig.

Und ebenso klar ist, wer die Hauptrolle spielt.

KAPITEL
95

Mein Vater und ich sitzen schweigend nebeneinander im Hotel und sehen uns die Nachrichten an. Im Fenster erkenne ich unser Spiegelbild. Schmutzig und erschöpft sitzen wir in dem kleinen Doppelzimmer und starren auf den Fernseher. Ein Vater und eine Tochter, die gemeinsam mindestens drei Serienmörder innerhalb des Polizeikorps entlarvt haben. Aber zu welchem Preis?

Sechs unerträgliche Wochen lang hatten wir nur ein Ziel vor Augen. Nichts ist so gekommen, wie wir wollten, und jetzt setzt irgendein Idiot bei der Polizei leichtsinnig alles aufs Spiel. Allem Anschein nach hat jemand den Film an die Medien verkauft. Damit ist das Trio gewarnt und kann untertauchen, bevor es gefasst wird, und wir werden nie erfahren, wer noch in den Skandal verwickelt ist. Mein Vater glaubt wahrscheinlich, dass Nyhlén dahintersteckt, aber der würde so etwas niemals tun.

Nyhlén kann nicht wissen, welche Ausmaße der Skandal hat. Er ahnt nicht einmal, dass dieselben Täter auch hinter dem Mordversuch an mir und an ihm selber stecken.

Der Filmclip verbreitet sich wie ein Lauffeuer im Netz, und auch das Handy meines Vaters erwacht zum Leben. Bislang sind es nur unbekannte Nummern, wahrscheinlich Journalisten, die einen Kommentar des ehemaligen Polizeichefs in Stockholm haben wollen, da der amtierende aus verständlichen Gründen nicht ans Telefon geht.

Das können sie jedoch vergessen. Mein Vater denkt gar nicht daran, irgendwelche Fragen zu dem Skandal zu beantworten.

Noch nicht.

Erst muss Gunnar gefasst sein, damit wir sicher sein können, dass niemand aus der Familie zu Schaden kommt. Wenn sich dann alles ein wenig beruhigt hat, werden wir aus der Deckung treten und uns als diejenigen zu erkennen geben, die den Film aufgenommen und damit die Polizisten zu Fall gebracht haben. Henke Dahl wird rehabilitiert werden, Mats braucht nicht mehr unter Todesdrohungen zu leben, und der Rechtsmediziner, der uns geholfen hat, mein Obduktionsprotokoll zu fälschen, kann aufatmen. Ich aber werde mein altes Leben niemals zurückbekommen. Nichts ist mehr so, wie es war. Kristoffer ist tot, und ich bin alleinerziehende Mutter einer kleinen Tochter, die mich nicht kennt und die meine Schwester oder die verrückte Hillevi »Mama« nennt.

Nachdem mein Vater Nyhlén den Film geschickt hat, hat er vergeblich versucht, meine Mutter und Josefin anzurufen, um sie vor Gunnar zu warnen, keine von ihnen geht ans Telefon. Sie schlafen natürlich längst, schließlich ist es mitten in der Nacht. Er hat ihnen Nachrichten geschickt, kurz zusammengefasst, was passiert ist, ohne allerdings meinen Namen zu nennen.

Niemandem, der ins Netz geht, um Nachrichten zu lesen, kann der Film entgehen. Der Text »Warnung vor schlimmen Bildern« wird das Interesse eher noch verstärken. Der Clip ist bereits auf allen erdenklichen Kanälen unterwegs und nicht mehr aufzuhalten.

Sie werden also doch davonkommen.

Ich habe getan, als wäre ich tot, und habe meine gesamte Familie belogen.

Soraya hat ihr Leben eingebüßt.

Es darf einfach nicht vergebens gewesen sein!

Auf der braunen Tapete am Kopfende des Doppelbetts steht in großen Buchstaben »Carrie«, und ich muss an den gleichnamigen Horrorfilm denken. Ich sehe das als böses Omen, doch dann lese ich weiter und begreife, dass es sich um eine Hommage an die Band *Europe* aus Upplands Väsby handelt.

Um kurz nach zwei kommt der ersehnte Bescheid, dass einer der Polizisten gefasst wurde. Im Fernsehen laufen Sondersendungen zu den inzwischen als schlimmstem Polizeiskandal aller Zeiten bezeichneten Vorfällen.

Aus der Beschreibung des Verhafteten schließe ich, dass es sich um Karim handelt. Der aufgeregte Reporter berichtet, dass es ruhig und gesittet zugegangen sei. Anscheinend schlief Karim, als die Einsatzkräfte seine Wohnung stürmten.

Jetzt fehlen noch zwei.

KAPITEL
96

Gunnar verlässt die Wohnung mit einem Anflug schlechten Gewissens. Um seine Schuldgefühle zu betäuben, bräuchte er eine deutlich höhere Dosis Tabletten als das, was er noch im Badezimmerschrank vorrätig hatte. Er weiß, dass Agneta davon geweckt werden wird, dass Polizisten ihre Tür eintreten. Gunnar ist eher erstaunt, dass sie nicht schon längst da sind, aber sie werden gewiss nicht auf sich warten lassen. Tatsächlich ist er erst wenige Straßenzüge von seiner Wohnung entfernt, als er Blaulicht bemerkt.

Er sieht sie, aber sie sehen ihn nicht.

In rasendem Tempo fahren die Einsatzfahrzeuge an ihm vorbei, während er ruhig weitergeht, ohne zu wissen, wohin.

In seinem Innern jedoch tobt ein Inferno.

Er weiß, dass er seine Wohnung zum letzten Mal für lange Zeit gesehen hat, vielleicht sogar für immer. Es gibt kein Zurück, niemand kann ihn retten. Ihm fällt kein Versteck ein, in dem er langfristig sicher wäre. Wer würde schon einen Mörder und Verräter schützen, denn so werden sie ihn sehen, obwohl viele ihn sicherlich auch bewundern. Am besten wäre es, wenn er sich von der erstbesten Brücke in den sicheren Tod stürzen würde, solange er noch die Möglichkeit dazu hat. Die Alternative wäre, vor Gericht gestellt zu werden, wo sich die Augen des gesamten schwedischen Volkes auf ihn richten. Es ist kein sehr verlockender Gedanke, der Anklage gegenüberzutreten. Er muss also von der Erdoberfläche verschwinden. Das Problem ist nur, dass er niemals von einer Brücke springen könnte, und die feste Überzeugung, dass er das einzig Richtige getan hat, hilft ihm dabei, den Mut zu bewahren. Seine

Aufgabe, Schweden zu retten, ist noch nicht beendet, auch wenn Evert alles getan hat, um ihn zu stoppen.

Er muss Torbjörn und Karim gefolgt sein, nachdem sie die Zeugin entführt haben.

Eine andere Erklärung gibt es nicht.

Karim hat ein Taxi erwähnt, das ihnen hinterhergefahren ist. Gunnar hätte misstrauisch werden und die Sache gründlicher untersuchen müssen, doch zu dem Zeitpunkt hatte er anderes im Kopf. Jetzt begreift er, dass die junge Frau mit dem roten Schal Evert wahrscheinlich alles erzählt hat und dass sie beide anschließend auf die Idee mit der Erpressung gekommen sind. Und die Frau, die so verzweifelt geschrien hat, war die andere in Everts Begleitung. Was er jedoch nicht versteht, ist, wie die Zeugin in Kontakt mit Evert und dieser anderen Frau getreten ist. Wer ist sie überhaupt?

Emma?

Dann wäre Everts Rache jedenfalls nachvollziehbar.

Doch Gunnar hat im Krankenhaus mit eigenen Augen gesehen, dass Emma tot war. Karim hat in dieser Hinsicht nichts dem Zufall überlassen. Und er hat das Obduktionsprotokoll kürzlich noch einmal gelesen und keinerlei Unstimmigkeiten gefunden, obwohl Evert die Namen der Ärzte verwechselt hatte. Es hat ja auch nichts geholfen, dass sie Mats Svensson halb tot geprügelt haben, er blieb dabei, dass Emma weder aufgewacht ist noch überlebt hat. Ebenso weiß Gunnar, dass Mariannes Trauer nicht vorgetäuscht sein kann, so eine gute Schauspielerin ist sie nicht. Doch wenn er länger darüber nachdenkt... Warum haben sie nur eine Trauerfeier veranstaltet und keine Beerdigung? Die Asche sei bereits in alle Winde zerstreut worden, deshalb gebe es keinen Sarg in der Kirche, keine Leiche, hieß es.

Irgendetwas stimmt da nicht!

Vielleicht weiß Marianne ja auch gar nichts davon. Er sieht sie vor sich, wie sie ihn anschmachtet. Wie ihr BH zu Boden gleitet und sie nackt vor ihm steht, mit ihrem gut erhaltenen Körper. Beschämt denkt er an Agneta und alles, was sie nicht von ihm weiß, was er ihr nicht erzählt hat.

Vermutlich treten sie gerade die Wohnungstür ein.

Agneta wird die Maske mit den Dinosaurieraugen herunterfallen, wenn sie aus dem Bett springt und Waffen auf sich gerichtet sieht. »Wo ist er?«, werden die Polizisten fragen, und sie wird sie verständnislos ansehen. Dann sagt sie vermutlich, sie wüssten wohl nicht, was sie da täten und dass sie es noch bereuen würden, schließlich sei sie nicht mit irgendwem verheiratet, sondern mit dem Provinzpolizeichef persönlich.

»Genau den suchen wir«, werden sie sagen, und Agneta wird glauben, sie befände sich in einem Albtraum.

Genau das ist das hier.

Der schlimmste aller Albträume.

Vergeblich versucht Gunnar, sich zu wecken, während er ziellos weiterläuft. Als er klein war, hat seine Mutter immer gesagt, er solle sich fest in den Arm kneifen, um festzustellen, ob er träume oder nicht. Wenn es weh tue, sei er wach. Er packt die Haut an seinem Handgelenk.

Es tut weh, richtig weh.

Die Stelle schwillt rot an.

Er überlegt, an welchem Ort die Polizei wohl als Letztes nach ihm suchen würde. Die Jagdhütte ist ausgeschlossen, es muss ein Ort sein, den nicht einmal Agneta kennt. Es dauert nicht lange, bis er auf die Lösung kommt.

Wenn es Rache ist, worauf Evert aus ist, dann kann er sie haben.

KAPITEL
97

Nyhlén läuft durch den Flur des Präsidiums und versucht sich zu sammeln. Er kann es einfach nicht fassen, dass Gunnar hinter den Morden steckt. Zwar hat er schon immer ein unangenehmes Auftreten gehabt, doch dass er diese junge Frau erschossen hat und dass Karim und Torbjörn dabei tatenlos zugesehen haben, ist ihm unbegreiflich. Drei starke Männer gegen eine junge Frau irgendwo in einem Wald. Es ist so ziemlich das Schrecklichste, was er hier in Schweden erlebt hat.

Lindberg kommt ihm entgegen. »Karim ist festgenommen worden.«

»Einer von dreien.«

Lindberg sieht ebenso bestürzt aus, wie Nyhlén sich fühlt. »Weißt du, was dieser Skandal bedeutet? Die gesamte Polizei wird infrage gestellt werden. Es ist eine Katastrophe, die uns alle treffen wird und weit größere Ausmaße hat, als wir jetzt absehen können.«

»Danke für die rosigen Aussichten.«

»Du weißt ja, wie alles zusammenhängt«, sagt Lindberg. »Wenn eines ihrer DNA-Profile mit dem übereinstimmt, das wir an dem Bettler vor dem Sagerska Huset gefunden haben, ist einer von ihnen an mindestens drei Morden beteiligt. Also auch an dem in Ulvsunda.«

»Was wiederum bedeuten würde, dass wir Henkes Mörder haben«, sagt Nyhlén.

»Genau. Wir sehen uns in fünfzehn Minuten im Besprechungsraum«, sagt Lindberg. »Bis dahin müssten alle hier sein.«

Nyhlén bleibt allein auf dem Flur zurück. Er muss an Emma denken, die all die Aufregung nicht mehr miterlebt. Sie hat gespürt, dass etwas mit dem Henke-Fall nicht stimmte. Wird sie im Nachhinein recht bekommen? Hat sie möglicherweise geahnt, wer darin verwickelt war? Nyhlén kann es sich nur schwer vorstellen, denn dann hätte sie ihm doch etwas gesagt. Vielleicht ist es auch besser, dass sie nicht miterleben muss, dass der Freund und Nachfolger ihres Vaters sich als kaltblütiger Mörder entpuppt hat.

Die Fahrstuhltür öffnet sich, und Madeleine steigt aus.

»Ich brauche einen Kaffee«, sagt sie und geht Richtung Küche.

Nyhlén verharrt in seinen eigenen Gedanken, ist jedoch sofort hellwach, als er Lindbergs Stimme von weiter unten auf dem Flur hört. »Wir haben Torbjörn!«

KAPITEL
98

Als sie die Nachricht erreicht, dass ein weiterer Polizist gefasst wurde, ballt Evert die Faust zu einer Siegergeste, als handle es sich um ein Länderspiel, in dem Schweden nach vielen halbherzigen Versuchen endlich ein Tor geschossen hat. Er lauscht angespannt, und seine Freude verwandelt sich in Frustration, als der Reporter mitteilt, dass sie den Provinzpolizeichef noch nicht gefunden haben.

Verdammt, das ist die völlig falsche Reihenfolge!

»Er ist bestimmt gewarnt worden«, sagt Evert zu Emma und spürt, wie sein Stresspegel steigt.

»Oder er hat den Film gesehen und sofort die Wohnung verlassen.«

»Warte mal«, sagt Evert und stellt den Fernseher lauter, als er sieht, wo die Reporter sich befinden. »Da passiert etwas.«

Das Fernsehteam sendet direkt von Gunnars Wohnung, Evert erkennt die protzige Östermalm-Fassade mit den verschnörkelten Details.

»Die Polizei hat sich hier direkt hinter mir in das Haus begeben, wo der dritte und letzte verdächtige Polizeibeamte wohnt«, sagt die Reporterin in die Kamera. »Die Rede ist von Gunnar Olausson, der nach der Pensionierung von Provinzpolizeichef Evert Sköld im vergangenen Jahr dessen Nachfolge angetreten hat. Jederzeit kann Gunnar Olausson herauskommen, und wir verfolgen die Geschehnisse vor Ort.«

Evert zuckt zusammen, als er seinen eigenen Namen hört. Sie sitzen wie auf Nadeln vor dem Bildschirm.

Doch nichts geschieht.

Offensichtlich weiß die Reporterin nicht, was sie noch sagen soll. Eine Live-Sendung ist nicht gerade aufregend, wenn die Kamera lediglich eine verschlossene Tür zeigt, die sich einfach nicht öffnet. In der Zwischenzeit versucht Evert erneut, Marianne, Josefin oder Andreas zu erreichen, doch niemand nimmt ab. Jetzt müssten sie im Fernsehen doch bald mal etwas Neues berichten! Als die Reporterin zum dritten Mal die dramatischen Ereignisse der Nacht zusammenfasst, ist Evert kurz davor, den Fernseher von der Wand zu reißen. Im Hintergrund sieht man einen Polizeibeamten unverrichteter Dinge das Haus verlassen. Rasch verschwindet er um die Ecke, und das Leuchten in den Augen der Reporterin erlischt. Sie kann ihre Enttäuschung nicht verbergen.

»Vor wenigen Sekunden teilte die Polizei mit, dass der Zugriff misslungen ist«, verkündet sie widerwillig. »Der Verdächtige befand sich nicht mehr in seiner Wohnung.«

Das ist das Letzte, was passieren durfte.

»Wenn Gunnar nicht zu Hause ist, wo ist er dann?«, fragt Emma und steht auf.

»Keine Ahnung.«

Wenn es ihm gelingt unterzutauchen, haben Evert und seine Familie keine ruhige Minute mehr. Irgendwann wird Gunnar sich rächen, da ist Evert sich sicher.

Die Reporterin erhält neue Anweisungen. »Soeben erfuhr die Polizei von einem Leichenfund im Kungsträdgården, Stockholm. Es handelt sich dabei offenbar um die junge Frau, die in dem inzwischen landesweit bekannten Filmclip erschossen wurde.«

Evert sieht, wie Emma nach Luft schnappt.

Soraya.

KAPITEL
99

Das Sicherheitsschloss rasselt, dann öffnet Marianne ihm im lachsrosa Bademantel die Tür. Sie scheint überrascht über seinen Besuch zu einer so unchristlichen Zeit und überlegt offenbar, ob sie ihn einlassen soll. Gunnar weiß nicht, was ihr Zögern bedeutet, ob sie möglicherweise schon Nachrichten gehört hat oder vor ihm gewarnt worden ist. Doch zum Umkehren ist es jetzt zu spät. Was soll er sagen, damit sie ihn endlich über diese verdammte Schwelle treten lässt, bevor die Nachbarn kommen und merken, dass Schwedens meistgesuchter Mann vor Familie Skölds Haus in Saltsjöbaden steht?

»Du kannst doch nicht einfach hier aufkreuzen«, sagt Marianne und knotet den Bademantel fester zu, der ihr bis kurz über die Knie reicht. »Ein Glück für dich, dass Evert heute Nacht nicht zu Hause ist – denn es ist doch mitten in der Nacht, oder?«

Anscheinend weiß sie nichts, sonst wäre sie panisch und nicht einfach nur verärgert. Ihre Tür wäre fest verschlossen, auch wenn er noch so heftig klopfen würde.

»Lass mich raten: Ist er wieder auf dem Land?«, sagt Gunnar und ist selbst überrascht, wie ruhig er in dieser für ihn so aussichtslosen Situation klingt.

»Auf dem Land?«, fragt sie verständnislos.

Jetzt lass mich doch einfach rein, denkt er, bleibt jedoch, wo er ist, um sie nicht zu erschrecken.

»Da ist er doch sonst immer, oder?«, hilft er ihr auf die Sprünge und schaut sie fragend an.

»Ach so, das meinst du«, sagt sie und senkt den Blick. »Entschuldige bitte, aber ich bin noch etwas verlangsamt wegen meiner Schlaftabletten.«

Wie praktisch, dann wunderst du dich wenigstens nicht, warum ich mitten in der Nacht unangemeldet bei dir auftauche, denkt Gunnar. Tritt jetzt mal einen Schritt zur Seite, damit ich reinkommen und die Tür schließen kann. Du wirst mir nämlich jetzt aus der Klemme helfen. Du und dein Mann.

»Ich muss mich entschuldigen, ich hätte dich vorher anrufen sollen«, sagt er. »Darf ich trotzdem kurz reinkommen?«

»Ich bin total müde«, sagt sie, lässt ihn aber dennoch ein. »Wie spät ist es eigentlich?«

Er nimmt ihren Arm, ohne ihre Frage zu beantworten, und führt sie, ganz Gentleman, zur Treppe.

»Du ruhst dich am besten noch ein wenig aus«, sagt er.

Sie lächelt dankbar und lehnt sich an seine Schulter. Sie gehen ins Schlafzimmer hinauf, wo das große Ehebett mit dem antiken Holzgiebel steht. Everts Bett, verbotenes Terrain. Auf dem Nachttisch steht ein Glas Wasser, daneben liegt eine Packung Schlaftabletten. Das bringt Gunnar auf eine Idee. Als Marianne ihm den Rücken zukehrt, um sich hinzulegen, zerdrückt er zwei Tabletten und löst sie in dem Wasser auf. Dann reicht er ihr das Glas und bittet sie, ordentlich zu trinken. Sie reagiert nicht darauf, dass das Wasser trüb ist. Zwar leert sie das Glas nicht ganz, dennoch dürfte es genügen, um sie außer Gefecht zu setzen. Sobald sie wieder schläft, muss er sämtliche Telefonstecker ziehen und ihr Handy verstecken.

»Schlaf gut«, flüstert er. Sie lässt den Kopf auf das weiße Kissen sinken und schließt die Augen.

Ihre tiefen Atemzüge sagen ihm, dass sie bereits eingeschlafen ist. Schade, dass er Marianne mit hineinziehen muss. Aber immerhin findet sich dadurch vielleicht eine Lösung für ihn. Er kann sich jedenfalls nicht vorstellen, dass Evert seine Frau opfern würde, um ihn hinter Gitter zu bringen.

Gunnars Blick fällt auf die Kommode gegenüber dem Bett. Es fällt ihm schwer, sich die hübsch gerahmten Familienfotos anzusehen, ohne Herzrasen zu bekommen.

Auf dem letzten Foto ist Emmas Tochter zu sehen, wie sie unschuldig schläft.
Jetzt weiß er, wie er Evert hierher locken kann.
Und zwar allein.

KAPITEL
100

»Die Polizei bestätigt, dass im Kungsträdgården eine Frauenleiche gefunden wurde. Es sei jedoch noch zu früh, um festzustellen, ob es sich dabei um die Frau handelt, die in dem Film erschossen wurde«, meldet die Nachrichtensprecherin. »Zwei der Täter sind bereits gefasst, aber niemand weiß, wo sich der Provinzpolizeichef aufhält. In seiner Wohnung hielt sich nur die Ehefrau auf. Laut Polizeiangaben behauptet sie, nicht zu wissen, wo Gunnar Olausson sich befindet.«

Mein Vater flucht, und ich weiß nicht, was ich sagen soll. Bestimmt werden sie Gunnar bald ausfindig machen. Zudem müsste Agneta mehrere Orte kennen, wo Gunnar sich versteckt haben könnte. Vorausgesetzt, sie ist bereit, mit der Polizei zusammenzuarbeiten.

»Gunnar kann nicht weit gekommen sein«, sagt mein Vater.

»Ich denke auch«, antworte ich. »Er hat doch keinen Ort, wohin er fliehen könnte?«

»Zur Jagdhütte wird er kaum gefahren sein, das können wir also streichen.«

»Wo könnte er sonst sein?«, frage ich. »Du kennst ihn doch und weißt vielleicht, wie er tickt.«

Mein Vater sieht aus wie eine Vogelscheuche, wie er zusammengesunken auf dem Bett sitzt.

»Ja, vielleicht«, sagt er nach einer ganzen Weile. »An welchen Orten würde die Polizei Gunnar seiner eigenen Meinung nach nie suchen?«

»Keine Ahnung. Glaubst du, er würde eine Geisel nehmen, um

sich einen Verhandlungsspielraum zu verschaffen?«, frage ich. Zeitgleich bekommt mein Vater eine MMS auf sein Handy.

Er wird blass. Ich trete zu ihm und sehe ein Foto meiner Mutter. Sie schläft – oder ist sie tot?

Dann lese ich den Text: *Komm nach Hause, so schnell du kannst. Allein. Sonst ist sie tot.*

Mama! Ich schlucke und warte, doch mein Vater verzieht keine Miene.

»Nun mach schon!«, sage ich. Niemand aus der Familie darf einem Risiko ausgesetzt werden, das war einer der Gründe, weshalb wir geheimgehalten haben, dass ich überlebt habe. Und jetzt sitzen wir in einem Hotelzimmer, mindestens eine halbe Stunde von Saltsjöbaden entfernt.

Meiner Mutter darf nichts passieren.

Ich nehme den Autoschlüssel von dem braunen Bettüberwurf. »Beeil dich.«

Mein Vater erhebt sich unsicher. »Er hat geschrieben, ich soll alleine kommen.«

»Das kann er vergessen«, sage ich und bin schon unterwegs zur Tür. »Komm jetzt!«

»Er wird sie töten, wenn er dich sieht.«

»Ich werde mich nicht zeigen«, sage ich und zerre ihn hinaus. »Hauptsache, er glaubt, du bist allein.«

KAPITEL
101

Evert kann in diesem Zustand nicht fahren, seine Hände zittern, und es rauscht in seinen Ohren. Noch immer geht Marianne nicht ans Telefon. Ihm gehen so schreckliche Szenen durch den Kopf, dabei tut er alles, um sich zusammenzureißen und klar zu denken. Emma legt einen Blitzstart hin, und er ruft noch einmal Josefin an. Diesmal nimmt sie ab.

»Hallo, Josefin«, sagt er. Emma tritt das Gaspedal durch. »Entschuldige, dass ich einfach so aus der Kirche verschwunden bin. Es tut mir furchtbar leid.«

»Wie viel Uhr ist es?«, fragt sie schläfrig.

»Viertel nach drei.«

»Wie bitte?«

»Wann hast du zuletzt mit Mama gesprochen?«, fragt er so neutral wie möglich. Er weiß nicht, wie er sich ausdrücken soll, um Josefin nicht mehr zu ängstigen als nötig.

»Gestern Abend, um nach dir zu fragen.«

»Und heute hast du noch nicht wieder mit ihr gesprochen?«

»Papa, es ist mitten in der Nacht!«, ruft Josefin aus. »Was ist eigentlich los?«

»Ja, stimmt, eigentlich logisch, dass ihr noch nicht wieder miteinander geredet habt«, murmelt Evert und spürt, wie seine Angst wächst. Er kann es vor sich sehen, wie Gunnar an die Tür seines Hauses in Saltsjöbaden klopft und von Marianne eingelassen wird, die ihn fragt, was er mitten in der Nacht hier will. Vielleicht fragt sie aber auch nicht, vielleicht taucht er inzwischen ohnehin auf, wann es ihm passt, egal zu welcher Tageszeit.

»Muss ich mir Sorgen machen?«, fragt Josefin. »Du klingst so merkwürdig. Was ist los?«

Da erzählt er ihr von Gunnar und den Morden an den Bettlern und dem Filmclip, der in den Medien verbreitet wird.

»Papa, du machst mir Angst!«, sagt sie. »Wo bist du?«

»Im Auto, auf dem Weg nach Hause.«

»Soll ich nach Saltsjöbaden kommen?«, fragt Josefin. »Das kann ich gerne machen.«

»Nein, nein, bestimmt nicht.« Seine Stimme klingt schrill, viel zu schrill.

»Papa, du musst mir sagen, was los ist, ich höre doch, dass etwas nicht stimmt.«

»Sag Mama, sie soll mich anrufen, wenn du mit ihr sprichst.«

»Das kannst du nicht mit mir machen!«, sagt Josefin. »Erst meldest du dich überhaupt nicht, und dann rufst du an und erzählst mir vom schlimmsten Polizeiskandal aller Zeiten.«

Plötzlich schweigt Josefin. Evert will gerade etwas sagen, da redet sie weiter.

»Sag jetzt nicht, es gibt einen Zusammenhang zwischen dem Film und Mama! Sie hat in letzter Zeit viel von Gunnar gesprochen.«

»Das kann ich dir jetzt nicht beantworten, aber es gibt allen Grund, vorsichtig zu sein.«

»Wie, vorsichtig?«, fragt sie. »Was hat Mama mit dem Ganzen zu tun? Und ich?«

»Nichts«, erwidert er, vor allem, um sich selbst zu überzeugen. »Andreas ist doch zu Hause?«

»Ja, warum fragst du?«

»Bleibt am besten drinnen«, sagt er. »Und lasst niemanden außer Mama ein, okay?«

»Aber...«

»Versprich es mir!«, sagt er mit Nachdruck und beendet das Gespräch.

KAPITEL
102

Gunnar lässt sich auf der freien Seite des Doppelbetts nieder, ohne sich Sorgen zu machen, ob er Marianne aufwecken könnte. Selbst wenn Feueralarm wäre, würde sie weiterschlafen, so viele Tabletten hat er ihr gegeben. Jetzt hat er auch die Kontrolle über sämtliche Telefone. Er nimmt schwach einen wohlbekannten Duft wahr, der aus dem Bettzeug aufsteigt, es muss Everts Rasierwasser sein. Die Matratze ist hart und unbequem, hier könnte er kein Auge zutun. Neidisch betrachtet er Marianne, die neben ihm liegt, völlig unberührt und ohne zu ahnen, dass er mit einem Revolver auf ihren Mann wartet. Er selbst hat einen Adrenalinschub, der ihn bis ans Ende seiner Tage wach halten könnte, obwohl er in letzter Zeit so wenig geschlafen hat. Sein Herz klopft so stark, dass er das Gefühl hat, es müsse zerspringen.

Um sich ein wenig abzulenken und seine Nerven in Schach zu halten, schaltet er sein Handy ein und liest die neuesten Nachrichten. Überall geht es nur noch um den Polizeiskandal. Da steht alles Mögliche über ihn, und er entdeckt sich auf mehreren Bildern. Es macht ihn schon stolz, dass er so viel Aufmerksamkeit erfährt. Auch haben sie gute Fotos ausgewählt, das muss er ihnen lassen, er sieht aus wie ein echter Führer.

Eine Autorität.

Dann schiebt er seine Selbstfixierung für einen Augenblick beiseite und liest, dass Karim und Torbjörn festgenommen worden sind.

Bleibt also nur noch er.

Jetzt wird es wohl nicht mehr lange dauern, bis Evert hier erscheint.

Marianne zuckt, und er legt den Revolver neben sich auf den Nachttisch. Dann streichelt er sie sanft, damit sie sich wieder entspannt. Sie dreht sich auf den Rücken und atmet nach einer Weile wieder ruhiger. Gunnar hat keine Ahnung, was er tun soll, wenn sie aufwacht. Es würde nicht lange dauern, bis sie ihr Handy sucht und begreift, wer es genommen hat.

Mariannes Gesichtszüge sind schlaff, das Kinn ist ihr auf die Brust gesunken. Kein schöner Anblick, man könnte meinen, sie wäre tot.

Gunnar deckt sie sorgfältig mit der perlmuttfarbenen Seidendecke zu.

Er möchte vermeiden, dass sie zu Schaden kommt. Doch es liegt ganz bei Evert.

Bald ist er hier, der Mann, der seine Frau retten wird, indem er ihm zur Flucht verhilft.

KAPITEL
103

Noch nie habe ich meinen Vater so voller Angst erlebt, und ich versuche, mir irgendetwas Beruhigendes einfallen zu lassen, während ich gleichzeitig so schnell fahre wie möglich.

»Gunnar wird Mama nichts tun«, sage ich, dabei weiß ich doch, wie weit er gegangen ist, um mich zum Schweigen zu bringen.

Die Stirn meines Vaters ist schweißnass, und nach seinem letzten erfolglosen Versuch, zu Hause jemanden zu erreichen, zittern seine Hände unkontrolliert.

»Wenn es um Gunnar geht, garantiere ich für nichts«, sagt er.

Das ist nicht gerade das, was ich hören wollte.

»Wir müssen Nyhlén anrufen, bevor es zu spät ist«, sage ich.

Mein Vater schüttelt den Kopf. »Es hat nicht länger als eine Viertelstunde gedauert, bis der Film öffentlich war, obwohl ich ihm gesagt habe, dass er ihn nicht weitergeben darf. Außerdem hat Gunnar geschrieben, ich muss alleine kommen. Wenn Nyhlén mit den falschen Kollegen spricht, stirbt Mama.«

Um Gottes willen, das darf einfach nicht passieren! Ich kann mich kaum aufs Fahren konzentrieren, wenn ich daran denke, dass Gunnar bei ihr im Haus ist. Den Rest der Fahrt verbringen wir in bedrücktem Schweigen, bis ich es einfach nicht mehr aushalte.

»Es gefällt mir nicht, dass wir nur zu zweit sind. Was, wenn irgendetwas schiefgeht«, sage ich, erhalte aber keine brauchbare Antwort.

»Er hat geschrieben ›komm allein‹. Ich möchte kein Risiko eingehen.«

»Vergiss nicht, wie es an der Jagdhütte gelaufen ist.« Diesmal werde ich nicht so schnell aufgeben.

Die Tachoanzeige steigt im gleichen Maße wie meine Angst, mein Instinkt sagt mir, dass wir Nyhlén anrufen und ihn bitten müssen, Verstärkung zu rufen. Ich fummele an meinem Handy herum, bis mein Vater mich unterbricht.

»Pass doch auf! Konzentriere dich aufs Fahren, verdammt!«, ruft er, als das Auto Richtung Straßengraben schlingert.

»Hör mir jetzt bitte mal zu«, sage ich, so ruhig ich vermag. »Wir müssen Nyhlén anrufen. Hast du schon wieder vergessen, wer die Bremsen seines Autos manipuliert hat? Es ist ja wohl offensichtlich, dass er nicht zu Gunnars Helfershelfern gehört.«

Mein Vater sieht mir kurz in die Augen.

»Es kommt alles darauf an, dass er schweigt«, sage ich. »Das Gespräch muss *off the record* geführt werden, und er darf mit niemandem darüber reden. Dann kann nichts passieren. Wenn doch, würde ich es mir nie verzeihen.«

Aus dem Augenwinkel sehe ich, wie mein Vater die Nummer eingibt.

KAPITEL
104

Nyhlén sieht, dass Evert Sköld ihn erreichen will. Er ist gerade auf dem Weg zur Toilette. Wahrscheinlich will er ihm die Meinung sagen, weil der Film an die Medien gegangen ist. Er hat keine Lust, das Gespräch anzunehmen, aber es bleibt ihm nicht viel anderes übrig.
»Nyhlén«, meldet er sich.
»Sind Sie allein?«, ist das Erste, was Evert fragt.
»Im Augenblick ja«, antwortet Nyhlén und starrt die geschlossene Toilettentür an. »Ich weiß nicht, wer den Film an die Medien weitergeleitet hat, aber ich verstehe, wenn Sie wütend sind.«
Evert ignoriert seine Entschuldigung. »Sind Sie auf der Arbeit?«
»Ja. Wir wollen gleich Karim und Torbjörn verhören, vielleicht können die uns verraten, wo Gunnar steckt.«
»Genau darum geht es.« Evert räuspert sich. »Ich muss Sie um einen weiteren Gefallen bitten.«
Nyhlén begreift nicht, warum Evert sich ausgerechnet an ihn wendet, schließlich schien er ihn nicht sonderlich zu mögen, als Emma noch im Krankenhaus lag. Dass jetzt auch noch der Film publik geworden ist, hätte eigentlich dazu führen müssen, dass er bei ihm vollkommen unten durch ist.
»Ich muss zunächst Ihr Wort haben, dass Sie mit niemandem darüber reden.«
»Okay, ich verspreche es.«
»Wie schnell können Sie in Saltsjöbaden sein?«
»Das wissen Sie wahrscheinlich besser als ich.«
»Können Sie Ihre Dienstwaffe mitnehmen und sich unmittelbar auf den Weg machen?«, fragt Evert, ohne darauf einzugehen.

»Ich muss erst wissen, wozu«, sagt Nyhlén. In seinem Kopf entstehen schreckliche Bilder von Leichen in Emmas Elternhaus.

»Gunnar befindet sich bei mir zu Hause. Er hat Marianne als Geisel genommen.«

Das kommt ungefähr so unerwartet, als hätte er behauptet, Emma sei auferstanden.

»Wo sind Sie jetzt?«, fragt Nyhlén.

»Im Auto auf dem Weg nach Hause. Gunnar hat mir ein Foto von Marianne geschickt und verlangt, dass ich alleine komme.«

Nyhlén hört im Hintergrund eine Frauenstimme. »Ist jemand bei Ihnen im Auto?«

»Nein.« Evert ist plötzlich sehr kurz angebunden, und Nyhlén wagt nicht, ihm weitere Fragen zu stellen, vielleicht war es ja nur das Radio. Doch er ist sich nicht sicher, was eigentlich mit Emmas Vater los ist. »Darf ich mich zumindest mit Lindberg beraten? Es ist viel zu riskant...«

»Bitte tun Sie einfach, worum ich Sie bitte«, unterbricht ihn Evert. »Emma sagt... Entschuldigung, sie *sagte*, ich könnte Ihnen vertrauen.«

Nyhlén wird warm ums Herz. »Das können Sie auch. Ich beeile mich.«

KAPITEL
105

Wir sind schnell, viel zu schnell unterwegs. Zum Glück sind die Straßen um diese Uhrzeit fast leer, abgesehen von ein paar Lastwagen, und so trete ich das Gaspedal noch weiter durch. Die Sicht ist klar, denn es hat aufgehört zu regnen. Wir werden lange vor Nyhlén da sein, aber zu wissen, dass er unterwegs ist, beruhigt mich.

Mein Vater sagt nichts, er sitzt schweigend neben mir. Wir schlingern in die Villengegend hinein und sind nur noch wenige Straßenzüge von dem weißen Haus entfernt, dem besten Geschäft, das meine Eltern je gemacht haben. Heute ist es dank des herrlichen Meerblicks über zwanzig Millionen Kronen wert. Ich parke ein Stück entfernt, falls Gunnar drinnen aus dem Fenster Ausschau hält. Hoffentlich hat er meiner Mutter nichts getan. Mir stellen sich die Nackenhaare auf, wenn ich daran denke, welche Angst sie haben muss.

Der Leihwagen steht etwas weiter weg, und mein Vater läuft schnell hin, um den Revolver aus dem Handschuhfach zu holen. Dann geht er rasch auf den Hauseingang zu. Von außen gibt es keinerlei Anzeichen, dass hier eine Geiselnahme stattfindet. Das Haus sieht aus wie immer, nirgendwo brennt Licht. Man könnte denken, alle wären verreist. An der Fassade lehnt eine Harke, die Garageneinfahrt ist leer. Kein vergessenes Weinglas auf der Veranda oder irgendein anderes Anzeichen dafür, dass jemand zu Hause ist. Oder Besuch hat. Allerdings geht der Bewegungsmelder nicht an wie sonst, vielleicht hat Gunnar den Hauptschalter umgelegt.

Mein Vater steckt den Schlüssel ins Schloss und dreht ihn so vorsichtig wie möglich um. Ich gehe hinein und lausche angespannt auf ein Geräusch, höre jedoch nichts, außer der Wanduhr im Esszimmer. Sie tickt zuverlässig, wie sie es meine ganze Kindheit lang getan hat. Ich bin seit November letzten Jahres nicht mehr hier gewesen, das war vor dem Reitunfall. Es fühlt sich seltsam an, jetzt zurückzukehren, zumal unter diesen Umständen. Wir schauen uns um und bewegen uns Richtung Treppe. Kein Lebenszeichen. Keine fremden Schuhe im Flur.

Doch ich spüre Gunnars Anwesenheit.

Mein Vater bedeutet mir mit einem Nicken, dass er die Treppe hinaufgehen will und dass ich unten warten soll. Schon die zweite Stufe knarrt. Ich schließe die Augen, wenn auch nur für einen Moment.

Das ist genau die Warnung, die wir ihm nicht geben wollten.

KAPITEL
106

Gunnar fährt zusammen. Das klang wie ein Geräusch von der Treppe, aber sicher ist er sich nicht. Die Polizei würde ganz bestimmt nicht so diskret hereinkommen. Es kann sich also nur um einen handeln. Guter Junge! Marianne schläft ruhig weiter, ein Problem weniger.

Er richtet sich auf und streckt die Hand nach dem Revolver auf dem Nachttisch aus. Doch als er gerade die Füße auf den Boden stellen will, direkt vor Everts Pantoffeln, steht sein Freund schon in der Türöffnung. Er spürt seinen hasserfüllten Blick, kann sich aber kaum auf etwas anderes konzentrieren als die Pistolenmündung, die direkt auf sein Gesicht gerichtet ist.

Dass Evert bewaffnet sein könnte, hat er nicht eingeplant, er hatte gedacht, Evert hätte seine Waffen nach seiner Pensionierung endgültig abgelegt.

»Runter vom Bett«, sagt Evert, den Blick auf die Waffe auf dem Nachttisch gerichtet.

Gunnar ist sich sicher, dass er nicht abdrücken wird, und streckt erneut die Hand aus.

»Lass das«, warnt ihn Evert. »Keine Bewegung, oder ich schieße.«

Sofort wird er unsicher. Wie weit würde Evert wirklich gehen, wenn die Situation eskaliert? Vielleicht hat er ihn doch unterschätzt? Vielleicht weiß Evert längst, dass er hinter dem Mord an Emma steckt?

»Wenn du das tust, bekommst du lebenslänglich«, sagt Gunnar, falls Evert das Strafmaß für Mord vergessen hat.

Doch Evert senkt die Waffe keinen Millimeter. »Halt die Klappe.«

»Du hast uns gefilmt«, sagt Gunnar.

»Ich habe gesagt, du sollst die Klappe halten«, wiederholt Evert. »Was daran verstehst du nicht?«

Schweißperlen glänzen auf seiner Stirn, seine Pupillen sind klein, und sein Blick wirkt wahnsinnig. Gunnar erkennt seinen Freund von früher nicht wieder.

»Bruder ...«, versucht er und legt den Kopf schief.

»Wage es nie wieder, mich so zu nennen. Nie wieder!«

»Aber ...« Gunnar unterbricht sich, er glaubt, hinter sich etwas rascheln zu hören.

Er muss sich zurückhalten, um sich nicht umzudrehen und nachzusehen, ob Marianne aufgewacht ist. Evert lässt ihn nicht aus den Augen, daher wird sie wohl noch schlafen.

Sie ist beunruhigend still.

KAPITEL
107

Evert kann seinen Finger nicht vom Abzug lösen. Hier steht er endlich vor dem Mann, der versucht hat, seine Tochter umzubringen. Dem Mann, der seine Macht auf das Abscheulichste missbraucht hat. Der die Verantwortung für den Tod mehrerer Bettler sowie Henke Dahls trägt. Der eine wehrlose junge Frau hingerichtet hat, die nach Schweden gekommen war, um zu versuchen, etwas Geld für ihre bettelarme Familie zu verdienen. Es fällt ihm schwer, nicht einfach abzudrücken, doch er steht viel zu dicht neben dem Bett, auf dem Marianne schläft. Und wenn Gunnar jetzt stirbt, werden sie niemals erfahren, welche Kollegen noch beteiligt sind. Es sind so viele Fragen offen, dass Evert nicht weiß, wo er anfangen soll. Der Schweiß klebt ihm auf der Stirn und lenkt ihn ab. Er müsste ihn abwischen, wagt aber keine unnötige Bewegung. Am liebsten würde er den anderen Revolver wegkicken, der eine Armlänge von Gunnar entfernt neben dem Bett liegt. Die Brille rutscht ihm auf der Nase herunter, aber wenn er den Kopf ein wenig zurücklegt, kann er trotzdem gut sehen.

»Wie konntest du nur?«, ist das Einzige, was ihm einfällt.

Gunnar wirkt ertappt. »Ich würde die Frage gerne umdrehen. Wie konntest du wissen, dass die Frau mit dem roten Schal mich in jener Nacht gesehen hat?«

Evert begreift nicht, was er meint, ärgert sich jedoch, dass Gunnar versucht, das Gespräch an sich zu reißen. Er scheint nicht verstanden zu haben, wer hier die Spielregeln bestimmt. Mag sein, dass Gunnar Provinzpolizeichef ist, irgendetwas zu befehlen hat er weiß Gott nicht mehr.

»Ich frage, du antwortest«, sagt Evert kühl. »Wie konntest du eine unschuldige Frau erschießen?«

»Sie hat mich erpresst, das weißt du ganz genau.« Gunnar wirft den Kopf in den Nacken.

Wie kann er sich so sicher sein, dass Soraya ihm die SMS geschickt hat? »Warum glaubst du das?«

»Sie war die einzige Zeugin.«

»Wobei?«

»Darüber will ich nicht sprechen«, sagt Gunnar. Es wäre schließlich dumm von ihm, irgendetwas zuzugeben, was über den Film hinausgeht.

»Und Henke Dahl?«, fragt Evert.

»Da musst du Karim und Torbjörn fragen.«

»Sehr mutig von dir, alles auf andere zu schieben«, sagt Evert verächtlich. »Und die anderen Bettler? Soll ich dazu auch deine Handlanger befragen?«

Das hat gesessen! Gunnar schweigt.

»Jetzt fühlt sich das alles vielleicht nicht mehr ganz so richtig an?«, fragt Evert. Dabei ist er noch nicht einmal beim Wichtigsten angelangt. »Erzähl mir was über die Mordversuche.«

Gunnar runzelt die Stirn. »Was meinst du damit?«

»Die Angriffe auf meine Tochter, natürlich.«

»Ich weiß nicht, worauf du hinauswillst.«

Evert blickt ihm fest in die Augen. »Station 73 im Danderyder Krankenhaus, Walpurgisnacht. Darauf will ich hinaus.«

KAPITEL
108

Im Haus brennt kein Licht, und abgesehen vom Rascheln der Hecke neben dem Gartentor ist es absolut still. Josefin hat es zu Hause nicht ausgehalten, da ihre Mutter tatsächlich in Gefahr zu sein scheint. Als sie gerade das schmiedeeiserne Tor öffnen will, spürt sie eine Hand auf der Schulter und erstarrt. Obwohl sie gemerkt hat, dass irgendetwas nicht stimmt, hat sie nicht damit gerechnet, dass jemand im Gebüsch lauert.

Josefin dreht sich um und entdeckt zu ihrer Erleichterung Nyhlén.

»Entschuldigung, ich wollte Sie nicht erschrecken«, sagt er.

»Das ist Ihnen leider nicht gelungen.«

Er sieht besorgt aus, und plötzlich wird ihr klar, wie absurd es ist, dass er hier ist. Müsste er nicht auf der Suche nach Gunnar sein?

»Was geht hier eigentlich vor?«, fragt sie.

Nyhlén scheint mit sich zu ringen, was er ihr verraten kann.

»Sagen Sie mir die Wahrheit«, fügt sie hinzu. »Ich habe den Filmclip gesehen. Warum sind Sie hier und nicht bei der Arbeit?«

»Ihr Vater hat mich gebeten herzukommen«, antwortet er gedämpft, ohne den Blick vom Haus zu wenden. »Aber ich durfte niemandem etwas davon sagen.«

»Was ist es, das alle wissen, mir aber nicht sagen wollen?« Josefin tritt wütend gegen einen Stein auf dem Bürgersteig. »Er hat mich vorhin angerufen und klang extrem merkwürdig. Meinte, ich soll nicht rausgehen oder die Tür öffnen, außer für meine Mutter.«

»Und darauf haben Sie gehört, wie ich sehe«, sagt Nyhlén, immer noch das Haus im Blick.

»Jetzt sagen Sie mir endlich, was los ist!«

»Evert glaubt, dass Gunnar da drinnen ist«, sagt Nyhlén.
»Wie meinen Sie das?«, fragt sie und versucht, die Bilder aus diesem schrecklichen Clip zu verdrängen. »Warum sollte er hierherkommen?«
»Er hatte keine Zeit, mir das zu erklären. Aber jetzt muss ich mich beeilen. Setzen Sie sich am besten ins Auto und schließen Sie die Tür ab. Und diesmal tun Sie bitte, was man Ihnen sagt.«
»Was haben Sie vor?«
Nyhlén blickt erst sie an, dann die Haustür. »Ich gehe da jetzt rein.«
»Ich komme mit.«
Er hebt abwehrend die Hand. »Nein. Es geht um Leben und Tod. Sie müssen bitte draußen bleiben.«
»Wenn meine Mutter in Gefahr ist, rufe ich die Polizei«, sagt sie, ihre Wut ist jetzt stärker als ihre Angst.
»Ich bin Polizist.«
Josefin mustert ihn. »Sie tragen keine Uniform.«
»Bitte, hören Sie mir zu. Wenn Sie den Film gesehen haben, wissen Sie, dass man bei der Polizei im Moment niemandem trauen kann. Lassen Sie mich jetzt reingehen, ich bin für so etwas ausgebildet. Allein.«
»Sie sind aber bei der Mordkommission und nicht im Außendienst, oder?«
»Ich habe früher auch in diesem Bereich gearbeitet«, sagt er. »Vertrauen Sie mir. Emma hätte es auch getan.«
Erst jetzt begreift sie, was sie tut: Sie hindert ihn daran, ihrer Mutter zu helfen.
»Entschuldigen Sie. Ich bleibe hier. Aber wenn Sie in fünf Minuten nicht wieder rauskommen, gehe ich rein.«
»Fünf Minuten«, sagt er und geht zur Haustür.
Josefin schaut auf ihre Armbanduhr.
Bis vier Uhr gibt sie ihm Zeit. Keine Minute länger.

KAPITEL
109

Bodenloser Hass ist alles, was Gunnar in Everts Blick lesen kann, als er die Walpurgisnacht erwähnt. Das lässt keinen Raum für Ausreden, dennoch vermag er nicht zu erklären, was genau an diesem Abend im Krankenhaus geschehen ist. Es ist zu schwer, es Emmas Vater von Angesicht zu Angesicht zu sagen. Plötzlich kann er kaum atmen, ihm ist schwindlig, und seine Überzeugung, das Richtige getan zu haben, gerät ins Wanken.

Damals jedoch war es der einzige Ausweg.

»Darf ich mich setzen?«, fragt er. Es ist ihm peinlich, wie unterwürfig er klingt.

»Auf mein Bett?«, fragt Evert scharf. Das genügt als Antwort.

Gunnar bleibt stehen, plötzlich fürchtet er um sein Leben. Er will nicht sterben, ohne die Möglichkeit bekommen zu haben, sich zu erklären. Wenn Evert ihn jetzt erschießt, wird Agneta nie erfahren, warum er getan hat, was er getan hat. Vielleicht würde sie es verstehen, wenn er selbst es ihr erklären dürfte. Wenn er jetzt stirbt, werden sowohl sie als auch die gesamte Polizei sich ihr eigenes Urteil bilden, ohne dass er ihnen die richtige Version präsentieren könnte. Erst jetzt sieht Gunnar ein, dass er verloren hat. Nichts kann Evert davon abhalten, ihn zu töten. Deshalb muss er jetzt alles sagen.

Aus seinem Mund kommt jedoch kein Wort.

»Warum Emma?«, fragt Evert.

»Deine Tochter ist zu schlau, sie war drauf und dran, mich zu entlarven.«

Im selben Augenblick, in dem er das sagt, weiß er, dass er damit die Tat gestanden hat. Erst jetzt wird ihm klar, dass Evert nichts über die Umstände wissen konnte, die zu Emmas Tod geführt haben. Dann sieht er Karim und Torbjörn vor sich. Diese Verräter! Dass er daran nicht gedacht hat. Natürlich haben sie alles auf ihn geschoben, um ihre eigene Haut zu retten.

»Wir waren Freunde, Gunnar«, erinnert ihn Evert, und etwas wie Trauer erscheint in seinem Blick. »Hat dir das gar nichts bedeutet?«

»Es tut mir leid«, sagt Gunnar. »Wirklich.«

Wie schwer diese Worte auszusprechen sind. Gunnar ist es nicht gewohnt, sich zu entschuldigen, weil er nie etwas falsch macht. Meist ist es das Fehlverhalten anderer, das ihn dazu zwingt, unangenehme Entscheidungen zu treffen. Es sind immer die anderen, die es ihm schwer machen. Er selbst hätte die junge Rumänin niemals an einer der belebtesten Straßen der Stadt ins Auto gezerrt, so wie Torbjörn und Karim es getan haben. Dennoch musste er am Ende das Problem lösen. Evert hätte mit Sicherheit genauso gehandelt, wenn er dermaßen unter Druck gestanden hätte. Doch Gunnar ist schlau genug, das nicht laut zu sagen. So etwas will niemand über sich hören.

»Ich begreife nicht, wie du so Anteil nehmen konntest, als Emma im Koma lag. Immer wieder hast du angerufen und gefragt, wie es ihr geht«, bohrt Evert weiter. »Hast du überhaupt keinen Anstand?«

Gunnar schweigt und lässt Evert alles ausspucken, er scheint es zu brauchen.

»Und dann hast du Karim befohlen, sie mit dem Kissen zu ersticken, nachdem ihr Hillevi festgenommen hattet. Das hätte klappen können, nicht wahr?«

Gunnar windet sich.

»Stell dich ans Fenster«, sagt Evert, und Gunnar setzt sich in Bewegung. »Ich zähle bis fünf, dann schieße ich dir in den Kopf. Der Schuss wird glatt durchgehen und das Blut wird unser Bettzeug und den Perserteppich versauen. Das ist ärgerlich, aber nicht zu vermeiden. Ich bin treffsicher, du brauchst also keine Angst zu haben. Das ist alles, was ich dir zu sagen habe.«

Gunnar versucht herauszufinden, ob Evert es ernst meint. Er ist völlig unvorbereitet auf diese plötzliche Wendung und weiß nicht, wie er damit umgehen soll.
»Eins«, beginnt Evert zu zählen. »Zwei.«
»Bitte, entschuldige«, ruft Gunnar verzweifelt, so darf es einfach nicht enden! Die Panik macht es ihm unmöglich stillzustehen, er zittert am ganzen Körper. Niemand hat das Recht, bis zu seinem Tod herunterzuzählen. Er muss Evert umstimmen.
Innerhalb von drei Sekunden.

KAPITEL
110

»Drei«, sagt mein Vater mit fester Stimme, und mir bleibt nichts anderes übrig, als einzugreifen.

Ich dränge mich an ihm vorbei ins Schlafzimmer und sehe meine Mutter im Bett liegen und schlafen, als wäre es ein x-beliebiger Morgen, glücklich unwissend um das, was zwei Meter von ihrem Bett entfernt geschieht.

»Mach jetzt keinen Fehler, Papa.«

Schwedens meistgesuchter Mann wird leichenblass. Er sieht aus, als hätte er ein Gespenst gesehen, was in gewisser Weise ja auch stimmt. Es scheint, als hätte sein verkümmertes Gehirn es doch nicht vermocht, den Gedanken zu denken, dass ich überlebt haben könnte. Er starrt mich fassungslos an und sagt kein Wort. Jetzt sieht es beinahe aus, als wäre es ihm lieber, wenn mein Vater ihn erschossen hätte. Aber das darf er nicht, er würde es für den Rest des Lebens bereuen. Ines braucht ihren Großvater, ganz zu schweigen von den drei anderen Enkelkindern.

Ich brauche ihn.

Der Blick meines Vaters ist glasklar, und die Pistole liegt ruhig in seiner rechten Hand. Ich weiß nicht, wie ich ihn zu der Einsicht bringen soll, dass Gunnar ein schlimmeres Schicksal verdient. Er soll vor Gericht stehen und nicht mit einer Kugel im Kopf davonkommen. Ich bleibe neben dem Schlafzimmerschrank stehen, ebenso weit von Gunnar wie von meinem Vater entfernt, bereit, mich in eine der beiden Richtungen zu werfen, wenn es nötig werden sollte.

»Du«, sagt Gunnar und macht keine Anstalten zu protestieren, als ich seinen Revolver vom Nachttisch nehme. »Du warst das die ganze Zeit.«

Das hier ist ebenso mein Rachefeldzug wie der meines Vaters, schließlich war ich es, die Gunnar zu töten versucht hat. Und nicht nur mich. Ich hasse ihn dafür. Ein Hass, den ich mit meinem Vater teile. Doch Gunnars Verrat an ihm ist gleich ein doppelter, sonst würden wir uns nicht hier befinden, im Schlafzimmer meiner Mutter. Unglaublich, dass sie noch immer schläft. Wären ihre gleichmäßigen Atemzüge nicht, ich würde glauben, sie sei tot. Ich sehe die angebrochene Packung Schlaftabletten auf ihrem Nachttisch. Vielleicht hat Gunnar ihr eine Extradosis verpasst, um sicher zu sein, dass sie nicht aufwacht und die Polizei ruft.

»Ich fasse es nicht, ich habe doch mit eigenen Augen gesehen, dass du tot warst«, sagt Gunnar, nachdem sich der erste Schock anscheinend gelegt hat. »Dann war das Obduktionsprotokoll also ein Fake?«

»Der Rechtsmediziner schuldete mir einen Gefallen, und Mats hat ihm die nötigen Details genannt«, sagt mein Vater.

»Und was wäre gewesen, wenn ich die Leiche noch einmal hätte sehen wollen?«

»Du wolltest nicht«, sage ich, damit mein Vater das Gespräch nicht wieder an sich reißt. »Wie konntest du das tun?«

»Es ist egal, was ich jetzt noch sage«, sagt Gunnar, und seine Schultern sinken herab.

»Falls du diesen Raum nicht in einem Leichensack verlässt, wirst du für den Rest deines Lebens eingesperrt«, sage ich. »Nichts könnte mich mehr freuen.«

Die Hand meines Vaters, die die Pistole hält, zittert.

»Nicht schießen«, bitte ich ihn. »Er hat es nicht verdient.«

Doch mein Vater scheint mich nicht zu hören. »Du hast mir meine Tochter genommen, aber das hat dir anscheinend nicht genügt«, stellt er nüchtern fest und wirft einen kurzen Blick auf das Bett.

»Marianne ist zu mir gekommen, nicht umgekehrt.«

»Ich bin deine Lügen so satt, Gunnar.«

»Marianne kam zu mir, als du im Sommerhaus warst«, sagt Gunnar und blickt meinen Vater fest an. »Um Trost zu suchen. Das wollte ich dir sagen, als wir uns im Saturnus getroffen haben. Ich habe versucht, dich zu warnen.«

Gunnar hat anscheinend die Taktik geändert. Jetzt tut er alles, um seine eigene Hinrichtung zu provozieren, denn er hat nichts mehr, wofür er leben könnte. Das Schlimme ist, dass mein Vater darauf hereinfällt. Ich sehe ihm genau an, dass er nicht widerstehen kann.

KAPITEL
111

Everts tiefe Stimme ist bis ins Erdgeschoss zu hören. Nyhlén atmet erleichtert auf, weil es bedeutet, dass wenigstens eine Person noch am Leben ist. Doch seine Erleichterung schwindet sofort, als er den Tonfall hört. Er klingt drohend, so dass Nyhlén davon ausgehen muss, dass Gunnar ebenfalls da ist. Nyhlén hat seine Versprechen, niemand anderen einzubeziehen, nicht vergessen, angesichts der aktuellen Situation muss er jedoch überlegen, ob er dabei bleibt. Die Minuten vergehen schnell, und er weiß, dass Josefin ihm bald ins Haus folgen wird. Als Nyhlén daher Gunnar um Gnade betteln hört, beschließt er, sich Everts Wunsch zu widersetzen. Sosehr es ihm auch widerstrebt, schickt er eine SMS an Lindberg und erklärt so knapp wie möglich, warum er so überstürzt von der Arbeit aufgebrochen ist. Er schreibt ihm die Adresse und welche Personen vor Ort sind, dann bittet er um Verstärkung. Nur wenige Sekunden später blinkt Lindbergs Nummer in seinem Display auf.

Er ignoriert es und steckt das Handy in seine Tasche.

Jetzt trennen ihn nur noch wenige Meter vom Schlafzimmer. In der Türöffnung erkennt er Everts Rücken. Zwischen seinen Schultern hat sich ein großer Schweißfleck auf dem karierten Hemd gebildet. Seine Körperhaltung verrät, dass er etwas in der Hand hält, vermutlich eine Waffe. Nyhlén nimmt an, dass sich drei Personen im Zimmer befinden: Marianne, Evert und Gunnar.

Vielleicht hatten Gunnar und Marianne eine Affäre?

Ihm fällt keine andere Erklärung ein, warum Gunnar sich hier befinden sollte.

Dass von Marianne kein Laut zu hören ist, beunruhigt ihn. Vielleicht ist sie ernsthaft verletzt? Doch dann stünde Evert wohl nicht nur so da, es sei denn, Gunnar ist ebenfalls bewaffnet. Vielleicht bedroht er Marianne, und sie schweigt schlicht aus Angst.

Solange der Wortwechsel dauert, beschließt Nyhlén, auf Abstand zu bleiben. Er will nicht riskieren, einen von ihnen zu erschrecken, vor allem da unklar ist, ob Gunnar bewaffnet ist oder nicht. Nyhlén spürt das Vibrieren seines Handys in der Tasche. Lindberg hat mehrfach versucht, ihn zu erreichen. Außerdem hat er eine Nachricht geschickt: »*Verdammt, geh endlich dran!*« Eine weitere Nachricht blinkt auf, in der Lindberg mitteilt, dass Verstärkung unterwegs ist. »Bist du okay?«, fragt er, und Nyhlén antwortet »Ja«, dann steckt er das Handy wieder ein.

Sie werden frühestens in fünfzehn Minuten hier sein. Schlimmstenfalls hat Evert Gunnar bis dahin erschossen.

Ein eifersüchtiger Mann in Trauer, der die Sache selbst in die Hand nimmt.

Er muss ihn stoppen.

KAPITEL
112

Die Brille ist noch weiter auf Everts Nase heruntergerutscht, und er schiebt sie mit der linken Hand wieder hoch. Allmählich hat er einen Krampf im Arm. Doch er denkt nicht daran, die Waffe zu senken. Für die Hölle der letzten Monate ist ein einziger Mann verantwortlich, und der steht direkt vor ihm.

Doch Emma hat recht, er darf ihn nicht erschießen.

Ihr Eingreifen hat Evert dazu gebracht, innezuhalten und nachzudenken. Aus fünf Sekunden sind fünf Minuten geworden. Und je mehr Zeit vergeht, desto besser, Nyhlén müsste bald mit Handschellen hier auftauchen. Gunnar ist der Kopf hinter dem Skandal, und es wäre verheerend, wenn gerade er seiner gerechten Strafe entginge. Es fällt ihm allerdings ungemein schwer, ihn nicht zu erschießen, wenn er daran denkt, was er alles getan hat. Er hat alle belogen, inklusive ihn selbst. Er hat manipuliert und es damit bis zum Provinzpolizeichef gebracht, um dann seinen eigenen Kollegen Henke Dahl sowie eine junge rumänische Mutter zu töten. Ganz zu schweigen von den anderen Bettlern, die ihm zum Opfer gefallen sind. Vor allem aber hat Gunnar keine Sekunde gezögert, zu versuchen, Emma aus dem Weg zu räumen, als sie ihm zu gefährlich wurde. Und anschließend saß er hier im Haus bei einem ausgesuchten Abendessen, ohne die geringste Spur eines schlechten Gewissens. Einer Mahlzeit, die Marianne liebevoll zubereitet hat, ohne zu ahnen, dass sie den Mörder ihrer Tochter bewirtete. Haben sie damals schon miteinander geschlafen? Der Einzige, der im Augenblick darauf antworten kann, ist Gunnar, doch Evert hat keine Lust auf weitere Ausreden. Als er wieder daran denkt, dass der Mordversuch an Emma ihn darüber hinaus dazu gezwungen hat, seine Nächsten nach Strich und Faden zu belügen, kocht es erneut in ihm über.

Die Hand, die den Revolver hält, zittert.

»Marianne hat sich in mich verguckt«, sagt Gunnar nach einem quälend langen Schweigen. »Sie hat mich auf Knien angefleht, sie zu nehmen.«

Evert nimmt zur Kenntnis, was er sagt, versucht aber, es auszublenden. Gunnar bittet darum, dass er ihn erschießt, sonst würde er die Klappe halten. Und Marianne schläft einfach weiter, es ist unfassbar!

»Sie ist wirklich großartig im Bett«, sagt Gunnar und verzieht den Mund.

Jetzt hält Evert es nicht mehr aus. »Lieber gehe ich für den Rest meines Lebens in den Knast, als dich am Leben zu lassen.«

Er wird keine ruhige Minute mehr haben, ehe Gunnar nicht tot ist. Der Hass macht ihn blind. Es spielt keine Rolle mehr, dass es vernünftiger wäre, ihn am Leben zu lassen.

»Hier kriegst du, was du willst«, sagt Evert und zielt.

»Nein«, schreit Emma und wirft sich auf Gunnar.

KAPITEL
113

Es sind mehr als fünf Minuten vergangen, seit Nyhlén Josefin am Gartentor zurückgelassen hat. Mit großen Schritten betritt sie ihr Elternhaus. Sofort fühlt sie sich an die Kindheit erinnert und wie sie es gehasst hat, große Schwester zu sein. Immer hat sie davon geträumt, mit Emma zu tauschen, sich danach gesehnt, die Jüngere und damit frei von Verantwortung zu sein.

Plötzlich ist von oben Tumult zu hören, Rufen und dann ein Knall. Es dröhnt in ihren Ohren, anschließend ist es ein paar Sekunden absolut still, als wäre jedes Geräusch verschwunden. Sie zögert, dann nimmt sie ihren Mut zusammen und läuft zur Treppe. Ihre Beine wollen dorthin, der Rest des Körpers weigert sich. Dennoch geht sie die Treppe hinauf, Stufe für Stufe, völlig ahnungslos, was sie dort erwartet. Die Polizei müsste jeden Moment hier sein, denn als sie angerufen hat, um zu sagen, dass Gunnar Olausson sich möglicherweise im Haus befindet, wussten sie bereits Bescheid und waren schon auf dem Weg.

Noch aber sind keine Sirenen zu hören.

Im Flur oben ist niemand, doch aus dem Schlafzimmer dringen Geräusche. Nyhlén kann sie nirgendwo entdecken. Widerstrebend fühlt sie sich von den Stimmen angezogen. Wenn Gunnar geschossen hat, wird er wahrscheinlich jeden aus dem Weg räumen, der ihm in die Quere kommt. Sie hat nicht vor, ihr Leben zu riskieren, doch sie muss wissen, was passiert ist. Unmöglich, nicht bis zum Schlafzimmer zu gehen. Die Stille ist unglücksverheißend kompakt, und sie befürchtet das Schlimmste.

Was, wenn ihre Mutter oder ihr Vater getötet worden sind?

Oder beide?
Zu dem Schlafzimmer ist sie geschlichen, wenn sie als Kind mitten in der Nacht Gespenster oder Monster unter ihrem Bett gesehen hat. Zu ihnen durfte sie unter die Decke kriechen, wenn sie Fieber hatte und nicht in die Schule konnte. Und hier hat ihre Mutter sie auch getröstet, als ihr erster Freund mit ihr Schluss gemacht hatte.

Das Schlafzimmer ihrer Eltern, der Ort, an dem sie sich am geborgensten gefühlt hat, das Herz des Hauses. Josefin steht in der Tür und begreift zunächst nicht, was sie sieht. Es ist, als geschähe alles in Zeitlupe. Im Zimmer befinden sich mehr Personen, als sie gedacht hat. Eine Frau mit langen dunklen Haaren liegt auf Gunnar und presst seine Hände auf den Boden. Ihr Vater steht wie angewurzelt da, eine Pistole in der Hand. Neben ihm Nyhlén, ebenfalls wie versteinert, eine Hand auf seiner Schulter.

Doch das ist es nicht, worauf Josefin reagiert.

Draußen sind endlich Sirenen zu hören.

Sie aber kann den Blick nicht vom Bett wenden. Ihre Mutter liegt da, den Oberkörper in einem seltsamen Winkel abgeknickt. Hier war sie also die ganze Zeit, mit Gunnar, fährt es ihr durch den Kopf.

Ihre Mutter und Gunnar.

Ihre Mutter und ein Mörder.

Es ist unfassbar, sie muss ihren Vater mit dessen Nachfolger betrogen haben, der darüber hinaus eine junge Bettlerin hingerichtet hat. Doch da ist noch etwas, das nicht stimmt. Auf der weißen Seidendecke ist ein Fleck, der immer größer wird.

Ein dunkelroter Fleck.

EIN MONAT SPÄTER

KAPITEL
114

Das Taxi hält vor einer kleinen Hütte mit einer rostigen Blechtür. Die Übersetzerin steigt aus, geht um das Auto herum und öffnet die Tür zur hinteren Rückbank, wo ich sitze. Die Hitze schlägt mir entgegen wie eine Wand, und ich muss mich erst sammeln, bevor ich aussteigen kann. Schon jetzt laufen mir Tränen über das Gesicht.

»Es wird schon gutgehen«, tröstet mich Nyhlén und legt eine Hand auf mein Knie.

Ich muss an die Nacht der Entscheidung denken, vor einem Monat ungefähr in Saltsjöbaden. Den Tag, nachdem Soraya erschossen wurde.

Nyhlén war der Erste, der mich in dem Chaos im Schlafzimmer bemerkte, Josefin hatte zunächst nur Augen für meine Mutter. Mein Vater verfehlte Gunnar, weil ich ihn zur Seite stieß, stattdessen traf die Kugel meine Mutter kurz über der Hüfte und trat auf der anderen Seite wieder aus. Josefin brüllte panisch und war mit einem Satz am Bett, um die Blutung zu stoppen, während meine Mutter irgendetwas Unzusammenhängendes über Gunnar murmelte. Mein Vater rührte sich nicht vom Fleck, totenblass stand er da, den Revolver fest umklammert. Ich selbst hielt Gunnar mit aller Kraft am Boden. Als Nyhlén übernahm, machte er keine Anstalten, sich zu wehren. Ich zitterte wie verrückt, so dass es mir kaum gelang, einen Krankenwagen zu rufen. Josefin schrie, meine Mutter habe Puls, und ich murmelte irgendetwas zur Antwort. Im selben Moment drehte Nyhlén sich zu mir um und sah mich mit weit aufgerissenen Augen an.

»Woran denkst du?«, fragt Nyhlén, und ich kehre in die Wirklichkeit zurück, das enge Taxi mit der defekten Klimaanlage irgendwo in Rumänien.

Die Übersetzerin wartet geduldig, und ich atme tief durch.

»An deinen Blick im Schlafzimmer damals«, sage ich.

Nyhlén schüttelt den Kopf. »Es war völlig absurd. Schwedens meistgesuchter Mann im Schlafzimmer deiner Eltern, und dein Vater, der auf deine Mutter geschossen hatte. Es war einfach zu viel. Deshalb hat es gedauert, bis ich mich überhaupt gefragt habe, wer diese Frau mit den dunklen Haaren war.«

Wir haben schon so oft über diese Ereignisse geredet, sind sie Minute für Minute durchgegangen. Dennoch sind wir weit davon entfernt, sie verarbeitet zu haben.

»Und dann hast du mich gesehen«, füge ich hinzu.

»Das war der schönste Augenblick meines Lebens, obwohl ich mir vor Schreck beinahe in die Hose gemacht hätte«, sagt er und lacht. »Ich muss mich immer noch manchmal in den Arm kneifen.«

Es ist unglaublich, dass er mir verziehen hat, trotz der Wochen, in denen er grundlos um mich getrauert hat. Er ist trotzdem an meiner Seite geblieben. Ich selber hätte niemandem mehr getraut, der mir so etwas angetan hätte. Aber ich bin nicht Nyhlén, zum Glück. Er ist etwas ganz Besonderes. Ohne Misstrauen oder Zorn hat er meine Erklärung angenommen. Ich selbst wäre an seiner Stelle explodiert und hätte dem Betreffenden gesagt, er solle schön wieder in sein Grab hinabsteigen. Das ist es auch ungefähr, was Josefin mir zunächst geraten hat. Sie war sehr verletzt, dass wir sogar so weit gegangen waren, eine Trauerfeier für mich abzuhalten. Ich verstehe sie vollkommen und habe gar nicht erst gewagt, ihr zu gestehen, dass ich obendrein an der Kirche war. Wenn sie das wüsste, würde sie mich wahrscheinlich umbringen. Sie hat gesagt, dass sie die ganze Zeit gespürt hat, dass ich noch lebe, irgendein Medium hätte das angedeutet. Was soll ich sagen? Sie hatte recht.

»Und wenn sie gar nicht da sind?«, sage ich und werfe einen Blick zur Hütte hinüber.

Nyhlén zieht sein Handy heraus, um eine neue Nachricht zu lesen. Ich sehe ein »Entschuldige« von einer »Madeleine«.

»Wer ist denn die Glückliche?«, frage ich, da ich meine Neugier nicht unterdrücken kann.

»Niemand«, sagt er schnell. »Ist von der Arbeit.«

An einem Samstag, denke ich, sage jedoch nichts. Ich bin nicht eifersüchtig, ganz bestimmt nicht. Dann merke ich, dass Nyhlén wütend ist.

»Was ist?«, frage ich ihn.

»Madeleine wurde uns als deine Nachfolgerin präsentiert, und jetzt ist herausgekommen, wer sie in die Ermittlungseinheit geschleust hat.«

»Gunnar?«

»Ganz genau.«

»Was schreibt sie?«

»Dass sie mich treffen will, um zu erklären, warum sie hinter meinem Rücken Gunnar eine SMS bezüglich des Filmclips geschrieben hat. Aber das kann sie vergessen«, sagt er. »Hoffentlich war sie die Letzte, die in diese Sache verstrickt war.«

Die Liste der Polizisten, die auf irgendeine Art beteiligt waren, scheint immer länger zu werden. Gunnar, der Kopf des Ganzen, hat seine Beteiligung an den Morden gestanden, auch was Henke Dahl angeht, hat aber betont, dass Karim und Torbjörn sie durchgeführt haben. Den Mord an Soraya allerdings kann er niemand anderem anlasten. Die DNA-Spuren, die bei dem Bettler in Ulvsunda und dem Opfer vor dem Sagerska Huset gefunden wurden, stammen von Karim. Der Mann vor dem Sagerska Huset hatte darüber hinaus Blutspuren von Gunnar an sich. Keiner von ihnen wird einer lebenslänglichen Gefängnisstrafe entgehen.

Nyhlén sieht aus, als wollte er noch etwas sagen. »Du, Emma?«

»Ja«, sage ich und schlucke, bereite mich auf etwas vor, das ich nicht hören will.

»Wahrscheinlich ist jetzt nicht der geeignete Augenblick, aber da ist noch etwas, das ich dir nicht erzählt habe.«

Er hat eine andere, es ist doch sonnenklar, dass er nur mit Ines und mir hierhergefahren ist, weil er nett ist. Ich stelle mich auf ein Lass-uns-Freunde-bleiben-Gespräch ein und bin deshalb vollkommen unvorbereitet, als er wieder von der Arbeit anfängt.

»Im Verhör mit Hillevi kamen ein paar Dinge heraus, weswegen ich mich noch einmal mit dem Besichtigungsmord auseinandergesetzt habe«, beginnt er zögernd. »Hillevi erzählte von ihrer Tochter, die ums Leben kam, als ihr Haus gegen ihren Willen abgerissen wurde. Es ist ein paar Jahre her, damals war sie noch mit Kristoffer zusammen. Die Besitzer des Grundstücks, die beschlossen hatten, dass das Haus abgerissen werden sollte, waren Hans Göransson und Benjamin Weber.«

Die blaue Mappe auf dem Nachttisch meines Vaters.

Die Notiz über das tote Mädchen.

Ich starre Nyhlén an, und die Puzzleteile fallen an ihren Platz, eines nach dem anderen. Plötzlich ist mir klar, wie alles zusammenhängt.

»Es war Kristoffer, oder?«, sage ich.

Nyhlén sieht mich verblüfft an. »Woher weißt du das?«

»Ich hätte es nicht begriffen, wenn du nicht ausgerechnet hier davon angefangen hättest.«

Einen Moment lang schweigen wir beide. Ich suche nach dem richtigen Gefühl, aber da ist nur Leere. Hillevi wird Ines und mich nie wieder belästigen, sie wird auf lange Zeit nicht entlassen werden. Kristoffer hat sie aus seiner Vergangenheit mitgebracht und ist ihr schließlich selbst zum Opfer gefallen. Der Kreis hat sich geschlossen.

Nyhlén sieht mich an und öffnet die Tür auf seiner Seite. »Lass uns jetzt das hier in Angriff nehmen.«

Als ich gerade aussteigen will, sehe ich jemanden am Fenster oder besser an einer Öffnung in der Wand. Ein kleines Gesicht mit dunkelbraunen Augen. Ich weiß sofort, wer es ist. Aurel wirkt erst ängstlich, dann leuchtet sein Gesicht auf, und er verschwindet vom Fenster. Gleich darauf fliegt die Tür auf, und er kommt angerannt.

»Mama«, ruft er überglücklich. »Mama!«

Mein Herz droht zu zerspringen, als ich sehe, wie er stehenbleibt und zögert. Verwirrt schaut er sich um, wie in einem letzten verzweifelten Versuch, seine Mutter irgendwo zu entdecken, dann sinken seine Schultern herab, und die Freude weicht aus seinen Augen. Ich will hinlaufen und ihn in die Arme nehmen, doch ich würde ihn zu Tode erschrecken. Für Aurel bin ich nur eine fremde Frau aus einem anderen Land, während er für mich kein Fremder ist. Wieder kommen mir die Tränen, ich kann sie einfach nicht zurückhalten. Mein Handy klingelt, ich sehe, dass es meine Mutter ist, drücke das Gespräch jedoch weg und stelle das Telefon aus. Sicher will sie wissen, wie es uns hier ergeht, aber sie muss sich noch eine Weile gedulden, zu Hause in ihrem Bett, wo sie sich von ihrer Schussverletzung erholt. Gut, dass mein Vater sich tagsüber um sie kümmern kann.

Nyhlén steigt mit Ines auf dem Arm aus. »Sie ist gerade aufgewacht.«

Ich nicke und gehe zu Aurel hinüber, die Übersetzerin an meiner Seite. In der Tür der Hütte erscheint ein magerer alter Mann, der sich auf einen Stock stützt. Seine Miene ist ernst und voller Trauer, ihm ist anzusehen, dass er schon weiß, mit was für einer Nachricht wir gekommen sind. Nyhlén und ich knien uns vor Aurel, um auf Augenhöhe mit ihm zu sein. Der Junge legt seine Hand auf Ines' Arm, und sie mustern sich neugierig. Da fällt mir ein, dass ich das Geschenk für ihn im Kofferraum vergessen habe. Ich gehe zum Taxi zurück, das auf uns warten wird, egal, wie lange es dauert. Hier draußen bekommt man so schnell kein anderes, es gibt ja kaum Straßen, auf denen man fahren könnte. Ich hole das Paket heraus und reiche es Aurel, dessen Augen wieder fröhlicher sind. Er reißt das Papier ab und zieht den Fußball heraus, von dem Soraya gesagt hat, dass er ihn sich zum Geburtstag gewünscht hat.

Feierlich betastet er den Ball, streichelt vorsichtig damit über seine Wange.

Der Ball ist ganz sauber und blank, und ich fürchte schon, dass Aurel sich gar nicht traut, damit zu spielen. Nyhlén gibt ihm ein Zeichen, den Ball zu passen, und schon sind sie mitten im Spiel. Sie laufen im Kreis und versuchen sich den Ball abzujagen. Ich muss lächeln und nehme Ines auf den Arm. Die Übersetzerin winkt mich heran. Sorayas Großmutter ist ebenfalls herausgekommen, und ich bitte die Übersetzerin, mich ihnen vorzustellen und ihnen zu sagen, dass ich von der schwedischen Polizei bin.

Als die Übersetzerin fertig ist, sehen Sorayas Großeltern mich mit leeren Augen an. Sie haben den Bescheid erwartet, haben das Schlimmste bereits befürchtet, genau, wie ich es mir gedacht habe. Soraya wollte vor einem Monat wieder zu Hause sein, und jetzt habe ich ihnen die letzte Hoffnung genommen.

Ines strampelt auf meinem Arm, sie will herunter.

Nyhlén scheint auch hinten im Kopf Augen zu haben, denn sofort ist er da und nimmt sie mir ab. Jetzt darf sie versuchen, den Ball zu schießen. Aurel ist hilfsbereit und lässt sie machen, obwohl sie ihn mit ihren kleinen Füßen kaum ein paar Zentimeter weit bekommt.

»Ich bin nicht nur Polizistin, sondern auch eine Freundin von Soraya«, erkläre ich. »Wir haben uns in Stockholm kennengelernt.«

Vor dem alten Paar stehend, habe ich genau zwei Möglichkeiten: Entweder sage ich ihnen die Wahrheit, oder ich beschönige sie. Natürlich muss ich ihnen sagen, was passiert ist, aber sie brauchen nicht jedes Detail über Sorayas schwierige Zeit in Schweden zu erfahren. Wie hart ihre Tage waren, ganz zu schweigen von den einsamen Nächten auf der Straße. Nur wie sie gestorben ist, kann ich ihnen nicht verschweigen. Ich bitte die Übersetzerin, ihnen das zu sagen, was ich ihr während der langen Taxifahrt vom Flughafen erzählt habe. Über Sorayas Tod, aber auch über ihren Mut, als sie versuchte, uns dabei zu helfen, einen korrupten Polizeichef zu überführen. Nach einem fünfminütigen Monolog auf Rumänisch schweigt sie.

»Sorayas Tod ist nicht vergebens gewesen«, sage ich und beiße mir auf die Zunge. Was ist das für ein Trost für die nächsten Angehörigen! Dennoch kann ich es nicht lassen. Ich berichte ihnen von der Demo zu Ehren Sorayas und zeige ihnen Fotos von dem Lichtspiel im Kungsgården, wo ihre Leiche gefunden wurde, dem Blumenmeer dort und den Kinderzeichnungen.

Ich weiß nicht, ob ich ihnen sagen soll, wie sehr Sorayas Tod die Situation der Bettler bei uns verändert hat, denn dann würde ich vielleicht zu viel verraten. Soraya hat immer gehofft, dass ihre Großeltern nie erfahren, was sie in dem langgestreckten Land hoch im Norden wirklich tat. Der brutale Mord an ihr hat das Volk endlich aufgeweckt, die Leute zeigen mehr Mitgefühl. Die gesamte

Stimmung in Schweden hat sich verändert, viele sind jetzt freundlicher und großzügiger. Natürlich gibt es weiterhin viel zu tun, doch das, was Soraya geschehen ist, hat viele dazu gebracht, die Menschen hinter den Pappbechern auf dem Boden zu sehen.

All das würde ich ihnen gerne sagen, doch aus Respekt für Soraya behalte ich es für mich.

Stattdessen bitte ich die Übersetzerin, ihnen mein Angebot zu unterbreiten.

Sie schütteln die Köpfe, und ich bin mir nicht sicher, ob sie es ablehnen oder ob sie einfach nur sprachlos sind. Dann begreife ich, dass sie nicht glauben können, dass ich ihnen so viel Geld geben möchte. Sorayas Sohn soll nicht im Elend aufwachsen müssen, an einem Ort, an dem Drogen oft der einzige Ausweg sind. Er soll ein gutes Zuhause haben und eine Schule besuchen, das ist das Mindeste, was ich für Soraya tun kann. Ich glaube nicht, dass ich das tue, um mein Gewissen zu beruhigen.

Oder lüge ich mir da selbst etwas vor?

Ich weiß es nicht. Aber da ich selbst eine zweite Chance bekommen habe, ist es meine verdammte Pflicht, anderen dieselbe Möglichkeit zu schenken. In dieser kleinen Hütte brauchen sie jetzt nicht mehr zu wohnen.

Ich schaue zu Nyhlén und den Kindern hinüber und spüre mitten in der Trauer etwas wie Glück.

Das Fußballspiel ist in vollem Gange, und Ines hält sich an Nyhléns Schulter fest. Fasziniert folgt sie dem Ball mit den Augen. Ich sehe, wie Nyhlén sich aus vollem Herzen für andere einsetzt.

Er kümmert sich um Ines, um mich, um uns.

Und ich liebe sie, alle beide.

Danksagung

Von den Büchern, die bisher von mir erschienen sind, ist dieses mir am schwersten gefallen, einerseits wegen des heiklen Themas, andererseits, weil der Vorgänger-Band, »Das Mädchen und die Fremde«, so ausging, wie es ausging. Vor allem aber war es eine Herausforderung für mich, mich in Gunnars Gedanken und Gefühle einzuleben, weil sie so weit von meinen eigenen Wertvorstellungen entfernt sind. Weder ihn noch einen der anderen ProtagonistInnen gibt es wirklich, und ab und zu habe ich mir die Freiheit genommen, die Wirklichkeit zugunsten der Handlung zu entstellen. Ich habe es schon oft gesagt, doch es schadet nicht, es zu wiederholen: Die Ehre für ein Buch gebührt nie mir allein. Ohne die Hilfe von anderen wäre es nicht so gut geworden.

Zuallererst möchte ich meinem Mann Tommy danken. Du bist mein wichtigster Halt im Leben, denn du bringst mich dazu, immer weiterzukämpfen, auch wenn es gerade schwierig ist. Du bist immer an meiner Seite und willst nur mein Bestes. So gesehen war es im Nachhinein vielleicht doch eine gute Idee von mir, bei unserem ersten Date vor sechzehn Jahren »Du måste finnas« (Es muss dich geben) zu singen. Wenn es mir damals nicht gelungen ist, dich zu vergraulen, ist das Risiko, dass du jetzt vor mir davonläufst, minimal. Mit dir zusammen ist nichts unmöglich, und ohne dich wäre ich mit meinen Träumen vom Schreiben niemals so weit gekommen. Wobei das eigentlich nebensächlich ist, das Beste, was wir beide zusammen geschaffen haben, sind natürlich unsere geliebten Kinder, Kharma und Kenza.

Mein Vater, Svante Sjöstedt, hat die Blumen auf dem Einband der schwedischen Ausgabe fotografiert. Danke, dass ich dieses schöne Foto vom Friedhof in Lidingö benutzen durfte. Und ich danke auch meiner Mutter, Ann Sjöstedt, für alle Unterstützung, ebenso meinen Geschwistern und ihren LebensgefährtInnen: Tom Sjöstedt und Maria Lindqvist, Linn und Patrik Sjöstedt Dahl sowie Tyra Sjöstedt.

Zwei Kriminalkommissare haben mich in den letzten Jahren unterstützt, indem sie mir alle Fragen zur Polizeiarbeit beantwortet haben und die Manuskripte vor dem Druck aus fachmännischer Sicht gegengelesen haben. Danke, Lars Bröms vom Ermittlungsteam Region Stockholm (Emmas Abteilung) und Mikael Schönhoff von der Profiler-Gruppe der Nationalen Operativen Abteilung.

Diejenige, die nach mir am meisten an diesem Manuskript gearbeitet hat, ist meine schwedische Lektorin Petra König. Zu Beginn wäre ich wegen deiner vielen Änderungsvorschläge beinahe wahnsinnig geworden, doch im Nachhinein bin ich natürlich dankbar für dein großes Engagement. Auch meinem Agenten Philip Sane möchte ich danken, der dafür sorgt, dass Emma Sköld über die Grenzen unseres Landes hinaus erscheint, unter anderem in Deutschland, Portugal, Norwegen und Südkorea. Ganz zu schweigen davon, dass wir uns endlich meinem großen Traum nähern: der Verfilmung meiner Bücher.

Danke, Katrin Ewerlöf, die meine Geschichten in Schweden in spannende Hörbücher verwandelt. Und danke all meinen großartigen Freunden und Schriftstellerkollegen, dass es euch gibt.

Nicht zuletzt möchte ich aber auch meinen lieben Lesern herzlich danken! Ihr seid es, die mich motiviert, immer neue Bücher zu schreiben. Ein Autor ohne Leser ist wie ein Reiter ohne Pferd. Ich ziehe viel Energie aus euren positiven Kommentaren auf Instagram und auf meinem Autorenprofil auf Facebook. Jede einzelne Zuschrift bedeutet mir sehr viel. Ich weiß gar nicht, was ich ohne euch täte.

Sofie Sarenbrant

LESEPROBE

KAPITEL
4

Zum dritten Mal liest Emma Sköld denselben Satz. Sie sieht nur die Wörter, ohne dass sich ihr die Bedeutung erschließen würde. Es ist wirklich zum Verzweifeln. Sie legt das zweitausendvierhundert Seiten starke Vorermittlungsprotokoll eines ungelösten Falls zur Seite, mit dem sie sich auseinandersetzen muss, bis die Mordkommission einen neuen Fall auf den Tisch bekommt. Seit über einer Woche arbeitet sie nun schon daran, ohne auch nur einen Schritt weiterzukommen, und eigentlich müsste sie die symbolische Pistole im Nacken spüren. Aber es will ihr einfach nicht gelingen, genügend Konzentration zum Lesen aufzubringen. Die Buchstaben neigen dazu, ineinanderzufließen, und der Sauerstoffmangel in ihrem engen Büro macht es auch nicht eben besser. Vor allem aber ist sie in Gedanken ganz woanders. Emma weiß, dass sie nicht schuld an ihren Konzentrationsschwierigkeiten ist. Sie seufzt, denn die empfohlene Tagesdosis Koffein hat sie bereits intus. Vor einer halben Stunde hat sie die vierte Tasse getrunken, bloß um die Augen offenhalten zu können. Erst seit wenigen Tagen erträgt sie den Kaffeeduft überhaupt wieder und kann die schwarze Brühe trinken, wenn auch mit Überwindung. Sie braucht den Kick, aber dass sie den Geschmack auch genießen würde, kann sie derzeit wirklich nicht behaupten.

Ein Klopfen reißt sie aus ihren Gedanken. Es ist Lars Lindberg. Mit besorgter Chefmiene schaut er zu ihr herein.

»Bist du immer noch hier?«, fragt er erstaunt. »Es ist schon nach sechs.«

Emma deutet auf den Papierstapel.

»Ich muss endlich damit weiterkommen.«

»Aber doch nicht nach Feierabend«, sagt Lindberg. »Darf ich mich einen Moment zu dir setzen?«

»Ja klar, komm rein.« Emma hat keine Ahnung, was er von ihr wollen könnte. Ihr erster Gedanke ist, dass sie etwas falsch gemacht hat, irgendjemandem auf die Füße getreten ist, was im Eifer des Gefechtes ja schon mal vorkommen kann.

»Du siehst blass aus, wie geht es dir eigentlich?«, fragt er, nachdem er sich auf dem Besucherstuhl an ihrem überladenen Schreibtisch niedergelassen hat.

»Ach, ganz gut, danke.«

Lindberg sieht nicht sehr überzeugt aus.

»Ich bin dein Chef und muss wissen, ob irgendetwas nicht in Ordnung ist. Vor allem, wenn es sich auf deine Leistung auswirken könnte.«

Dann merkt man es ihr also doch schon so sehr an? Sie gibt auf und antwortet: »Ich bin schwanger.«

Lindbergs zusammengepresste Lippen öffnen sich zu einem Lächeln, und in seinen besorgten Augen leuchtet es auf.

»Herzlichen Glückwunsch, das ist ja toll!«

Keinerlei Andeutungen, dass diese Neuigkeit bald zu Personalengpässen führen wird. Emma atmet auf. Auch wenn sie von ihm keine negative Reaktion erwartet hat, weiß man doch nie, was Chefs in so einer Situation versehentlich von sich geben können, bevor ihre Vernunft sie einholt.

»Danke«, sagt sie, kann sich aber nicht wirklich entspannen, bevor sie nicht sicher ist, dass er ihr aufgrund der Schwangerschaft keine Sonderbehandlung zukommen lässt. Sie will nichts lieber, als weiterzuarbeiten wie bisher.

»Ich habe mich gewundert, warum es dir in letzter Zeit offenbar nicht so gutging«, sagt Lindberg nachdenklich. »Denn so viel habe ich doch mitbekommen. Aber darauf wäre ich jetzt wirklich nicht gekommen.«

Emma lächelt.

»Eigentlich wollte ich es erst in ein paar Tagen erzählen, wenn ich in der zwölften Woche bin.«

Noch immer kann sie keine Spur von Verdruss darüber an ihm erkennen, dass er nun wohl umstrukturieren muss. Immerhin muss er sich jetzt Gedanken über eine Vertretung machen, die den hohen Ansprüchen gerecht wird, welche an Kriminalkommissare der Sektion Gewaltverbrechen gestellt werden.

»Ich freue mich für dich«, sagt Lindberg noch, dann geht er hinaus.

Emma lehnt sich zurück. So viel Energie hat sie darauf verwendet, sich zu überlegen, wie sie ihrem Chef die Nachricht beibringen soll. Dazu all die Argumente, die sie sich zurechtgelegt hat, um ihn zu überzeugen, dass sie auch während der Schwangerschaft wie gewohnt weiterarbeiten kann. Nichts davon brauchte sie auch nur zu erwähnen. Dennoch fühlt sie sich wie eine Verräterin, weil sie ihm wichtige Informationen vorenthalten hat und weil sie sich überhaupt dazu entschlossen hat, schwanger zu werden. Auch wenn es merkwürdig klingt, muss sie immer wieder über das Offensichtliche darin nachdenken, dass sie zum ersten Mal andere Dinge wichtiger nimmt als ihren Job. Für ihre männlichen Kollegen ist die Umstellung, Vater zu werden, längst nicht so dramatisch. Sie können hundertmal Eltern werden, ohne während der Schwangerschaft wichtige Arbeitszeit zu verpassen, ganz zu schweigen von den ersten Monaten danach. Für sie aber ist es ein großes Opfer, denn es bedeutet monatelange Abwesenheit. Eigentlich will sie nichts von dem versäumen, was auf der Arbeit passiert, sie identifiziert sich mit ihrem Beruf, er ist ihr Leben. Etwas anderes kennt sie gar nicht mehr.

Bevor sie für heute zusammenpackt, geht sie noch einmal zur Toilette. Als sie die Gummischlaufe am obersten Jeansknopf öffnet, fragt sie sich zum wiederholten Mal, wie es sein kann, dass sie an ihrem Bauch keine Veränderung wahrnimmt, ihre Hosen aber dennoch zu eng geworden sind. Sie ordnet ihr blondes Haar und betrachtet sich im Spiegel. Bald reichen die Spitzen bis zu ihren Schultern, und sie hat vor, es auch noch weiter wachsen zu lassen. Eine Kurzhaarfrisur ist zwar praktisch, aber Emma ist sie leid geworden. Als sie sich genauer betrachtet, fällt ihr auf, dass sie ein Leuchten im Gesicht hat, das vorher nicht dagewesen ist. Auch ihre Wangen sind etwas runder geworden, was ihr, wie sie findet, sehr gut steht.

Jetzt fehlt nur noch der sich wölbende Bauch.

Als sie fertig ist, geht sie in ihr Büro zurück. Sie überlegt, womit sie es wohl verdient haben könnte, dass sie schließlich doch noch schwanger geworden ist. Nur schade, dass Kristoffer so viel mit seiner Arbeit zu tun hat. Ihr Bild von einem Makler war immer, dass er hauptsächlich am Wochenende arbeitet, aber da hat sie sich offenbar getäuscht. Die Besichtigungstermine sind eben nur ein Teil der Arbeit. Das Schlimmste an seinem Beruf ist eigentlich, dass er ständig erreichbar sein muss, egal um welche Tageszeit. Und die Leute zögern auch nicht, ihn wegen der geringsten Kleinigkeiten anzurufen, und sei es nur, um zu fragen, wo auf dem Foto die Blumenvase zu sehen sein soll. Es kann eigentlich immer jemand anrufen, und das passiert auch tatsächlich ständig, es spielt keine Rolle, ob Kristoffer gerade mit anderen, wichtigeren Dingen beschäftigt ist. Das Telefon hat immer Priorität. Ganz zu schweigen von den Spekulanten, die plötzlich unterschreiben wollen, nicht morgen oder später, sondern sofort. Geschäft ist Geschäft und hat immer Vorrang, egal ob Wochenende, Alltag, Morgen oder Abend. Der Maklerberuf ist alles andere als ein Nine-to-five-Job. Emma weiß selbst, wie leicht es ist, sich von seiner Arbeit verschlingen zu lassen, findet aber, dass es bei Kristoffer in letzter Zeit ein bisschen ausgeartet ist. Auch heute Abend muss er noch zu einem Besichtigungstermin in Bromma, zu einem Objekt, für das er verantwortlich ist.

Aber natürlich wäre es auch für sie nicht schlecht, wenn sie mit dem Protokoll weiterkommen würde, das sich auf ihrem Schreibtisch türmt. Und dann ist es vielleicht sogar ganz gut, wenn Kristoffer sie zu Hause nicht ablenken kann, sondern in anderer Leute Wohnung herumläuft und dort sein Lächeln verschenkt.

KAPITEL

5

Es ist das reinste Vergnügen, durch diese überkandidelte Villa zu gehen und alles Mögliche zu bemängeln. Hugo Franzén könnte gar nicht sagen, wann ihm zuletzt etwas so viel Spaß gemacht hat, außer vielleicht die letzte Hausbesichtigung. Die Zeit zwischen den Terminen hat im Moment nämlich nicht viel zu bieten, auch wenn seine Arbeit ihm zumindest dabei hilft, die Tage herumzukriegen.

»Irgendwie riecht es hier nach Schimmel«, murmelt Hugo laut genug, dass die anderen ihn hören können.

Die Reaktion lässt nicht lange auf sich warten. Eine Frau beginnt sofort misstrauisch zu schnüffeln. Es ist ein exklusives Badezimmer mit kostspieligem Mosaik, Fußbodenheizung und Handtuchtrocknern, die bis zur Decke reichen. Dann flüstert sie dem Mann neben sich etwas zu. Hugo kniet sich neben das Abflussgitter am Boden und hebt es an, um den Siphon zu öffnen. Ein modriger Geruch lässt ihn die Nase rümpfen. Mit unheilverkündender Miene schüttelt er den Kopf und sucht dabei bewusst die Aufmerksamkeit der anderen Interessenten.

»Tut mir leid, das sagen zu müssen, aber hier scheint der Dichtungsring zu fehlen. Das hätte der Makler doch bei der Vorbesichtigung merken müssen! Wer weiß, was sie noch alles vor uns verbergen wollen.«

»Es gab keine Vorbesichtigung«, merkt eine Frau an.

»Machen Sie Witze?«, fragt Hugo mit gespieltem Entsetzen, als hätte er gerade erfahren, dass das Fundament des Hauses jede Minute einstürzen könnte. »Und ich wollte ein Gebot abgeben! Das würde ja heißen, die Katze im Sack zu kaufen!«

Stirnrunzelnd verlässt er das Badezimmer, aber innerlich ist er kein bisschen bekümmert. Im Gegenteil, seine Laune könnte nicht besser sein. Er streckt den Rücken durch und geht weiter in das hübsch eingerichtete Schlafzimmer mit den Dachschrägen. Als er sieht, dass er allein ist, lässt er seiner Kreativität freien Lauf. Er setzt sich auf das Bett, ohne darauf zu achten, ob er Spuren hinterlässt. Zerstreut schubst er die hochkant gestellten Kissen um, so dass sie aus ihrer lächerlich perfekten Reihe fallen. Dabei denkt er an Emmas schönes Lächeln. Die Lebensfreude in ihren grün-braunen, mandelförmigen Augen. Sie beide im Bett, nackt. Das Flattern im Magen, wenn er sie berührt. Es ist so leicht, sich wegzuträumen und zu glauben, alles sei noch wie früher. Aber in Wirklichkeit fällt er gerade ins Bodenlose.

Jeder Tag ohne Emma ist eine Qual.

Das Schlimmste ist, dass sie überhaupt keinen Kontakt mehr mit ihm will. Manchmal entschlüpft ihm die eine oder andere SMS an sie, vor allem, wenn er ein Bier zu viel getrunken hat. Manchmal antwortet sie sogar, aber selten ist es etwas Aufbauendes. Und meistens ignoriert sie ihn komplett. Nach all den gemeinsamen Jahren ist er ihr plötzlich nichts mehr wert, und das nur aus einem einzigen Grund: dass es ihm nicht gelungen ist, sie zu schwängern.

Vom Flur her nähern sich Stimmen, und Hugo steht schnell auf, bemüht sich aber nicht, die Tagesdecke wieder glattzuziehen. Er stellt sich ans Fenster und blickt hinaus. Einer der anderen betritt das Zimmer.

»Hier kann ja jeder reingucken. Kein Wunder, wenn die Häuser so dicht stehen. Und Sonne kommt bestimmt auch nicht auf den Balkon«, sagt er gerade so laut, dass man ihn gut verstehen kann. Dann dreht er sich um. »Schade drum. Aber es gibt bestimmt ein paar Schattengewächse, die man hier dennoch pflanzen kann.«

Mit gespielter Enttäuschung verlässt er das Schlafzimmer und versucht demonstrativ, den Prospekt zu zerknüllen. Es ist eher ein symbolischer Akt, denn er ist beinahe so dick wie eine wissenschaftliche Arbeit und lässt sich mit einer Hand unmöglich zerstören. Es braucht schließlich einige A4-Seiten, um die vielen beschönigenden Adjektive und Maklerphrasen unterzubringen, die zum Kauf verlocken sollen.

Hugo weiß noch nicht, wie lange er diesmal bleiben wird, aber eilig hat er es nicht. Da er langsam Hunger bekommt, nimmt er sich eine Handvoll Karamellbonbons aus der vom Maklerbüro bereitgestellten Schüssel. Ihm liegt die Frage auf der Zunge, wann sie endlich eine weichere Sorte anbieten, die man kauen kann, ohne einen Zahnarztbesuch zu riskieren. Aber so ein Kommentar könnte die Leute misstrauisch machen. Es könnte ihnen seltsam vorkommen, dass er mit den Karamellbonbons ausgerechnet dieses Maklerbüros so vertraut ist. Er will seine Glaubwürdigkeit als seriöser Interessent schließlich nicht verlieren und muss deshalb auf der Hut sein. Er darf nur angemessen skeptisch wirken, sonst merkt man, dass es ihm einzig und allein darum geht, jeden positiven Eindruck zu verderben.

Sein selbstzufriedenes Lächeln erstirbt sofort wieder, als er Kristoffers vernichtenden Blick sieht, der ihn von der Küche aus mustert. Da steht er, der geschniegelte Lackaffe, der ihm die Frau vor der Nase weggeschnappt hat. Und der dafür auch noch fett kassiert hat, denn er war für den Verkauf ihrer Wohnung zuständig und hat dabei eine unerhört hohe Provision herausgeschlagen. Im Nachhinein kommt Hugo sich vor wie ein Idiot, weil er damit einverstanden war, die Maklerprovision für jedes Gebot über drei Millionen um zehn Prozent zu erhöhen. Aber er wird es ihm heimzahlen, dieser Typ wird es bitter bereuen!

Und so starrt Hugo zurück, bis Kristoffer die Augen abwendet und seiner Kollegin etwas zuflüstert. Sie wissen beide, dass Hugo nur aus einem Grund hier ist, aber Kristoffer kann ihn schlecht rausschmeißen. Es würde auf ihn selbst zurückfallen, wenn er ihm vor den Augen potentieller Kunden eine Szene machte.

Hugo betrachtet den Grundriss und sieht, dass nur noch der Keller übrig ist. Höchste Zeit, den Schraubenzieher auszupacken. Auf der gewundenen Treppe nach unten muss er einer hochschwangeren Frau ausweichen. Sein Blick fällt auf ihren riesigen Bauch mit dem Nabel, der sich unter dem enganliegenden Pullover abzeichnet. Er schluckt eifersüchtig und versucht, sich Emma schwanger vorzustellen. Sie wäre so hübsch, die schönste Frau der Welt. Abends würden sie daliegen und ihren Bauch streicheln und über das ungeborene Kind sprechen. Er packt den Schraubenzieher fester. Wie konnte es nur so schiefgehen, dass sie am Ende beschloss, ihn zu verlassen? Wie er es auch dreht und wendet, er kann einfach nicht nachvollziehen, wann das Ganze gekippt ist. Hastig schiebt er die düsteren Gedanken beiseite und konzentriert sich wieder auf seine Mission. Es wird Zeit, das Werkzeug zu benutzen. Er geht umher, klopft die Wände ab und hofft, dass das Paar, das sich mit ihm in den Heizungskeller gedrängt hat, ihn fragt, was er denn da tue.

Sein Wunsch wird erhört.

»Entschuldigen Sie, aber was machen Sie denn da mit dem Schraubenzieher?«, fragt die Frau neugierig.

»Hören Sie mal«, sagt er mit weit aufgerissenen Augen. »Merken Sie den Unterschied?«

Sie sieht ihn unsicher an, will ihn aber nicht vor den Kopf stoßen, indem sie verneint.

»Ja, ich glaube.«

»Je weiter man runtergeht, desto offenbarer wird der Schaden durch Feuchtigkeit.« Hugo öffnet eine Klappe unten neben der Heizung und sieht, dass das Kondenswasser vom Rohr direkt auf den Boden tropft.

»Und hier haben wir auch schon die Erklärung: Es gibt keinen Bodenabfluss.«

»Was heißt das?«

»Dass man das alles rausreißen und einen Abfluss installieren muss. Und dann nur versuchen kann, die Wände noch zu retten.«

Hugo hätte auch sagen können, dass es vermutlich genügen würde, einen Eimer darunterzustellen. Aber er ist ja nicht als Makler oder Verkäufer hier.

»Danke, dass Sie uns gewarnt haben«, sagt der Mann. »Wirklich unmöglich von dem Makler, dass er uns darauf nicht hingewiesen hat!«

Hugo lächelt schief. »Unmöglich ist genau das richtige Wort.«

Die beiden gehen hinaus, und Hugo holt tief Luft. Vielleicht sollte er doch noch Schauspieler werden?

Als er auf die glorreiche Idee kam, künftig hinter den Kulissen bei Kristoffers Besichtigungen mitzuwirken, konnte er kaum an sich halten. Es wurde schnell zu einer Art Sport, und inzwischen hat er gelernt, sich so weit von Kristoffer entfernt aufzuhalten, dass dieser seine Kommentare nicht hört. Es geht ja vor allem darum, dass die Interessenten kalte Füße bekommen und den Eindruck gewinnen, der Makler sei unseriös. Denn dann nehmen sie hoffentlich Abstand von Kristoffers Objekten. Einen schlechten Ruf zu verbreiten ist nicht sonderlich schwierig. Auch die Sozialen Medien bieten unzählige Möglichkeiten. Unter falscher Identität ist Hugo auf zahlreichen Websites unterwegs und versprüht Gift gegen das Büro, für das Kristoffer arbeitet, vor allem aber gegen ihn selbst. Hugo hat gar nicht gewusst, dass er so gut darin ist, sich auszudrücken. Eine ganz neue Welt hat sich für ihn aufgetan, und es wäre gelogen, wenn er behaupten würde, er genösse die neugewonnene Macht nicht. Dieses Schreibtalent, das er da seit neuestem in sich entdeckt hat, hat auch dazu geführt, dass er sein Dienstleistungsspektrum als Fotograf erweitern konnte. Über die Texte, die er jetzt zusätzlich anbietet, kommt einiges an zusätzlichem Geld herein, aber er hat nicht vor, sich dafür bei Kristoffer zu bedanken, im Leben nicht!

Als er die Treppe hochkommt, steht da dieser Scheißkerl mit seiner selbstgefälligen Miene und ordnet sein Haar. Hugo zittert bei dem Gedanken, dass Emma es ihm zerzaust. Das muss dringend aufhören!

Bevor er es sich anders überlegen kann, schickt er ihr eine weitere SMS.

KAPITEL
6

Auch wenn sie weiß, dass sie Hugo gegenüber kein schlechtes Gewissen zu haben braucht, fühlt Emma sich für seinen schlechten Zustand verantwortlich. Oder zumindest mitverantwortlich. Aber irgendwann muss er doch akzeptieren, dass es aus ist zwischen ihnen! Nach seiner letzten SMS zu urteilen, ist er allerdings noch lange nicht so weit. Emma löscht sie, ohne sie ganz gelesen zu haben. Es spielt keine Rolle, was er ihr schreibt. Es ist vorbei.

Trotzdem fühlt sie sich elend, als sie sich mit einem Auszug des umfangreichen Protokolls ins Wohnzimmer setzt. Einsam und verlassen. Kristoffer scheint ihre Beziehung als selbstverständlich anzusehen, zumal nach dem positiven Schwangerschaftstest. Von Hugo kann man sagen, was man will, aber er hat nie einen Zweifel daran gelassen, dass sie die Nummer eins in seinem Leben war. Vom ersten Augenblick an hat er sie vergöttert, was Emma während ihrer Beziehung gar nicht richtig zu schätzen gewusst hat. Damals hat sie es eher als anstrengend empfunden, dass er so grenzenlos verliebt war und immerzu mit ihr zusammen sein wollte. Jetzt weiß sie, was es heißt, um jemandes Aufmerksamkeit betteln zu müssen und vielleicht nicht immer wahrgenommen zu werden. Wie es ist, derjenige zu sein, der ständig Bestätigung sucht, statt diese auf dem Silbertablett serviert zu bekommen. Aber wenn sie sich sehen, zweifelt sie keinen Moment an Kristoffers Liebe oder daran, dass er ein guter Vater sein wird.

Seit der unerwarteten freudigen Botschaft vor fünf Wochen spielt Emmas Körper ihr ständig Streiche. Der bloße Anblick ihres Lieblingsessens verursacht ihr plötzlich unangenehmes Aufstoßen, gar nicht zu reden davon, wenn sie etwas mit Knoblauch isst. Den Fehler hat sie nur einmal gemacht, denn die Strafe folgte unmittelbar: widerliches Aufstoßen, und das drei Tage lang. Ihr ist ständig schlecht, und morgens fällt es ihr schwer, aus dem Bett zu kommen, ohne sich zu übergeben. Aber so lästig es auch sein mag, sich permanent seekrank zu fühlen, beeinträchtigt es doch nicht ihre Freude darüber, endlich Mutter zu werden. Mit jedem Tag wächst ihre Hoffnung, dass sich ihr Traum vom eigenen Kind endlich erfüllt. So recht wagt sie allerdings noch nicht, sich zu freuen. Das Risiko einer Fehlgeburt hängt immer noch wie ein Damoklesschwert über ihr. Immer wieder wacht sie nachts panisch auf und fragt sich, ob sie sich die Schwangerschaft nur eingebildet hat, oder sie träumt, sie habe ein Meerschweinchen zur Welt gebracht. Nach all den missglückten Versuchen mit Hugo ist es wahrscheinlich kein Wunder, dass ihre Ängste sich im Schlaf Luft machen.

Jedes Mal, wenn sie damals ihre Tage bekam, war sie am Boden zerstört. Schließlich sah sie keinen Ausweg mehr, als zu akzeptieren, dass sie niemals Mutter werden würde. Statt sich weiter nach etwas zu sehnen, was sie nie würde erreichen können, versuchte sie, vernünftig zu überlegen. Sie heulte vierundzwanzig Stunden lang, dann beschloss sie, ihre Sehnsucht zu verdrängen und nach vorn zu blicken. Vor allem versuchte sie, sich die Vorteile der Kinderlosigkeit schmackhaft zu machen: keine vollgekackten Windeln, keine ewigen Warteschleifen bei irgendwelchen Versicherungen und vor allem nicht die permanenten Sorgen, die Kinder mit sich bringen. Stattdessen würde sie sich guten Gewissens voll und ganz auf ihre Arbeit konzentrieren und es genießen, dass nicht ständig jemand ihre Aufmerksamkeit verlangte. Josefin beklagte sich immer, wie anstrengend es sei, keine eigenständige Person mehr zu sein, sondern vor allem für andere da sein zu müssen. Und natürlich sah Emma die Vorteile: Sie konnte sich ein zeitaufwendiges Hobby wie Triathlon zulegen oder sich ein eigenes Reitpferd anschaffen, statt nur gelegentlich in den Reitstall zu gehen. Sie musste sich nur endlich von dem Traum einer eigenen Familie verabschieden und dann etwas Neues in Angriff nehmen.

Ein notwendiger Schritt in diesem Prozess war gewesen, die Beziehung mit Hugo zu beenden. Sie nahm sich vor, das Singleleben zu genießen und nicht gleich in eine neue Beziehung hineinzuschlittern. Doch Vernunft ist offenbar nur die eine Seite, eine ganz andere ist die Realität. Emma wird jetzt noch rot, wenn sie daran denkt, wie sie bereits während des Wohnungsverkaufs schon wieder mittendrin war. Plötzlich stand da dieser Makler, Kristoffer, mit seinem strahlenden Lächeln, und sie verliebte sich sofort in ihn. Das war es dann mit dem Singleleben. Und nur wenige Monate nachdem sie zusammengekommen waren, tauchte der Gedanke an ein Kind wieder auf. Vielleicht gab es ja doch noch eine Chance? Sechsunddreißig war vielleicht noch nicht furchtbar alt, aber lange konnte sie nicht mehr warten, falls sie überhaupt Kinder bekommen konnte. Das Problem war, dass sie nicht wusste, wie Kristoffer zum Thema eigene Kinder stand. Doch sie beschloss, ihr ausgeprägtes Sexleben als Zeichen dafür zu deuten, dass er zumindest nicht abgeneigt war. Sonst hätte er doch gewiss stärker darauf gedrängt, dass sie verhüteten.

An dem Tag, als der Schwangerschaftstest zwei Balken anzeigte, musste sie sich zusammenreißen, um nicht laut loszujubeln. Eigentlich wollte sie sich zunächst nichts anmerken lassen und eine günstige Gelegenheit abwarten, Kristoffer die Neuigkeit zu verkünden. Aber er sah ihr sofort an, dass etwas Großes passiert war. Und zu ihrer Erleichterung reagierte er unerwartet positiv. Er freute sich unverhohlen, obwohl er zugeben musste, auch ein bisschen Angst zu haben.

Jetzt müssen sie nur noch zusammenziehen, am besten sofort. Vielleicht können sie sich etwas in Josefins Nähe suchen, im Smedslätten? Aber dann müssen sie erst mal im Lotto gewinnen. Emma denkt an die Idylle, in der ihre Schwester lebt. Allem Anschein nach ein perfektes Leben – etwas, das sie ihr gern nachmachen möchte.